重庆市脱贫攻坚
优秀文学作品选

刘灿 / 著

MIYUAN
蜜源

重慶出版集团 重慶出版社

图书在版编目(CIP)数据

蜜源/刘灿著.—重庆:重庆出版社,2021.3(2022.2重印)
(重庆市脱贫攻坚优秀文学作品选)
ISBN 978-7-229-15521-6

Ⅰ.①蜜… Ⅱ.①刘… Ⅲ.①长篇小说—中国—当代
Ⅳ.①I247.5

中国版本图书馆CIP数据核字(2020)第241964号

蜜源
MI YUAN

刘 灿 著

丛书主编:魏大学
丛书执行主编:孙小丽
丛书副主编:牛文伟 杨 勇
责任编辑:徐 飞
责任校对:朱彦谚
装帧设计:戴 青
封面插画:珠子酱

重庆出版集团 出版
重庆出版社

重庆市南岸区南滨路162号1幢 邮政编码:400061 http://www.cqph.com
重庆出版社艺术设计有限公司制版
重庆天旭印务有限责任公司印刷
重庆出版集团图书发行有限公司发行
E-MAIL:fxchu@cqph.com 邮购电话:023-61520646
全国新华书店经销

开本:787mm×1092mm 1/16 印张:25 字数:320千
2021年3月第1版 2022年2月第2次印刷
ISBN 978-7-229-15521-6
定价:75.00元

如有印装质量问题,请向本集团图书发行公司调换:023-61520678

版权所有 侵权必究

编委会

○ 编委会主任
刘贵忠　辛　华

○ 编委会顾问
刘戈新

○ 编委会副主任
魏大学　陈　川　黄长武　莫　杰　王光荣　田茂慧
李　清　罗代福　冉　冉

○ 编委会成员
孙元忠　周　松　兰江东　刘建元　李永波　卢贤炜
胡剑波　颜　彦　熊　亮　孙小丽　徐威渝　唐　宁
吴大春　李　婷　陈　梅　蒲云政　李耀邦　王金旗
葛洛雅柯　汪　洋　李青松

○ 编　　辑
谭其华　胡力方　孙天容　皮永生　郑岘峰　赵紫东
刘天兰　李　明　郭　黎　王思龙　李　嘉　金　鑫

总序

重庆是一座高山大川交织构筑的城市,山水相依,人文荟萃。这里有鳞次栉比的高楼华厦、流光溢彩的两江夜景、麻辣鲜香的地道火锅、耿直爽朗的重庆崽儿……她的美丽令人倾倒,她的神奇让人向往,她的热情催人奋进。重庆也是一座集大城市、大农村、大山区、大库区和少数民族地区于一体的城市,城乡差距大,协调发展任务繁重。重庆直辖之初,扶贫开发是中央交办的"四件大事"之一。2014年年底,全市有国家扶贫开发工作重点区县14个、市级扶贫开发工作重点区县4个,有扶贫开发工作任务的非重点区县15个,贫困村1919个,贫困发生率7.1%。2016年1月,习近平总书记视察重庆时强调,重庆脱贫攻坚"这个任务不轻"。

让贫困人口和贫困地区同全国一道进入全面小康社会,是我们党的庄严承诺,打赢脱贫攻坚战是时代赋予我们的光荣使命。重庆广大干部群众坚定融入时代洪流,投身强国伟业,拿出"敢教日月换新天"的气概,鼓起"不破楼兰终不还"的劲头,向贫困发起总攻,坚决打赢脱贫攻坚战。在全市上下一心、同心同德的艰苦奋战中,在基层广大扶贫干部和群众的不懈努力下,经过8年精准扶贫、5年脱贫攻坚,重庆市脱贫攻坚取得历史性、根本性、决定性成效。贫困区县悉数脱贫"摘帽",累计动态识别(含贫困家庭人口增加)的190.6万建档立卡贫困人口全部脱贫,历史性消除了绝对贫困,大幅提高了贫困群众收入水平,极大改善了农村生产生活生态条件,明显加快了贫困地区发展,有效提升了农村基层治理能力,显著提振了干部群众精气神。2019年4月,习近平总书记视察重庆时指出,"党的十九大以来,重庆聚焦深度贫困地区脱贫攻坚,脱贫成效是显著的","重庆的脱贫攻坚工作,我心里是托底的"。

习近平总书记在决战决胜脱贫攻坚座谈会上强调,"脱贫攻坚不仅要做得好,而且要讲得好"。讲好脱贫攻坚的实践故事,讲好各级各部门统筹推进疫情防控和脱贫攻坚工作的攻坚故事,讲好基层扶贫干部的典型事迹和贫困地区人民群众艰苦奋斗的感人故事,是广大作家和文学工作者的时代责任和光荣使命。面对乡村的巨变和社会的进步,面对形象丰满的扶贫工作者群像和感人至深的扶贫励志故事,面对许多不甘贫困的普通百姓,面对人民群众美好生活的新期待,重庆广大文学工作者投身脱贫攻坚主战场,用文学创作的方式反映大时代背景下重庆人民在脱贫攻坚战役中的不平凡经历和取得的伟大业绩,记录伟大时代的火热实践,记录人民日新月异的新生活,创作出一批优秀脱贫攻坚主题文学作品,《重庆市脱贫攻坚优秀文学作品选》应时而生。

《重庆市脱贫攻坚优秀文学作品选》是在中共重庆市委宣传部的支持下,由重庆市扶贫开发办公室、重庆市作家协会联合策划的系列丛书。为了讲好重庆的脱贫攻坚故事,创作出有筋骨、有硬核、有温度、有品位的文学作品,重庆市扶贫办组织专班提供了大量典型素材和采访线索,组织专人陪同作家深入一线采风采访。重庆市作协遴选了一批来自脱贫攻坚工作一线的优秀作家执笔,组织创作优秀作品。项目甫立,这批作者或早已投身于脱贫攻坚火热的现实中,或遍访民情搜集创作的素材,或直面基层和一线的真实;积累了丰富细腻的情感。通过他们各自不一样的脚力、眼力、脑力和笔力,一幕幕感人至深摆脱贫困的场景得以再现,一个个人物典型的人格魅力得以张扬,一份份对农村新貌的赞美得以抒发……

《重庆市脱贫攻坚优秀文学作品选》由13部优秀文学作品组成,

体裁涵盖长篇小说、纪实文学、散文和诗歌等。钟良义创作的长篇小说《我是第一书记》,以三个主动请缨到脱贫攻坚第一线的城市青年干部的扶贫经历为主线,展示了重庆脱贫攻坚工作的艰巨性和复杂性,表现了重庆青年党员群体的责任担当;罗涌创作的长篇小说《连山冲》讲述了位于武陵山集中连片特困地区的连山冲村克服重重困难成功脱贫的故事,塑造了脱贫攻坚工作中的各色人物的鲜明个性,全景式地书写了精准扶贫精准脱贫中的艰难与坚韧、痛苦与希望以及从精准帮扶到产业致富的山村发展路径与规律;陈永胜创作的长篇小说《梅江河在这里拐了个弯》以身患绝症的扶贫干部林仲虎在生命的最后时刻依然坚守在扶贫第一线的感人事迹,折射梅江河,乃至秀山县脱贫攻坚工作的艰辛历程;刘灿创作的长篇小说《蜜源》讲述了留学归国青年踌躇满志来到贫困山区创业的故事,讴歌了新时代知识青年的理想追求,展现了新时代重庆农村的人文风貌;何炬学创作的长篇报告文学《太阳出来喜洋洋》通过讲述一个个"奋斗者"的脱贫故事、赞颂"助力者"的全心投入,全面展示了自2014年全国新一轮脱贫攻坚工作开展以来,重庆全域在此工作中的生动景象,并努力挖掘重庆的文化底蕴,彰显重庆人的精神和气质;周鹏程创作的报告文学《大地回音》是他深入重庆14个国家级贫困县和4个市级贫困县采访、调研的结晶,反映了重庆农村特别是贫困山区在脱贫攻坚战中发生的天翻地覆的变化;谭岷江创作的报告文学《春天向上》通过对石柱县中益乡各村帮扶贫困户产业脱贫致富故事的讲述,勾勒出一幅山区土家族人民在新时代努力奋进,积极乐观地追求幸福的壮美画卷;李能敦创作的散文集《别急,笑起来——巫山县脱贫攻坚人物谱》生动刻画了一批来自巫山县脱贫攻坚一线的人物群像,记录了他们在脱贫攻坚战役中的奋斗与牺牲,泪水与欢笑;龙俊才创作的散文集《我把中坝当故乡——驻村扶贫纪实》还原了中坝村扶贫干部与群众在脱贫攻坚战一线,确保高质量完成任务的方方面面,是全国打赢脱贫攻坚战中一个生动的缩影;徐培鸿创作的长诗《第一书记杨丽红》借由对脱贫攻坚战中的女性群体的观照,展现出广大驻村女干部们的艰辛付出和人性中的大美;袁宏创作的诗集《阳光照亮武陵山》围绕武陵山区的脱贫攻坚展开诗性建构,集中反映了酉阳土家族苗族自治县广大干部群众积极投身脱贫攻坚的国家战略,展现了人们面对困难守望相助的内心世界和追求美好生活的坚毅品质;戚万凯创作的儿歌集《我向马良借支笔》,以琅琅上口的儿歌展现脱贫攻坚的生动场面和新农村的美丽画卷,通过生动活泼、富有童趣的形式,传递党的扶贫声音,讴歌扶贫干部公而忘私的奉献精神和乡村群众自强不息剜穷根的精神风貌。丛书还收录了傅天琳、李元胜、张远伦、冉仲景、杨犁民等70余位重庆诗人创作的诗集《洒满阳光的土地——重庆市脱贫攻坚诗选》。这些作品散发着巴山渝水的浓郁乡土气息,晕染着山城文化的独特魅力,不仅凝练了百折不挠、耿直豁达的重庆性格,而且写出了重庆人感恩奋进、誓剜穷根的精气神,总结了重庆在生态、教育、健康、搬迁、文化、产业等方面的典型经验。作家们的创作不回避矛盾,不矫饰问题,以真情与热诚书写贫困地区的变化,把脱贫攻坚故事写得实实在在、有血有肉、鲜活生动,彰显了重庆文艺工作者在脱贫攻坚中强烈的使命感和责任感。

《重庆市脱贫攻坚优秀文学作品选》是重庆广大文学工作者与时代同行,与人民同心,把人民群众的伟大实践作为创作的不竭源泉而锻造出的精品力作。我们希望通过《重庆市脱贫攻坚优秀文学作品选》所传导的精神与力量,能够让群众的灵魂经受洗礼,让群众的精神为之振奋;能够鼓舞群众在挫折面前不气馁、在困难面前不低头;能够引导群众发现自然之美、人性之美,让群众看到美好、看到希望、看到梦想就在行即能至的前方。

丛书编委会
2021 年 1 月

目录
Contents

/ 总　序　　　　　　　　　1

/ 楔　子　　　　　　　　　1

/ 上　篇
小木屋　　　　　　　　13

/ 中　篇
花粉谷　　　　　　　　125

/ 下　篇
牧蜂垭　　　　　　　　259

/ 代后记
千万和春住　　　　　　389

楔子

2016年夏末初秋,重庆,摩围山。阳光白苍苍的,山上的风有秋的劲道。一辆考斯特蜿蜒上山,在半山腰观景台惯例停下,一群花花绿绿的人哗地被吐出来,喧哗散一地,各种姿势拍各种照。几分钟,狭窄的车门像一个沙丁鱼罐头口子,人群鱼贯而入,车门无声闭合。

一名白衣短裤高筒靴女子兀自在观景台举着手机照前照后、拍左拍右。然后相来相去好歹相中棵有圈小帽檐的树,缩进树冠阴影里。

车窗内一个女孩探出身子喊:"小麓,一起去吧,来都来了。"车外女子扬扬手,车即刻启动,好像是被她挥走的。车窗内的人早缩了回去,白麓还挥了两下,这感觉蛮好,轻轻一挥手,挥掉庞然大物。

车在数百米外的上山步道口再停住,再次被吐出来的人们依次上山。人们走上坡路,不得不低头,弯腰屈膝甩给后面一串屁股。后面的人自是不甘,不免争先恐后,要赢在起跑线上。走前面的一股劲使完,抚膝叉腰、望顶兴叹的不在少数,而好歹登上去的,气力所剩无几,下山双腿打颤连爬带滚的更多。世人都晓上山苦下山难,但山高人为峰的理想依然引得无数英雄竞折腰。

白麓一边远远看着他们,一边从包里掏出一个粉色小瓶,右手擎住,在空中画着圈,对着脸喷;左手在脸上轻柔地拍,像拍婴儿的脸。喷完脸喷脖子喷手臂,直把每个细胞灌足了水,方收了粉瓶。再掏出两管防晒霜,乳白色的30倍数,银色的50倍数,思忖了一下,将乳白管放进包里。白花花的阳光被明显有秋劲的风饱蘸着,在脸上刷来

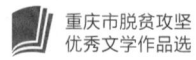

刷去,她断不接受瓷器般白皙细腻的脸被这该死的刷子一层层刷黑刷糙。没有什么比一张干净的脸更重要,这是对世界的尊重。带着这份尊重世界的神圣心情,她豪壮地用50倍防晒霜将脸、脖子、手臂、腿等所有裸露在外的皮肤都厚厚抹了一层。末了,她在原来太阳帽和墨镜的基本装备上加了个十分洋气的口罩,再套上领子可以埋进半张脸、下摆及膝的细纱防晒衣,工序细碎,不亚于古代女子的烦琐装扮。

弄完这一切,白麓仰头看头顶的树。相信世界,不如先相信自己;相信完自己,还得寻找对世界的信赖。白麓墨镜上方唯一可表情达意的两道眉蹙起来,显然没法说服自己信任那棵树。所谓树冠,实际上是稀稀薄薄的一层枝条,上面暗绿色的椭圆叶子毛毛躁躁毫无光泽,一串串米白色的花串兀自随风摇曳,一副贪图享受不思进取的样子,哪有心顾她,有也是有心无力。

白麓端详了一会儿,端平好看的头,左右前后四下逡巡,黑发如瀑,在背上一波一折地流动。她想找一棵有厚厚大大树冠的树。树是不少,却都争着与她比纤细娇媚呢,竟难找到一棵树能承担庇护她的责任。末了,她脸朝东南方向定格。

那里,有一条从主公路分岔出去的支路。路面齐整,阳光下白亮亮的,两行标致高挑的行道树,晃眼有城市道路的感觉。路尽头,耸立一扇大门,大得毫无节制,确切地说,是两根粗壮彪悍的水泥柱桀骜地戳向空中,共同顶着一道同样粗壮彪悍的水泥横梁,三道直线构成一个框,像要把天空框住似的——一眼望过去的大半蓝天都在框内。而三根水泥柱子交了头,还都强势地伸出一截,呈无限延展之势,却被硬生生切断,整个门更显方正刚硬、霸气横空的样子!

白麓推断大门里有房子,论遮风挡晒,房子比树靠谱。她果断地走出树荫,往大门而去。一路逍逍遥遥,支马路两侧树下堆积着矿泉水瓶、饮料瓶和各种零食袋,形成一个垃圾带,使远观的齐整大打折扣。到了门前,见青白色门柱斑驳陆离、缺棱少角,上书一联:拈花惹草志在千里占鳌头,吞云吐雾遨游四方自□□。下联两字风蚀不见,莫非是"逍遥"?看那狂放不羁的样子,应该就是逍遥。而横批让她不解:蜂行天下。错字了?倘若是"峰行天下",倒豪迈得很,比"地到无边天作界、山至高处人为峰"什么的高妙悠远。

白麓双手按着帽子,仰脸转到里面,门楣内里端端写着:花粉谷。仿佛刚结识一粗狂莽撞硬汉,瞬间又窥见他的柔情万种,不觉心下一凛。

高手在民间,此中有真意。白麓再往里走时,竟不由得双臂微摆、莲步轻移起来。

而世间事往往不是想象的样子。门内一溜缓坡下去,缓坡尽头孤零零杵着一处白色房子,呈凹形的三合院,中间空坝接着从门框伸去的硬化路。一派"苔痕上阶绿,草色入帘青"的清冷景象,却又见白黄斑驳的墙壁上,红红绿绿贴满画报,一道红底黑字横幅,两头脱落,耷拉在墙上,字迹又被人泼了墨似的,无法分辨。房子本不算小,却因灰头土脸又被百米开外的硕大院门压着,直要缩进地里似的。

房屋外,四周荒坡上,横着几道人字棚,东倒西歪,棚下零乱散放些四四方方三尺见方的木箱子,乌不溜秋,看不出有什么用处。更远一点的平坝上,却五彩斑斓地开着些小花,像谁随手撒了把彩色珍珠,遗世独立,兀自喧哗。平坝边上,有一个茅草棚,人字顶,草婆娑,棚里几条大原木首尾相连成一个曲折回廊,颇有些意思。在那原木上坐坐,听风看花,倒是个歇脚的好地方,但却无路通达。

白麓不敢擅入。她任长发掀动帽檐,衣袂飘飘,有种被抛在路上的感觉。那满坡的树,竟一律的都是刚才被她抛弃的树种,报复似的对她严阵以待,一串串米白色花,在微风中摇曳。数大为美,先看着毫不起眼的花,这时竟形成一阵奶白色浪涛,满坡翻卷,一时有些震撼。震撼完了,又一时索然。

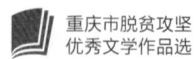

门里的无限种可能,随风而散。这种成串的花,她认识紫藤和槐花,纯的紫和纯的白。米白色是没见过的,有些暧昧有些模糊,不极端,给人温暖和安稳。

白麓更喜欢鲜明的东西,她并不想记着这花,但既然打了照面,就应该知道名字的。白麓来到一棵树下,把手机"智慧识物"打开,对着花扫一扫。

"今儿吹的啥东南西北风,花粉谷吹来个小龙女。"突然声音响起,沙哑低沉。"小龙女在桃花谷好不好。"白麓边说边回头,见一个中年男子斜倚在不远处的一棵树下,嘴里叼着烟,对着她吞云吐雾:"不用查,这叫五倍子花。"

男子中等身材,瘦长脸,暗黄脸色,着一件藏青细条纹T恤、藏青色长裤,在暗处很难被人看见。白麓心里对于他说的五辈子这个花名并不接受,好在手机及时显示:五倍子。才知道世界上还真有如此长远理想的花。强大的手机一并显示着"五倍子"的功效与作用,敛肺降火、涩肠止泻、敛汗止血,主治肺虚久咳……敢情是一味药。

"别看那些没用的。我告诉你它的功效,你立马喜欢。"男子说,"五倍子最大用处是美白抗衰,最适合你们美女了。常吃五倍子,哪用这样包得像个粽子。一白遮百丑,就算长得难看些,一张脸白净就好,不至于丑得这样怕见人。"

白麓瞬间有摘掉墨镜口罩的冲动,惊艳他一下,立即又想,算了,这张脸是用来惊艳世界的,懒得折腾。专心去看五倍子花,心想,吃了你,要能美五辈子,那你就珍奇得了不得了。开了相机,高低远近地拍了无数张照片,顺手发朋友圈,写句:认识吗?五倍子花,美五辈子。后缀一串傲娇的表情。

"还防癌治癌。信不信由你。"美白抗衰就好,扯什么癌?一手好牌玩坏。现在什么东西都治癌,致癌还差不多。白麓没好气起来,伸手去摸花。

"别摘！你把一树花吃了也美不了白,得靠它。"顺着男子的手指,白麓看到眼前飞舞着一只蜜蜂,吓得瑟缩。"别怕,它是女的,对你没兴趣。"男子"嗤"地一声笑。

白麓瞬间被定格,只一双眼珠追着蜜蜂打圈。蜜蜂"嗡嗡"一阵盘旋,歇在远处一串花上。白麓才注意到,那些花上早歇着不少蜜蜂,浑身上下不由麻酥酥的,对那花刚生出的好印象立马打了折扣。

"蜜蜂是人类最好的朋友,没有蜜蜂,人类最多存活四年。这是爱因斯坦说的,那个伟大的科学家,你晓得不?"男子抚着鼻子,瓮声瓮气地说。

可是白麓不想交这朋友。"再说了,你捂得这么严实,它想蜇你都下不到嘴。"中年男子的手从鼻子上挪开,一抹红横在鼻梁上,十分夺目,活脱脱川剧里跳出的小丑,白麓不再搭理这无厘头的人,转身撤走。

"要美白吗？我的五倍子蜂蜜百分之百有用,保管你今年28,明年18,可比你那些化妆品好使。五倍子蜂蜜别处买不到的。"

原来是卖蜂蜜的。白麓加快脚步,后面声音提高了追上来:"美女,我敢拍胸膛,我的蜂蜜绝对的真纯净。真纯净,出了花粉谷,这三个字没人敢说。哦,美女,带点回去,每天一杯肠胃好。慢走,不送。买真蜂蜜好蜂蜜打电话13……"

一串数字高声喊了两遍。他相信会有人记住？就像相信有人会信他？世上还有真蜂蜜吗？蜂蜜里掺水的,给蜜蜂喂糖的,多了去了。所谓白糖蜂蜜,最初她完全以为这不干蜜蜂啥事儿,蜜蜂那样子,哪是会本假的？她认定是人干的,熬白糖制作假蜂蜜,小菜一碟,并不比往蜂蜜里掺水多多少工序吧。后来知道竟真是蜜蜂干的,蜜蜂果真吃白糖,吃了白糖吐出来酿成蜜,给人吃白糖蜜。在这事儿上,蜜蜂与人类狼狈为奸,生生被人类教坏了,世风日下从人类社会到动物界,蜜蜂脱不了干系,尽管,要论起责任来,应是养蜂人负主要

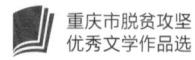

责任。后面那个养蜂人,仍在执着地重复他的电话号码,强调他的蜂蜜是真纯净,但他越是这么说,就越显得可疑。空中飞的这群"人类最好的朋友",能证明你的蜂蜜是真的?

其实,蜜蜂勤劳忠诚、团结协作的精神她从小到大一直被灌输,她对蜜蜂心存敬畏,不存在喜欢不喜欢。只对它惹恼了以命相拼,心底深处很是赞同,觉出与这小东西相通。但,白麓吃的保养品多了,都是国际一线品牌营养素,她包里琳琳琅琅除了外涂的,便是内服的,以前包里断少不了精神范畴的一本书,现在被无敌的手机取代了,她宁可多塞一个外涂的或一个内服的,却真从来没考虑过带瓶蜂蜜,更何况还有可能是假蜂蜜。

白麓头也不回地走了,到了门口,又举头看到残缺的对联。想了想,回头扬声问:"喂,这对联上掉的两字是什么?是逍遥吗?"

男子"嘎"一声怪笑:"逍遥?哈哈,逍遥不起来啰,逍遥不起来啰——"

对联跟眼前这人显然没多大关系。白麓仰头再读,认定那缺的两字就是"逍遥"。除了独立,逍遥是她最喜欢的词了。独立、逍遥,说是她对自己的人设也不为过。"拈花惹草志在千里占鳌头,吞云吐雾遨游四方自逍遥。"读一遍,再读一遍,直读得心海荡漾唇齿生香!她觉得这就是她的写照。"占鳌头",不正是她的追求吗?不做则罢,做就要做最好,就要占鳌头。尤其下联,吞云吐雾遨游四方自逍遥,多么放逸自在、酣畅淋漓的人生!她突然觉得老天爷在这啥花粉谷,给她摆的这道填字题暗藏玄机,既是对她过去的判词,也是对她未来的预示。"何时杖策相随去,任性逍遥不学禅。"即使不能有苏东坡的豪迈,但她作为一个小女子,内心装得满满的、身体护得妥妥的,在世界上走来走去走进走出,也是好的。

解读完对联,白麓高兴了。她想告诉那人,缺的就是"逍遥",改天把这两字儿补上。回头那人已不在,刚才他站的那棵树已隐在满坡树林里,辨不分明。漫山遍野,五倍子花开,蝶舞蜂飞。风过处,绿浪起伏,白花如雾,白麓不觉心醉神迷起来,在这夏秋之交的狭长时光隧道里,来到人间26年的她觉得自己走进了一个奇迹。

回去之后,白麓竭尽全力拿下了阿蓬县中蜂产业政府咨询项目。再之后,她全身心投入完成项目中,不分昼夜不知天日。她预备忙完项目就关一段时间门,出去旅旅游,让员工各自放飞。尽管员工实在不多,只有一个助理一个财务。白麓的助理"香雪"——她的中学同学,名为"向学",多进取的父母才取这样的名字?若不是长着一张不"向学"的伶俐小脸,她真不敢走近。她走近就喊她"香雪",喊了10年了——在拿下该项目这一仗里表现勇猛,她说因为阿蓬县被称为"爱情疗愈地",必须拿下,有备无患。白麓撇嘴不屑:"你懂啥爱情?心如止水还疗愈!我遍体鳞伤身心俱焚,才需疗愈。"香雪吟道:"哪个少年不多情,哪个少女不怀春。"白麓乜斜着她,说:"一入苦海,回头无岸。别指望爱情能疗愈你。"香雪笑着扭着腰肢走掉。

这日下班很晚。晚上11点方案终于定稿,白麓一丝不苟地进行了最后调整和检查,抢在零点前,发了E-mail。

她与香雪在停车场互道了Byebye,各自上车。香雪习惯性地让白麓的车先出去。白麓将车子驶上了日常的轨道,才觉得累了,打着呵欠想该不走这条弯路的,但仍然打着呵欠不调头,继续往前。打开车载音乐,跟着哼哼,很快到了父母住的房子楼下,惯常靠边,惯常右脚踏上刹车,挡位拨到停车挡上,头仰靠上椅背。从这个角度,刚好可以清楚地看到父母家的窗户。

一般情况,白麓看一眼,就开车走人。若该亮灯的时候,窗户漆黑,她会打电话给妈妈。若该熄灯的时候,窗户还亮着,她也打个电话给妈妈。电话里也不问爸爸,但妈妈的回答都是我和你爸咋的咋的。他们从不知道她就在楼下。

这夜早该熄灯,卧室、客厅黑着,可书房却亮着灯。白麓的电话

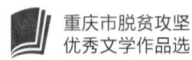

打过去,妈妈先问一堆,"麓麓回家没、咋还没睡、忙什么这么晚、是不是又在打游戏"等等,无须回答,自动接着说下去:"你爸不想再去医院,坚持要吃段时间中药,吴叔叔不是推荐了一名中医吗?今天去看了,这名医真神呢,一把脉就把你爸的病都说出来了,说有六成把握,开了药,回来就煎了他喝。你爸竟比往日有信心些,很听名医的话,吃了药早早地睡了……"白麓打断她:"那你怎么还不睡?"妈妈说:"你怎么知道我没睡啊?""你接电话了。""你打电话了呀。"白麓就挂了。

到家已是凌晨,白麓依次打开音响、空气清新机、加湿器,卸妆,换睡袍,洗漱,敷上面膜横躺进沙发,双腿搭到沙发背上,站了一天,这个姿势很重要,能帮心脏回血,尤其是帮面部回血,然后开始打"王者荣耀"。15分钟后,取下面膜,涂各种护肤品,"轻拢慢捻抹复挑"若干层。末了,关低音响音量,手机消音,两米外充电,上床。闭眼,古典音乐水一样流淌,填满房间。睡意要来不来之间,脑中出现前些日子在摩围山花粉谷看到的对联,什么志在千里占鳌头——什么呢?想不起,也不重要,占鳌头就好。美人觉不敢耽搁,先占颜值鳌头。

次日,白麓被电话震动声闷闷地推醒,打电话的人要有多执着?细纱窗帘外有遮光帘,看不到天色。手机在茶几上挣扎,不达目的不罢休的骄横样。她下床过去,见是香雪,边重新蜷进床里,边说:"什么呀,一早地吵。"香雪清甜的嗓音在耳边不急不缓地说:"小麓总,阿蓬县回信了,有点急,所以……"白麓腾地坐起来:"别啰唆!什么情况?"香雪轻快地:"欧了!"

一朵花从心里开出来,在脸上绽放。白麓跳下床,轻轻盈盈推开窗,才知道刚才说一大早实在过分,明晃晃的青天大白日啊,阳光明媚,微风不燥。

她对手机那头说:"我看着窗外美景,就不怪你这么早吵醒我了。"那头也不回答,她轻笑的样子浮现在白麓眼前。白麓正色说:

"你知道怎么做,赶紧的。我一个小时到。"

上肢伸展,下腿拉筋,盥洗间流水"哗啦"好一阵,白麓双手拍着脸出来,下楼到厨房,从冰箱里取出燕窝、酸奶、果汁,消毒柜里取出小巧精致的杯碟叉勺,悉数排上红木餐桌,依次消灭,漱口上楼,好一阵窸窸窣窣,再出来,一袭灰裙,流线婉转,玲珑毕现;星目红唇,光艳照人,门边蹬一双黑色漆面高跟,左扭右扭不满意,换了双深灰滚银边坡跟细带凉鞋,刚做的指甲颜色与鞋子调性很搭。

到公司已近中午。香雪专注于电脑,不及起身,只笑笑说:"早!马上好。"白麓走进自己办公室,开机看阿蓬县复函,再托腮凝神望向窗外,像在窗口里那片灰蒙蒙的天空里找什么。收回视线再看一遍,香雪就拿着一叠文件进来了,轻轻搁在白麓面前说:"竞品分析、品牌分析和战略定位都做了出来,白总审了我再完善。"接着便带上门出去了。

一会儿,咖啡香溢满屋,再一会儿,香雪将一杯咖啡放到白麓面前,再要出去,被叫住说:"竞品和品牌分析都比较丰满了,战略定位高度不够。县里明天听汇报,今天得做出来。一、收集全世界优秀的同类行业情况,现在马上。二、与林可、哈瑞、秦勤联系,分别将这三个板块抛给他们三家公司做细分,晚上9点前收货,现在马上立刻。"香雪答应着出去。

白麓再没出办公室,公司订制的午餐便当,送进去,不见动,冷了撤出来。晚上7点从公司出来,白麓直喊饿,要吃料理,两人就开车去了步行街。写字楼旁边本有几家,都不及步行街那家好吃。她们边吃边说着话,这天香雪话很多,但白麓总觉得她真想说的在这些话后面,眼见8点半了,容不得她吞吞吐吐个没完。吃完饭回办公室收货验货,少不得无数通电话,边讲边改,11点多基本收工。吩咐了香雪次日清晨出发时间,香雪还要整理若干汇报资料,于是她先走了。

白麓又来到父母楼下,本想告诉他们她要去阿蓬县几日,但他们

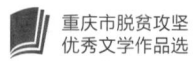

关灯了,已挪到刹车上的脚就挪到了油门上,加速,而转过来看到厨房的灯竟亮着,一个急刹车。这时路上车少,这个神操作至少没吓到旁人。

"麓麓,怎么还没睡呢?"妈妈倒先问。"你怎么还没睡?"她反问。妈妈不回答,只唠唠叨叨地继续说道:"我给你说哦,女孩子一定要早睡哦,睡晚了老得快哈,快12点了,什么大不了的事……"她打断:"那你怎么还不睡?别又说是我把你吵醒的。"妈妈说:"不是给你爸熬药吗?这个药先要用水泡一个小时,烧开后文火熬两小时,要熬出明天三道的,你说有多费劲,白天哪有时间。"白麓说:"需要在厨房守着熬吗?"妈妈说:"名医就不一样啊,光药的熬法就讲究得很,有些药是中途加进去的,熬一会子加一种,再熬一会子又加一种,熬到要关火前,还加一种,这种药不可久熬的。关火马上要倒出药汤,不然药汤又要给药渣子反吸进去了,等药汤凉到40度以下,还要加进蜂蜜,蜂蜜不能高温……"她打断:"加蜂蜜?药很苦吗?"妈妈说:"不是怕苦,都这样了,你爸什么苦没吃过。是用蜂蜜做药引。"她有点没好气:"这么费劲,有效吗?"妈妈说:"才吃两天,哪那么快,中药上劲慢的。"她说:"你慢慢熬,别把自个儿熬成药渣就好。"妈妈仿佛没听到,只说:"你爸说这两天觉好睡些了,我在屋里都不敢开灯开电视弄出响动,拿个平板在厨房追剧,时间倒过得蛮快的。噢,你怎么知道我在厨房呢?"她淡淡地说:"熬药不在厨房熬在客厅熬?"妈妈说:"那倒是。"正要走,白麓突然想到什么,说:"我在做一个中蜂产业咨询业务,晓得蜂蜜假的多,爸吃到假蜂蜜反而不好,你在哪买的?"妈妈说:"蜂蜜保准没问题,别的人妈不认识,农民认得多,别的不说,红薯土豆包谷蜂蜜都能吃到土的。"她心里嘀咕,土的就是真的?但连土的都不是真的了,还有真的吗?想着迷惘,就没再问。只说:"明天,我要去阿蓬县几天。"妈妈说:"哦,好。多带点衣裳,阿蓬县偏远,气温比主城低至少5度以上。那地方好,阳光充足,水草丰茂,森林覆盖率60%以上,空气好得不得了,没事儿多耍些日子。你一个人还是……"她说:"妈你想多了。"妈妈讪讪地"哦"了一声,她赶紧说:"药熬好了早点睡,Bye 了。"妈妈还在那头嚷什么,电话已挂断。

  车开出,眼前晃着妈妈的脸。有些日子没见他们了。妈妈是一个农业专家,细分是红薯马铃薯专家,更细分是给马铃薯红薯配种的,让它们的子孙后代更昌盛健康。妈妈的办公室在市农委,但上班主要场地在农村。白麓小时候没少跟着跑,妈妈一去到地里就不管她了,白麓就到处跑,过了一个自由放飞的童年。打从记事,关于母亲的记忆就是一个挎包来来去去,挎包里鼓鼓胀胀塞着洗漱用具、换洗衣裳,城市农村两头跑,一张脸黑黑红红——这老牌大学生也是特爱美的,洗漱台上各种瓶瓶罐罐从来不乏,但这些水水膏膏在乡村的雨里风里阳光里几无存在感和价值感,白麓从自己白皙细腻的皮肤判断,妈妈的黑红脸膛是拜农村所赐,这让她对农村心生戒惧——白麓从没见妈妈对她那份工作的热情有衰减过,日日像个初恋的人。她想不通一个人怎么可以这么一辈子对同一份工作保持热辣劲头。她26岁的年纪,潇潇洒洒换了两份工作后,创办了现在的农业咨询公司。她喜欢进入不同的世界,喜欢在不一样的世界里进进出出、走来走去。就像她不懂妈妈,妈妈也不会懂她,她不跟妈妈交流工作,就像过去不跟她交流学习,妈妈只要她拿回高分就行,不管是她大学本科学新闻、留学西班牙学金融,还是创业选择农业咨询。

  周围的人都很奇怪她的选择,她自己则坚持这是鬼使神差。谁让她妈做了一辈子农业呢,谁让她从小跟妈到农村去跑呢,谁让那次那个农民问到了她妈妈专业领域以外的问题她妈解决不了,她经过研究政策帮助解决了,让她有了自信的资本呢。当她向妈妈请教农产业的基础知识时,妈妈如数家珍的欢喜和热情,让她不得不惊异地承认,世界上压根没有所谓随便的选择,都是有来处的。所以,她回国后,在选择创业的方向时,开办了现在的农业咨询公司,为一些农

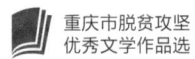

业项目做政策解析,做市场分析,以及发展方向论证。公司人不多,不需要人多,人再多也不可能覆盖所有农业领域。各种想法都在她头脑里,她需要的是整合资源、综合政策,比如这次阿蓬县这个蜜蜂项目,她可不了解蜜蜂,她甚至不吃蜂蜜。蜜蜂可是她敬而远之的东西。但她拿下了阿蓬县中蜂产业发展项目,并完美结题。

回去打开邮箱,读来自澳洲的邮件,那是她摇摇欲坠的爱情。留学时期的恋爱,那个颜值爆表的澳洲男友说好毕业跟她到中国,英语教师资格证都已考取,现在却突然变卦要她去澳洲,她没有打算跟他演绎这个翻转的剧情。两人正在彼此降伏阶段,邮件中,彼此的甜言蜜语被相互说理取代。白麓觉得,学成后的人生,是独立自主、自由驰骋的,怎么都好。如果说有一个原则问题,那就是在不在中国的问题。她甚至觉得这就不应该成为一个问题。

白麓觉得累了。说服无不有强求的性质,她要强求吗?她不再回信,关掉邮件,端杯果汁,倚窗而立。满窗灯火,明灭闪烁。一盏熄了,一盏亮了,如海里的水滴,除了水滴自己,谁人在乎?如此璀璨的灯海,明亮了天空,明亮了她的双眼,她却感觉不到温暖,便是此理吧。

她想,这次到阿蓬县,她得多安排几天时间。眼下许多地方,都在打旅游牌,有的吃祖宗饭,挖掘包装人文历史;有的吃天地饭,打造推广自然风光。阿蓬县打出走心牌,别的不记得,只记得两张牌名,一张叫爱情疗愈地,一张叫养心之地。

上篇

———

小木屋

1

三年后……

深秋。

登山后上车，个个都像被霜打了的茄子，闭目养神将自己置于脱机充电状态。

和苦寻了最后一排靠窗的位置，他个头大，不挡人看风景。开会、坐车最后一排是他专座，而他之后常常会被人请到前面去，这不是他喜欢的，因为这会打扰他阅读，不是读书，是读人。作为一个纪录片导演，没有阅读，便没有记录。

和苦并没弄清他参加的"社会新阶层培训"是个什么培训，主要是不清楚所谓社会新阶层是个什么阶层、自己又何时何地何德何能被选为新阶层的，而当他接到这个为期一周的社会新阶层培训班的通知，仅仅迟疑了三秒便给予了肯定回复，就有来解决这两个问题的意思。两天培训班下来，他给社会新阶层下的定义是，一个社会寄予厚望、生存尚未如意、而头顶光环苦撑的群体。学习期间，他并不活跃，多数时候都是找个角落猫着，这有利于他默默观察每个人，观察眼前的"新阶层"是他在培训课程之外的附加值。

现在的培训，不像以前更多是个社交平台，参加培训者多以结交朋友、整合资源为目的，现在的培训是货真价实的培训，一定要让你学到东西，非让你进步不可，简直有填鸭之势，内容饱和、课程紧凑，授课人多是请的知名——不知名也资深——教授、相关领导，很高端的样子。喝酒聚餐是没有的，娱乐活动是没有的，旅游观光是没有的。因此，类似这次的井冈山旅游项目实地考察，是极其珍稀的。

蜜　源

　　和苦像上车的大多人一样，坐定便闭上眼睛，这样最好，免去许多寒暄。车子启动后，他方睁眼，看到车厢已满，窗外景物滑过，远山近树，别无新意，车子一摇一摇，再次双眼微合，正有点睡意，导游声音响起，极尽礼貌，却语气粗硬。就像砂纸，在婉转温润的女人手里也是砂纸。导游说："喂，喂喂，女士们、先生们，各位亲爱的们，请醒醒，醒醒了哦。我说一下我们的行程和安排，我们还有一小时就到酒店，到了直接用餐。领导会来和大家用餐，用完餐，就是一个轻松的研讨活动。各位亲爱的们呢，在今天的旅途中，有些已经熟悉了，有些还不认识，现在请大家做个自我介绍好吗，让我们彼此认识彼此熟悉，为了今晚的活动轻松愉快，同时也多个朋友多条路好吧，这边的先生请您先来好吧，大家欢迎。"

　　和苦不知道"亲爱的们"是个什么该死的称呼。在稀稀落落的掌声中，"亲爱的们"陆续东倒西歪上去又下来。他总结出，任何团队里，总有说话简明扼要的，啰唆冗长的，有内向沉闷的，也有活泼搞笑的。一颗一颗的石子陆续丢得叮咚响，车厢像一池沉闷的水，被激起一圈一圈涟漪。但他没听清几个，音响是不错的，主要是自己不认真，直到一个清脆沉稳、吐字清晰的声音响起："大家好！我是欧美同学会的白麓，北大新闻系毕业，曾在西班牙IE商学院留学，目前在做中蜂产业，有兴趣的同学可以加我微信，我给你们寄两罐我家蜂蜜，绝对真纯净。"

　　IE商学院是啥他不清楚，但北大女生值得看看，但他真正把身子拉押去看的原因，实在是她说话的清晰可闻、字字分明，他认为这是一种体贴，他觉得一个人的声音可以体现其教养。他一向对教养回敬以尊重。寥寥数语，用时很短，他抬眼看到一个长发披肩、身材娇俏的女孩已把话筒交到主持人手里，欠身颔首，微微含笑，回到位上。

　　车上摇摇晃晃最好睡觉，和苦头晚写电影剧本《拥抱》写到半夜，现在有点昏昏欲睡，但他仍然努力支着半只耳朵保持警觉。站岗的

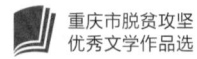

耳朵只对"和苦"两字儿敏感,叫到他时,他一个激灵就上去了,一米八几的大块头,从最后一排走到车头,着实不易,正好把自己唤醒,武装出些精神来。他其实不用更多自我介绍,很多人表达出热情说久仰久仰,不知道的也装作知道。好像不知道他就是不关心文化。可以囊中羞涩,不可以见识贫乏。他真诚简要地介绍完自己,在掌声中回到了座位上,这一坐就把半只耳朵也耷拉下来,安心睡去。

第二天,市委宣传部紧急召开"关于脱贫攻坚文艺创作研讨会",这个会议通知是一个号令,是一种荣誉,他带着神圣使命感,向培训班告假提前回重庆。

回去一忙,和苦就把"新阶层"忘了,而如所有新建群,"新阶层班级群"有一段时间的热闹。他只是潜水,不是没热情,而是没时间。《拥抱》截稿在即,出品方催稿像催命。他也急迫地想要从这深陷一年之久的创作里解脱。脱贫攻坚的创作任务已加担在肩,市里重视他,他不能辜负。这天奋笔疾书累了,躺在沙发上翻手机解乏,看到了活跃的"新阶层"微信群里刚有人推了篇阿蓬县团委公众号里的一篇文章,标题为:《北大女生 深山养蜂》。点开里面多是图片,绿树掩映下,蜂棚绵延,一个小木屋,遗世独立;山花烂漫中,北大女生白麓各种工作生活情景一一展现。和苦脑海里浮现出那个口齿清楚的长发女子。他突然从沙发上弹跳起来,这不正是在最好的脱贫攻坚题材吗?于是,他马上找出同学通讯录,找到了白麓的电话,不假思索拨了过去。电话响了两三声就通了,还没自报家门,那头就喜悦地叫了声"和导"。这让他很受用。可以有无限的想象空间。他直接说:"想请美女同学喝杯茶,允否?"那头毫不迟疑应允,就约了当天下午。

地点是白麓定的,在一家风格简洁、装饰现代的茶室,和苦一杯绿茶,白麓一壶老寿眉,相对而坐,款款自酌。

白麓说:"从井冈山回来,很多同学请我,我都拒绝了。"和苦说:

蜜 源

"美女从来不乏人请,我也只是试试运气,获此殊荣不胜感激。"白麓"咯咯"笑着大方坦言:"我是外貌党。"这么直白,倒让和苦不好意思起来:"我可以理解成这是在夸我吗?"白麓说:"何必谦虚,夸和导是大帅哥的多了去了,可不差我一个。"和苦笑说:"但美女夸奖,不同凡响。"

互粉是最好的开场,气氛调节妥当,和苦进入正题:"那天自我介绍,你说你是发展中蜂产业,我不太懂……"白麓说:"看来你不关注同学群。我早在群里科普过。中蜂,就是中华蜜蜂,也就是中国土蜂。中蜂产业,就是养中华蜜蜂,做土蜂蜜。"和苦笑了,他比较喜欢这个回答,而作为选材,北大女生与土蜂蜜,不是好,是太好。他的眼前满山鲜花,北大女生和蜜蜂都在花丛里。

白麓继续说:"眼下还没打蜜,打了蜜第一时间会想到同学。"和苦忙笑说:"值得期待。对蜜蜂,我是敬而远之。今天你一讲,好有民族感。蜜蜂也有国籍,飞出边境采蜜算不算国际事件?哈哈——开玩笑,开玩笑。真的,现在时兴中国风,你这蜜就是典型的活生生的中国风,必定大卖。"白麓一本正经地说:"现在西蜂东渐,中国大量的是西蜂,而不是中蜂。市场上的蜜也多是西蜂蜜,消费者也没有中蜂蜜西蜂蜜的概念之分。事实上,中蜂蜜与西蜂蜜的区别大着呢,价格才是最识货的,中蜂蜜珍贵,价格也就高些。"和苦说:"我建议你们不要文绉绉的,直接说土蜂蜜,好卖得多。现在什么都是土的好,土鸡土鸭土猪肉,自然土蜂蜜就是好的了。"白麓更正道:"你理解片面了,你这样理解是只知其一未知其二。那只知其一也是自以为是。中蜂和西蜂性格不一样,制蜜工序不一样,对花蜜的要求不一样,是一个综合复杂的系统,所以,中蜂蜜和西蜂蜜这可不是一个土字就能区分的。哦,说多了,你肯定不是来了解蜜蜂和蜂蜜的。"和苦认真地说:"啊,今天可真开了眼界、学了知识,至少,今后吃蜜要吃中蜂蜜,这吃的不仅是高级营养,更吃的是民族自豪,哈哈——"白麓笑了笑,瞬间

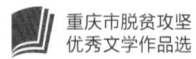

回到严肃状态,从小女孩变成了一个女高知,说:"倒真不假。中蜂是我国独有物种,做中蜂产业不但是蜂产业,还是物种保护。"和苦说:"我信心更坚定了。"白麓轻笑:"你莫非不做导演了,也要做中蜂产业?"和苦说:"不,我是想做你做的中蜂产业。今天约你,就想和你谈这事儿。我想以你为主,拍部纪录片。"

白麓杏眼圆睁,一副好突然的样子:"为什么?我有什么好拍的?这可不让我感到荣幸。"白麓的反应让和苦纳闷。他想象了很多她的反应,就是没想到是这种。有多少人等着他拍,尤其做产业的,流量经济主导市场。山东一家规模养猪的,深圳一家做女性内衣的,对他可谓穷追不舍,认定只有他能讲好他们的故事、树立他们的品牌。制片张井戏言:"这两单,从物质到精神都做了。"他一时没明白,此中猪自然是物质,精神何在?张井说:"女性内衣,关乎精神。"公司一片笑,众口一词呼吁接单,他问接哪单,众说:"两个都接,两手抓两手都要硬。"这两家在努力说服他,不让他物质和精神双丰收就不罢休呢。

白麓显然不是开玩笑。这是个一本正经的女孩。他也正色起来,问为什么,白麓极力显得是说笑:"和导是拍'棒棒'的,我应该不是你偏好的调性吧。我这会儿就想照照镜子,怎么就合了你的口味了呢?"

"你觉得我是什么口味?"和苦也半开玩笑半认真地问,"看过《棒棒》?"白麓暗忖,如果说没看过斯皮尔伯格,没看过诺兰,会有些气短,但说没看过和苦,不该太惭愧吧,便坦承没有。和苦脱口而出:"没看就没有发言权,你看了我们再议好吗?今天,纯属喝茶。"

白麓的脸上写满了好奇,说:"不过,可以告诉我理由吗?为什么想到拍我,我很好奇。"和苦说:"理由?哦,我称为创作冲动。你北大毕业,又是欧洲留学'海归'。在大都市完全可以有很好的事业,但你却去了深山野岭养蜜蜂。""就这样?""就这样。"白麓开玩笑说:"如果你说我颜值高有星味,会更让我高兴。"和苦说:"我愿意承认这是对的,但这不是我的追求。"白麓说:"如同媒体记录宣传北大养猪的师兄?"和苦觉得接上头了,身子前倾,连连点头,说:"对对,你具备这样的新闻点。"白麓问:"知道我是北大什么系毕业吗?"和苦笑:"该不是蜜蜂系?哦,有蜜蜂系吗?"白麓没理会他的幽默,正经地说:"新闻系。我知道你为什么瞄上我。"

这姑娘不会聊天,和苦沉吟半晌说:"蜜蜂,那些小家伙,我一看就晕乎,简直怀疑自己有密集恐惧症。你怎么想到干这营生?北大毕业,高学历,年轻漂亮。那话怎么说来着?明明可以靠颜值吃饭,偏要靠思想。而你还更进一步,明明可以靠思想吃饭,偏要靠体力。"白麓说:"我说我是为了脱贫攻坚乡村振兴,你更好做文章。"说完一声轻笑。和苦对这笑颇感不适,去掉了之前的玩笑口吻,正色说:"这没什么可置疑的。"白麓说:"那就算我回答你了。你若还要想在我身上挖更多故事的话,我负责任地告诉你,你想多了。"和苦说:"作为一个纪录片导演,我只想要真相。"白麓手里玩弄着玲珑的白瓷小茶杯,左手肘支在桌上,把头放在手掌里,望着窗外。

和苦看着她,看到她走过一段沉默的隧道,进入到她的世界里去了。很久才出来,或者不叫她,她就不出来。这晚已反复多次,他每每把她叫出来后,她次次呈现的态度都是不一样的,仿佛一个孩子跑进自己的屋里,拿到了自己的玩具或者没拿到,吃到了自己想吃的零食或者没吃到,走出房间的表情是大不一样的。这次,他让她在里面待了一阵,不急着打扰,他得有耐心。阅读,得有耐心。

茶很久没动,续水的空来过两次。他换了茶叶,清凌凌的茶气让他觉得没有什么不可等待。白麓终于将目光收回到他脸上,有凛凛的冷气,和苦敏锐地知道走出来的她情绪不是更好而是更糟,如果他继续跟踪的话,他不但什么都得不到,还会跟掉。于是,他围追堵截单刀直入:"我对你的故事有兴趣。""你若说对我的人有兴趣,我会更高兴些。"白麓抢断,"故事这东西,属私人藏品,不可轻易示人,当然

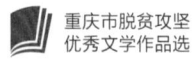

也不是不可示人,主要看是什么人。哦,你别误会,不是说你人不对,若人不对,我就不会答应你喝茶。但与茶相比,我更喜欢咖啡。"和苦说:"那是地儿不对,旁边有咖啡馆。换个地方?"白麓并无兴致,寡淡无味的样子。和苦就说:"首先声明,本人不是媒体,你可能理解成电视台导演。我想说我是纪录片导演……"白麓再次抢断话:"不也是搞宣传的吗?纪录片我真心喜欢,但中国除了《动物世界》,有真正的纪录片?中国的片子我是不看的,没有灵魂没有情怀,只有宣传和灌输。"和苦真生气了:"同学,能问一下你出国留学了多久?""两年。""两年可把中国弄懂了,还把中国两字儿说顺溜了。"和苦突然没了兴趣,他按捺着怒气看看手表说,"呃,我还有点事,就这样吧。服务员,买单。"

和苦上了车就不气了。他的气来也容易去也容易。况且,萍水相逢,有戏就拍,没戏就撤,生啥气呢?

半夜,手机响起时,和苦已将这个线索从题材库里撤销了,眼睛盯着屏幕,仍看着电影《何以为家》,也不看来电显示,把手机按耳朵上,一个似熟非熟的女声,无头无脑地说:"爱奇艺这么高的分,不知是基于什么打的。总体来说,片子不错,镜头感还行,但题材有损你的才华。"和苦开始礼貌地"嗯嗯",这些年,来探讨艺术、碰撞思想的多了,权且听之。慢慢却听不顺耳了,他从来认为,正如没有丑布只有丑衣服,可以说他水平不高,但不能说他的题材不好。他对他的题材都是认知明确、充满感情的。

和苦坐直身子,语气严肃地问:"你谁啊?""我白麓啊!哦,恁快就忘了?北大女生。"他知道是谁了,有放电话的冲动,说:"白麓同学,对不起,断片了。不过呢,我实在是对北大女生没啥兴趣,而是对北大女生养蜂有兴趣,你若加一句养蜂的,我就想起来了。"电话那头说:"我也是,我对团长没兴趣,而是对团长当'棒棒'感兴趣。实话说,你块头大是个'棒棒'材料,所以你当'棒棒'我不佩服,我佩服的是,你与一群'棒棒'同吃同住一年多,我服。"和苦摸了半天,在屁股下摸出遥控器按了暂停,笑说:"彼此吧,不然跟你瞎聊什么呢,绝对不只是好奇,而是,怎么说呢,就是你说的佩服吧。"那边沉吟了片刻,说:"明天我请你,咖啡好吧?谈谈彼此的佩服。"

次日咖啡约在晚上,找了很久才找到那家不起眼的私人小店,几张小几,灯光暗淡,音乐低回,清净放松。门头上"倦飞的鸟"用字极端艺术,生怕让人认识似的。白麓一杯咖啡一个手机,气定神闲地有喝有玩,并无候人之意。和苦简直觉得,他来与不来都没多大关系。但他还是解释说:"我本守时,可这破地方硬是把我弄迟到。我再找10遍也要迟到。星巴克啥的满街是,地标突出。偏要让人转得九曲回肠。"白麓说:"满街都是还有个人生活吗?都产业化了。咖啡馆都不是喝咖啡了,而是喝的人际和存在感。咖啡是个人的事儿。"

和苦边脱外套边说:"太自我没朋友。"白麓白瓷般的脸颊上酒窝闪烁,却看不到笑意。她款款地说:"朋友多了还是朋友吗?朋友现在都大众化了,真正的朋友是个人的。"和苦苦笑:"看来我永远成不了你的朋友,我朋友遍天下。"白麓说:"那说明你没朋友。"

一见面就跑偏,和苦不是来跟她讨论哲学问题的,赶紧收线直奔主题,真诚而热切地说:"感谢看《棒棒》。"白麓笑一下:"你昨天那样子像被冤枉了。我从不愿冤枉人。所以,回去就搜了,9.7的高分,吓我一跳,实话说,我并不觉得有那么好。"

和苦谦逊一笑:"那多是观众的肯定和鼓励。"白麓又说:"真的,看得我心里压抑。那么脏乱差的地方,你真在那儿住了吗?你是每天完事儿后回家去了吧。总之很难想象。"和苦苦笑,一时无话。白麓继续:"说真的,你还是很会炒作的。"和苦忍无可忍,本想幽默一下,但冲出嗓子的气息很粗:"会不会聊天?昨天好好一杯茶被你玩坏,今天咖啡也不合胃口?"白麓压根没听懂,认真地看着他,认真地说:"这家咖啡是最好的了。咖啡豆质量高,磨的工艺也够水准。很

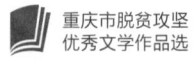

好喝的。我想说的是,《棒棒》这么难拍,你还拍那么长。先表明态度,我可不想炒作,只是看你蛮不容易的。"

白麓五官精致的脸像一面平静冰凉的水面,波澜不兴,语气里一份同情一份施舍。和苦无奈地说:"我真是和苦。"白麓美丽的眼睛往大里睁了睁:"这我不怀疑。13集电视剧,一部院线电影,百万粉丝,你想不承认你是和苦都不行。"和苦笑了,突然轻松了,心说,扯呗,扯哪算哪。白麓正色问:"你为什么要去拍《棒棒》?有那么多美景美人可以拍。"和苦笑:"不是你不让拍吗?"白麓答道:"《棒棒》拍三年了,我们才认识,逻辑不成立。"

和苦望着她,心下说,呃呃呃,精彩,学霸与学渣的对话。不另辟蹊径掌握局势,这天聊不下去。就几句扯到自己的读书时代,让这个学霸级美女看看学渣是怎么撑到现在的。他抖抖衣领说:"我讲讲我的故事?我的故事只配当茶点,尤其配粗茶。与这儿调性不符,但可以混时光。我,农村娃,不好好读书,调皮捣蛋,殃及同学,最辉煌的一次,殃及了校长。那天,下晚自习了我还不放心祖国大好河山,溜出校门去视察。回去校门关了,便熟门熟路翻院墙。院墙最矮的地方有一人多高,墙头都被翻光溜了。那天,我跟平常一样来个潇洒的自由落体,但最后变成一个布袋砸在一个活物上,腹部被硌得生痛,可我的呻唤被那活物凄厉的惨叫堵回去了。尤其恐怖的是,那声音因为对我吼叫频率高,耳熟能详,瞬间就知道砸的不是别人,而是威风凛凛的校长。说实话,现在我对咱们校长的敬业精神都满心钦佩。为了捉拿夜归学生,蹲墙根喂蚊子,容易吗?还差点被我砸成肉饼。校长伤得不严重,事情却很严重。第二天就通知我老头儿领我回去。我老头儿是一心要我出人头地光耀门楣的,回去后自然是一顿饱打。家门口一棵碗口粗的树,老头用拴牛的绳子把我结结实实绑树上,砍的真材实料黄荆条,劈头盖脸,挥鞭如雨,作势要扒我的皮,抽出个好人来。我鬼哭狼嚎,树被我摇得'哗哗'响,邻居一小孩,跑去喊人:

'快点去,何老大要把树背起跑了——'"

和苦爽朗地笑,一副好了伤疤忘了痛的嘴脸,掏出烟来叼上,正要捻开火机,白麓一手伸到他面前。和苦问:"你抽烟?""二手烟危害更大。不是吗?"和苦本能要将取出的烟塞进烟盒。白麓的手仍优雅地摊在那,坚定地没有缩回的意思,他迟疑一下,又把烟含进嘴里,从烟盒里取一支递过去,先给她点上,再点自己的。两人之间,有了烟火气。

和苦深吸一口缓缓吐了,继续讲:"老头鞭子被缴了后,蹲墙根儿里了。我这被缚的普罗米修斯被乡邻解救,估计老头气消了,才硬着头皮回去预备接受第二轮语言暴力,走到地坝头,便听见磨刀霍霍,这一吓着实不轻,这不是要清理门户的阵仗?我像乌龟一样把我高大的身躯藏到磨子后,把头缩进胸膛里。好汉不吃眼前亏,那一刻我绝对是一条好汉。一会儿便听到猪叫,杀猪一样嚎,我突然明白,是杀猪不是杀我,可是,我们是过年才杀猪的!老头莫是气疯了?杀猪拆房不想过了?我冒着杀头的危险冲了出去,但晚了,我没能救大肥猪。"

白麓对着烟缸,翘着葱根手指弹掉烟灰,纳闷地问:"割发代首?可杀猪干吗呀,又不是猪砸的校长。"和苦笑着接话:"北大的就是不一样,你一说就说到点子上了。我爸他就是要去砸校长。我永远记得那一幕,我爸找了辆拖拉机来,把刮得白亮亮的剖成两块的猪摊到车厢里。车一颠一颠,肉一颤一颤,这是永不磨灭的记忆。我爸把车开到学校,给全校师生改善伙食,换我把中学念完。后来,我出名后,我家那方圆几百里以我为荣,校长请我回去做报告。我说:先把猪还了!哈哈——"白麓这次真笑了,说:"从此成好学生了,名导的励志故事。"和苦说:"我的人生无法重演的就是一直没能成为好学生。改自然是想改的,洗心革面、重新做人的誓言还不绝于耳,我已没心没肺玩得河欢水欢,不久又犯了严重错误,校长也不避讳吃人口软,再

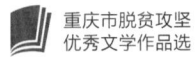

次对我秉公执法,除之后快。我家年猪都杀了,再杀就只有杀我了,我老头这次都无心打我,忙着找学校转学。到了新学校我收敛了些,但指望我考上大学鲤鱼跳龙门,老头则实在是想多了。我是在穿上军装的瞬间长大的,认认真真做到了团级,我爹才认为这个儿他没白养。哪晓得我又不当兵去当'棒棒',钢枪不扛扛木棒。好在片子火了后他才知道,不然真会要了他老命。就现在,他都不知道导演是个什么玩意儿,咋能跟团级干部比。我在部队提了干那些年,老头儿成天地在田埂上大路上转悠,有事没事跟人打个招呼。现在他说腿脚不好了,成天闷家里,躲着看《棒棒》。他自然是不满意的,说演电影都不兴穿件好衣裳,又说我天生是穿军装的身坯。我妈?天下妈一个样儿,自己儿子是最好的。我妈只说,多少好的拍不得,要去拍'棒棒',把自己搞成个'棒棒'累不累嘛。"

说到这儿,和苦声音低下去。对面的北大养蜂女显然不食人间烟火,也不指望她能懂。她说:"所以你这次想拍点光鲜的,花丛中的美女。"和苦笑了:"说到关键点了,花丛中的美女。"白麓弹弹烟灰,动作娴熟,边说:"拍完《棒棒》,再没搜到你的新作。影视行业竞争激烈,尽管你现在小有名气,生存也是难的。都不容易。"

和苦脸红筋涨,"我是和苦"到了嘴边,又生生吞了回去。这话再说一次,怕又要引发一场验明正身的争论了。对面小女子却已屈就开恩地说:"所以呢,我决定当你的主角。"说这话的时候,白麓十足一位高傲的公主。

2

绿水青山,蓝天白云。

红色猛禽在盘山道上时隐时现,摄制组的车紧随其后,颠簸盘旋,穿越群山,心旷神怡。

和苦开车,白麓坐在副驾上,对着群山指指点点。不就养了三年蜂吗?好像目之所及都她家的。

和苦两只手在方向盘上盘来盘去,说了一路风景好空气好之类后,说:"好好儿的城里不待,大老远跑这深山老林里来养蜂,这个很挣钱吗?"白麓不屑地说:"还是想问我为什么来山里养蜂。这问题都被问烂了,看来大导演也并不比旁人高明。"和苦说:"我从不觉得我比别人高明。我作为一个纪录片导演,只是一个忠实的阅读者,阅读社会、阅读人,现在拍你,自然是要阅读你。"

白麓望着窗外说:"我啊,学了知识,支援农村建设,参与乡村振兴,实现个人价值,报效祖国。"和苦打断:"说重点。"白麓扭头看向他,夸张地说:"所有媒体采访我,我都这么说,他们可开心了,照录就是文章。"和苦笑:"北大新闻系高才生,应对媒体还不一整套。可我再说一遍,我不是媒体。""知道,你是一个纪录片导演,只想完成一部优秀的纪录片。"接着白麓调皮地问,"那纪录片导演需要我怎么说?"和苦说:"真话。"白麓说:"善意的谎言算真话还是算假话?"和苦摆摆头,说:"我作为一个纪录片导演,只是真实拍摄,没有教你怎么做人的义务。但纪录片本身可以教化人,包括你本人。至于真话假话,我的理解是,什么人说什么话吧。所谓真人面前不说假话,即便是假话多半也是真的。"

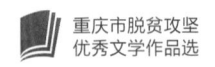

白麓歪着头,望着窗外,似听非听,过了一段猛烈颠簸的路,才叹息似的吐出三个字:"好深奥。"和苦说:"你接受作为一部纪录片的主角,你的行为处事就有了社会性,你要为你真实呈现的负责。我爱护我的片子不亚于爱护我的生命。所以,你不要害人害己。我每天都在花成本,都是有价格的。"

白麓警觉了:"不是我请你拍的,我可付不起钱。先说断后不乱,你要事后讹我,我会报警!"说着像险遭绑架要开车门跳车的样子。和苦笑了,问:"你觉得你有什么可讹的?当然,除非你本身是假的,是来骗农民伯伯的,那是可以讹一讹的,但话说回来,你都来骗农民了,还有油水值得我讹?让我笑一会,开车不兴这样说笑话的。"

和苦"呵呵"笑着把车刹在路边,下车,站在路边,眼前一排笔直的松树高耸入云。他掏出烟来点上。白麓跟过去,伸手要,他装作没看见。几口抽完,跳上车,发动车子。白麓沉着脸说:"得先签协议,你说成本什么的,听着好吓人。"和苦说:"协议自然是要签的,在踩点完,认定你担得起一部纪录片、我决定拍你之后。"

白麓疑惑地问:"那你图什么?"和苦说:"各有所图吧。这是我的职业。我靠拍摄养家糊口、安身立命。你只是进入了我的选择,但是否是一部成功的片子,还有很多综合因素,选材、拍摄、剪辑都会让我可能不成功,而尤其重要的,是我的思想、你的灵魂,才是这部片子的骨。不成功是我自己负责,不是我眼光的问题就是我手艺的问题,成功了的话,我们都有福利。到时候,小麓总要打赏些个,我是不拒绝的。"白麓说:"片子成功了,我就出名了,网红流量,蜂蜜大卖。就像李子柒。这就是我的福利。"和苦说:"有句丑话说在前头,万一你作假,我绝对受牵连,甚至身败名裂。你若作假,必将高额赔偿我,高额到哪怕我一辈子不再拍一部片子,也不至于饿死。"白麓认真地大声说:"别的不敢跟你乱签,这个我敢!因为我知道我不会作假。我就是为了让人吃到真蜂蜜来这儿的。"和苦猛一扭头,敏感地望着她问:

"这就是你的动机?"

这时,对面一辆车从弯道里钻出来,到面前才看到,和苦猛一打方向盘避过,白麓尖叫:"啊——干吗?你吓死人了!好好开车,山路陡弯道多,出事儿可不是城里的擦挂,要出人命的。"她粉面飞红,柳眉倒竖,是真被吓着了。和苦笑道:"放心,我是老司机。这么胆小,还跑这深山里来创业。"白麓手抚胸口惊魂未定地说:"不瞒老司机,这两三年,别的还好,就是这山路,每回下了车才觉得活下来了。"和苦笑笑,仍抓住刚才的话头穷追不舍:"你刚才说,你是为了让人吃到真蜂蜜才来养蜂的?"白麓嘴一撇:"随便一说,别当真。"和苦说:"但我听到了真话。"白麓说:"我真要告诉你真话,你会绝望的。"和苦说:"世界上没有让人绝望的真相,只有看不到真相的绝望。"白麓说:"那我告诉你,我到山里,是为了打游戏。好好开车,别看我,别满地找牙的样子。我爸妈不准我打游戏,说什么北大学子,什么留学归国,应该是那种他们想象的样子,可我居然窝沙发里打游戏,完全没有外资企业高级白领或者政府机关干部的气质,说我不争气不成器,为了他们活得好一点,我就离他们远一点,讨个耳根清净。"

说着话就到了。一幢小木屋,依山而建,全木结构,素净古朴,清新雅致。大门平地,阳台凌空,有吊脚楼的感觉,凭栏远眺,青山隐隐、白云悠悠,低头俯视,芳草萋萋、碎花铺地。

和苦对白麓说:"你真会找地方打游戏。"白麓笑出声来。和苦坚信自己来对了地方。

屋里屋外转悠了一阵,没看够,又想到蜜蜂,让白麓带去看。就在屋外山坡上,十分齐整的一溜蜂箱排上去,蜂棚白色,人字形顶,罩着蜂箱。走到近前,看清蜂箱底部离地最近的地方,有两个小口,那是蜜蜂的出入口。蜜蜂从这儿爬进爬出,爬出的到了门口就起飞,嗡嗡地哼着歌打着招呼飞远,爬进去的是从外面飞回来的,先歇在门口,两只后腿裹着花粉,黄色粉色的。想起小时候学过的一篇写蜜蜂

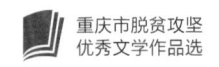

的课文,说蜜蜂提着桶什么的,现在看到它们沉重的脚踝,果然像提着两只桶。蜜蜂在空中,就不是飞翔,而是滑动,翅膀扇着却像没扇。

白麓戴了白手套和一顶竹编帽子,帽子周围垂着白纱。和苦往那边走的时候,就也想要一顶,却又想自己大老爷们儿这么戴着很搞笑,就没说出来。白麓也不主动提,她要是主动说,他半推半就也可以接受的。现在,白麓轻缓地揭开蜂箱箱盖,慢慢伸手下去,慢慢提起来,边提起一张密密麻麻爬满蜜蜂的木格子,边说:"这是巢脾。"和苦连声叫着,连连后退,两眼发晕,浑身发麻,连头皮都起了一层鸡皮疙瘩。白麓稳稳地提着一脾黑压压的蜜蜂,竟向他迈进一步,他失声喊"要不得要不得",喊话间已跃步几米开外。"你不是要看吗?"白麓轻言浅笑,款款举着一脾蜂像举着一幅画。和苦说:"看到了。放进去,快放进去。别打扰人家生活。"白麓却已然换了频道,变成普通话,要讲解一番的架势,他连连摆手说:"我定好位支好机子再讲。"白麓利落一个收势,妥妥地安放了蜜蜂,一片"嗡嗡嘤嘤"声也跟着收了进去。

小木屋除了白麓,还有一对年轻夫妻,白麓称丈夫为小山,称其妻为晓姐姐。妻子叫王春晓,看上去比白麓还娇小,不知这姐姐怎么当上的,名副其实的小姐姐。大家也都跟着这么喊。小山夫妻长居于此,丈夫看管蜂群、妻子看管房屋和准备一日三餐。这天显然是特意准备了的,三荤三素,一大钵番茄鸡蛋汤,额外加了嫩滑的肉片,整桌菜咸淡适宜,鲜香爽口。白麓边吃边说:"晓姐姐,今天青菜还是老了点,我一再说要少炒,不然叶绿素和营养成分就炒死了。番茄鸡蛋汤就番茄鸡蛋汤,番茄肉片汤就番茄肉片汤,你这样弄在一起味道混了,这么有创意我也是醉了。"春晓"嗯嗯"应着,端着碗饭只顾吃。在这样的絮叨里,和苦一时竟有心物归位之感。

当晚,山野寂寂,松涛阵阵。和苦听了半夜的风声。他是个思绪繁多的人,但这晚,他确认他只是在听风声。

蜜　源

　　早上,和苦被一种奇怪的声音吵醒,恍然不知身在何处,定神看着窗外。那扇窗简直就是一幅山水画的画框,上面三分之一被天空占据,天是青苍色,退得很远,没有一点杂质,没有一丝游云,像一张干净的画布。画布的最上端是山脉的勾线,起伏柔和温婉,从左端什么地方起到右端何时止,看不到,只感觉无尽的绵延,目不能及,心不能及。山是黛色,他最喜欢的颜色,明明显显的颜色,却不争不躁,好像没有。只有年岁才能上出这种色,一遍一遍一遍,无数遍不能浓不能淡地抹出来的。黛色的山只是背景,也退得极远,让出了巨大的空间来。这空间里,多是树,各种树,远处的影影绰绰,近处的千姿百态,远处是静止的水墨画,融合进山的背景里。近处是3D动画,跳脱着招呼人。最近的树像个害羞的人,对窗子里面的世界好奇,却把身子藏在外面,只将几枝枝条从画框右下角斜伸进来,没风的时候,静止不动,有风过去,就摇曳着招手。

　　和苦突然觉得自己就是一棵树,在等待着下一阵风。

　　最初那奇怪的声音持续不断地传来,时近时远,听不分明。他套件T恤,蹬上裤子鞋子,跑了出去。声音这东西,不可捉摸,稍纵即逝。

　　和苦跑到门口,站住了。他看到蜂棚头上,一棵大树下,坐着一圈人,除了白麓和小山夫妻,还多了两个头天没打照面的中年男子,想必是白麓提到过的她雇佣的蜂农。每个人膝盖上放着一本书,白麓读一句,大家读一句,目不斜视,很认真专注的样子。和苦被吓住了,这个白麓,难道是学什么教的?他带着浓厚的疑虑走过去。没人理他。每个人一心读书心无旁骛。

　　　　桃之夭夭——,桃之夭夭——,
　　　　灼灼其华——;灼灼其华——;
　　　　之子于归——,之子于归——,
　　　　宜其室家——。宜其室家——。

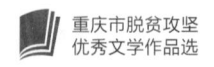

听清了,他吓到了。这时候,相比耳朵,他选择更相信自己的眼睛。他在小山身边弯下腰去,果然是——《诗经》。

北大女生,在这深山老林里,带着一群养蜂的农民,读《诗经》。

这是演的哪一出?

这边还在反反复复地"桃之夭夭",他逃之夭夭了。

回到木屋,张井迎上来,后面跟着陆虎、姚望,都一脸懵。张井问:"拍吗?"和苦愁眉苦脸地嘟囔:"别慌拍。这不是演么?演这些干什么?想多了!"

那边还在读。

> 南有乔木,不可休息——
> 南有乔木,不可休息——
> 汉有游女,不可求思——
> 汉有游女,不可求思——
> ……

和苦右肩靠在门框上,上臂交叉,抱在胸前,右脚尖纠缠着左脚跟,看着那群读书人,满脸的疑惑和无奈。

终于读完了,白麓满脸晨光袅袅婷婷走向和苦,招呼道:"早上好!昨晚休息得好吗?"

和苦头一歪,说:"你不是说不可休息吗?你们刚才读的'不可休息'。"

白麓愣了一下,突然明白过来,哈哈大笑,直笑得捂着嘴弯下腰去。好歹止住笑,不理他了,进屋放书,和苦跟了进去,问:"白总,你们这是做什么呢?"白麓扭过脸,莫名地:"读书啊,晨读。"和苦问:"以前也这样?"白麓说:"不然呢?噢,我明白了,你认为是读给你们看,摆拍?"一种不屑和鄙夷在她脸上一闪而过,嘴角往下牵动了一下,说:"晨读我们一直坚持,自有蜂场便开始,你想多了!"和苦不好意思了,解释道:"我没别的意思,只是任何细节我得踩实,可不能为拍而拍。这是我的原则。"白麓冷静地说:"每个人都有自己的原则,我也不会为了你的拍摄,改变自己的。你放心。你看到的都是事实,但事实背后的真相,没人有义务告诉你,除非你值得。"

那边在喊吃饭了,两人走过去,其他人都已经坐下在喝稀饭了。他们的两碗稀饭在等着他们。桌子中央是一盘馒头和水煮鸡蛋,还有两个咸菜。

清静的晨曦里,回响着"呼呼噜噜"喝粥的声音。

白麓很快吃完下桌。张井见她走了,问桌上的人:"你们刚才读的啥呢?""诗。""诗啊,读得懂?""哪个懂得到嘛,是古文啦,不晓得说些啥子。""读了好久了?""嘿,有一两年了哦。我一进入公司就开始读了呢。""小麓总不在,你们读不?""她说了的要坚持读,我们有时读,有时不读。再怎么读也考不起大学。哈哈——"白麓一走,桌上热闹了。和苦爽朗地笑说:"有意思。""意思肯定是有意思,但我们再读也读不出意思。""不如多打两斤蜜实惠。这些读书人,想精想怪。"年龄最大的那个,不好意思地笑笑,把碗里的粥一口喝完,拿个馒头,掰了半截塞进嘴里,剩半截拿在手里,晃晃悠悠往蜂棚走去。

和苦出来,正欲跟上去,小山拉拉他的衣袖,他一回头,看到帽子,当下对小山的贴心表示悦心的喜爱,咧嘴笑着,往头上戴着说:"这家伙什儿戴一个是有必要的。"小山说:"我们正经去弄,都不敢不戴。蜂子这家伙,只认蜂王,不认皇帝。"

戴了帽子,脸上蒙了层纱,胆子壮了,动作潇洒了。几个人都像昨天白麓一样,提起这个看看,放进去,再提起那个看看,放进去。他凑拢去,想看个明白,却又看不明白,就像他们刚才读《诗经》,全然不懂一样。

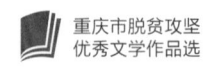

转眼看到白麓,已换了身玫红色的宽松休闲服,白色阔腿裤,戴一顶宽边帽,悠悠闲闲在对面山坡的小路上,一个及膝长型包拍打着她。他问:"她这是要去哪?"小山说:"吃了饭消饱胀。"

又传来歌声,和苦再回头,看到白麓已在对面小山头,背靠一棵树,席地而坐,身披韶光,怀抱吉他,埋首于胸,轻拢慢捻,哼哼唱唱。那样子,一树的记忆,满坡的思念。

张井问:"她,就这样养蜂?"一个答:"不这样养怎样养,蜂子又不要人喂饭。"另一个答:"蜂子不需要她养,她把我们养好就行了。"

和苦沉思着,眼下最热门的词出现在他脑海里:诗和远方。同时,一个念头没来由地来了:这个姑娘,要不大放异彩,要不一事无成。

这天上午,唱了歌弹了吉他的白麓把自己弄通畅了,心情特别好,她换了一身淡蓝色挑染绣花汉服长衣长裙,不仅好看,全身上下也保护了,这显出她的聪明灵巧。同时戴了帽子手套,帽子上垂着面纱,她脸上画了淡妆,红唇轻抿,嘴角上扬,嘴角两个小窝忽隐忽现,面纱轻拂,笑意灵动。

白麓说:"导演,那我们抓紧好吗?"和苦一时没反应过来这是在对他说。到底谁是导演?但他反应过来就盼咐摄制组进入拍摄状态。白麓看准备得差不多了,就招呼自己的人都过来,然后领着他们,鱼贯进了蜂棚,让小山夫妻一干人有序站好,她开始认真给他们做讲解,一会儿揭开一个箱盖,一会儿提起一张蜂牌,娓娓道来。有一度,和苦想,这白麓敢情是办了个蜜蜂科普基地,那学识、那气质,以及这蜂箱、这蜂棚、这风光,国家蜜蜂科普基地也不过如此了。

但他无意深入蜜蜂,更无意学养蜂。蜜蜂世界的神秘被白麓逐一解构时,他的目光跑了。后来,他示意陆虎拍着,招呼上姚望,带着航拍机器,一路出去,晃晃悠悠到了刚才白麓唱歌的山头。

3

这真是个好地方,一展眼,山势如瀑,云雾似烟,林木森森,繁花点点。

"飞!"他大手对着群山一指,吐出一个字。

小飞机像一只鸟,翅膀绷直,头一昂,平稳滑进空中,上升,盘旋,起伏,迂回。和苦看着显示屏,不断啧啧赞叹。他接过姚望手中的遥控器,仰首蓝天,迎风高呼:"小鸟啊,你飞吧,你不飞怎么知道天有多高、地有多阔,天地之间有多美啊——"

显示屏显示,东南方向500米处,竟有一处亭台楼阁,气质不俗。慢慢压低飞机,那是一处画风古朴的仿古建筑,依山就势;步道婉转,回廊缠绕;绿树掩映,细水环抱。目测占地足有一亩,设计感强,所有设计又被刻意消减,似乎这建筑是原本就有的,是跟山一起长在那儿的,没什么特别。"是的,这种意味,是明显的。"和苦想。

这日下午,和苦带着摄制组寻觅而去。按图索骥,很容易就找到。楼看来是刚建好,在做旧上颇下了番功夫。外面看,如在深水里浸泡了若干世纪的石头,是一幢经岁月冲刷很久的老房子。进入才知尚未完全正式投用,边头墙角尚在修缮,却是有人住的,一侧栏杆上晾晒的衣物花红柳绿。正分辨,一个穿大红宽松长袍的女子出现在楼台上,青山红衣,分外夺目。正欲招呼,却见她转身进去,消失在转角。

转了几圈,既无人迎接,也无人防范,如入无人之境。正要离开,却见建筑上面有一块台地,台地上有一块大石头,石头上坐着一个人,灰色布衣、深蓝布裤、同色布鞋,衣服纽扣是本色布盘的盘扣,身上再无多余东西,甚至没有多余的颜色。和苦走到他跟前,见他双足

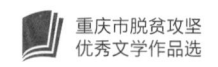

自然踏地,直腰端坐,双目微闭,嘴角上扬。近似他见过的一些修道学佛之人的静坐,但其表情有些生动有些活泼,没有挣扎着静止、努力着放空的费劲,而是一种顺其自然随波逐流。

和苦不便打扰,就在他身后走到东边观景,然后又走到西边观景,用脚步声去打招呼,结果那人静若石头,既不制止也不邀请,他走了几趟再走就不自然了,只得冒昧上去打招呼,却没得到回应。和苦细声说:"先生,可以叨扰一下吗?"那人眼睑微启,眼波轻扫。和苦问:"先生,您是这屋的主人吗?"眼风转瞬即过。和苦急忙又问:"您在这儿做什么呢?"那人已回到之前的状态里去,只淡淡地吐出两个字:"听山。"

和苦有点被震住了,听山?

听山。好美。眼下这人用来经历当下这一刻的生存形式,或者说,超越当下这一刻的生存形式,更美。

他为自己的莽撞羞愧,静静站起来,悄然退却一边,在一个自以为不会打扰他的地方站定,闭上眼,他也想试着听听,听山。且听得风穿过林间的声音,蝉在树上的鸣叫,各种鸟,呼朋引伴……显然,这都不是山的声音,这是自然附着在山身上的声音,山本身的声音是怎样的?他不禁惘然。

回到小木屋,和苦一直恍惚,他想,无论他怎么拍,把山拍得多美,但拍不到山的声音,风吹不是,林涛不是,蝉鸣不是,鸟啼不是,山的声音?如何捕捉?

听说要捕捉山的声音,黄庭戴着大耳机,举着收音器,到处收音,全是徒劳。他那凝神静气的样子,也好滑稽。

晚风习习,暮色苍苍。和苦吃了饭,坐到那吊脚楼伸出去的阳台上,继续听山,失魂落魄的样子。

这样的状态,和苦在拍摄时,常常会出现,摄制组都知道,每逢这样,便退避三舍,否则要引无名火烧身。

白麓却不知道,她去找他。白麓说话一向条分缕析,冷静分明,哪怕得意忘形时,声音也是一丝不乱。这会儿,较之之前,愈发冷些。她说:"你不是来拍我的吗?"和苦懵懂点头:"对啊。""你倒像是拍风光片,只是在这里落个脚。当然,我不拒绝接待风光片的摄制组,以前也不是没接待过。""什么意思啊? 你以为我来蹭吃蹭喝呢?"和苦惊异莫名,这侮辱非同小可。白麓说:"我没那么多意思。我只是想,你说要以我为主角,但我现在看不明白,这纪录片怎么拍。"和苦眯着眼打量她,忍不住笑了,嘴角带着讥诮:"你想学拍纪录片? 我看你还是养蜂比较好,该做什么做什么,只当我们不存在。这事儿才有法做,不然做不成。"白麓认真地急了:"我怎么能当你们不存在呢? 一群人晃来晃去的,我又不是瞎子又不是聋子。我是想说,你该怎么拍怎么采访,赶快进入快点完事儿好吧?"

和苦审视她一会儿,断然说:"我觉得你以及你的事业都还不够成熟,不足以撑起一部纪录片,这样吧,摄制组现在先撤,我仔细梳理下,你也仔细成长下,过段时间我们再联系好吧。"话谈成这样,显然不是白麓预期,她有点羞恼,说:"你怎么可以这样,说来就来,说走就走,什么意思呢?"和苦笑笑,说:"莫想多了。我们拍片子的人就是在天地间游走,这是我们的生存方式,正如养蜂是你的生存方式。一部关于你的片子,一定是我们共同完成的。我们要拍一部片子,是很慎重的,绝不是说拍就拍。而是踩点、了解,一切确定成熟了,才可以开拍。目前是我们的了解阶段,没别的意思,真的。""那,仔细成长下,是什么意思呢?""哦,随便一说,你看那棵树。"和苦手一指,"你觉不觉得,它长得太粗枝大叶、太随意自我,旁边那棵就好得多,主干清晰,努力向上,旁枝收敛体贴,整个树形给人美感,没看出来? 每天看,仔细看,高兴了看,不高兴了看,心里有事儿看,心里没事儿也看,时间长了,你会看到很多东西。"

4

"她是做梦来了。""这样的年纪,不允许人做梦吗?"回去后,和苦在公司召开题材研讨会。北大姑娘养蜂,做还是不做。张井说:"题材肯定是好题材,但如果要赶脱贫攻坚收官之年时间节点,时间很紧,任务很重,必须马上开机投拍。"姚望说:"依和导之前讲的思路,这部片子要鲜花美女和新农村建设,故事需求量很大,不然会空洞,如果要做,那现在开始就得跟拍。今年秋冬,明年春夏,正好四个季节。"老宋说:"这个女孩是肯定可以拍的,她尽管脸不是那种小尖脸,但还是挺上镜,镜头感很好。"黄庭说:"我觉得她就是镜头感太强了些,有点作。"陆虎说:"淳朴些更好。就怕角色会演。"

各抒己见,都很有见地。但和苦听不下去了,他愤愤地说:"这一趟算是白跑了。老子听了半天,就没听人讲讲这次出去的感受。这个北大女生,她的思想、性格、气质,谁有分析?她为什么要做这么件事,有人想过吗?什么人都敢拍是吧?来来来,都说一下。"大家没声音了。和苦坚持要大家说,于是,七嘴八舌有了这些说法:"创业选择,但这很挣钱吗?""哗众取宠?若是这样的人三年还没搞出点声响?""投机取巧,又是投什么机取哪点巧呢?蜜蜂和农民,有什么机可投?""兴趣爱好,这爱好有点独特。""小资情调,谱写人生的诗和远方。""崇高情怀,投身新农村建设。"

讨论渐趋热烈。和苦打断大家,说:"够了,你们让我想起尼采的'人类一思考,上帝就发笑',但大家至少要学会思考和观察,这次你们有观察到什么,都说说。"陆虎说:"她的一些做法好奇怪,比如晨读。我简直怀疑是排演的。"张井:"我也怀疑,很不真实。但我特意问了小山和老树头几个,他们这么读已经有三年了。她是想改造农民?"黄庭说:"还有,她在蜂场讲蜜蜂那个,太溜了,一般人彩排好多次才这么溜。"姚望说:"骄傲。我觉得她很高傲。表面做的农产业,与农民一起做事一起生活,内心里是居高临下的,你看对晓姐姐的挑剔。"张井说:"大家不知注意她的服装没有,竟都是和导喜欢的汉服,和导你是不是跟她说起过? 那色彩搭配也是无可挑剔,可以说,既很适合山间田园,也很时尚洋气,赏心悦目。"

和苦一直没打断,这里接话说:"那还不好?省多少事儿。至少说明她聪明,综合素养不错。跟聪明人玩总是好的。但这也是一把双刃剑,有助我们拍摄,也会成为障碍。大家都注意到她的表演性,她很有导演性,喜欢做主,很有想法,这是有知识有见识女性的通病。她会有很多她的想法,而不会老老实实跟随我们的拍摄走。这就是大家刚才说的,感觉她做了充分准备。我感觉她自我意识太强,有很强的独占性,比如我们去了听山屋,她明显有反感情绪,好像焦点只能对准她似的。这个不能滋长,不然片子会跑偏。这也是我决定先撤的原因。""我倒觉得通过这些看,她还是比较单纯。她什么都表现出来,哪怕缺点,不掩饰,不粉饰,这样的人设比较好把握。"张井说。

最后的人物画像是:神秘、骄傲、自我、聪明、做作、强势、单纯。和苦说:"这个画像是为了让我们吃透人物,让我们的人物真实,有辨识度,而非脸谱化。记住,每个人都是自己的典型。大家在以后的接触中,要更好地去认知和把握,我们会不断地为我们的人物画像,为将出现在我们片子里的所有人物画像,以便能更真实准确地表达和塑造人物。"

而这个会议最重要的决定,是确定投拍北大女生养蜂的故事,暂名《北大女生》。除留几个人处理完成正在进行的业务,会举全公司之力,加速推进,死死抓住时间节点社会热点,不抓时间节点的文化,没有出路。这是大家的共识。

接下来,就是与白麓协商各种具体条款。这种合作,和苦公司有

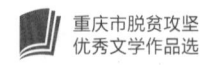

成熟的模式，基本就是在格式合同上进行些客观调整，无非是彼此责任义务的约定。白麓对于影视界的规矩表现出敬畏，没有更多的意见，只是在如何保护自己的权益上，做了认真的推敲，都在合理范围内。而和苦的做事风格是不计较不纠结，当让则让，能过且过，愉悦做事为最高境界。关于纪录片《北大女生》的拍摄协议很快就签订。

跟着就开机了，没有所谓开机仪式，只是拍摄团队开进了白麓的养蜂场。每个镜头都慎重起来。而白麓的表情跟着凝重起来，从头到脚绷紧，整个人像灌了铅，重得提不起化不开。和苦花了很大功夫，都没取得他想要的效果。偷拍的倒好，一旦她知道摄像机存在，就立即不真实起来。他说拍《棒棒》各种难，都没有这个难。他由此得出结论，书读得多的人，比书读得少的人难拍不是一点点。书读多了，自我设定明显。

好歹每天都有拍，素材慢慢积累。只是夜夜看素材，总有种隔靴搔痒的感觉。花海中的美女，蜜蜂的世界，山水草木，如果是做一个风光片，足够。但纪录片是需要灵魂，需要温度，需要精神的，这些却总有些触摸不到。和苦有些抓狂。

这天，张井说："我们不是一直在招场记吗？我觉得针对《北大女生》，可以招个女场记。"和苦一拍大腿："好主意啊！"关于场记，之前拍片有时有时没有，这次搭建团队时，是说要的，可总觉可有可无，也不急，张井一提醒，这事儿急了。和苦立即指示："赶紧的，女场记！或许，这是打开'北大女生'的一把钥匙。咱一群大老爷们儿，要走近要深入，实在有各种难。"

圈内圈外、线上线下寻寻觅觅，愿干这活儿的女性竟不少。而对于这位场记的期许是超越场记的，所以，筛选也是费心费时。网聊电聊各种聊后，约见了三个人。有两个人只愿在主城见面，只有一人反不愿在主城而愿在阿蓬县见面，和苦就决定先见此人。来人很快便到达小木屋，见面时一只手长长伸过来，直伸到和苦面前，笑吟吟地说:"和导久仰！我是您的铁粉。能来应聘您的场记,是我的荣幸和向往！"又说:"我本姓乐,真实姓名网上提交的资料里有,做这个场记,我想笔名叫和乐。表现下我铁粉的情感,愿意在您的苦上,添一乐。"和苦感动极了,他是个容易感动的人。他的大手把人家的手紧紧握住,晃了又晃,对张井说:"后面两位不用通知了。"又对和乐说:"我相信眼缘,真诚欢迎你！"和乐浅笑:"何乐而不为！"

和乐的进入,让拍摄润滑起来。场记的工作在拍摄之中或之后,而她的大量工作显然做在之前。日常中,她不是与白麓在一起,就是与蜜蜂在一起。她经常坐在蜂箱前,连防护都少戴,竟也没蜜蜂蜇她。这是连和苦都佩服的。她的加入让白麓明显柔和了许多。

在养蜂场拍摄了一段时间。在白麓带着她的蜂场工人从晨读开始的每天里,日日有新故事发生。在外人眼里,无非就是蜂场、蜂棚及蜂箱清洁,以及对蜂群的检查,无非是轮番打开盖子,取出爬满蜜蜂的巢脾,前后左右看来看去。蜜蜂从黑暗里一下到了光明的世界,在蜂脾上簇拥着、爬动着,有经验的师傅会看出正常、异常、优劣或强弱。和苦和乐们,在这些日子都已学会从成千上万只长得一模一样的蜜蜂里找出蜂王来。这是他们觉得最有乐趣的事情,仿佛蜂王是多么了不起,多么不一样,其实,它只是比工蜂身子长一点、尾部尖一点,除此再看不出什么特别,只是被冠以"王",便给人无限遐想。而最本质的,蜂王是一群之母,蜂群是她所生,蜂箱里所有蜂都是她的儿女,没有了它,蜂们就会死亡。蜂王日夜不停地爬行,产卵,让蜂群兴旺繁衍,但她并不哺育她的蜂儿。蜂儿都是工蜂养育。工蜂不但采花粉采蜜,还要承担蜂箱内外的所有管理工作,还要哺育弟妹。因此,白麓说:"蜂王是生而不养。工蜂最辛苦了。"说这话时,语气几分怜悯,几分埋怨;表情几分向往,几分落寞。和乐听在耳里,看在眼里,却不接话。

工蜂实在辛苦。工蜂的寿命本只有几个月,繁忙劳累让它们甚

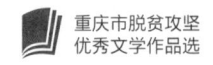

至只能活20多天。它们倾其短暂一生,延续蜂群,采蜜酿蜜。一滴蜜,是上百只蜂的辛苦采集和酿造。两三朵花,足够一只蜂的养料,但一小时内,它们会飞向两三百朵花,去收集它们终其一生都享用不到的蜜源。

管理工人们每天的清洁、观察,其实只是帮蜂的忙,为蜂们分担工作。它们自己有明晰的分工,筑巢的、采蜜的、酿蜜的、清洁的、育儿的、守卫安全的,各司其职,安分守己,这个成熟完美的社会性群体,繁衍着成熟完美的蜂世界。倘若,管理者勤快些,它们就简单点,腾出更多的工蜂去采蜜。而造脾、分蜂、育王则是更高程度地介入帮助,让它们繁衍生存得更好。蜂箱里包含了生生不息的真相,人平添不了任何奇迹,只是让它们少些内部或外界的烦劳,达到蜂群好,蜂蜜好,此即所谓管理。管理的目的,是提高产量,无论对于蜂群,还是蜂蜜。

"我懂了。"天天坐在蜂箱旁、日日看工人翻弄蜂箱的和乐,突然吐出三个字来。当时摄制组正在蜂棚拍摄,和苦正在她旁边,便问:"懂什么了?"她仰脸笑笑,说道:"就像你阅读人一样,我在阅读蜂。我好像懂了一点点。这是一个多么神奇多么奥妙的世界啊!"一声叹息,悠长悠长。

一天清晨,正在吃饭,突然小山跑来,大喊一声:"快,抓逃!"拿了一个东西,折身又跑出去。这边橡子和老树头丢了碗筷就跟出去,在工具房各操了家伙,直向蜂棚扑去,风一样快。白麓却从容淡定地把饭吃完,将碗送进厨房,才向蜂棚走去。摄制组的人在第一时间就已赶赴现场。和乐跟在白麓身边,惊异地问:"抓逃是什么意思,有人偷蜜蜂吗?"白麓看她一眼,"咯咯"笑起来,说:"不是抓人,是抓蜂子,逃跑的蜂子。"和乐也跟着笑起来,问:"就是你们常说的自然分蜂?你怎么不急?"说完颠颠地跑到前面去了。白麓冲她背影冷静地说:"阵早布下了,急什么。"

好像在那黑暗的蜂箱里,蓄谋一夜,第二天突然发生暴动一样,一群蜂突然发生了自然分蜂。那天,晨光熹微,朝露未晞,蜂箱嗡嗡作响,骚动异常,蜂子潮涌一般,流出蜂箱,黑压压的在空中盘旋。

小山赶紧将一只空蜂箱里加了一张有蜜有粉的子脾,放在最近的一棵树下,两侧还放了两张巢础框,殷切地盯着盘旋的蜂们。心里呼唤着:"来呀,来呀,这里一个好家啊。"如果蜂看上了这个蜂箱,它们会自动飞进去,安营扎寨。旁边老树头准备着一根长杆,如果蜂们在树上结营,他就将配合小山"请君入瓮"。橡子手握一杆捕虫网,死死地盯着黑压压的蜂,只等它们结成团,他就扑上去,"一网打尽"。当分蜂团进入了他的网子,就将给它们安个新家,让它们安居乐业。

蜂群越来越多,黑压压地像一片乌云直罩在小木屋前的空地上,这时,蜂团突然形成。那是蜂王出来了。工蜂们簇拥着蜂王,裹成一个黑色的球,又像一团黑色的火焰,在空中滚动着,滚动着,向远方滚去,越来越小,慢慢消失在淡蓝色天空里。它们无意停留,决然而去。既对小山身后的树枝没兴趣,也不曾注意树下准备的新蜂箱,更超出了橡子的捕虫网,让他深感鞭长莫及。它们没有留恋之意,只向着远方而去。

几部摄像机对着它们,它们最后消失在镜头外,一只不剩。大家不无惋惜。和乐一直凝视着它们消失的天空,眼里始终含着泪水。

白麓走过去,说:"自然分蜂是免不了要发生的。这是里面出现了新蜂王,工人们没及时检查出来,新蜂王产生了,带走了一部分蜜蜂。但蜂群还在的啊,只是受了些损失,它们很快又会繁殖强大起来的。所以,我们也没什么损失,乐姐姐可别伤心。"和乐凄然一笑,说:"我不是为这个。"白麓不解:"那还为什么?"

和乐平静地看着她,白麓黑白分明的眸子,清澈透亮,没有一丝云翳,没有一抹波光。和乐从没这么看过她,白麓有些奇怪。和乐问她:"你说有了新蜂王,飞走一个。你知道飞走的是哪个吗?她带着

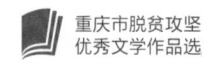

一群蜂儿又去哪里了?"

白麓觉得这是问题吗？还真是问题呢。她知道吗？好像知道好像不知道。她真想过这问题,总之,她回答不好。

和乐并不指望她回答,自顾自说道："这岂止是一箱不容二王,这可把它们说庸俗了。事实上,飞走的这群,无论是蜂王,还是工蜂,都是一种牺牲,是一种自我流放,它们舍弃旧有的熟悉的城堡,去流浪,去到一个未知的世界里寻找落脚的地方。"

白麓一脸天真无知地望着她,似是而非地点头,又摇头。对于这个,她真是无知的。"如果蜂房里贫穷,如果蜂箱里发生不幸,如果蜂群正在抗击掠夺,它们绝对不会迁徙的。它们走的时候,是它们的世界发展到巅峰状态的时候。这时蜂箱里达到繁荣的顶点,里面蓄满了蜂蜜和花粉,充溢着快乐和满足。"和乐继续说,"这时,如果新蜂王出现了,老蜂王就带着几万只蜂,离开蜂箱里其余的几万只蜂,去重新寻找可以容身的地方,重新开辟它们的生活,而将家园和所有的财富、果实,留给她的后代享用,义无反顾地出去经历重建家园的辛劳,甚至灭亡的危险。是谁说的,蜜蜂生而不养？这是多大的养育,这是多大的恩德。"

白麓开始是平静的,听着听着,眼里蓄积起泪水,然后,泪水顺着脸颊奔流而下,她想忍,最终没忍住,哭出声来,好像胸腔里积蓄了很多很多情绪,终于等到这一刻,争先恐后地涌出来,呜呜咽咽,无休无止,和乐不知道什么地方触动了她,不再说话,只看着她,也不劝,安静地陪她坐着。

这场哭后的第二天,她说她要回主城一趟。和苦问她有什么事必须说走就走,她很没好气地说："我要做什么,犯不着给谁说,我进了你的片子,难不成还失去了自由？你不是一直说我该干吗干吗吗？不然谁跟你倒腾这个。"和苦被噎得脸红筋涨,硬生生吞口水,极力平静地说："你误会了,我只是在想,要不要跟拍。如果是工作,你的活动轨迹不应该只是养蜂场,你在其他场所的工作都应该被记录。就算是私生活,只要不是隐私,在你的同意下,也是应该拍的。"白麓断然说:"私生活。不准拍。"

白麓一走3天,杳无音讯。头天还好,只断了晨读。不是故意的,员工们也尽力做到领导在与不在一个样,但实在读不下去。"以往小麓总不在,春晓领读,我们不管读对没有,反正跟到吼,又不考试。现在你们来了,她打死不领读了,那我们就开不到腔了呢,恁厚本书,它认得到我,我认不到它。"摄制组早早守候着,本来想拍没有白麓领读的《诗经》会被读成什么样子,结果失算了,就问:"读了这么久,到底有好处没得嘛?"老树头说:"有什么好处嘛,搞些花里胡哨的。"橡子说:"老树头你这样说就不讲良心了,你现认得到自己的名字了吧。"老树头说:"还是你狠些,你不光认得自己名字了,还认得到老婆名字呢。小麓总在书里把这些名字找出来,圈起来。他读到那儿,特别起劲,声音都大些。他老婆叫王安琼哈,他认字搬不到家,看到有点像的都是琼,有回把'北风其凉'读成'北风其琼',声音又大,听上去就是北风欺穷。连北风都欺穷,这世道——"

"哈哈——"摄制组几个,笑得前仰后合,只差把机器扔地上。和乐当时也是笑痛快了,事后很感慨地说:"别说,白麓这事做得,还是有意义的。不然,老树头这辈子怎会知道'北风其凉'?我一直在思索一个高知女性养蜂,超越其事件本身的意义。这就是吧。有些事的意义是很久以后才显现的。"

白麓走后的第二天,员工们向摄制组表达了对公司管理和待遇的不满,起初对摄像机有忌惮,不让拍,对着姚望陆虎不住摆手,嘴里喊:"这些拍起做啥子嘛,要拍嘛就拍点好看的撒。本来想向你们反映点情况,你们端两挺'机关枪'对到我们,我们话都说不出来了。莫拍莫拍。"张井说:"这就是我们的武器,我们的威力就在这儿。不拍你们说了等于白说,不起作用。拍了公司管理好调整,大家都得

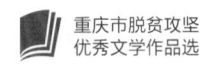

实惠。"

这样说了,大家都不好反对了,但说话挑挑拣拣,几个人推三推四,都自己不说,怂恿别人说。一会儿嫌别人没说清楚,又抢着说,最后都打开了话匣子就只当摄像机不存在了。

"说好多回了,她解决不嘛?她不解决。这年头,都是平素好得很,说到钱就不亲热。"老树头说,"我跟她最久,比小山两个还早两个月进公司,可我的工资现在比橡子还低,是最低的了,这有道理不嘛?当时说了每年要涨一点的,涨个鬼哦。"橡子说:"嗨,老树头你莫拿我说事情,你说自己就说自己,拉扯我做什么。我比你高不得?莫非你自己挣不到钱,要把我扯下去。"老树头愤愤地说:"扯下去就扯下去,硬要在这儿搞?养蜂子的又不止一家,哪找不到活路做?你怕我不得怕。实在不行,我自己回去养几十箱,玩玩耍耍比这儿挣得多。"小山刚帮完老婆忙,过来听见这话,说:"说就好生说,一扯扯起八丈远,这个恁个好挣钱,你啷个不自己搞呢?小麓总这个人,大体过得去,我认为过得去就行了。"橡子也说:"就是嘛,地方好找,你再找地方撒,看哪个要你嘛,不是小麓总不懂技术,看不懂行情,会要你?你也莫半夜看夜壶,夜壶自大!"

和苦一时没听懂"夜壶自大"是个什么鬼,但瞥眼看到和乐埋着头笑得起起伏伏,恍然大悟,赶紧捂住嘴,只恐笑出声来。橡子的话彻底惹恼了老树头,老树头直着喉咙喊:"你才是个夜壶哦。橡子我跟你龟儿说,讲技术,你跟我讲技术,你以为你是隆崎?隆崎现在都遭拢起了呢,你跟我讲技术,哼,哼哼!"

这是些好戏,和苦很珍惜,不忍打断。但这里,他已听到了两个信息,不弄清楚,日后再挑话头,恐怕没这么恰当的气氛。于是,他走上去,扬声说:"你们两个,太他妈夜壶自大了。你们小麓总,她搞了3年蜂产业,竟然不懂技术?北大毕业,这学历,你以前只听过没见过吧,更别说你家族有出过了,这样的人跟你们一起养蜂,还要啷个?"

如同连丢几颗炸弹在敌营,一下开锅了,刚才互相诋毁的,瞬间团结一致同仇敌忾了。

"搞了3年,也是当了3年老板,讲技术,那还没入门。不是我们,这几百箱蜂子,眨个眼睛,不是死了就是跑了,不信试试。""不怕她文化高,肚子里墨水多,但养蜂子,还是要老把式。她那张文凭,拿去当官值钱,拿来养蜂子,一钱不值。还自以为高明,不懂又要装懂,实在说,不是她瞎指挥,我们这个养蜂场,不是现在这个样子。"

大概知道了,白麓3年没学到技术。那隆崎又是何方神圣？和苦便又问:"那,你说的隆崎是哪个？怎么遭拢起了呢？"老树头似乎终于被问到一道知道答案的题,正来了劲要好好讲讲,春晓喊吃饭了。

第三天做完了事,大家坐下来,本来想就头天没说尽兴的待遇问题再说说,希望和导能帮着讲讲情,多点福利,可是白麓回来了。

白麓看上去心情不错,下车就直呼小山。小山立即搁了手上活路,从厨房里奔出来,小跑到车边,大包小包提满两手。

和乐目测是些零食。心里有些高兴,这里的生活,需要零食添些色彩和味道。可直等到这天过去,也没等到一点零食吃,不免失落。当发现自己在为一口零食而失落的时候,又不免暗自高兴,说明自己还没老。每个女孩心里都有一袋零食。这是她20年前在一篇文章里写的,那时,她还是个比白麓年轻的女孩,心里成日里揣着一袋零食,总想方设法变现。今天看到那么多的零食大包小包地被提进白麓的寝室时,就想,现在的生活真充实啊,不再为一袋零食折腰了。她没想到的是,自己竟对她的零食念念不忘。于是,恨恨地想,白麓,找个时间咱们谈谈,你不给我吃你的零食,多不仗义。你对世界可得仗义点。

念念不忘,必有回响。晚些时,白麓走进了她的寝室,说了会儿话,比较舒心的样子,好像这次回主城,是专门去放了某个背负已久的包袱。她抱着一袋吃的,边吃边进来,进门递给她。她一看,是自己喜欢的那个牌子的锅巴,心情大好。白麓说:"乐姐姐,我是来谢你的。"和乐偏着头惊异地问道:"谢我?"白麓说:"我这次回去,是专程请我父母吃饭的。他们很高兴。你那天说的蜂王的话让我想了很多。我原来竟然认为蜂王是生而不养。很多事,其实不是本身什么样,而是被理解成什么样。"和乐不说话,只往嘴里送着锅巴,速度不输白麓,两耳张着准备迎接所有即将到来的抱怨或反省。而白麓却专注地看了她一下,再看看转眼空了半包的袋子,认真地说:"乐姐姐,你这么大了也喜欢吃锅巴?"和乐才明白她说"我是来谢你的"与她抱的锅巴没有直接联系。欲望决定人的思维,这个联结是她自己造出来的。而那句"你这么大了"像一把锋利的刀干净利索地划出一条又宽又深的叫代沟的沟来,白麓在那边,她在这边。她尴尬地笑笑,伸出的那只手迟疑一秒,她明白若不完成动作,会更尴尬,就干脆抓了一把,放在左手掌里,一块一块细嚼慢咽。她心说:"这么好看的嘴,却不会聊天,也是憾事。但不会聊天的人,大概也不需要别人会聊吧。也是好的。"于是,任性地说:"不只是锅巴,是所有零食。"白麓若有所悟地:"哦,是因为写作? 有很多白领女人抽烟,缓解压力,你不抽烟吃零食。"和乐很满意这个说辞,刚才的尴尬有了台阶下,连连点头,不好意思地说:"是的。怕长胖才没带。你又来害我。看你偶尔抽烟,那又为何? 虽说吃零食也不好,但比抽烟好。"白麓嬉笑道:"我抽的是烟,吐的是寂寞。"白麓又问:"我也曾想写作,觉得比较适合我孤独的性格。"和乐问:"你孤独?"白麓说:"我常常这么觉得。"和乐说:"是曲高和寡吧?"白麓苦笑:"我哪有高处不胜寒的资本? 说孤独也不尽然,应该是漂泊感吧,无所归依的那种。我觉得我与生活格格不入。"和乐笑说:"你需要一段爱情。"白麓说:"爱情不可能完成所有救赎。况且,爱情本身可遇不可求,而且还玻璃做的,不堪一击。"和乐说:"你说的孤独,是失恋所致?"白麓展颜一笑:"你想要探测我,绝对徒劳无功。我自己都探测不到,一个空洞的无底洞,伟大的爱情都填不起来。"和乐说:"哦,我明白了。"白麓惊奇地:"你明白什么了?"和乐说:"那是胸怀天下、气吞山河、心游四海、志凌云天——"白麓伏案而笑,一只手臂矗在桌上,连连摇摆,说:"快别,这些词都被你用成贬义了。"两人笑罢,白麓正经地说:"作家是活在自己世界里的。"和乐说:"你看我是吗?"白麓说:"你是场记。跟作家差几条街。"和乐"哦"了一声,想笑笑以示礼貌,最终却只操练了一次皮笑肉不笑。白麓并不管她,兀自说:"我曾经的作家梦,就是写小说。在别人的故事里,表达我自己。后来发现,这充其量是偷着乐,也就算了。"和乐说:"或许,你目的性太强,给予小说太多使命,小说承载不了。那不是小说的问题,是你写作的态度问题。"白麓说:"该什么态度?"和乐:"真实。像张爱玲说的,文人只须老老实实生活着,然后把他想到的一切写出来,写所能够写的,无所谓应当。"白麓嘴角一翘,讥诮地说:"真实?那要写小说干什么?活在真实世界就好。我认为小说,无论是写的人还是读的人,都是为了逃避现实。针对那些不能承受、不愿面对的现实,虚构另一个现实出来,用这个虚构的世界对抗现实世界,在自己的世界里,占据制高点,居高临下地面对它,解析它,战胜它,彻底否认它,经由替代达到忘却的目的,获得刹那的解脱。但小说并不能修复现实。在小说中完成的,要在现实生活里实现,还是挺难的,那些被作家文学处理过的生活,事实上毫无变化的生活,接受起来更残酷,给现实的自己呈现更难以承受的考验,也就是更孤独更寂寞,这跟游戏类同,还不如游戏来得爽快直接。游戏直接告诉你是游戏,而小说有时候编得像真的一样。噢,我不得不说,你泡的茶很好喝。"

从白麓进来,和乐就开始烧水泡茶,以回应那袋锅巴,嘴里还热情满足地念叨一句"来了这么好的茶点,没有好茶岂不可惜",后来为这句话多少有点自作多情而羞惭,但泡茶是一点不敷衍的。她能喝出这茶的好来,也算没有辜负。和乐晚上一般不喝茶,要喝也只敢喝这存了10年以上的千年古树茶,这沉劲,不影响睡眠。和乐边为白麓再续上一杯茶边笑说:"神评妙论。没错,大概写作的人,都有这样的快意恩仇吧,甚至都是通过这份快感走向这苦旅的吧。但我说的真实,不是这意思。不是为了从一个世界逃到另一个世界而掩盖修改甚至抛掉的那个现实,而是从一个世界抵达另一个世界必须面对承认的那个现实。小说家乃至小说是靠这真实或者说真诚活下去的。"白麓双手捧住脑袋,戏谑地说:"嗯,好深奥,听不懂了。我那点含苞未放的文学梦,被你这宏论碾得零落成尘了。我还是老老实实做我的蜂丫头,唱唱'两只小蜜蜂啊,飞进花丛中啊,嗯嗯'——"白麓噘着嘴,向她"嗯嗯"着。在那一刻,和乐看到了她的可爱,她很想和着她唱一唱,但她发现自己刚才说深沉了,频道一下转换不过来,而白麓也没有等她的意思,很快停了下来。

白麓双手捧着脸,说:"人小的时候,冒大;大了,装嫩。我却感觉不一样,我简直觉得,我生下来就这么大,就没小过,没有童年,没有少年,天生就这么大。有时想想蛮悲哀。"和乐说:"说明你从小就很独立。"白麓双手放下,端身正仪地说:"我认为人都是独立的个体,我觉得我一出娘胎,剪掉脐带的那一刻起,我就是独立的。"和乐扫她一眼,淡淡地问:"那你怎么长大的?"白麓叹息似的说了句:"那倒是。"和乐说:"没什么,人总这样想那样想。"然后为她斟上一杯淡琥珀色茶汤,说:"第四泡了,茶汤已淡,但你宁心静气会感受到浩荡而高锐的香气,古老而新鲜。头几泡浓烈,反而内敛。人生也如此,万物同理,没什么好悲哀的。"白麓端着茶杯,半天才徐徐送到唇边。自然是喝不出什么浩荡什么内敛,但觉内心有大风过后的宁静。

和乐边继续烧水泡茶,边讲:"我有个朋友是个爱茶的人,尤爱普洱。因为做生意满世界跑,一箱子各种茶,他说他用全世界的水泡过中国茶,他说前三泡他能喝出水的骨、茶的魂,但到了四泡,水就消失了,铅华落尽魂魄出尘;到第五泡,水里尽是家山,香里皆是故土。"

白麓出神了,一动不能动弹。和乐戏谑:"喝到灵魂出窍了?"说完边倒茶,边说:"这境界,人、茶、水,一样不济便不可得。我这茶远不如人,人更差了好多境界,唯有阿蓬江的水不输。来,五泡喝了,我们也该休息了。"白麓将茶杯托在手里认真看,那汤色已淡到极致,香气雅到极致,她浅浅吮了口,说:"我也看到了,水里尽是家山,香里皆是故土。"和乐调侃道:"哦?因为茶味全没了?"白麓冷冷地看她一眼,冷冷地说:"你没在国外待太久,你不懂。"放了杯子,起身就走。和乐怔怔地望着她的背影消失,兀自说:"这又哪不对劲呢?年轻真好,可以想撂人就撂人,可以肆无忌惮地任性。"

　　正洗漱,白麓又来了,倚在门上,可怜巴巴地说:"东扯西扯,把正事忘了。我是来谢你的。"和乐问:"到底谢我什么?"白麓歪着头:"对呀,我到底要谢你什么?"眼睛在和乐脸上溜溜转了两圈,说:"哦,谢你让我回去请父母吃饭。"和乐不解地笑着摇头。白麓说:"我跟他们不亲近。"和乐说:"你们这年纪,亲极反疏,是这样子。"白麓说:"不,是他们从小培养我独立,满足我天高任鸟飞造成的。我要学什么做什么,父母的态度从来就是,不反对不支持,给得起钱。我小时候甚至认为他们是嫌我,让我自己去学,少待家里烦人。但确实给了我好条件。初中,我组建乐队,吉他、架子鼓、萨克斯、键盘样样都有,像模像样。我经常一个人出去旅游,全国著名景点几乎都走遍了。15岁,我在西雅图住了一个月。那家有船,现在想来就是农村,当时觉得好得不得了。

　　"我叛逆期很长,头发烫成爆炸式,高中生叛逆所犯的错,我都犯过。现在想来,有资格叛逆的人,是因为有很多人护着你让着你。爸爸说,你考上大学就行了。我觉得我有资格获得更高预期,于是宣布要考清华北大。没想到我吹的牛居然实现了。父母同学眼睛瞪得老大,我内心爽惨。父母送我进的北大,世界一下打开了。北大创造了无限可能,让你成为你想成为的人。我加入北大合唱团,那是人才济

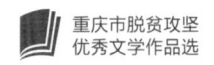

济的地方，每个人的形象气质都不差，家庭条件好，圈子好。合唱团去韩国参加亚洲比赛，去奥地利参加国际艺术交流。合唱要消融自己，我却要突出，于是一再遭修理，我心情又不好了，又叛逆了。就去参加游泳队，同寝室里奥运会冠军、锦标赛冠军都有，我偏要参加，她们说'你那没来由的自信从哪来的？'我只在北京拿了奖。大一跟一个大四学长，一路从北京开车到山西，云冈石窟、平遥古城，走了很多城市，有了新的爱好——摄影，专门买了佳能60D，那时航拍刚出来，拍了很多大运河的照片。这些旅行社我对文化的理解也更深刻。有人约片，还能挣钱。我在大学爱玩，参加了很多活动，父母责怪我没把精力用在学业上，肯定是个学渣，但我以班级第7名毕业。毕业后被香港TVB选中当记者，3个月拿到实习工资6800港币，这是我此生挣的第一笔钱，却没有找到真正做新闻的感觉。我也想留在北京工作，公司说可以用你，但不能给你户口，我不知道户口是个什么东西，但你这么说就是给我的不够好。我就漂到深圳去做金融，挖到人生第一桶金后去留学，再以后你就知道了。父母跟我坐着人生的过山车，最后我到这里来养蜂，他们冲到了谷底，自然是埋怨我的，特别是老头子。我和父母的关系不像别的孩子和父母，我独自飞惯了，没有了依偎的能力，这也是缺憾吧。"

和乐叹口气道："在需要拥抱的时候，学会了放飞。在应该依偎的年纪，懂得了独立。一个人闯惯了，就让你现在与父母亲近不起来了。你们什么都有，日子太好太顺溜，没有苦味。酸甜苦辣咸，五味真火，差一味，人生滋味就差了很多，就愈发地索求，所谓精致的利己主义者，就是这样打造出来的吧。"白麓叫道："有苦。失恋的苦。"和乐说："你的记忆太光滑，没伤疤。"白麓瘪瘪嘴，扬起下巴："哪个记忆的枝干上，还不开着几朵花，长着几个疤啊。"白麓说完开始讲她的爱情。

"人生最好的爱情，一定发生在校园，就像我的初恋。我们在篮球场遇见,他脸上流着汗水,阳光洒在脸上,轮廓分明,眼睛很大很有神采。他家庭条件很好,零用钱多,完全的富二代生活,看古惑仔,周末好乐迪,这样的日子让我觉得人生没意义,一眼望穿。我一直保持进步,往前走,而他在往后退。最终我提出了分手。很多年后,我在别人朋友圈看到他结婚的消息,当时正与朋友看电影,退场回家,哭了一场,用眼泪给初恋送行,无论如何,初恋是美好的。

"在西班牙读书认识了Ash,澳洲人,父亲是澳洲名医,在阿德莱德有庄园。Ash不喝酒、不去夜店,在同学中英文说得最好。我英文飞速提升,不能不说有他的功劳,他还教会了我很多,比如打网球。我们感情进展顺利,都谈婚论嫁了。毕业典礼的时候,双方父母去西班牙见了面。Ash的父母都让澳洲律师办理未婚妻签证了,让我们先回重庆,再去澳洲结婚。问题就出在这儿,之前我和Ash商定的是定居中国,他考了中国英语教师资格证,结果他父母一搅和,他要定居澳洲。这碰触了我的原则底线。我可以到处飞,但根在自己国家。我们谁都不退让,扯了一段时间,就分了。这时讲起来很平静,但当时我觉得天昏地暗的,哭了两个月,我闺密香雪搬来陪我一起住,才让我度过了伤心岁月。分手后,Ash的教师资格证才下来,我给他寄回澳洲。尽管,他已拿它没用了。我也开办了公司,接到了项目,开始了新的生活。"

和乐不明白白麓这晚怎么精神这么好,突然反应过来是茶的原因,平常不喝茶的人,晚上哪经得住。还讲茶水里看到家山,人家看到的是过往。不禁哑然失笑,睡不成觉,也是自作自受吧。听听也好,隔了几代人的人生,听着新鲜。

第二天吃早饭时,白麓好像忍无可忍地说:"和导,你让我提醒你五倍子花开了,要拍寻蜜源。高海拔的花已开完了,现在中海拔又在谢了,我提醒你两次了。现在低海拔要开了,再不拍,就拍不到了哦。要去的话,马上动身才行呢。"和苦没理。白麓提高声音再重复一遍,

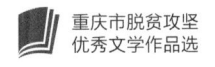

语气自然不好了。和苦"呼呼"往嘴里扒饭,扒得山响,说:"花期过了,还拍什么呢。"白麓说:"不是还没过吗?我都提醒你三次了。"和苦说:"过了没过,都是你在说。"白麓声音尖厉起来:"该你说,你不说。我们等得花儿都谢了。"这句话在这儿,平常大家又要笑一番,可这天谁都没敢笑。白麓看和苦不作声,继续说:"和导,我得给你提个意见,你的拍摄安排,要提前讲。定了的也不要随便改,除非天气原因。我觉得你的拍摄太随意了,我们根本不知道该怎么做。"和苦把筷子一搁,说:"你怎么还不懂呢?啊,你怎么还不懂呢!我开初就告诉过你,我的拍摄是无剧本拍摄,没有安排。今后也不会有安排,你不要把注意力放在我们的拍摄上,你该干吗干吗。我们都在做自己的工作,都是在完成自己的任务。你做好自己的事,就是对拍摄最大的配合。实话告诉你,拍了这么长一段时间,你让我使不上劲,你不是在养蜂,你是在演养蜂。如果不是你已经养了3年,有几百箱蜜蜂摆在这儿,我都怀疑你是假的,怎么让观众信服?就说这蜜源,是你提醒我去拍你寻蜜源,还是你作为一个养蜂人,自己本该去寻蜜源,我没养过蜂,我真搞不懂。但有一点,我不会为拍寻蜜源,让你去假装去寻蜜源。你这么口头提醒我,我真不知是什么意思!"

白麓定定地看了他半晌,一句话没说,放了碗筷,起身走了。碗里还有半碗饭。

这天,大家在清洁蜂箱,这是一个经常性的工作。摄制组正在专注拍摄,和苦突然喊:"姚望,过来!"姚望过去,顺着和苦的目光看到白麓。她一身宽松白衣黑裤,怀抱吉他,靠着一棵树,坐在对面小山头的草地上,褐色宽边牛仔帽遮住了她的脸,但吉他声和歌声隐约可闻。和乐和老宋也过来了,和苦指示着路线:"从这边绕过去,站在那个位置,明白了吗?千万不要惊扰。她太容易进入角色了,我要的就是这种她本来的样子,本来的生活,一旦被她知道,就假了。"姚望就潜过去,老宋拉着远景。和苦对着监视器静静看着。

白麓弹唱一曲,呆坐一会儿。她唱得投入,也呆坐得彻底。看不见她的眼神,但她周身都在诠释着一种丰富的表情,一份落寞孤独、一份牵挂思念、一份迷惘倔强,都在里面了。和苦轻轻一声长叹:"多美啊!"

和乐不由想到浮士德最后的那声:"你真美啊,请停留一下!"她眼里泛起泪光。这世间,还有人在追求一种真实,一种真实的美好!这一刻,凝固的是生命的真谛,而这一真谛,转瞬就会被抖落在脚下的泥土里,不着痕迹,就像清晨的露珠在草叶尖上的震颤,不是蒸发就是滑落,不着痕迹。

之后的几天,拍摄意外顺利。和苦与白麓的争执,好像没发生过,但显然已产生作用。白麓脸上的表情是"只当本小主看走了眼错信了人,你们快完事儿走人好吧?"原来每天清晨的"一小时化妆"也免了,以前不仔仔细细地把自己打扮得鲜亮精致,断不出门。黄庭有次让她不必这么化,她双目圆睁一脸惊诧:"不化妆能拍戏吗?电影里哪个角色没有化妆师,你以为那些好看的脸,是长成那样的?是化成那样的,兄弟!"现在,"小主不给你化了,兄弟!"好在她长着一张浓妆淡抹总相宜的脸,尤其在这碧水青山中,不化甚好。每天做着她自己的事,对于拍摄组的在与不在、拍与不拍,全不在意,你爱咋的咋的,你只别想我咋的。

拍了两天下来,真实是真实了,但这真实有意义吗?花这功夫!"她压根儿是个甩手掌柜!你没看见吗?她压根儿就是个甩手掌柜呀!她真实的时候没戏,有戏的时候不真实,她把我像个木桩子似的戳这儿,楔楔不进去,拔拔不出来。"和苦两只手急速地互相搓着,好像要重新团出个白麓来。

和乐的眼珠随着他到左边,又随着他到右边,满目同情,一时却无法开解。半晌,才慢吞吞地说:"理想总是美好的,现实总是有差距的。我们做这行,或许正是把这有差距的现实呈现出理想的美好来,

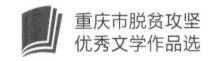

不是吗?"和苦呆住了。呆立半响,一屁股坐在一块大石头上,用力搓着前额,那道眉间的川字纹,搓得比方才散了些。他说:"你说得很有道理,但怎么用有差距的现实呈现理想的美好,我一时找不到解决路径。"和乐说:"和导,有句话我得直言。你总说你是阅读人物阅读社会,但对白麓,你不客观,你在按你认为的、你想要的阅读她,而不是她本来的样子。"和苦说:"我正是要她原本的样子,她却总端着,很假。"和乐说:"每个假象后面都有真相。她假,是她以为这是更好的样子,是你更想要的样子。你太把焦点集中在白麓身上了,她承受不起。你如果把焦点投射到更广阔的她的环境里去,也就是眼下的这大农村,大农村的建设和农民们、蜂农们的生活,或许,你就找到她为什么来这儿的答案了。她就活出来了,你也活出来了。"

和苦如醍醐灌顶,猛然站起来,抓住和乐的手一通猛摇:"对啊对啊,我开始就这么想的也这么来的,可被这丫头片子弄糊涂了,她作妖啊,作得我跟她走了。我突然对那句话,特别特别地理解了,就是那句'不忘初心,牢记使命'。你看啊,忘了初心,不但走不下去,还回不去,好危险!我是忘了我来干什么的了,忘了我来这儿的使命了,我跟她较上劲了。哦,你真是真是——做场记可委屈你了,你应该做编剧,不,导演。我让位。你来导!"和乐笑了,淡淡地说:"可别折杀我了。我是个只会看不会做的人,全无用处。"和苦说:"会看会听,才是最厉害的。所以你乐呢。""我何乐之有。"和乐淡淡地说了句,奔拍摄现场去了。

白麓眼里没有摄制组,摄制组似乎也暂时把她撂下了。每天清晨长枪短炮地出去,晚上一脸满足地回来。白麓不以为意。山里的深秋已有逼人的寒气,这天晚上,摄制组回来得更晚些,饭菜已凉,小伙子们冷菜冷饭地吃下去。和乐到白麓屋里讨饼干,说:"老阿姨可跟他们玩儿不起。"白麓笑一下。和乐又说:"这几天,本来灵魂就受了震颤,肠胃可不敢出问题。"白麓问:"和导终于震颤了。祝贺啊。"

和乐说:"真心难过。我眼泪没少流,和导的荷包掏空了。"白麓说:"哦?敢情做善事去了。这年头,谁荷包里有现金啊。他荷包掏空也掏不出几个钱来。"和乐吃着饼干,问她:"你到处去走走没有?"白麓说:"没有。"和乐说:"我们这几天去了些蜂农家和贫困户家。蜂农还行,贫困户有些太苦了。政府这些年脱贫攻坚,做了很多实事,居住条件是真正改变了,水电气厕所都齐全,但有些家庭没有劳动力,好像把一堆破烂搬进新房子里,愈发显出破烂来。今天路上遇到个八九岁的小女孩,一双赤脚一件单衣半截单裤头,满手满脚的冻疮,背个书包,站在路边,在秋风中簌簌发抖。问她冷不冷,她说冷,和苦当即把外套脱了给她披上。喊她上车,她说家就在前面。大家下车,跟她到家里。房子不错,水泥房水泥地坝,但屋里就恓惶了,屋中间一个长板凳横斜着,再无家具,一个墙角堆着一堆土豆,一个墙角堆着一堆干草;衣物东一堆西一堆,鞋子东一只西一只;一个塑料盆倒扣着,一个塑料桶倒在地上。也不见一个人。问小妹妹爸爸妈妈呢?小妹妹麻木无表情地说,爸爸打工去了,妈妈死了。再问她跟谁生活,她说奶奶,奶奶眼睛基本看不见了,只看见一点光,现在去地里找吃的回来煮。我们到厨房,冷锅冷灶,碗盆乱堆着。却又看到堆在地上的米面油,小妹妹说是村里拿来的。问小妹妹想要什么?衣服、鞋袜、玩具、书包,她都摇头,摇着摇着,她的眼泪毫无征兆地唰地流下来了,哽哽咽咽地说,想要妈妈。害得我在回来的路上,想到这话就哭。"和乐讲的时候又红了眼眶。白麓说:"那给她买些东西啊?尤其治疗冻疮的药。"和乐说:"回来车上,我正要买,看到和苦不停刷手机,我猜对了,凑过去看,果然他都买了。"白麓问:"那地方在哪?"和乐说:"我们还会去的,到时喊你一起。"白麓说:"我们去买点家具。"和乐说:"好,我们到时去测量和整体规划一下。"白麓陷入沉思地说:"真还有人过这样的生活?"和乐说:"所以,我问你出去走过没。我们活在这片土地上,不应该只活在自己的世界里。看到这些,才知道我

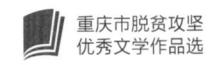

们国家扶贫工作的重大意义,只有中国才会也才能做到,这是全国人民参与、对全国人民有益的事,哪怕只出一份力,也心安啊!"

打蜜的季节转眼到了。阿蓬县的秋季蜜,即是五倍子蜜。每年这季打蜜前一天,白麓让春晓把几个陶罐洗了煮了风干了,个个检查了,一起交给程小山。那份慎重,不能不引起和苦注意。他过去问道:"这是啥东西?"程小山说:"陶罐。小麓总自己要的。每年都这样,装满几罐,足有50斤吧,打了新蜜就拿走,其余工作,都交给我们了,都不怎么上心。好像养蜂一年到头,就为那几罐蜜似的。"和苦问:"是不是去送检呢?"小山茫然地看着他,摇摇头。送检,好像他们的工作里没有这道程序。橡子在一旁听见了,说:"蜜蜂自古就这么干的,蜂蜜自古就这样子。送什么检呢?"小山也笑:"我们的蜜蜂从不喂白糖,有什么需要送检的。我们是良心蜜,什么检验检得出良心。"橡子说:"那些送检的都是大公司,上市场卖的。我们这点,有多少卖多少,坐地就卖完了。价格嘛?当年其他农户什么价我们就卖什么价。蜂蜜产量、价格高低,小麓总都不怎么在意。能养活这摊子就行。只一宗,质量要保证,卖的蜜要跟她拿走的一样。至于她拿这些个蜜,多半是送什么重要的人吧,领导什么的。"小山说:"她根本不跟政府往来,也没想求什么大发展,需要送什么领导,你别乱说。"橡子说:"我们倒希望是送领导哦,发展大些,我们福利也好些。锅里有,碗里才有嘛。她这样子不温不火,我们跟着撑不死饿不到的,我看没啥子奔头。这么好的条件,不求发展,那又求个啥呢?没劲。"橡子说着摇摇头,一边去了。和苦望着小山,问:"你也是橡子这心思?"小山说:"我和春晓两个都是家里老幺,哥哥姐姐都出去打工了,两家老的都老了,我们才决定留在跟前。中蜂产业在阿蓬县,是个老产业,政府这些年一直在提携。我们想呢,先找个地方,边做边学,今后有了本钱自己去养。当初找地方时,本来还有别的去处,但春晓听到老板是北大的,敬仰得不得了。她就喜欢有文化的。我们就来了,来了就没走。他们说上天说下地,我说句公道话,有文化的人,随便哪个都好些。"和苦问:"那还准备自己单干吗?"小山说:"还是想的。我们现在没小孩,还是想趁年轻,好好拼一下。不然今后想孩子有点好的教育,怎么送得起嘛。但是,这里一没学到技术,出去不定搞得好。我们和橡子都跟老树头学的,他那点本事也已经遭掏空了。我们建议小麓总请个好把式来,她也没怎么上心。二呢,还是没资本。蜂子少说500块一群,养少了不合算,养多了买不起。关键是技术不好,心里没底,这养活物的事,岂是乱来的?养不好,蜂子越来越弱,打不到蜜。如果死了跑了,更是血本无归。所以,现在还不能自己干。三呢,小麓总相信我们两口子,大到买蜂箱设备小到买菜,都交给我们,没防过。卖蜜也是,打了多少,卖什么价,从不怀疑。这让我们不好意思说走就走。而且,想到我们突然走了,她啷个办呢?她完全是个甩手掌柜,若一个不知根知底的人来,还不知道怎么样呢。"和苦突然有些感动。好员工到底是管出来的,还是不管出来的?白麓也是好运气。

取蜜都在晚上,通宵达旦。两人一组,一个将巢脾从蜂箱里取出来,把蜂子抖在蜂箱里,只取蜜脾;一个坐在一个大盆前,将巢脾上的一层白色蒙盖的蜂蜡削掉,露出油汪汪黄澄澄的蜜,再放进摇蜜机,摇动,利用离心力把蜜从巢孔中摇出来。摇蜜力道很重要,力不可大不可小。小了摇不出蜜来,大了要把幼蜂摇出来。一张巢脾上,一些是蜜,一些是幼虫,都是乳白色蜡封盖,有经验的师傅一眼就能认出哪是蜜脾哪是子脾,断不会把子脾的盖子掀了。摇蜜需要技术,割脾更需要技术,技术不好的,要割很多刀,并且封盖蜡上会带走很多蜜。技术好的,一刀下去,整脾蜜就现出来,干净利落。蜡脾不带蜜,想吃点都难。春晓是割蜜高手,一张脾不会下第二刀,手上下来的蜡盖,厚薄匀称,捡一块扔嘴里,让你体验什么叫"味同嚼蜡"。和苦由此给程春晓取了个名字叫"程一刀"。

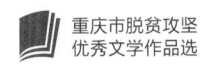

那天凌晨3点,和苦突然听到白麓的声音,好像在说什么,黑暗中凑到她背后,原来她是训人呢:"你怎么这样呢?还讲不讲理了?你说我对你怎样,我给你好吃好住,请人伺候你,就算收点房租吧,收点力钱吧,可没白拿你的。平常好吃好住你没意见,拿点蜜,你就翻脸。没少你吃的,你慌什么呢?你也太霸道了你。还有,打人不打脸的,你偏对着我脸来,毁容罪你担得起?还没追你罪呢,你就自绝人类,你是何苦来呢……"和苦听了半天,越听越糊涂,这是训谁呢?回头看,四个员工都在紧锣密鼓地打蜜呢,还有谁惹她了,这话好生奇特。他探出头去,不禁哑然失笑。原来,白麓正在对一只蜜蜂说话。蜜蜂在她拿着的一块蜡上左冲右突,因为脚和翅膀都沾了蜜,爬不动了。他失声笑道:"我当教育谁呢?原来是它。"白麓不好意思了,侧过脸来给他看,说:"看嘛,蜇哪不好,专蜇脸。"和苦说:"那是要好好教育,下次蜇别处。"白麓黯然神伤地说:"哪还有下次。真是何苦呢。"和苦打趣道:"和苦可不蜇人。"白麓捂着脸,笑:"你叫什么不好,取这么个名,弄得常常像在说你。"和苦说:"我当'棒棒'的时候,战友们去看我,看我过得寒碜,不约而同地都要说句'你何苦啊',听得多了,就觉得是我的名字,就用作笔名了。"

聊了一下,白麓就把那只将死的蜜蜂丢下,去看打蜜了。她的左脸已微肿。和苦看着蜡脾上的蜜蜂,心下顿生怜惜。蜜蜂每天生生死死的,可看着的哪一只,哪一只就不同凡响起来,而且,这一只明明是死于非命。都知道蜜蜂蜇人就会死,所以不要惊扰蜜蜂,它是以死相拼的。和苦看过一个报道,说蜂毒很有益处,60秒团杀癌细胞。自古便有蜂疗,亦是源于此吧。从这个意义上讲,这一蜇,人向生,蜂就死,真是悲壮。

白麓原本是取了蜜的次日早晨就走,这天她却没走,也没说原因。但大家都知道为何,因为她的脸肿得像个发面大馒头,连左眼都张不开,左右脸严重不平衡。她每年这么紧张地送蜜,绝对是她重要的人,现在的这张脸自然不宜相见。

　　白麓肿着脸,沮丧地继续参与接下来几天的打蜜,末了,她发现今年的蜜比往年多出不少来,蜂群数量差不多,强弱差不多,气候差不多,蜜源自然也差不多。她不得不思考这其中的原因,有道是蜜是养出来的,也是打出来的。她突然有些明白,她在与不在,原来竟是不同的。同时反省每次让小山装了蜜,她走得急迫,对她的蜂场和她的蜂,真心缺乏起码的责任心。

　　后来几天,和苦突然像吃了火药,整日地对着电话哇哇叫,一天接几个电话,一接就放不了,声音越说越大,语气越来越硬,说对于篡改绝不接受,是宰割,是强奸,是不尊重事实和人物,要求恢复他的原作,否则将追责。之后把自己关屋里半天不出来。

　　和乐坐在蜂场里,如同往常一样,静静地看着蜜蜂飞进飞出。张井走过去说:"和导这些天情绪不好,大家也跟着不好起来。"和乐说:"我听说是为一个剧本。"张井说:"和导写了个电影剧本,叫《拥抱》,有故事原型,是个老军人的故事,他特别尊重。剧本得了全市剧本创作奖第一名。有几家影视公司找他合作,他本想自己拍,正在犹豫,认识了白麓,决定拍这个纪录片,于是《拥抱》就让别人拍了。"和乐说:"这我倒理解,自己的作品被宰割,是很糟心的。"张井说:"我跟了他十多年,了解他。他是个特认真的人,但也是个洒脱的人。这点事儿,一时之气。"和乐有点惊异:"他《棒棒》拍完才成立和苦影视公司,也才五六年,你咋就跟他十多年了?"张井笑笑:"哦,我在部队就跟他,他是我的领导。"和乐张大嘴:"哇噢,这样啊,我是觉得你们身上有种相似的气质呢。那你也是自主择业?"张井:"是啊,和导成立公司时我出来的,营级干部自主择业。""他忽悠你出来的?你很有勇气啊。""呵呵,不是,我跟他走的,在部队都一直跟他,对他有信心。部队又有这个政策,就出来了,想跟他创番事业。"和乐问:"公司成立五六年了,再没有出现《棒棒》那样的作品啊?""好题材可遇不可求。"

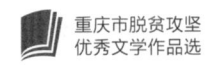

"可'棒棒'一直在,就他拍了。所以,我觉得不是题材难找的问题,是眼光问题。他很有眼光。这也是我来应聘场记的信心。我对这部片子是有信心的。"张井深沉地说:"可我感觉他现在很困惑。我从没见他这样过。和导是放弃他十分投入感情的电影《拥抱》的执导来做这部纪录片的,现在他的电影剧本被改得面目全非,而全身心投拍的纪录片又让他迷惘,才让他情绪有些恶劣。"和乐说:"人和人之间的了解都是需要时间的,更何况创作者和创作对象之间的磨合呢。"张井沉默不语,过了一会儿,姚望在喊他们。两人站起身来往那边走时,张井落在后面,和乐回头,看他仍站在原地。她回头招呼他,他突然看着她说:"你不觉得,这个白麓,有些奇怪吗?""你是说……"张井说:"我觉得和导是为这个苦恼。而不是怎么表现这个人物的问题。"说完他就走了,丢下个高深莫测的背影,让和乐在原地发呆。

秋风起,花瓣飞,树枝狂舞,空气的激流,在落叶里打圈。蜜蜂越来越懒于出去,它们准备过冬了。

这天夜里,摄制组开会,开了很久,总结了这段时间的拍摄,讨论了下一步的打算,意见各有不同。但大家都一致认为现在该回城了,理由是现在似乎没什么拍的了。和苦脊背上掠过一阵寒凉,纪录片受制于事件本身在这里凸显。

随后议定,回去把手上积压的一点工作全部完成,开年再全面拉开拍摄。但拉开拍什么,和苦没讲,他讲不出。他预备利用这个冬天,细细研究一下蜂产业,不能耽搁在这座小木屋里。自然,这也不能怪白麓,人家3年都这样过来的,她没什么错。但于她来说没有错,能说明什么呢?离他想要的有多远?他对于自己作为一个纪录片导演关于阅读社会和人物的自信,产生了前所未有的质疑和深度的迷惘。

摄制组要撤了。和苦对白麓说:"因为要赶季节,我们当时说来就来了,家里事情一大堆等着收口。"白麓情急地问:"那下步怎么办呢?"和苦淡然一笑:"没什么怎么办啊,还是那句话,你该做什么做什么,只当我们不存在。秋天快过了,你的蜂子不是要冬眠吗？大寒之后,便是立春。明年春暖花开——""不是冬眠,是越冬。"白麓说完,扭身就进了她的屋。和苦正说得诚恳,要详细交代事情走向,结果被冷冷撂下,一时索然。

3天后,摄制组从蜂场撤离,约好初春再来,赶在花开之前。

这群在山里待了一月有余的人,甩甩头发回家了。车上,和苦跟大家说笑了几声,就把头靠在椅背上,合上眼睛。这是他惯常的动作,没人觉得奇怪,只有他自己知道,他需要静静。

一个沉静的冬天。除了在《拥抱》上的几次据理力争,和苦很少说话。他需要静静。要读懂世界,须先读懂自己的心,因为世界是用心才能读到的。《拥抱》的争议以他的失败告终,他感觉到无法把控自己作品的无奈,以及艺术向金钱低头的悲凉。他的要求和曾经得到的承诺都不算数,出品方说了才算,出品方才是艺术和思想的大爷。

和苦提了一兜礼物,去看望《拥抱》人物原型,那是一个90岁高龄的老太太,一个军人的妻子,所认得的人已越来越少,仅一二至亲,竟还能认得他,对他极为亲切。他当初采访的时候,老军人还在,可他没等到电影出来。葬礼上,他发誓要把他们可歌可泣的爱情讲述出去。现在,他觉得对不起他们,他们的故事在电影里,因为各种原因,已变得不像他们的了。他并不能因为老军人看不见、老太太看不懂,而减轻丝毫愧疚。

告别老人出来,站在她的门口,和苦突然想到,他当初为何不去用纪录片表达,纪录片同样可以表达跨度70年的美丽爱情。想必没有谁可以篡改纪录片,更没有谁有兴趣篡改吧。

之后,他再也没接制片方的电话,他无话可说。他把全部的精力用在了那个小小的精灵——蜜蜂身上,他突然把一个姿势看明白了,那就是和乐坐在蜂箱前,长久地看蜜蜂的姿势。他读到了一个从走

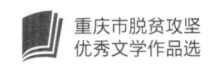

近到走进到融合的轨迹。关于白麓,他也由此懂了,每个人的角度和目的不一样。和乐是要表现这部片子的人和事,蜜蜂既是这个人也是这件事,她非要这样的姿势才是一个合格的场记。而白麓,如果她也像和乐,她不是也当场记,就是当老树头橡子们,她就不是老板了。她在她的定位里——她的创业选择和她的诗与远方的生活方式的选择,并没有问题,他要她怎样呢?和乐说得对,潜意识里,他想她成为他想要的样子。他想她变成别的,这本身就错了。

茅塞顿开,他直觉通体透明酣畅淋漓,立刻打开电脑,写了很长一段拍摄感悟和开春的拍摄规划。他的眼前,鲜花盛开,蜜蜂飞舞,蜂蜜流淌,人们欢笑。

气候变暖,城里的冬天已不分明。和苦却总觉得阿蓬县应该有场雪。他天天关注着天气预报。那天他归结为心诚则灵,一早起来,看到了新闻里阿蓬县突如其来的那场雪,正要给张井打电话,打开手机就看到了陆虎发来的小视频,小木房银装素裹,蜂棚子冰雕玉砌,好一片白茫茫的世界,真干净。他拉大缩小扒左扒右地看,最后拨通视频连接陆虎,一通就吼道:"你他妈的有组织无纪律,去的时候也不吭个声儿。"陆虎说:"你之前安排了冬天要来拍镜头,下雪不拍,不下雪拍啊。""你他妈支吾一声,我也去啊,这么好的景,不带我玩是怎么的?""我是昨夜一看到消息,连夜喊姚望走的,没敢惊动您老人家。你要来现在也不晚啊。""雪好吗?""雪不厚,但雪景丰满,够了。太冷了,我怕蜜蜂遭不住哦。""他们在吗?""橡子在。他们分班值守。"

和苦突然有点想念那个地方,想念那些蜜蜂。"蜜蜂还出来吗?""它们出来做什么?出来看雪景啊?你又没给人家准备防寒服。""你蜂箱拍得不多,多拍点。""我给你看,你就知道为什么拍得少了。"陆虎把镜头调过去,和苦看到蜂箱上堆着些棉絮什么的,棉絮上积着雪,圆不溜秋的一堆一堆,已经看不出那是蜂箱了。"敢情盖着棉被呢,福利不错。在温暖的蜂箱里,一大家子享受着蜂蜜,比我们福利好,下辈子也做只小蜜蜂去。""我们也这样想。"姚望把头伸进镜头,眨巴着眼睛,眼睫毛上结着霜。和苦说:"我看你和陆虎现在就想钻进人家箱子里,明年春天飞出来,两只小蜜蜂啊,飞进花丛中啊——""嗯嗯——"两个在那头噘着嘴哼哼着,三人"哈哈"笑着收了电话。

5

　　和苦闻四季变幻的气息,比狗鼻子闻肉骨头还尖。那天早上,他说他是被春天的气息撩拨醒的,他下床就看到一只蜜蜂歇在他家窗台上。

　　"城市里的蜜蜂本就稀奇,这时候竟飞到窗台上来,我简直怀疑,这是小木屋的蜜蜂来叫我们来了。"张井接到电话还在被窝里,其他人接到张井的电话同样在被窝里,张井把和导的那一长篇散文,浓缩成一句口令:"出发!"这群夜猫子的睡意像缠绵的情人不肯离去,可他的集结号吹得乌拉乌拉的。上了车,一个个还迷糊着,摇头晃脑要睡去,和苦说:"你们这是春困,知道吗? 春困!"精神好些的黄庭唱着:"春天在哪里啊,春天在哪里,春天在那小朋友的心窝里——"

　　大家笑一会儿睡一会儿,转眼就到了小木屋。而停稳车,正下东西,突听和苦大声连连喊道:"老树头——橡子——小山——"回应的只有满山回荡的虫鸣,蜂场一片静谧。

　　一群人东西也不下了,分头把蜂场上上下下里里外外跑了个遍,别说人,连蜂都没有了一只了。木屋大门紧锁窗户紧闭,蜂棚犹在,里面的蜂箱却零零落落只剩两三成,蜂箱外的地上一层蜜蜂尸体,正被蚂蚁搬运。

　　大家伙儿都惊呆了。张井掏出电话来,拨打电话。之前没打,是想拍到毫无准备的真实。老宋他们已不用吩咐,在进行全景拍摄。这场拍摄很重要,根据事态发展,可用于片子,可用作证据。

　　白麓不接电话,老树头同样,橡子关机,终于,小山接了,惊诧地连声问:"你们都到了? 小麓总他们怎么没通知我们呢?"张井沉静地问:"你们还没通知上班吗?""没有啊,放假的时候,小麓总让我和春晓等通知。一直没有通知。你们都去了,是上班了吗?"张井说:"没有没有。我们是突然来的,来了没看见人。""蜂子呢?""蜂子也没有。这大概是什么情况啊?"小山沉吟了一小会儿,恍然说:"赶花去了,只能是赶花去了。哪年赶花缺了我和春晓啊?再说,花期也没到啊。除非,赶油菜花,那里地势低,油菜花开得早,老树头年年都嚷嚷着要去赶一季。"和苦一把抢过电话:"快说,具体位置!"小山说了地址,那是全市的著名农业观光项目,就在临县。和苦一听就知道了,小山还在满腹委屈地嘟囔:"该早通知啊,这算啥事儿呢——"

挂了电话,两辆车往临县赶。路上,大家都有点气闷,这白麓搞什么,怎么也该知会一声啊,有这么调戏人的吗?想想自己也没知会人家,才摆了这道乌龙不是吗?油菜花海与这儿,南辕北辙啊。

油菜花,黄灿灿漫天漫地,一望无际。未及找人,已先陶醉。那种让人窒息的大美,盛开的油菜花被青山绿水含着,回应着蓝天白云,美得不可方物,美得不留余地。去过很多油菜花地,也很多回来过这里,回回都被油菜花海收摄了身心,哪看得见别的,自然从没留心过蜂箱以及蜂农,原来是如此的多,花海岸际的草地上、树林里,到处扎着帐篷。那帐篷是硕大的,朴素的,不是旅游人的浪漫,而是充满烟火气的。放蜂的人,抱着膝盖,坐在帐篷前小凳上,含笑地看着游人,任他们的蜂在花海里飞进飞出。

和苦仍然坚持不打电话。白麓是个见镜头就来戏的人,他非常珍惜她的浑然无知。多少次偷拍被识破,让他沮丧之余,差点恨上她的聪明。

沿着花海徐徐行进,尽管是开车,千亩油菜花,曲曲折折的岸线,半天过去,也不到一半,更不见白麓他们踪影。一路问蜂农,未果。无奈之下,拨打3人电话,竟仍然不接的不接,关机的关机。

周游大半圈,寻觅无果,却看了无数不同角度的花海。"这啥黄?这么纯这么正这么……黄。"和苦念叨。"油菜花黄。"陆虎在后排接

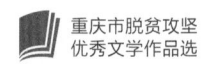

嘴,一如既往的一本正经。和苦回头瞥他一眼,笑了:"油菜花黄?正确,再没比这更正确的了。拍,拍那——油菜花黄!既然来了,可不能白来。"和苦手搭凉棚寻机位,手一挥,直指出去。

千米之外,花海之中,一两层楼阁飞檐翘角,红廊金瓦,傲然耸立。车挨过去,在最近的路边停住。一行人下车,蹚过黄色花海,到了楼下,仰头见雕梁画栋,却是简单粗糙,上到二楼,楼台中空,六边形一圈木质座椅。和苦东南西北打量,避开人头攒动——人都凑热闹去了。原来那边有表演,一纵红衣红裙女子,在油菜花间隔里跳着舞,舞姿低调,动作简单,仿佛故意不抢油菜花风头,但把人都吸引了过去。空出这边,人迹罕至,风景独好。

和苦定了机位,对着大地一阵比画,又对着空中一阵比画,姚望放出无人机,景致按他的布列呈现于显示屏,山川田园、水波荡漾,微风轻拂,阳光弄影,世间其实都是排好的,只等你取,其余还重要吗?他沉醉于这感觉。

但剧情分析会得开,这情况有点莫名其妙。大家正在分析白麓及其员工和蜜蜂去哪了,姚望喊:"快来!好像有人自杀。"

所有人跑过去围住航拍显示屏,显示屏上,一位白衣女子,站在花海中一蓝色水塘边,离水很近,俯瞰下去已然站在水塘里了。她脸朝水面,一动不动。"站很久了。越走越近,我才喊你们。"姚望轻声说。"飞机再高一点,不要惊扰她。周围一个人都没有,出事就麻烦了。"和苦也低声说。两人近乎耳语,仿佛声音能传出去似的。"张井,打110。"张井正要打,却见白衣女子动了起来,她缓缓转身,缓缓提腿,缓缓迈脚,身子不动,手臂不动,头不动,直直走进花丛。越走越深,花丛在她身后合拢,若不是航拍,没人看得见里面有人,她停下来,好像嫌花儿挡了她的路,她开始拔花,连根拔起,一株,两株……"肯定有问题。"黄庭说,声音不禁有点大。张井"嘘"一声。"嘘啥,快报警啊。"张井才又想起,手机在手心都攒出汗了,他赶紧猫一旁打电话。电话里老说不清楚方位,等把位置说清楚,回头看到白衣姑娘已躺在花海里了,黑色长发摊开在一侧,白色裙子被她仔细地牵成一个半圆,和苦喃喃地说:"这是世上最优雅的死法了。"站起身拔腿就跑。

和苦很久没锻炼,体力大不如前,拼命跑拢已头昏目炫眼冒金星。他一路声嘶力竭地喊:"嗨,嗨,姑娘,姑娘!"终于跑拢,他双手撑腿俯视横卧花丛中的姑娘,只见她,星眼微启,似梦非梦,待目光触及扣在她脸上方的一张黑红男人脸,双眼迅速闭上,像迅速关上两扇门,嘴里不歇气地发出尖利的叫声,如发空袭警报:"啊——啊——"

和苦头脑还没反应过来,只见地上的人鲤鱼打挺跃立于他跟前,这次轮到他的腰反应不过来了,他腰一时还没弹直,而头像木偶被一根线猛地一拉拉直起来,形成对姑娘的仰视角度。他心下说,好矫健的身段。姑娘已不容分说,尖叫的声音变成:"流氓!抓流氓啊——"

这一喊,听着耳熟,再定睛一看,不正是失踪的白麓吗?

和苦正呆立间,黄庭冲进两人之间,直吼到姑娘脸上去:"你才是流氓,你全家都流氓。一个妹儿家,眠花问柳,不是流氓还是好人?"和苦把黄庭揉一旁,双眼喷火,要烧了眼前这个妖精。黄庭也认出了白麓,不好意思地摸头,一个手指把头顶的小辫子绞来绞去,嘴里嘟哝着对不起。

和苦狠狠地说:"小麓总,你这又是玩的哪出啊?"后面的人都赶上来了,一干人上上下下打量白麓。白麓突然看见旁边的陆虎举着摄像机,指示灯像瞄准器一样对准她,大惊失色,双臂挡在眼前喊:"关掉关掉——"和苦对陆虎摆手,陆虎收了机器。

白麓突然蹲下去,双手抱头,嘤嘤哭起来,最后痛哭失声。

6

　　事情并不复杂,后果却很严重。

　　白麓抽泣着讲述:"以前冬天,都是小山夫妻在,从没出过事,我也就疏忽了,所以,小山说结婚时答应春晓旅游一回,想这个春节到昆明去旅游。老树头和橡子自告奋勇值班。我就答应了。让小山把蜜蜂越冬的注意事项特别做了交代。谁知道呢,他们俩居然自己分班轮值,一人一周。那天该橡子了,两人头天联系了,可第二天一早橡子没到,老树头家里有客人,急着要走,给橡子打电话不通,他想可能是路上耽搁了,先走会儿没事,回去也没接到橡子电话,就以为橡子到了,就没管了。一周后,又该他上班,他还是打不通电话,有点疑惑,到了蜂场,才傻眼了,蜂子……蜂子都不好了,他认定是饿的是冻的,又是喂蜜又赶紧往屋里搬,忙了一夜,也没救回它们来,才给我打电话——我去了,却没见到他,电话也不接,只给我发了几句话,对不起什么的。对不起有什么用呢?最可恶的是橡子,居然到现在都杳无音信。我怕他出了什么事,打电话给他老婆,他老婆在里面又是哭又是骂的,我听了半天才听明白,他玩手机'摇一摇'摇到个女的搞网恋,被她赶出家门,现在,家里人都不知他去哪了,现在,他老婆找我要人……要等他回去离婚……这个冬天,我承认我是忘了蜂子了,我不是信任他们嘛。平日里看到蜜蜂飞来飞去的,那么强悍,哪知道它们竟这么脆弱,说死就死,真不管人死活啊。我现在,恨地无洞可钻,只想在花地里挖个坑,把自己给埋了,让人找不到我……"说到这儿,千般委屈万般仇怨,仿佛蜜蜂的死,是真真对不起她,直哭得声噎气哽。

　　和乐觉得此刻,说什么都等于没说。但她还是得说点没用的。

她说:"想过自己想要的生活,谁不买张门票啊。"白麓一声哭出来:"这不是我想要的生活,这门票,也太贵了吧——"和乐说:"你选择,就是你想要。"白麓泪水下来了:"不是选择,是必须。"和乐说:"你自己的选择,又没谁逼你,怎么是必须呢?"白麓抽泣不止,并不搭理。和乐轻声问:"还有机会重新来过吗?"

白麓泪眼婆娑地将头垂到胸前,凄然摇晃。

和乐说:"还有旁的法子吗?比如家里可以搭个手救个场吗?"白麓一反柔弱,直起脖子,断然摇头,决然地说:"我的事我自己解决,与家里无关。"

和乐连声歉意地"呃呃",又问:"那去借贷呢?找朋友找银行。"白麓说:"资本是投给资本的,谁会投给一个穷光蛋。"白麓这话说得冷风嗖嗖,嘴角挂着老于世故的表情。

此后,和乐将交流情况如实汇报给和苦,和苦皱着眉连转数圈,像一条失了目标的猎狗追着自己尾巴。他苦笑道:"这算什么事儿?还没鸣锣就收兵了?"他心里迅速闪过一笔账,为这部他觉得超值的纪录片,他搭建的是一个豪华团队,增添设备,以及推掉其他档期,损失不是小数,尤其痛心的是,他仍抱定这是一朵一旦盛开就能在百花丛中争奇斗艳的花,明年就是脱贫攻坚决胜年,一个北大女生放弃主城生活,来到农村养蜂,具备热门话题的各种要素,可眼下,这一切被这个北大女生玩坏了!想当初,她多么志得意满,多么孤芳自赏,现在哭得梨花带雨,这现实的翻云覆雨,让花骨朵还没打开就夭折了。

这是一个无言的结局。良久,和苦"哼"出一声,像一根枯枝上爆出新芽,说:"会有法子的。我预感片子会继续拍。不行的话,我拍个《北大女生创业失败记》,也给人启迪,哈哈——"和苦故作轻松地爽朗笑着。和乐也爽朗地笑着,仿佛确实找到了片子的出路。

之后,摄制组暂时休息,听通知。白麓也接到和苦的一则信息:好好休息,从长计议。

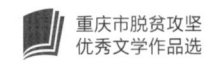

白麓泪水又下来了,连续回了数个"嗯嗯",以及几组痴萌表情,如抓住绝处逢生的藤条,靠不靠谱不重要,有抓的便好。

　　摄制组等着集结号。公司员工还好,和苦是定海神针,他在公司就在。那些因项目临时聘用的员工,因项目搁浅,不免另觅他途。有家的要养家,没家的要成家,不开工谁耗得起?

　　白麓假装没事,睡了一天,逛了一天,再打了两天游戏。几天过去,她再也装不下去,在电话通讯录里翻来翻去,至少找个人瞎掰也好。几个轮回,手指都停在"和导"上。好歹他说了句"从长计议"吧。

　　电话只响了一声,和苦便接了,声音急切高亢:"怎样?有法子了?"白麓顿了顿,不好意思地嗫嚅道:"没有啦。我就想问问你这边有法子吗?"和苦声音没降,情绪降了几个八度,说:"那你没法子却给我打电话干吗?"看那头没声音,和苦赶紧开个玩笑:"呵呵,我还以为生意来了,通知我们起灶开锅呢。"

　　这显然不是白麓想要的。两人就尬那儿了。和苦只有继续开着玩笑:"我说呀,这个中蜂产业,蜜蜂,老实说我是怕的,怕蜇;蜂蜜,也不敢吃,怕长胖。这业态我真不熟,为拍摄我在恶补呢。现在,搞不好你我都不用理会它了,多轻松,是吧?"

　　那边仍然没声音,和苦不开玩笑了,诚恳地说:"你其实好办,凭北大这张文凭,哪找不到事儿做,还是西班牙'海归',你这场诗和远方告一段落,立马可以翻页,没准儿整部鸿篇巨制出来,多少路走不得,对吧?我呢,一个拍纪录片的,你有戏我拍,你没戏我走人。眼下,这片子,实话说我没辙。我如果能编出戏来拍,那是拍电影了,我刚放弃了一部电影……"

　　"你有完没完!"一声断喝,电话里"咔——嘟嘟嘟——"和苦愣一下,苦笑一下。话在少不在多,一直说个没完,该遭。

　　也好。和苦突然感到一段磕磕碰碰、莫名其妙的日子,过去了,一时如释重负,轻松突如其来,喧嚣远去,万籁寂静。

7

门铃执着地响。从小心翼翼变成要拼命似的。许是清洁阿姨又合不起指纹了。她指纹在变吗?经常合不起。白麓很无语,手上捧着手机,两个大拇指小蛇一样灵活地游走。她偏不去开,清洁做不做没什么大不了的,自己还披头散发蓬头垢面呢。

可门铃执着地响,警报一样让她头皮发麻。她败了一局,她把手机往沙发上一拍,冲去拉门,速度飞快,斩钉截铁,伴有音效。

门口的人被吓住了,她也被门口的人吓住了。

"怎么,是你们——"她有恍若隔世之感,反应过来,边双手拢住散发,边纳闷地说。

小山夫妻挨在门边。他们每次来送什么东西,都在门口交了就走,从没进过屋。这次也站在门边,却没有递了什么东西马上就走的意思。

白麓只得请他们进去。他们站在屋中央,四个眼珠子在屋里滴溜溜跑。白麓让他们坐,也不坐,站着说:"小麓总,打电话您不接,所以——""哦,啥事?"很少说话的春晓说:"没事。就是打不通电话有点急,今天就坐车来看看。""怕我自杀?至于吗我。坐嘛,我也有事要问你们。喝水。"白麓浅笑了一下,从冰箱里拿了两瓶矿泉水递过去。

两人不坐沙发,沙发太素净,他们坐在两把木椅子上。白麓问:"橡子跟你们联系过吗?"两人一起摇头:"没有。一个冬都没有。""老树头呢?"小山说:"他联系过几次。大年三十还发短信拜年啥的。最后一次,就是打电话说橡子不接电话,骂他。"白麓又问:"出事以后,你们联系过吗?""没有了。两个电话都打不通。"白麓愤愤地说:"都

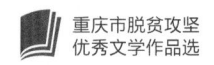

是些什么人啦？我就不该把工资在年前全结给你们。"说完这句，眼眶有点潮红，但仿佛意识到对象不对，忍住了。小山说："我也找人打听了，说是橡子跑广东打工了，他怕老婆找到他离婚，把手机号码换了。老树头家里人说，他是怕您报案，躲起来了。"白麓脸涨得通红："躲就躲得脱吗？没法律管他们了！他俩一个也别想跑！"

然后，半天没声响。后来小山说："我们今天来呢，一是看看您，出这么大事儿，还是不放心。二是想问问您的打算，我们两个要都没收入，生活撑不走。公司要继续做，我们不说另找事的话……"白麓迅速接道："你们另找吧。"

沉默了一阵，小山搓着手笑笑："如果公司开起来，我们能回来还是回来的。别的不说，春节回去，管侄儿作业，比以前轻松好多呢。我和春晓都念叨，多亏读了3年诗呢。"

这两日，拼了命在"王者荣耀"里晋级，忘了一切。小山这句话突然唤回了她的记忆，曾经有个地方，是她的诗和远方。不由怔住。两人看她怔怔的，再坐了坐，就告辞了。路上想好的很多劝慰的话和提醒都没说出来。所以走得慢吞吞的，到了门边，春晓说："过段时间，小麓总还是去看看，养蜂场厨房还有些油盐米面，山里潮气重，怕生霉。"白麓"嗯"一声，不看她。都说"再见"了，小山突然转过身来，说："小麓总，如果你继续养蜂子，你得找个真懂行的。我们几个吧，在技术这块儿，都不行。不做就算了，要做还是认真做。"

白麓瞪大眼睛，声音瞬间变得又高又细，像被人捏了脖子："你意思是，我不是认真做？"春晓赶紧说："不是不是，他不会说话……"小山抢过老婆的话头说："说句不怕你生气的话，你像是去玩儿。所以，大家也都钻着空子玩儿，才出这种事儿。但凡管严些，也不至于。那是活物呢！"春晓连连说着"再见"，拖着小山走，恰好电梯来了，他们一下就消失在冰冷的楼道里，像没有出现过。

白麓呆立了半晌，才将门缓缓合上，说声"我去"，继续打游戏，却觉得胸口被划了一刀似的,隐痛,再合不拢。

游戏连输几盘。"背时小山,摧毁了我拔枪的速度。"她摔了手机。

发了一夜呆。次日,春寒料峭,风和日丽。这种天气有无限种可能性,就算无法再前进,仿佛也看得见退路。白麓随便拿了件外套,在这个风和日丽的日子回到她的小木屋。

一片凋零。很多蜂箱重叠着堆在屋里,留着老树头曾经努力过的抢救现场。更多蜂箱在蜂棚里,那是被老树头判了死刑的。

屋里没有她的位置,尽是蜂箱和蜂的尸体,她不能与它们共处一室。她负了它们,她就是谋杀者。

她来到蜂棚,第一次没戴防护帽,却没有一点担心被蜇的畏惧。但她不敢去揭开箱盖,这不是畏惧,而是恐惧,她恐惧里面的灾难场面。

她静默站立,在心里凭吊。凭吊她的蜂,凭吊她过去的3年。

这时,一只蜂从她耳边飞过去,在她眼前低飞徘徊,好像是见了熟人,过来打个招呼,然后,飞去落在她身前的一只蜂箱前,慢慢爬进去了。她并没有觉得惊异,山林里有蜂,多么正常。蜂进蜂箱去看看,多么正常。但又一只蜂来了,也落在了刚才那个蜂箱前。她走过去,蹲下身子,恰好又一只蜂来,飞翔的蜂,平滑落在箱门前,从容地进去,她清楚地看见,蜂的腿上裹着两坨黄色花粉。是的,花粉,她坚信自己没看错!渐渐地,不断有蜂飞来,有蜂飞走,一股热流从心底升腾起来,她的眼里充满了泪水。她跪倒在地,泣不成声。她此刻的心里,前所未有地对那娇小的黄色斑纹的蜂子充满感激,对那漫不经心沐浴清风的日子充满珍惜。她心里祈祷:哪怕一群,哪怕还有一群活着都好,我都不绝望了。星星之火可以燎原,请给我力量,给我希望。

这时,她听到身后有脚步声,她回过头去,满脸惊诧。橡子,双手在腹前绞在一起,低着头,满眼惭愧地望着她,那红黑的脸变得苍黄,

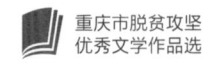

那石磨子一样的身躯变得佝偻,但双脚仿佛稳稳地扎在地里,不退缩,不躲闪。

她的目光像平静的月光,铺洒在橡子脸上,声音像平静的水,波澜不惊,缓缓流淌:"橡子,还有蜂呢,还有蜂回来呢。"语气又轻又柔,像怕惊扰了蜂子,把它们吓跑;像什么事都没发生,小木屋跟过去没两样。

橡子眼角渗着一滴泪,说:"小麓总,我昨天就回来了,数清楚了,有三四十箱活着呢。"小麓看着橡子笑:"橡子,有蜂子在等你。你过去对它们好,它们怕你回来了失业呢。"橡子裂开嘴,两只嘴角直向两边耳朵飞去,又像哭又像笑,眼角的泪水噙不住,滑落下来。橡子嘴里"呜呜"的,白麓没听清,但她知道他说的是"对不起"。然后,不等安排,开始去做活路。把蜂棚打扫干净,把屋里的蜂箱搬出来;将蜂子飞跑的空蜂箱清理干净,整齐排放一列;蜂子死去的蜂箱,堆在一起焚烧。白麓站在火堆前,火光将她的脸映红,她脸上晶晶莹莹地闪亮。橡子知道那是泪水,不敢惹她,只捣鼓着火堆,直到一堆蜂箱成了一片灰烬。

月光斑驳的蜂场,两人站在那里。橡子说:"小麓总,有件事不知当讲不当讲。"白麓说:"所有都过去了,有什么不当讲的。"橡子小声说:"我数了总数,差了五十多个箱子。会不会是老树头……"白麓打断他:"也许别人见场子没人没蜂的,以为不要了。""别人家的东西,以为不要了,哪能呢?"橡子嘀咕着,然后正经地说,"小麓总,你放心,我会把这里重新弄起来。我不要工资,有吃住就行。等蜂子有过去一半了,就喊小山他俩回来。现在喊来,养不活。"白麓垂头说:"现在我连自己都养不活了。你去另寻生路吧。"橡子说:"这是我造成的,只要还有一群蜂我都不会走的。别的不说,我至少保证你要的蜜。"白麓问:"我要的蜜?"橡子说:"这3年来,我都看在眼里,每次打蜜,您早准备好陶罐,装50斤蜜,立马开车送走。我不知道你做什么,但我看得出,你每年都急需那批蜜。我技术不高,一个人养不了多少,但你要的蜜是可以保证的。你放心。"

白麓默默望他半晌,微微笑一笑,什么也不说,走开去。到车上拿了两盒方便面,两个酸奶,递给橡子,说:"没开伙,将就吧。"橡子说:"明天我就把伙开起来。"白麓不答,独自走开。

那天夜里,她在阳台上坐到半夜。月色如水,她浸泡在水里。初春的夜,是寒凉的,她最后便是泡在寒冰里,她在椅子里蜷成一团,想着要是被寒冰冻结了,倒是好的。以前老是追求冻龄,这不就是"冻龄"了吗?

起风了,枝条舞起来,月光被打碎。白麓看着一地月光分分合合,光影聚聚散散,若是人生打碎重来,她还会重来吗?但是,能不重来吗?

白麓2013年毕业,走出北大校门,珠三角漂两年,赶上一波牛市,在她老板——北大校友,著名经济学家的弟子——带领下,挖到人生第一桶金,200万元。做的最后一份工作是一家私募公司的副总,负责公司管理及二级市场投资。新闻与传播的专业背景,却执着于金融,缘于妈妈眼里的"别人家孩子",这个数学精算系毕业在华尔街工作,那个商管高才生在北京驰骋。她说:"我也行。"这个豪横表态,用去了她两年青春,得到了一句妈妈的"丫头还行"。但她觉得冰冷无趣。第一桶金200万元,她可以有两个用途,一在深圳买房,二是留学深造。她选择了留学。

2015年的春天,白麓考取西班牙IE商学院。此前关于留学的想象,是同学朋友圈里的旅行和party,事实远非如此。她所了解的澳洲、美国学校,是选课制修学分,但她读的这所学校——2020年排名已位居世界第6名的商学院——采用的是中国小学式的课程安排。学生位置固定,照片按座位排序贴在老师讲台,以防翘课。课程固定,从早上8:30到下午3点;图书馆开到凌晨3点;"敢情我小学没好

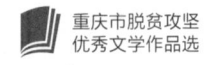

好读书,到这儿补课来了?人生,真是无处可逃啊!"除了自嘲,别无他法。而可怕的,是每门课还有participation(参与)分数,包括上课发言和课余活动表现,占比50%以上。这对于白麓来讲简直是一个噩耗。这是所纯白人学校,班上就两个亚洲人,另一个来自印度。自己的翘课或不发言的坏名声,都将落到"中国人"头上,白麓不敢丢中国的脸。而最严重的是语言有障碍。那些白皮肤金头发的同学,包括老师,都操一口浓浓口音说英文,如何用第二语言跟人交流甚至跟人吵架,都成了大问题。等她懂得如何怼老外的时候,都快毕业了,恨不得再读一年。

当时,她每天学习到凌晨3点。为了拿到participation分数,学校离马德里最大的公园5公里,她每天跑步到公园,站在台子上,练习public speaking(公开演讲),模仿希拉里的演讲、模仿克林顿的演讲,模仿每一个名人演讲。最后的presentation(报告演讲),她从开学时在同学哄笑中硬着头皮发言到毕业时取得最好成绩,震惊了全体同学。

除了上课和参与,还有随机分组的小组作业。小组投资课选择的是股票投资,她觉得运气来了,之前做二级市场的经历,让她带领小组获得了第一名。而在一个叫VENTURE LAB的创业比赛中,她独自完成了整个项目,虽然做到崩溃,但最终获得了当年创业比赛大奖,是该校历史上第一个在该项目中上台领奖的中国学生。那神圣的感觉,绝不亚于奥运会金牌得主。她的眼泪在眼眶里打转,泪光中是家乡,泪光中是妈妈……

所以,那天晚上,和乐讲到"水里尽是家山"时,她说她看到了,她只没说,不是茶水里,是在泪光中。

回国不久,命定地,她来到阿蓬县养起了蜂子。父母从小培养她要有独立精神和自由灵魂,这次却横加干涉,断然不允。她爸一反优雅,手指只差点上她的鼻尖:"养蜂子?我看你就是个疯子。老子还骄傲培养了个人才,却培养了他妈个蜂农。"她不分辩,但此话斩断了他们父女本就细若游丝、吹弹可断的情分。她偶有伤感,以父亲不差她这件小小棉背心而自求心安。在父母面前,她从小行事,不讲理由,只交结果,而她坚持,做人的结果才是最雄辩的。所以,此番折戟阿蓬县,她断不会就此结账走人。这不仅是她的骄傲不允许,现实也不允许。无论如何,她要的蜂蜜,如何能断?就算人生打碎重来,又能怎样?她还得来阿蓬县养蜂子,还得把这蜂农当下去,尽管,没钱了,没蜂了,没人了,但再难还能难过在异国他乡的那场拼搏和爱恨?就算人生打碎重来,她的信条不会变:要做就做最好。这次死蜂事件,是来教训她的,因为,她忘了这个信条,养蜂养得掉以轻心游手好闲,不爱惜生命,不尊重事业,不尽心选择。这是一次惩罚,她别无选择,只能从头再来。

想到从头再来,她站起来,进屋把吉他抱出来。半夜弹琴唱歌,这是大山赋予的特权。此刻,星子零落,乍暖还寒;树影沉静,远山起伏。白麓调试琴弦,唱道:昨天所有的荣誉,已变成遥远的回忆……我不能随波浮沉,为了我挚爱的亲人,再苦再难也要坚强,只为那些期待眼神……心若在梦就在,看成败人生豪迈,只不过从头再来。

只不过从头再来。

8

　　县畜牧中心好难找,在一条背街小巷里。以前接到会议通知,一看地址,好像一个字都不认识,眼晕,然后都是让小山去参会。小山回来给她汇报,头两次还听听,没听出多少意思,后来就假装听听,再后来觉得假装太累,干脆不装了。小山行使着接会议通知、开会、贯彻会议精神的权力,贯穿始终。

　　于是这里没人认识她。白麓判断应该去综合科或业务科,两个科室的人都很忙,都在电脑上急速打字,接电话都语速很快,像怕被影响工作似的,没人有闲暇。目测有一个红绿格衣中年妇女,从她说话和笑声频率来看,貌似空闲些,便上去自我介绍,却没引起对方的关注,只问她"啥事"。她试图让人重视她些,以便让她接下来的诉求得到更好回应,所以,不得不亮出她本不想亮出的独特身份,说:"我叫白麓,北大毕业,在阿蓬县养中蜂。"

　　对方的目光果然投向了她,而且,不止一双眼睛。包括办公室另外两个人。大家都惊愕到了——绝对不是惊艳到了。尽管白麓觉得自己的出场应该是后者。

　　红绿格满脸肌肉运动着说:"噢哟,今儿见到真神了呐,著名的北大蜂女现身了呢。"满屋的人便围着她攀谈说笑起来,热情倒是蛮热情的,只是她乍一听自己被人背地里称为"北大蜂女",很不喜欢,心里便大不高兴,脸上就少了谦逊,多了冷傲。

　　办公室里短暂的一波喧哗很快过去,红绿格说:"哦,白总!总算见到真人了,以前只在报道上见过。"白麓矜持而礼貌地笑着,尽量保持低调。但没想到红绿格话锋一转:"当年,知道有个北大姑娘来养蜂,我们兴奋着呢,可没少去找你,你总不在;打电话给你,你都忙。

请你开会,你不屑来。白总,不是说你啊,你3年没开一次会,没参加过一次活动,没承接过一个任务。北大的,是清高些,但不能这样不把政府放眼里啊。中蜂产业一直是县里重点产业,我们希望你北大姑娘能成为一个龙头,在管理、效益、技术、带动蜂农各方面,都有创新做法,都比别人有文化……"白麓冷峻着脸,突然插言,说:"明白了阿姨,我养的蜂子都应该比别人家有文化,是这样理解吧?"

这句话呛得红绿格差点背过气去。办公室死寂一分钟。最里边靠窗的男士首先醒悟,站起来走过去对白麓说:"哦,白麓同志是吧?请您到这边来,这边来,有什么困难我给你解答。"红绿格也恢复过来,手指颤抖地点着她的背影:"这,这这,什么素质!我们北大,培养的好人才!祁主任,你可要帮国家好好管教管教啊!"白麓还要想转身答话,被祁主任一股暗力推出了办公室,反手把门拉上了。

被唤祁主任的这位,带白麓进了一间小会议室,桌上有水,让她请便。她掏出自己的矿泉水,对着瓶口,猛喝一口压压情绪。祁主任50岁上下,瘦削脸,戴副眼镜,谦和客气。并没听红绿格的,要教育她,而是坐下就问她需要什么帮助。她的气平顺了些,说:"我想聘请一个中蜂养殖专家,想到畜牧中心应该有资源。我特别相信政府,绝对不是刚才那位阿姨说的目无政府,我以前是想,每个人完成自己的责任做自己的事,不想一做点什么就依靠政府、麻烦政府。至于开会,我读书时就讨厌开会,如果开会和参加活动可以把蜂养好,我不拒绝。至于阿姨说的,承接任务,只要组织交办,我不会拒绝,但我不知道啊。她怎么这么讲呢?"白麓原没想说这么多,但祁主任友善的样子,有鼓励她有话就讲的意思,她也就多说了几句。自己受委屈事小,让政府误会自己就不好了。她将自己此番前来的原委一一道来,本来以为凭在这行混了不长不短3个年头,要找个懂技术的应该不难,可正经找起来,才知资源有限。除了自己蜂场几个人,她极少与养蜂人接触,也无关注。现在寻找起来,发现蜂农群体不容乐观,这

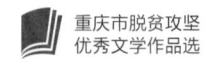

带养蜂的不少,可多是家庭作坊式,养几十箱自给自足,少有成规模的。蜂农年龄大文化低,大多是六七十岁的老人,自己操作百十箱有保障,但要说个道理做个指导,却是难为他们。她说:"所以,我是想请畜牧中心推荐一个养蜂专家,聘请为技术指导也可,一起创业也行,技术占股也行。"

祁主任正色起来,非常肯定地说:"这次你做对了!"立即就给她介绍了隆崎。隆崎这个名字,她听说过,是位传说中的民间养蜂高人。她从没想过,要与他发生关联。以前养蜂,仅仅养蜂而已,无须多少技术。现在养蜂,已不单单养蜂那么简单,必须技术支持。

祁主任去给自己泡了一杯茶来,再递给白麓一瓶矿泉水,说:"事实上,隆崎不是阿蓬县人,是临县的,冲五倍子花来的。隆崎有野心有胆子,只是少了盘算,最后折戟阿蓬县。有人说是鼓绷大了胀破了,想做大事业,资金断链,死在门槛上;有人说他是五代养蜂传人,技术精湛,坚持不作假,遭市场上假蜂蜜挤垮了。这些说法都证实了一点,隆崎有技术。他心大,你无心;他没盘算,你有文化。他心大搞砸了,你无心坏了事,我倒觉得你们正好结合。但愿这不是个馊主意。你慎重考虑,因为你是找懂技术的,所以,我给你推荐他。如果,你找到他,他也愿意和你合作,那我还提醒你一句,你要辩证看待和使用此人,不然,尽管有了技术,又会出旁的问题。有些问题比技术问题更要命呢。呃,这是他以前蜂场和加工厂地址,很少有人看到他,你去碰碰运气吧。事实上,我们希望一个五代养蜂传人能在我县发挥作用,我们是想帮他的,但他几年没响动,他自己不使劲向前进,我们也找不到机会。但愿你这次能让他抓住机会。我们一定密切关注你支持你,你有困难,来找我们。明天我会将此事向主任深度汇报。"

白麓抬起一张纯净的脸问:"您不就是主任吗?"祁主任左手扶扶眼镜,右手指指自己:"我?哈哈——我在畜牧中心,只是中蜂产业办副主任,我上头,主任还有一摞,你放心发展,罩着你的人多呢。"白麓连连拍手:"太好了,您今后要多指导我哦,我在社会经验和工作经验方面都很不足,今天走来就惹阿姨生气,怪不好意思的。"祁主任笑着说:"没人跟你计较,别想多了,事情做好才是王道。""我觉得特别严重的是,我把我的学校给连累了——""哈哈——我教你个小诀窍,下次再见不要叫阿姨。"白麓诧异了:"那多不礼貌,她看起来跟我妈妈岁数差不多。"祁主任眨眨眼:"尊称一声老师便好。"

　　这天,白麓收获大了,去时孑然一身,回时行囊满满。有了技术权威隆崎,有了主任,还有了老师。她突然觉得自己是有组织的人了,不再是孤军奋战了,便后悔以前怎么没来呢,便对小山很有些意见了,这么重要的事,你怎么办的呢?就没说句囫囵话,引起我的重视。有组织的感觉这么好,硬是死去活来才领略到。尽管隆崎长什么样还不知道,老师也只是红绿格子印象和互怼的酸爽,但祁主任让人信任,他说的便都可信任了。

9

隆崎的蜂场与她的小木屋一个在东,一个在西。她跟着导航开车,从西到东,穿越全县,找到了隆崎的"中蜂蜜厂"。

这里地处摩围山腰,衔山含水,坐南朝北,东西两幢楼,中空连廊,且分且合;三层飞檐,且收且放;气势恢宏,遗世独立。楼下偌大一个硬化操场,一圈仿古竹舍,介绍蜂和蜜,信息齐全,面面俱到。一扇硕大无朋的门,足可供三四辆车并行出入,是个大手笔的人,着实不虚。

白麓仰头而观,心中暗比自己的小木楼,当初那女孩童话般的小梦幻,被这创业雄姿压榨成了一张书签夹进自己的日志里。

近前细观,落地玻璃大门紧锁,里面蛛网凌空,尘垢满地。她双手笼在嘴上,做成喇叭,连呼数声,回音袅袅。连退数步,又叹胜地不常,盛筵不续。又想自己那八尺见方的小摊,尚弄成今日局面,便知这天地之间,没人容易。

据祁主任介绍,在摩围山半山腰,还有个养蜂场。此处无人,只得另处寻觅。

车出了大门,再回头,突觉大门简单耿介的风格有些眼熟,尤其是那两根顶天立地的门柱,傻大黑粗的样儿,想要撑起天或者想要戳破天的架势,总是见过的,一时想不起。却又见门柱上密密匝匝两行字,便索性熄了火跳下车,仰头看。这个姿势,她也是有过的。当然,有过这姿势不奇怪,现在讲究设计感,倘若不弄出个让人"须仰视才见",那不叫气势。所以,仰视是常有的,至于仰视到了什么,那是仁者见仁智者见智,无须赘述。

现在,白麓仰视着,读那简单耿介的门柱上的门联。上联:喜嘉圆铺锦绣看蜂飞蝶舞闻蛙叫鸪鸣菊梅吐芳满苑春光呈画意;下联:歌盛世铸辉煌培俊彦良才创丰功伟业农旅开花贸工结果一楼精粹泛诗情;门楣,四个大字:蜂光无限。

峰光无限?!蜂光无限?!又是"蜂"!记忆里电光火闪噼里啪啦,有此神秘启示,她不再自以为是"峰"字错写!突然醒悟,原来,那花粉谷,就是隆崎的蜂场!

白麓跳上车,向山上疾驰而去。她在层峦叠嶂之间穿行,她死盯左前方,预备那大而无当的门猝不及防地一闪而过。是谁说的,每次相遇都是重逢?她觉得,每次相遇不是重逢,就是为了重逢。比如眼下一路上的风景,都是3年前的相遇,现在的重逢。而她祈祷接下来的重逢。白麓开着车,在崎岖的公路上行驶,心里莫名有宿命感。3年前,她因阿蓬县一中蜂产业公司咨询项目来阿蓬县,甲方组织一日游摩围山来过。她没随团队上山顶,独自留在那扇大门前,到门里去找个躲太阳的地方,今天她却是来找个遮风挡雨的人呢。

久走不至,心生忐忑。七弯八拐,莫非走错?停车到公路边农民家寻踪问迹,因说不清楚,无人知道,一路问去,终有人遥指前方:"前不远,有个花粉谷,就是隆崎的。几年前,幺不到台的样子,最后倒了台,现如今看不到人了。找他的人倒多,找得到不,全凭运气。欠你钱了?祝你好运。"

她道了谢,往前开,就看到了以前那个大门。车子直接开进去。在这个春天里,门里姹紫嫣红,繁花漫坡,花草树木,争奇斗艳,白麓恍然有进错门之感。记忆里这里的世界,几分落寞,几分萧索,这时她看到当时遮阴的五倍子树,盎然地一排立在那里,端肃地举着枝叶静默地立着,奶白的花串已不在枝头,仿佛看够热闹回去了,也仿佛等热闹过了再来,蓄意"我花开后百花杀",等待一场神秘而伟大的邂逅。

凹字形的房子还在,墙上的标语海报仍东搭一块、西掉一角,仍

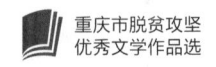

顽强地挂在那儿,仿佛糨糊胶水无能为力,东风西风也奈它不何。

　　白麓沿着那条宽阔的大道走到门口,三道大门都虚掩着,她站在门口大声喊有人吗,只不敢擅入。立在地坝边沿,开大嗓门一声叠一声喊:"喂,有人在吗?"

　　空谷回响。

10

　　隆崎立于山岗。
　　隆崎斜倚山坳。
　　隆崎横卧草亭。

　　隆崎长坐山岗。
　　隆崎横卧山坳。
　　隆崎立于草亭。

　　不是写诗,隆崎的世界,走来走去就这几个地方,换来换去就这几个姿势。冬夏不欺,风雨无改,简单明了,说起来像诵诗。

　　听上去是个高人,藏身深山,出没溪间,"不知有汉,无论魏晋"。而事实是,不然呢?还能怎样?

　　山岗,是他的望风岗——闻风丧胆,望风而逃;山坳是他的藏身处——不见不散,见人就闪;草亭,是他的放蜂场——安身立命,百十群蜂。蜂不敢多养,养多了目标大,要引来冤家债主。要依他,把这漫山遍野摆满蜂箱,是何难事?但,漫山遍野摆满,也填不了他的窟窿。捅那么大窟窿,似乎只在瞬间。他跟蜂躺在一起,仰望星空,想着那个窟窿想着女娲娘娘补天多的那块石头,女娲娘娘要能看见他的天有个洞,垂怜掉块石头下来,把他的窟窿补上就好了。

　　一去5年,他慢慢过成了今天这个样子。这样子过得,看上去没什么不好,那么像首诗。原来真是,个人的生死悲喜,却是别人眼里的诗。而谁能在这诗里,读出他的寝食难安和坐卧不宁?所以,表象和语言,都是信不得的。世上的人,各个用自己的方式,过自己的日

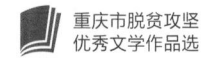

子。在这山乡野岭,他冬夏不欺,风雨无改,他分不清是为梦想,还是为生计。自古穷通皆有定,离合岂无缘? 他与蜜蜂的缘分,是他祖父的祖父定下的。而那个宏伟瑰丽的梦,是谁赋予他的? 让他为之颠沛流离而在所不惜。

人一生的情感根基、思维模式和行为方式,有人说是基因决定的,有人说是文化属性决定的,要想摆脱,得等下辈子从头来过。他隆崎不是没挣扎过,在蜂子嗡鸣声中长大,他想他的世界不要再听这声音好吗? 他小时立志读书成为一个伟大的人——无论做什么都好,总之有文化的那种。这个念头被4个哥哥掐灭了,他们都随父养蜂去了,跟着蜜蜂到处走,花开花谢,走走停停,敢把他乡当故乡。

家里农忙农闲,都只有他妈一人。他读初中时,成绩好,一副少年得志的样子。但作为老幺的他,才进初中,父母就老成了老人的样子,白发苍苍,满脸沟壑。他爸放蜂还有4个儿子跟着,而田里则只有妈一个。这是让他读书吗? 他在教室坐得住吗? 初中只读了两年,他便辍学务农了,"去他妈的不读了,让同学们读去吧,要做伟大人物的重担,也交给他们了"。

从他读书起,他大哥二哥三哥四哥都在搬蜂箱,从这儿搬到那儿,从那儿搬到这儿,他们搬着蜂箱,誓要把隆家五少爷搬进大学。谁让他聪明呢,谁让他读书好呢,他不进大学,隆家只有等下一代了。下一代,隆家四位少爷在讨媳妇儿前,都觉与他们无关,可媳妇儿们进了家门,下一代就接踵而至了。他们想在这一代出个大学生的理想,被下一代要赢在起跑线上的责任压成一张过期的旧报纸,丢在了墙角。他们仍然搬蜂箱,越搬越远。搬到了青海,搬到了西藏,搬到了凡有花盛开的地方,要为他们的儿女搬出一片新天地来。

他们祖上养蜂可以上溯四代。最初养蜂打蜜只是糊口,后来交给国家供销社,一代代传下来,传到他们兄弟这代,已是市场经济,自己显能耐,把蜂子养好,蜂子为他们造钱。锤炼了五代的技艺,不可谓不精湛,在西南乃至全国中蜂界,若不知隆氏祖孙,就不是"圈内人"。

隆崎多读几天书,心便比几个哥哥大。哥哥们跟父亲搬蜂箱的身影,在他心里渐行渐远。他思忖着,既然祖宗在中蜂界扎了深根,在市场经济浪潮中,不成番事业勇立潮头,岂不辜负?被辍学掐灭的要做一个伟人的梦想,再次点燃。他就折腾。用他几个哥哥的话说:如果月球上有蜜源,他会把蜂箱摆到月亮上去呢。

他说他要把中蜂产业发扬光大,他说他要老百姓乘着小蜜蜂的翅膀腾飞,要让中华蜜蜂飞满全世界。哥哥讥笑他:"飞满全世界,那不是乱场吗?蜇了人可不是玩的。"他看他们听不懂他的话,懒得跟他们说。而这世上仿佛没人听得懂他的话,倒是蜜蜂能懂。它们听他的,他让它们分蜂它们就分蜂,他让它们育王它们就育王,他让它们酿蜜它们就酿出黏稠柔软、甜香的蜜来。他经常对它们说:"你们争气些。意大利蜂不是好东西,挤占地盘,侵占蜜源,它们比你们个头大,比你们能吃能产能繁育,现在西蜂中蜂之比,是15:1,市场上几乎全是西蜂蜜。中国人吃不到中蜂蜜,不知中蜂蜜的好处,这是什么世道。中蜂专家说你们已经成了保护动物了,国家要保护你们呢,我拼了这条命也要保护你们,你们要争气,小东西们!"说这些话的时候,他觉得他是英雄,他的心里有很大个世界,别人能不能听懂他的话,已经不重要。只要蜜蜂懂他,跟他一起努力,他就能用不能辩驳的结果向全世界证明,中华蜂的独特,只要世人知道了这一点,中蜂就有救,中蜂蜂农就能兴旺,像养西蜂的人一样,不愁产不愁销,牛气轰轰。结果,他还没飞起来,就折断了翅膀,从半空中摔下来,一地鸡毛。但他总觉得是在这里养精蓄锐,以待时日。

这天,正在清理蜂箱,准备秋繁。听到有人喊。声音不熟,语气不像讨债,却很执着,高一声低一声不歇气,他小心翼翼地探视着出去。

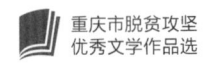

喊半天没回音,白麓都要失望了。在地坝头坐下来,两手托腮,看着园子发呆。园子里杂草丛生,怪石林立,不免恐惧。突然,一个沙哑浑浊的声音在身后响起:"做啥子?买蜂蜜?"

白麓吓得一下跳起来,看到一个中年男人站在身后,她抚着胸口,惊魂未定地嗔怪道:"干什么?神出鬼没的。吓死人不抵命啊!"那人冷眼看着她,也不说话。她往他身后一望,发现他是从屋后走出来的,原来屋后藏着一条小路,不注意只当是一圈屋坎。

男子一身蓝布衣裳,清瘦身材,尖削脸型,黑黄皮肤,鼻梁上一抹红,额头上一抹红,下巴上一点红。活像一个没上完装的京剧脸谱。浑身上下,唯头发可以称道,乌黑浓密,蓬松有弹性,欣欣然"明摆"着生命活力。白麓目光落在他的红鼻子上,总觉似曾相识。她蓦然想起,当年园子里,五倍子树下卖蜂蜜的是他。当时,他脸上只鼻梁上一道红,他还老用手捂鼻子,以为是他自己揉红的,不想这红历久弥新,愈发鲜艳。

回忆瞬间减掉3年岁月,她一眼认出,倍感亲切,爆发久别重逢、他乡遇故知的热情,喊道:"师傅,我们见过!你还记得吗?就在这儿,3年前。"那人断然道:"见过啥,见鬼差不多。要买蜂蜜就买,不买走人。景区在上面,这里不是旅游的。"

白麓方想起,一去3年,谁记得谁?要不是同样的地方同样的红鼻子,谅自己也不记得。而且想起当年她全副武装防晒,他实没见过本尊,记得当时他还说她不敢见人,对了,还叫她小龙女,她想提醒他,又觉说来话长,显然他今天心情没那天好,不招惹为妙。就收敛起来,礼貌地说:"师傅,我打听个人……"男子抢断她的话:"这里只有蜂,没有人。买不买蜂蜜?绝对真。"换平时,她早抢白你不是人吗,但此刻她一心找人,不想去节外生枝。眼见不买点蜂蜜就要被赶出大门,赶紧说:"买买,人说花粉谷蜜好,真纯净。"那人眼里瞬间有了光,重重看她两眼,鼻子里"哼哼"两声:"你真这么听说?算你是个明白人。要吃点啥蜜？有今年新打的五倍子蜜和山花蜜。"

白麓下意识说："有油菜花蜜吗？"今年油菜花开，她的蜂子一朵没采到，她心里痛着的。不想这惹恼了男子，他转身要走掉，嘴里咕哝道："以为是个识货的，竟也根本不懂。油菜花蜜哪不能买？跑我这儿来瞎胡闹。"见白麓呆立着不走，又说："有是有些，你要指定吃这个，给你一点就是。这是我蜂子的福利，喂蜂子的。"说着就要进屋去取。白麓笑了："谢谢师傅！我只是随口一说，您真还有。我买五倍子蜜，五倍子蜜美白养颜防癌治癌。"男子有了点笑意："还算明白，这是真真儿的。买多少？"白麓想，自己去年秋天打的五倍子蜜早已售罄，原指望今年8月五倍子花开再打，而自己眼下只剩那么一点蜂，多半指望不上了，别的不急，五倍子蜜万万短缺不得，来得凑巧，不妨多买些。就说："师傅，你还有多少五倍子蜜？"

男子上下打量她两个来回，然后双目圆睁地说："你是收购的？收购我不卖，我只零售，自己吃我就卖，收购了添东添西当五倍子蜜卖，坏我名声，这买卖我不做。"白麓说："自己吃呢。"男子说："我也不多了，超过10公斤不卖。"问了价格，跟她的售价差不多，卡里的钱够付，就说："那就买10公斤吧。"蜜是玻璃瓶装的，男子边取蜜边："美女，买这么多干什么呀？家里有癌症病人？"白麓瞬间变色，怒道："师傅怎么说话呢？怎么可以这样损人！"男子说："我还真没故意损人的意思。是有很多患病的人，寻这东西。吃五谷杂粮谁不生病。算我说错话了。""算了，不说了。"白麓嘟着嘴说了一句，然后问他，"找你打听个人，隆崎认识吗？"男子睃她一眼，垂下眼睑说："不认识，没这人儿。"白麓有些失望，轻叹一声。男子再望她一眼："找他干吗？没欠你钱吧？"白麓说："这园子是隆崎的不是？"男子也不抬头："不是。"白麓说："肯定是。您在这儿卖了3年蜂蜜了，肯定认识他。告诉我他在哪好吗？"男子说："这么大一空园子，谁不能来卖蜜？奇了怪了。"

男子沉默了一阵，抬头说："你到底是谁？找他干吗？"白麓说：

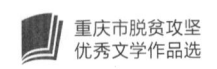

"既不认识,不必多说。我会找到他的。"白麓付了钱,男子帮她把蜜送上车。

车开到门口,白麓再细读对联:拈花惹草志在千里占鳌头,吞云吐雾邀游四方自□□。横联:蜂行天下。显然跟刚才下面看到的"蜂光无限"一体,出自一人之手。

缺的两字儿还缺着。

白麓兀自摇摇头,点火启动走了。车开一程,脑子里闪现一个画面。3年前,她站在对联前,问:"掉的两字是什么?是逍遥吗?"红鼻男子"嘎"一声怪笑:"逍遥?哈哈,逍遥不起来啰,逍遥不起来啰——"

她幡然醒悟,一脚急刹,急速调头,再把车开到大门前,跳下车跑进去。整个园子回到先前,了无人烟,冷风飕飕。仿佛,她方才不是在这儿买的蜂蜜。

她壮着胆子,随着刚才男子出来的那条屋后小路走过去,她看到几个茅草棚,茅草棚下排着一排排蜂箱,蜜蜂嗡嗡嘤嘤,飞来飞去,是她曾见惯的热闹。

她一路高喊:"隆崎,隆崎,隆崎——"无人应答。几个茅草棚找遍,不见人影。再往里走,越走越宽,竟是一座大山,流水叮咚,草木森森,一派世外桃源,别有洞天。

白麓想,这么大个地方,别说藏一个人,藏一支军队,怕也不显山不露水。她想了想,对着里面喊:"隆崎,我知道你在里面。你出来,你不出来我是不会走的。"她找了块大石头坐下,抱着腿,把下巴搁在膝盖上,看风景。这个隆崎真会找地方,她确认卖蜂蜜的人就是隆崎。而潜意识里,她更希望不是,隆崎应该更神秘些,更伟岸些,是个潇洒帅气的男子,仙风道骨那种,至少不该是个红鼻子。这个隆崎有点让她失望,她只对祁主任深信不疑。看了会儿风景,想了会儿心事,便掏出手机来打游戏。

这里风水好,一上线就搭了几个高手,躺赢。她流年不利,现实世界里输得惨,连在"王者荣耀"里,都已从王者降到了钻石,指望这一赛季扳回几局。以前往往一打就不知身在何处,可今天不在状态,达不到"梦里不知身是客,一晌贪欢"的境界。再看看天色不早,不敢多流连,站起来又喊:"红鼻子大哥,刚才说的油菜花蜜忘了给我,说话要算数哦。"这一喊灵验,从山坳伸上来的小路上,一下冒出个人来,说:"绝对算数。马上拿给你。"

白麓笑了。红鼻子大哥走到面前,不好意思地说:"一直在这儿等?"那样子是真不知道她一直在。她就说:"一直在呢。喊你不应。"红鼻子大哥笑:"喊红鼻子大哥,我哪能答应。没这么叫人的,你妈没教过你,说人莫说短,我红鼻子是病,你专挑这个喊,有意思吗?""你有病,我有药。"白麓开了个玩笑。红鼻子站下,望定她,沉声问:"你到底要干吗?装神弄鬼的。"她说:"我来找隆崎的。你就是隆崎。"红鼻子摇摇头,转身边走边说:"找啥呢,欠你钱了?欠你命了?走,蜂蜜也拿了,赶紧走。"白麓不动,说:"不是欠命,是要隆崎救命!"

男子定住,又回神过来,嘟哝着:"泥菩萨过河,自身难保。救哪样命?稀奇!"白麓说:"你不是说不认识吗?你怎么知道他自身难保了。不就欠账吗?欠账还钱,天经地义,躲什么躲,躲得过吗?一身技术,不去挣钱,东躲西藏,还蜂行天下蜂光无限!我去!"男子回头怒喝:"哪杀出的程咬金,狗咬耗子多管闲事,站着说话不腰疼,红口白牙教训我!"白麓说:"我教训你了吗?我说的隆崎!"

隆崎转身就走,大步流星,转瞬去了几丈远。白麓撒腿便追,边追边喊:"我叫白麓,北大毕业,来阿蓬县发展中蜂产业,不懂技术,照本宣科,把蜂子养死了……我要请五代养蜂传人隆崎大叔出山,共谋大业,我们都要重新站起来……我要真纯净的蜜……"

隆崎腿长,缩着头,走得急,像在抱头逃窜。白麓个子小,要跟上,只能跑,边跑边说,上气不接下气,前言不搭后语。20多年的人生

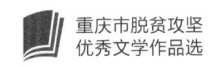

经验告诉她,只有真话才走心,才能进到别人心里去,她一五一十地喊出自己的心里话,而她的坦率刚刚好感动自己,还没来得及感动眼前人,眼前就无人了。人怎么消失的?这里奇峰异石草木丛生,考究这个大可不必。

白麓一手叉腰一手揩汗,沮丧地承认自己要跟住这个诚心要做隐士的武陵山蜂界高手,几无可能。但除此之外,又能怎样?她还有别的选择吗?她摇着头流下泪来。然后,又扬起脸来,对着大山喊:"隆崎,我还会来的!"回音阵阵,我还会来的,我还会来的——

她听着破涕为笑,觉得自己灰头土脸自以为是,又比灰太狼好多少呢?脸上的泪,被风吹干。"又哭又笑,黄狗撒尿。"突然,一瓶蜂蜜伸到眼前,她一抬头,看到一个红鼻子。红鼻子问:"真纯净,你听谁说的?"白麓说:"你自己啊,3年前,这地儿,你冲我喊,真纯净蜜啊好得很啦——"红鼻子笑了:"亏你记得真纯净。"白麓说:"就是这三个字,让我养蜂的。"红鼻子大哥探究地望着她。白麓低下头,有些哽咽地说:"我需要真蜂蜜。五倍子蜜,不能停,一辈子不停,哦不,五辈子不停……"红鼻子深沉地点点头:"我有些明白,冲你这份心,也冲你记得真纯净,我隆崎愿意帮你,技术这块,我给你把脉。"隆崎就这样承认了他是隆崎,就这样答应帮她。

白麓双手按在胸口,鼻子眼睛一起红了。

11

回到县城酒店,白麓给和苦去了电话,电话只响了一声,便被烫了似的掐断。她脑子里回响起他们的最后一次通话,那次电话也只响了一声,和苦就急切地接了,问是不是有法子了,她说"没有",和苦情绪就降下去说:"你没法子打电话干吗?以为通知我们起灶开锅呢。"不得不说,这通电话很刺激她,同时,她也深感愧疚,因为自己的失败导致别人的失败,她只是不说。而眼下,是起灶开锅吗?如果不是,给人家打电话不是自讨没趣吗?但她内心,是真的想把这一课补上的,不为自己,只为和导。

正想着,和苦电话来了。"怎么响一声就断了?"他在那头问,语气几分探究几分希冀。白麓像一个没准备好就被推上前台的人,慌张地说:"不小心碰到了。"和苦明显有失望,说:"哦,还好吧?"白麓说了声"还好"便不知怎么说了。和苦说:"是继续养蜂还是另谋事业?"白麓说:"养蜂。"和苦笑了一声:"够执着,祝福你!有了起色我继续拍好吗?协议有效的!"白麓说:"当然。现在,我找到一个人,不知算不算起色。"和苦问什么人,白麓就讲了隆崎。

和苦听完喜出望外,急切地说:"我们明天就到阿蓬县,等我们。"北大女生与养蜂传人结合,完美!

这正是和苦孜孜以求的纪录片的魅力,生活永远比想象的精彩,直播就好,无须编辑。他心里对白麓暗赞,没看出来,竟然如此有精神有思路有办法。反觉自己小瞧了人。

和苦一反这些日子的低沉,内心波涛汹涌,对摄制组吹响集结号。原班人马,次日清晨出发,上午10点抵达县城,见到白麓,和苦开口就讲:"我昨晚一夜没睡,一直在想,你们各自缺少的,正是对方拥

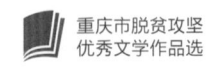

有的。一个有文化,没技术;一个有技术,没文化;一个受高等学历教育成长起来,一个经市场经济浪潮打拼过来;一个是流量,一个是产品。你们要结成战略同盟,一定会演绎动人故事,成就大业。"

白麓听完,半开玩笑地说:"和导,我怎么觉得,你是把自己的快乐建立在别人的痛苦之上啊。别人都血流不止了,你还在喊挖深些。真是悲剧才有永恒的魅力吗?"和苦说:"什么是悲剧?悲剧是把美好撕碎给人看,我分明是在缝补,我哪有追求悲剧效果?我只是解读人间百态,为之感动!从现实讲,小麓总,你重新站起来,我比你自个儿都高兴,因为这样拍摄才能继续,你是我们的衣食父母啊。走,出发!"

先到蜂蜜加工厂,厂区大门,白麓首先带他们读那副对联。和苦一抬眼:蜂光无限。就叫好:"一个蜂字之变,多少情怀壮志在其中啊。"又读两联,手抚下颌说:"文如其人,这不是一个普通养蜂人,是一个有想法的人。"张井说:"也可能是请人写的。"和苦说:"谁写的不重要,谁刻在自己大门上很重要。"

白麓说:"上面还有更好的。"就又到了养蜂场。

同样气势雄浑的大门,门楣上四个大字"蜂行天下",已是气度不凡。再看两联:拈花惹草志在千里占鳌头,吞云吐雾遨游四方自□□。下联两字不见,气韵毫不受损。

和苦仰着头说:"豪迈,有气魄。这人,我喜欢。""这儿缺两字儿。"白麓上去抚着说,"我觉得是逍遥,遨游四方自逍遥。"和苦随念两遍,说:"未必。你要逍遥,人家未必要逍遥。人生际遇不同,人生理想不同。看他的手笔是要成大器的节奏。尽管搞成了烂尾楼,但气象是透出来的,应不是追求逍遥的人。"白麓固执地:"我觉得逍遥是最通的。"和苦说:"你可以这样解读。就像填字游戏,各有各的填法。"白麓讥笑说:"一听你就没玩过填字游戏。填字游戏只一个填法。一字填错,整篇不通。"和苦笑:"别人的人生,我们不争论。见到真人,自然明了。你前头引路。"说完,冲后面摄制组一招,后面家伙什儿就一律上了肩。

　　白麓一路介绍,尽显高学历的清晰严谨,表情语气一丝不苟,像报案人员指认案发现场。讲第一次见面时他在哪棵树下,什么眼神姿势;讲第二次见面,他怎么神出鬼没,她怎么穷追不舍。

　　说着话,已到凹形仿古房屋前,白麓突然停步,大家一吓,也跟着站定。这时,只见中间那两扇大门正徐徐开启,门栓"吱吱"怪响,恰一阵山风拂过,树枝招摇,顿显深山古刹画风,十分诡异。

　　和苦是军人出身,自无畏惧,倒是白麓吓了他一跳,只见她一声尖叫,一跃而起,闪电般腾挪到他身后,将其伟岸身躯当成了大门板。而与此同时,那正徐徐拉开的两扇大门急速"哐啷"关上,严丝合缝,再无声息。屋外一干人静观其变,严阵以待。

　　和苦偷声对身后白麓说:"放手,你想把我勒死啊?"白麓才恍然惊觉自己紧揳和苦后襟,手心冷汗津津,忙松开双手,端身正仪。和苦说:"你都来过两回了,也见了人的,还吓成这样,至于吗?"白麓说:"我来两回都没见这房子的门开过。"和苦说:"你喊。"白麓说:"为什么是我?"和苦说:"难道是我?他只认得你。"白麓便轻咳一声调正声线,把头从和苦身后探出来亮一嗓子:"喂,有人吗?有人在吗?"声音虚浮缥缈,和苦不满意,说:"站出来,躲后面算什么事?声音要坚定有力,直接喊隆崎。"白麓才惊觉自己有点防卫过度,昨天一个人都不怕,今天这么多人,怕啥呢,莫名其妙!当即站出来,昂首挺胸,镇定自若地喊:"隆崎,隆崎!是我,白麓,说好今天来的,你在屋里吗?在就出来,不在我又到处乱窜了哈!"

　　"哐——"门开了,一个身形自暗处显影,手背身后,大方步稳稳踱出来。但见他,脸色晦暗,鼻梁抹红,却黑发葱茏,目光稳重;身材瘦削,高矮适中,蓝格T恤罩深蓝西装,下着土黄色长裤,黑色尖头皮鞋,这装扮说不出有什么毛病,却总觉违和,但一众的目光无法集中

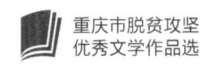

于此,齐齐被黏在其满胸前。只见他的胸膛挂满亮闪闪奖章,密密麻麻一片。他,昂首挺胸,目无众人,只对白麓怒气冲天,说:"你搞什么鬼名堂?哪个派你来的?你说就是,用不着搞这么隆重,带起记者来,拍吧,拍我也不怕,老子又不是没上过电视!北大,吓死个人,我这辈子听过见过。北大养蜂,我这辈子听都没听过。我当你是个人物,原来只是个演戏的。"说着往地上狠狠啐了一口,然后直冲摄制挥出一只大手,五指怒张,挡在脸前,吼道:"再拍莫怪我摔你机子。"

白麓厉害了,原来是怕鬼不怕人。只见她跳将出去,直冲到人面前,说:"我哪演戏了我?我跟你一样,是个养蜂的。你们也是,两个失败的人,这戏拍着有什么好看的嘛。别拍了别拍了。"边说边双手乱摇。

剧情反转,摄制组孤立了。和苦永远分明地坚持他的纪录片立场,气场强大毫不退缩:"我不是拍戏,我是拍纪录片。"隆崎说:"不就是拍戏嘛,长枪短炮地指到人,还狡辩。"白麓说:"他也不是狡辩,纪录片不是戏。戏是演的,纪录片是真实的。"隆崎气哼哼地:"真实的就可以拍了?谁允许的?"

和苦手势招呼摄制组收了机器,说:"当然要你允许才行。"隆崎气消了些,冲调转了镜头的姚望说:"房子也不准拍。"姚望端着摄像机讨嫌地说:"我不拍房子,我拍花草树木。"隆崎说:"花草树木也是我的,不准拍。"姚望说:"我拍地,莫非地也是你的?"隆崎说:"地当然是我的。"姚望笑嘻嘻地说:"我拍天,你还管得着。"

隆崎早脸色不好,终于怒不可遏:"从这儿滚出去——"制片张井边横扫姚望第三眼,边致歉隆崎:"对不起,年轻人说笑,您别见气。"隆崎说:"我见你们就是气!"然后回头冲白麓:"不是学养蜂吗?好好儿的带这么些人来做什么?我看你就不是诚心做事,是来摆谱的。要摆谱莫在这儿摆。"

白麓正要回答,和苦抢先说:"是这样的,我先给你讲一下纪录片。纪录片是记录现实生活中值得记录的东西,不编不演,只拍真实的,正能量的宣扬,负面的提供借鉴引人思考,这些都给时代留下来,就是我们社会发展历史的一朵小浪花。"隆崎说:"我没什么好拍的。在这个社会,我什么都不是。泥沙都不是,还浪花。"和苦说:"这个你放宽心,肯定不专门拍你,因为不认识你不了解你。我们拿着机器到处乱拍,早饿死了。我是记录北大女生深山养蜂,她是同意的。"

隆崎回头对白麓:"做事就做事,干吗搞这些没用的?原想教你两招,既然你想出名,我看错人了。"白麓说:"我没想出名,我都这样了,有什么名好出的。人家说有意义,既然有意义,同样一件事,成全更多的意义,这事就更有意义——"隆崎说:"绕来绕去绕舌根子,我懒得听,都走都走,闹腾得很。"和苦说:"刘备三顾茅庐请诸葛亮,三分天下。萧何月下追韩信,四方平定。人家北大文凭,留学海归,真心实意来请你,她有文化知识,你有实践经验,眼下你们都正经历失败,躲藏无用,拖延无能,大胆面对、真实呈现才是英雄。你们所有的问题,唯有用发展解决。谁说不会东山再起,重振雄风呢!至于拍摄,你不让绝不拍你。"

隆崎明显动心,但仍顾虑重重,说:"你保证不拍我就行。至于技术这块,我是没问题的。你在别处学不到,我有这个自信,你看我胸前,我今天戴起,就是要给她看我的实力、我的荣光。既然找到我,就要有信心。"

隆崎说着把衣服拉拉直,胸膛挺挺高,红红白白的胸章"叮叮当当"一片响。一群人凑拢,读着:五一劳动奖章、市劳模、中蜂技术专家……看着看着大家肃穆起来。

和苦啪地一个立正,抬起手臂,标标准准敬了个军礼。直呼:"请接受一个退役军人的敬礼,也请原谅摄制组刚才的轻浮浅薄。你的人生,无论现在怎样,都值得我们尊重!"

隆崎顷刻慌乱了,嗫嗫嚅嚅不知该怎么说,眼睛里却包了泪水,

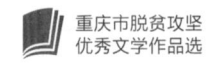

不敢看人,只说:"卖弄了卖弄了,我去取了来。"快速转身进到屋里。

剧情再次反转,一群人失语。

隆崎再出来时,却并没有摘掉胸章,而是手里拿着个盒子,他走到白麓面前,把盒子打开,里面是一支粉色钢笔。他说:"这支笔是我当劳模得的奖品,一直没舍得用。去年女儿考上大学想送给她,但她不答应毕业了回来养蜂子,我就犹豫着没给。没想到你来了。说实话,我昨晚激动得……比女儿考上大学还高兴。我们山里的娃儿读了书是想跳出农门,哪有读了书还回来养蜂子的。你读了北大还来养蜂子,哪怕做不长,排个头就是希望。说实话,我就是吃了没文化的亏,要把这个产业做大做强,最终要靠文化人,我昨晚想了一整夜,我现在,把这支笔送给你。"

和苦呆了,这就是作为一个纪录片导演的价值和幸福。这种见证,任何编剧都无法完成。等他醒悟过来,向姚望做手势,发现姚望已在拍摄,只是怕打扰,角度有些偏。纪录片不是艺术片,虽追求艺术效果,但不受制于艺术效果。

晚上,一场小酒是免不了的。隆崎是个性情中人,没等几杯酒下肚,就表现得淋漓尽致。其成败轨迹,也是性情中人才担得起的大起大落。白麓滴酒不沾,说喝了要长胖,吃得也少,像只猫,恐怕也是怕胖的原因。没有这种自律,怕也考不上北大。

白麓不喝酒,也不懂敬酒。只专心致志地吃,话也少。和苦撮合说:"白麓,你以水代酒敬隆崎一杯,这就是拜师了。"白麓便敬了:"今天拜您为师了。其实,我早认识你,3年前就见过你。你当时说,花粉谷来了个小龙女。我特喜欢小龙女这称呼。"隆崎不好意思了:"我这么说了吗?我有时候在那待得无聊,见了美女一高兴就乱说,别介意哈。难怪你昨天一开口,我就知道我们铁定见过。我成天躺蜂棚里,闭着眼都知道蜂子是在唱歌还是在发脾气。所以你一开口我就知道,这声音这腔调我听过的,只是想不起在哪见过。现在你说小龙女我想起来了。"

　　和苦给两位敬了杯酒："如果之前你们都遭遇了悲剧,那我希望是中国式悲剧,中国式悲剧都是大团圆结局,而非希腊悲剧一悲到底。"隆崎已在兴头,一口干掉杯中酒,豪迈地说："我,一杯到底!什么悲剧……不悲剧,我们是喜剧……兄弟,我已一杯到底了,一杯到底了——"

12

经过几番交流,白麓觉得隆崎有谋略有技术,隆崎认为白麓有文化有思想,就像经人介绍谈对象,对不上眼互相左挑右挑的都是刺,对得上眼彼此横看竖看看到的都是好。两个失意的人,互相"煽风点火"吹响革命号角,雄风再起,未来可期。渐次达成合作意向,又每每无语而终。从激情澎湃到灰心丧气,中间就一个字的距离,钱!

最后,他们决定找投资。但若那么容易找到投资方,也没有他们的相遇和苦瓜枯藤的纠缠。最后,英雄所见略同,认识到与其坐以待毙,不如慢慢爬行。隆崎提出,没钱有没钱的搞法。先盘固定资产,盘库存。他说:"好多大人物都是从烂泥潭里爬出来的。"白麓说:"谁说我们是烂泥潭了,要找这园子一样的烂泥潭怕也不容易。""这话我爱听。"

两人就决定,盘点双方库存。两人竟都有往事不堪回首之尴尬。隆崎说得爽快:"之前我的烂账长草短草一把绺到,我的事我各人了,绝不拉稀摆带祸害新的合作伙伴,你呢,若有个七长八短,也各人了。一句话,利利索索做事。那句话怎么说来着,撸起袖子加油干!"边说边屈屈右臂,白麓笑说:"袖子都不用撸呢。赤膊上阵,哪有袖子。"隆崎提出:"既然都没钱,就按实物投入论股分配,房屋、建筑、蜂群以及蜂箱蜂棚养蜂场地,盘点清楚,账目分明,有多少算多少。养蜂场地以面积大小和流转年限为计,我这里你看到的,摆他个几万群没有问题,我当时规划是很大的。今后两个场子我们都摆满啰,我是有信心的。"

白麓沉默了,心事重重的样子。隆崎不解了:"你倒是说句话,同不同意这样算,不同意你说个算法。"她想了想,吞吞吐吐地说:"你怎大座山,这账没法算。"隆崎有点恼火:"我是这种人?把一座山都算我的投入?我想这样也没这资格啊?"白麓说:"你那天说了嘛,地都是你的。我流转的那一亩三分地如何算得过。"隆崎一挥手,干脆地说:"不就唬那小子一说嘛。你也信。真是书读多了,读成榆木疙瘩脑壳了。你要不放心,就去你那里。今后发展了摆不下了再用这边。说实话,我还不想在这里呢,没开张要账的就要上门,扯都难得扯。"

隆崎也算大气了,白麓的反应竟出乎意料,她急迫地说:"不行,不去我那边。就在这边。"隆崎更不解了,烦恼地说:"白北大,你到底要哪个?这也不行那也不行,你觉得怎么好就怎么办吧,账都是算得清楚的。"白麓说:"就在这边,地盘大,有发展空间。"隆崎爽快地说:"不就结了。我说你们读书人,就是纠结。那这样,把你那边场地也算作股份,才公平。"白麓断然道:"不算。"说完看着隆崎,见他一脸迷茫,解释说:"跟你这大手笔比,实在太小,没啥算头。今后用得着再说。可有一项,我觉得应该作为股份算。"隆崎说:"该算的都算。"

白麓显然有点难开口,嗫嚅半天,隆崎才听清楚:"就是,就是我的无形资产。"隆崎原本两条缝的眼睛瞪成了一对铜铃:"啥东西?无形资产是啥东西?"隆崎显然对于无形资产这个概念缺乏了解,更对面前这一无形资产缺乏考量。白麓一本正经地说:"我们不是指望片子引流引资不是?"隆崎说:"是的。""和导是拍我还是拍你?"隆崎:"你啊。"他突然明白了些意思,有点变色,喃喃道:"我得了市劳模和全县先进也是上过电视很多回的。"白麓说:"那叫新闻。新闻是昙花一现,除了你的乡亲们,谁认得你?这几天你也看了《棒棒》,你一准认识了老黄老甘,人家棒棒比你都出名。这是为什么?这就是传播。没有传播,对于片子、对于你我都没意义。所以,和导他们选择拍我,是必须估量了传播力才来的,他们只会做认为值得做的题材,不然,花钱都请不来的。"

"你就是值得的题材?"隆崎沉思了半晌,瓮声说,"那我就想问

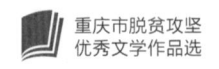

了,你们谈钱了吗? 如果要给钱,你算成你的资本,那是不是就该你一个人出钱?"白麓垂头说:"没谈钱。要给钱自然是我给。"

"你糊涂! 想吃锅巴,才围到锅边转。不指着赚钱,跟你转悠个啥? 哪有无偿做宣传的,到时狮子大开口,你给得起吗?"隆崎一声喝出来,"你以为天上掉馅饼,结果是块砖头,砸死了还不晓得。"白麓说:"我并没想蹭流量,但网络经济时代,为什么要拒绝宣传? 这是无形广告。""无本的广告,想得美吧。广告多贵,我们就是没钱做宣传,才一辈子小打小闹。凡做得火的大牌子,谁不是广告费猛砸。"隆崎突然怒火冲天,双手哆嗦着,在空中指指点点,"就说蜂蜜,市场上有多少真多少假? 我们的蜜绝对是真纯净,可谁信啦? 打不开市场,越做越差。好蜂好蜜好技术,我就是不服这口气,去找信用社贷款,找银行贷款,找私人借钱,建了那栋厂房,建了这个蜂场,我就是要挣钱投广告,砸出个品牌来! 我带着上百个工人,一边养蜂打蜜,一边搞建设,没日没夜,没日没夜啊! 你不是叫我红鼻子大哥吗? 就那一年落下的,医生说是肝胆两亏。扯他妈蛋,肝胆两亏,老子是五脏全亏,我冒着五脏玩完的危险,我拼了这条命,那一年,我打了10吨蜜,结果呢,卖不出去! 以前,我家蜜坐家里卖200多块1斤,想留点都留不住,但我忘了,那时只有几千斤,自然不愁销。我膨胀了,10吨不可能指望上门的来收完。我组建了销售团队,却一滴也销不出去! 为什么? 市场上的蜜二三十块钱1斤! 喊! 二三十块钱1斤,我做了一辈子都不晓得他们是哪个做出来的,我隆家做了五代,做不出二三十块钱1斤的蜜啊。可想而知,那是啥蜜! 就这样栽了。特别让我绝望的是,在家门口,我们的蜜还是蜜,进了市场,狗屁不是,是一粒糖扔进一大锅开水里,无影无踪,连我自己都不相信自己做的什么东西。我简直吓得不敢冒头了。这几年,我在花粉谷,玩玩耍耍养两三百群蜂,再不敢多养,怕蜜卖不出去。"隆崎声音低下去,头低下去。

两人都不知说什么好了。过了一阵,隆崎才想起他们是在谈合作,抬头看白麓说:"白北大,我这么说好不好？通过两次接触,我是信任这个和导的。如果他拍的,真能把我们怎么养蜂怎么打蜜,和我们蜜的真纯净品质传出去,为我们树立了品牌,让消费者知道什么是真正的好蜜,我就认了！你说你的无形资产算多少都行。我的所有物件,包括技术和我本人,你也估个价,我不在乎股份多少,0.5%都成,只要这里面有我的事业,我都干！把中蜂产业发扬光大,让真纯净蜂蜜走向市场,而把那些白糖蜜、水水蜜挤出去,就是我的梦想。我是有梦想的,我要实现它！"

　　隆崎一口气说完,再无话。白麓被惊到了,之前作势要讨价还价一番,结果竟是作势扑一个人,人闪了,扑了个空,同时被一种排山倒海的力推倒碾压,有种被压扁了的感觉。

13

与隆崎分手后,白麓回到县城,将车停进车库,第一次没下车就直扑房间,更衣洗脸、卸妆补水、各种饮品滋润身心。

酒店外就是一条江,沿江两岸,高楼林立。来了这么多天,除了在山上与隆崎谈事,就是回到酒店泡茶煮咖啡,看书打游戏,她从没到江边走走。这天,她想吹吹风。

沿江步道很多人。路过一个在整修的地方,一个人弯着腰,用一支铁镐在一个刚挖出的坑里刨,叮叮当当的,伴随着身子一起一伏,裹满灰尘的头发向上空一飘一荡。她站在坑边看了一会儿,问:"师傅,这在修什么呢?"师傅抬起脸,满脸尘土,只一双眼珠子是干净的,转动得特别明亮,他咧咧嘴,白麓看出那是在笑,透过灰尘,看得出笑容背后的羞涩和憨厚。他说:"埋管子。""就你一个人吗?"他指指远处:"多。"白麓看到远处黑乎乎一堆人。师傅拉起衣襟擦汗,脸上多了一道黑印。白麓从包里拿出一瓶水,递过去,说师傅喝水。师傅急忙双手在衣服上翻来覆去猛擦,然后双手接过去,说:"谢谢你,姑娘!你心太好了。"瞬间,白麓感到一股暖流从心底冒出来,周身和暖。

接下来,她心情好很多,脚步轻快起来。走过一队练习舞蹈的阿姨,走过一个对着一个桩子打得虎虎生风的中年男子,走过一群在坡上又挖又砌的孩子……路上人不少,有人超过她,有人被她超过;有人孤独的步履匆匆,有人说笑着缓缓从容,她从没这么注意过路人。她从来认为,她于别人是路人,别人于她是路人,最好不相干,最好不相扰。而这天,因为一瓶水,因为接水的双手和笑容,尤其是他说的那句"你心太好了",让她觉得世界不一样了。孔子说:"我欲仁,斯仁至亦。"是了。

走着又想到了隆崎之前的话。她是为消化那些豪言壮语来江边走走的。她从没这么盼望过有钱,多么希望能有钱去成就隆崎的梦想。同样是养蜂子,一个为了振兴蜂产业,让天下人吃好蜜,把祖宗事业发扬光大;一个为了无拘无束活出自己,为自家吃到真蜜。两相对比,不禁汗颜。其实,隆崎的梦想实现了的话,她的梦想就实现了。她突然发现,她的梦想被隆崎发酵大了,像一个大馒头,白净、光亮、富有弹性,喷香地诱人。

很久不曾给妈妈打电话了。打过去妈妈还在加班,平日问一句就挂了,现在她把电话贴在耳边不放手。"麓麓,你有什么事吗?"她问:"那,你现在方便吗?"妈妈说:"方便啊。你讲,有啥事?"她说:"我想给你讲讲我的——工作。"她从不给妈妈谈工作,对这个举动妈妈显然有些奇怪,顿了下,又连忙说:"好啊,你说吧,有什么困难吗?"可突然又不想说了,刚才,她实在是想谈谈困难的,但真当妈妈提到困难的时候,她再不想谈这个话题。就说:"也没什么。都——还好吧?""还好啊。你爸很稳定呢。麓麓,你能回来,就常回来,啊?上次你回来吃顿饭,爸爸可高兴呢,念叨了好长一段时间。妈妈知道你忙,你别累着。只几个月,你就满30了,女儿啊,个人问题真不能再拖了,林阿姨介绍的那个——"白麓说:"哦,我有重要电话进来,就这样啊。"赶紧挂断。

闭上眼睛,把脸送给夜,潮湿的江风拍打着她的脸,皮肤滋润着,一点不紧绷,走了多远的路她不知道,只觉通体舒泰,完全达到了她平常做完瑜伽的效果。

白麓回到房间,洗澡换了睡衣,拍打着脸,整个意识跟着松弛下来。问题来了,她发现刚才关于梦想与馒头的比喻不好,非常不好。眼下现实正如一个大馒头横陈在她面前,一按一个窝,稍用力按久些,再弹不起来。

14

　　隆崎那天回去后,检查了一遍蜂子,有些王胎了。

　　然后,他往后山去了。天要黑了才下来,走到门口,又折回身,到旁边菜地里揪了一棵白菜儿根葱,到厨房煮了碗面吃,吃完又径直去到草棚里,刚躺下,把一顶帽子盖脸上,电话响了:"你是风儿我是沙,缠缠绵绵到天涯——"反反复复地唱,这是老婆的来电铃声,他丫头整的。说一听就晓得是她们,免得怕是讨债的。他女儿的来电铃声是"爸爸爸爸亲爱的爸爸——"吵吵的他听着欢喜,可这歌儿很少响起。倒是这风儿沙儿的,每天响。以前听到,还打趣老婆:"我是蜂儿,你是啥?你是蜂王撒。"后来,再没那心境了。他不想接,接了不知说啥,今天油盐酱醋,明天酱醋油盐,谁对谁都没句新鲜的。不接还不行,执着到底。老婆每天要听他声音,确认他还活着。他闭着眼摁了电话。耳边响起老婆的声音:"吃了吗?""吃了。""吃的啥?""面。""又是面。""还能哪样?""蛋还有哈,打一个在面里。光吃面,营养不够。"这操的啥心啊? 要死,饿死之前就死了,急死,愁死,都是死,哪等到饿死、营养不良死。偏偏他还活着。大难不死,必有后福! 他总这么想。

　　白麓来了,是福气来了吗? 他愿意是,他觉着是。这些天,他欣欣然的,老婆来电话,都愿意接,接了话还多。可今儿他又有些怠惰。他脑子里老回响着白麓说的什么无形资产,他不好说,她就一无产阶级,还无形资产呢!

　　实话说,他有些气,不是生气,是怄气。觉得吧,人落到这步田地,万般不得由人。这丫头片子,眼睛长头顶上,说话不栽根,书读多了的人,大概都这样吧。他丫头才上一年大学,浑身上下就这味道。

这个不计较,要计较这个,哪谈到那啥无形资产呢?问题是,这无形资产硌得他慌。她20多岁都算无形资产了,他五代传人该有多大笔资产啊?

今晚月亮好,星星就少了。这些年,星星好的晚上,他就睡草棚里,盯着星星看。星星就冲他眨眼睛,无论他混成啥样儿,星星对他从来没变过。满天的星星冲他闪闪地笑的时候,心里那些眼睛就远了。那些期望的、等待的、哀怨的、失望的、怒火熊熊的眼睛,他最怕看的是那哀怨的眼睛,和失望的眼睛。哀怨的是他妈、他老婆、他的亲戚朋友;失望的是村民,每次都想能多拿一点钱走,可都只能捏着一张小票离去,最后那一抹眼光是失望的。失望的眼神都是泡在泪水中的,泪水噙着,不让流出来,仿佛流出来就是绝望。

他喜欢满天的星星,把天空占满,把他的心占满,盖过他心里闪闪烁烁的眼睛,假装它们都不在了。可今晚偏偏月亮好。月半了,月亮刚一冒头,就圆盘大脸的,成熟了饱满了等不及了,一点都不知道害羞。但月亮从来不是他喜欢的,白苍苍,冷冰冰。不够亮的晚上还好点,像一张锅盔,上面点点芝麻,有烟火味。

可是,真有必要计较无形资产吗?她除了无形的,哪还有有形的。她若是有有形资产,还找你干吗,你除了一身技术,就身无长物。而技术,还无用武之地,现在,不就是要把技术用出来吗?用出来,养很多蜂,一箱变两箱,两箱变四箱,越来越多的蜂,为他们酿蜜,乘着她打造的品牌,用她打造的销售渠道,借她的无形资产的流量,流向全国,流向全世界。

那么,计较什么呢?说什么都不如做。

那晚的山,特别空旷寂静。以前无论如何,蜂棚里一躺,听着蜜蜂嗡嗡扇翅的声音,他就会很快入睡。而今夜,他了无睡意,眼望着西下的月亮,觉得白日太阳一样在眼前亮晃晃的希望现在竟成了天边稀薄的月光,冰凉而无从捉摸。

15

两个人一个山上跑了,一个水边走了。次日,两人的洽谈特别顺利,合作方式很快议定。这期间,白麓再没提及无形资产,隆崎也不再深究有形物资。两个蜂场一样的算,养蜂设备自己说,东西总是要拿到一起用的,彼此宁信其有不信其无,先夯实信任这一合作基础。至于蜂子,这是主要生产力,双方报了个数。隆崎说的是300多箱,白麓含含糊糊说不清楚:"嗯,几十箱吧。""那我们加起来400箱,足够,搞得起来了,马上春繁,加上秋繁,我保证数字打两个滚。"

总之,先转起来是正经。于两人来说,不是想的那么好,不是想的那么坏,彼此接受,就皆大欢喜。

白麓当晚给小山打电话,眼前出现他们离开她家时的情形,也不知他们现在找到事情做没有。

小山接到电话说:"小麓总好!"语气里透着高兴。白麓暗想,过得不错嘛,许是找到活干了,如果真做得好,她就不说了。

"我只是问候下,现在过得怎样?""还好还好,劳小麓总关心。""找到事儿做了吗?""还……没有。不出去,跟前不好找事做。"白麓顿了顿,说:"我现在与人合伙,又搞了个蜂场,如果还没找到事做,就过来先做到。""呃,谢谢小麓总想着我们,呃,这个——""有什么难处就算了。""不是,您跟人合伙,就算了。如果您一个人做,我们来帮忙,是没问题的。""哦,我既然喊你们,你们顾虑这些干什么?"白麓大致讲了自己的情况,最后说:"我也是前途未卜,不能拉着你们一起颠簸。没事儿干呢,来做做,学点技术。你们过去不是经常喊我找个好师傅吗?不是经常说到隆崎吗?"小山语气兴奋起来:"您与隆崎合作,那是太好了,我跟春晓商量一下,好吧?"

当晚,小山回电话说,他们愿意过来。白麓心头漫过一阵暖流。她平静地让他们两天后就到,急需用人。小山毫不迟疑,只说"好的小麓总"。

然后,白麓就返回小木屋,去拉她的家当。

16

　　橡子把蜂场弄得干干净净,整整齐齐。

　　蜂子在那之后,又死了些,现在不足30箱。他并没有给白麓打电话讲,而是买了两瓶老白干,去向村里老把式拜师,学育王繁蜂技术。他下决心,今年春天过了,让蜂场的蜂子多起来。

　　看到白麓,他满脸惭愧,搓着手说:"我在这儿吃了一个月白饭,蜂子还是继续死了些。我买了些蜂蜜喂,都不得行,冻坏了,实在太弱了。"白麓平淡地说:"没关系。"他又说了自己去学了技术,他已经在实践了:"放心,今年夏天就会分箱。"白麓浅浅一笑说:"辛苦了。"他看到白麓用眼睛在清点东西,赶紧说:"东西一样不差的。死了的蜂子,蜂箱我都没烧呢,一个都不差的。"白麓才正眼相对地看着他说:"清点一下,没用的烧了,有用的记个数,明天收拾装车,后天我们搬家。""搬家?"

　　那天,橡子在蜂场坐到半夜。他在这个蜂场两年多了,他在这里学会了养蜂,也学会了玩手机。他开始扬眉吐气,可一口气没吐匀,惹了大祸。

　　原来,春节放假,他在家里跟几个打工回乡的伙计,学会了"摇一摇",一摇一个女人,扯几句白,蛮有趣蛮刺激。有一次,摇到个陌生女人,两人竟说得来,说来说去说成了"朋友"。一天,两人正在网上打情骂俏,说了些露骨的话,被老婆抓了个现行,他老婆把他扫地出门,他觉得那个手机是妖魔,把他害惨了。他狠命往地上摔,摔成了两块,又用脚去踩,右脚踩踩踩,踩得没力气了,又换左脚,直踩到浑身发软。然后,买了一张火车票,到广东去。他以前去广东打过工,那是除了重庆他唯一熟悉的城市。他先后找了两件事做,可以挣个钱吃个饭,但日子过得慌乱,成天地心慌,慌得要死,简直觉得就要死在外面了,最后,收拾了包包,又一趟火车回到重庆,一下火车,马不停蹄上了长途汽车,4个小时到了阿蓬县。到了阿蓬县不敢回家。走出家门的时候,老婆又哭又喊的话犹在耳际:"狗日的老娘要跟你离婚,马上就去,你有种你莫跑,把离婚证扯了你再滚,滚——"他就滚了。他是听话的,喊他滚他就滚了,前面的话,没听到,他也永远不要听到。所以,他直接回到蜂场。当时情急,满心羞惭,只想逃到天边去。上了火车,才想到要给老树头说一声,他不能去交接班了,但已无法通知,他更想给小麓总请假,但他的手机粉身碎骨地被他踏进他家屋坎下的烂泥里,他只能直着脖子冲到广州再冲回来,他只有一个归处,就是蜂场。而到了蜂场,他被眼前场景惊得目瞪口呆,这时才知道他犯下的罪孽。他慢慢蹲下去,真没有力气再站起来了。直到,他突然看到一个蜂箱里有蜜蜂进出。那夜,他欣喜若狂,忙到半夜,仔细检查每一个蜂箱。直看得他触目惊心,迈不开步。他在心里求着蜂子,求它们还活着,求它们活过来,他一辈子伺候它们!最后,找出四五十箱里,还有少量的蜜蜂活着。

接着,白麓回来了。她看到一个蜂箱里有蜜蜂进出,眼里慢慢噙满泪水,然后瘫坐在地,眼里星星点点,仿佛黑夜中的行路人,眼里反射着的微弱的路灯光。白麓看到他,笑了,并不责怪他。但这比责怪他还厉害,他下决心要将功补过,只要蜂场在一天,就有一天的希望。

那天他对白麓说,要照看蜂场,要养这些蜂子,不要工资。尽管他负担重,家里人要吃饭,孩子要读书,什么都要钱,但他以前挣的,还能应付一学期。他这里欠下的债,不还的话一辈子良心不安。

白麓没有任何交代就走了,再无音讯。好像对蜂场以及他已经绝望,把他们都抛弃了。白麓走以后,蜂子今天一箱明天一箱地继续死,他成天对着它们说好话求它们活着,喂蜜给它们,恨不能磕头作揖了。后来,他把村里养蜂老把式五大爷,接到蜂场,好酒好菜地服

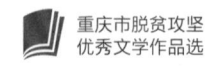

侍着,最后剩的二三十箱蜂活下来了。当蜜蜂数量不再往下降的时候,他泪水老往外渗,几夜没干过。

橡子拜了五大爷为师。他立志要让蜂场重新红火起来,他估摸着蜂场就要红火起来,不会太远,就在今年,最多明年。这时,他的眼里只有蜜蜂了,心里只有让蜜蜂多起来这个目标。家里老婆的火是熄了还是旺了,他不去想,无论如何,那火烧不死他,而蜂场不起来,他难活人。他不要工资,只要有口饭吃。厨房里米面是有的,咸菜是有的。如果吃完了,小麓总还没消息,他也要想办法活下去。但无论怎样,也不会动库里那点蜜。那是蜜蜂的粮食,他得给蜜蜂们留着。

他已经给一些蜂箱加了脾了,他看着它们进出多起来,有活力起来,他便越活越有信心,比当初蜂场有几百箱时心头更多了些明白。那时的蜂场是几个人的事,他不操心有人操心。现在的蜂场是他一个人的事,他操碎了心,但他吃得香睡得甜。

而这天,小麓总一回来,二话不说,只喊收拾东西搬家。他就蒙了。好像有人突然闯进他家里,要搬他家东西一样。他呆呆地站在蜂棚里,不知怎么办。小麓总边清点着东西,边走到蜂棚里来,望也不望他,发着指令:"橡子,你去联系一辆车,装50箱的,明天晚上动身。"见他不动,又说:"空蜂箱也要拉走。明天先拉蜂子。"见他没动,又说:"我们平常转场的皮卡车,拉日常的东西。"终于觉得不对劲了,回头扫他一眼,加强语气:"去啊!"他嘴里"呜呜"了两声,问:"小麓总,蜂场打……打……打出去了吗?撤……撤……撤场了不做了咋……咋……咋的?"白麓才想到并没告诉他原委,笑笑说:"不是啦,是跟人合伙。"橡子一下蹦到她面前:"被人吞并了?""什么吞并,说得那么难听。不是吞并,是合伙,跟人合伙。我们不是没办法嘛。"橡子急得青筋直暴,一急就结巴:"怎……怎么没……没办法,我……我……我现在学……学……学技术了,有办法……法了……"见小麓总不理,埋头清理东西,跟着她身后转:"小麓总,我对……对不起你,我要……要把死的蜂……蜂子育回来,我们蜂场重……重新好……好……好起来……"小麓总说:"别说那些没用的好不好,只管去做就是。"

橡子呆了半晌,又走过去:"小麓总,我……我……我——"白麓急了:"你怎么那么啰唆。橡子,我跟你说,你要跟着走就走,不要跟着走,哪来哪去。别啰唆好吗?先搬东西,现在的工资照付。"橡子说:"不是的,小麓总,是……是……是……""是什么是?明明坚持读书结巴好些了,就是不坚持,你们这些人!""我认……认……认不全字啊。""认不全字儿就作妖翻筋,认全了不定搞什么名堂出来。弄得你老婆找我要人,说是我教坏了,教得有文化了,鬼得来名堂了。你啊,真真不争气啊!"橡子像被人打了一巴掌,一下蔫了一头。白麓望他一眼说:"不说那些了。去联系车吧。"

橡子抬起头,满脸通红地说:"没……没有……50箱,只有……有20多……多箱了。"白麓直起腰来:"什么?"橡子说:"开……开始一段时间,每天死……死……死好几箱,我……我请了五大爷来,才止住。只……只有28箱了。""为什么不给我说?""我没……没……没电话。""你……你……你害死我了,糗……糗……死我了!"白麓发现自己也结巴了。

搬东西上车,白麓看到后备箱里一包东西,突然想起什么,惊立起来,掏出手机一看,手抚胸口长呼一口气。正是今天,差点错过。她赶紧打电话给蛋糕店订生日蛋糕,蛋糕店不愿送这么远,她承担路费还多加快递费和加急费,才答应了。

3个小时过去,天已向晚,一催再催,蛋糕才到,白麓接了蛋糕疾驰而去。乡间公路,七弯八拐,岔路众多,她生怕走错路,从第一次去后,她就留存了导航,后来每次去,都跟着导航走。本是路盲,一急辨识力愈发低,导航不停地提醒她掉头,语气平和温柔,像在表扬她,她恨不能给它一掌。终于看到熟悉的房屋,屋里一灯如豆。白麓在公

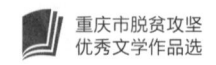

路边停了车,提着东西走了一段小径,才到了平整一新、晒着包谷的地坝。走至窗户,往里一望,看到堂屋里桌旁,坐着小丹和她奶奶。桌上摆着一盆饺子一碗腊肉和一碟青菜。小丹穿着新衣服,面前摆着一张自家煎的荞麦饼,饼上插着根白色大蜡烛,蜡烛恐怕已点了一阵了,淌着烛泪。

奶奶说:"许愿吧,丹儿,蜡烛都燃一大截了。"小丹木然地坐着,盯着蜡烛。烛光在她眼里跳跃闪烁。奶奶又说:"你先唱个生日歌吧,啊!奶奶爱听。"小丹听话地点头,扭头朝门口望了一眼,然后自己拍着手唱道:"祝你生日快乐,哦,不,祝我生日快乐,祝我生日快乐……"老奶奶张嘴笑着盘根错节的手也一张一合地拍。

白麓的眼眶红了,她喊声"小丹"进去,小丹的脸顿时像花儿一样盛开来。小丹跳起来,扑过去,喊着:"小麓姐姐,我就知道你会来。"白麓抚着她的肩头,说:"你10岁生日,我说了一定要来的。看,姐姐带了什么?""生日蛋糕!奶奶,我有生日蛋糕了!"小丹拍着手欢呼,屋里顿时活了起来,充满笑声,生日歌再次响起。

这晚,白麓一直待到她们睡觉才走。她跟小丹一起欣赏生日礼物:爸爸寄的早穿在身上了,还有姨妈寄的、姑妈寄的,学校老师同学送的……白麓说:"这么多礼物,爱小丹的人真多。"小丹把每样东西拿给奶奶摸一摸,奶奶摸摸东西摸摸孙女的头发,都笑得开心。小丹只在最后说了句:"我还想要个东西。"说完就低下头,黯然神伤起来。白麓低下头去看她的脸,她的脸上已挂上泪珠,她不看白麓,抽抽搭搭地说:"我……还想要个……妈妈!"白麓摸着她的头,说:"你妈妈在的,她看着你呢,相信吗?"小丹摇摇头,又点点头,她抬手用手背擦去泪水,说:"他们说,生日许愿会实现的,我每年都许的这个愿,求菩萨还回我的妈妈。我今天10岁了,这是我最后一次许这个愿了,因为我知道,这不能实现。"白麓问:"那你相信我的话吗?你妈妈在的。"她把小丹的手拿起来,放在胸口,说:"妈妈在这里,你想她,她都知道。"她发现自己的声音有点哽咽,不再说了,本打算告诉小丹自己搬去另一个地方的话,都说不出口。并不远,开车很快的,也没必要说。

  回去路上,白麓回想着与小丹交往的过程。第一次是和乐带她来的,小丹怯怯地藏在奶奶身后,被拉出来,直愣愣戳在她们面前,眼睛望着别处。她当时心里很酸,但她认为这只是孟子的"恻隐之心,人皆有之"。后来熟了,小丹像小猫一样偎着她,用手指绕她的长发说"小麓姐姐,你好好看",她分明感到内心生出一种柔软一种被需要被依赖的温暖。此刻,她脑子里出现自己10岁的样子,穿着漂亮的公主裙,走得趾高气扬;吃着各种零食饮料,吃到厌倦;操着迭代更新的游戏机,不可一世;各种技能培训,各种艺术熏陶,出入车接车送;在父母呵护下游览景点名胜。一时间,她心里翻江倒海万鼓齐鸣,那是对命运的感恩和愧疚、对父母的感恩和愧疚、对小丹的感恩和愧疚……

17

白麓和橡子到隆崎蜂场的时候，已是深夜12点。蜜蜂转场须在晚上，天黑才出发，拉蜂的车一点不拉风，慢吞吞的老爷车，足足走了两个多小时。

隆崎算着时间，在夜色里候着，让进一个车，另一个车停在门外。白麓在车上探个头出来，说："隆总，我先把我的东西拉厂区宿舍去。你指挥橡子下车就是了。"说完，掉转头就开走了，有点像逃。

车灯打过的夜特别黑。隆崎被扔在黑里，手里拿着两块红布。

这天，天刚蒙蒙亮，他就起来整理蜂场，一箱一箱把自己原来的蜂箱挪地方，摆成两排，整整齐齐，像两列列兵，要夹道欢迎贵宾。腾出一大块地方，打扫得干干净净，只等白麓的几十上百箱蜂来。整个蜂场，收拾一新，像一个邋遢的单身汉，终于找到心仪的姑娘，喜滋滋准备新房，等待迎娶新媳妇。天黑前，还把车子进园子的那条道扫得清清爽爽。最后，他靠在门框上喝着一钵粥的时候，才觉得着实累了，喝完把空钵扔脚边地上，头枕着门方，眼一闭竟睡着了。

山间夏夜的风，常常是奔放的，在他身上一阵乱翻腾鼓捣，他才极不情愿地醒来。一看时间，10点多，料着要到了，突然想起什么，一跃而起，拍着屁股上的尘土，跑进里屋，打开箱子，在底层翻出一块大红绸子来，在空中"呼呼"抖了抖，想了想，铺在桌子上，找出一把剪刀，左比右画下不去手，最后一咬牙，当心一剪两半——这是他当了市劳模领了奖回来，县里迎接他时，斜披在他身上的一块大红绸，中心是朵大红花。大红花当时在胸前，后来一直挂在外面大屋中央。5年前事业搞砸了，他取下来几把扯开，就是现在这块大红绸子，之后就一直压在箱子底下。

隆崎自11时过，就在大门处立着等待。手里拿着两块红绸。他预备在车子进园区大门时，披在打头的那个蜂箱上。

　　可这"白北大"，把他撂黑夜里，一句话没交代就走了。他一时反应不过来。前面的车已停下来，里面一个跟他年龄差不多的人跳下来，说："师傅，蜂箱下……下……下到哪里？"

　　隆崎目测这一车超不过30箱。他又回头看着夜色深处，那里黑乎乎的，深不可测，但绝无再吐出一辆满载着蜂箱的车的迹象。他不好多问，想自己腾那么大一块场地，随你怎么摆呢。他把一块红绸搭在最前面的一个蜂箱上，头一甩嘴一努："啰，空地上，随便摆。"自觉气势如虹。本来想低调谦逊些，可那个白北大，偏不给他这个机会！

　　可跟人家工人摆什么谱呢？他揸揸手，打头往屋里走说："来，先喝口水，忙什么，夜长着呢。早泡好的老鹰茶。你先喝口。我去检查下蜂子。"一杯黄亮亮的茶汤递给橡子，又出去走到车边，耳朵从一个一个蜂箱贴过，说："赶紧，蜂子先下下来，沾沾地气。它们很惊惶很脆弱。"又听，又说："蜂都不多啊，最多的四脾。大多是三脾。这一箱，两脾。"再听，再说："蜂王不老也不小了，两三年了吧。"

　　橡子嘴张得可以塞一个梨，两眼直勾勾望着隆崎，双手捧杯，却忘了喝，茶水直泼到鞋子上。人外有人天外有天，这甩了五大爷何止几面坡！他恨不能当场拜倒在地。这是真神啊！

　　隆崎边说边不断摇头，瘦削的脸，皱纹使劲往拢挤，要挤成包子了。橡子战战兢兢，只觉他们的蜂子，就像没养好的娃，实在出不得门上不得台面，他生怕隆崎喊他拉走，有好远滚好远！

　　正不知如何是好，竟见隆崎在搬蜂箱，搬一个放地上了，又再搬一个。他晓得怎么做了，赶紧跟着往下搬，唯恐搬少了，唯恐把隆崎累着了……20多箱蜂，其实也不经搬，很快车就空了。

　　隆崎直起腰，橡子直起腰。隆崎拍拍双手，橡子拍拍双手。隆崎望他一眼，他嘿嘿笑。隆崎也笑了。

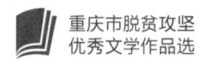

突然，隆崎脸变色了，雷光火闪一样，变得可怕。隆崎一只手伸到他面前来，大喊一声："钥匙！""啥啥？"橡子吓到了，手足无措，气都出不匀了。隆崎手一抖："车钥匙，快给我！"橡子明白了，马上从裤兜里摸出钥匙给隆崎，隆崎喊声"让开"，人已上了车，车已发动，"轰"的一声冲出大门，消失在黑暗中。

橡子呆了。就在这时，他看见远远的，却有车灯来了……

18

隆崎向厂房大楼疾驰。

一路上,记忆飞旋,他回忆和小麓总的认识、接触和合作的轨迹,那感觉仿佛是,以为走在了阳关大道上,结果一脚踩到坑里了,当然,他也不停地告诉自己,没那么严重,只是沟通问题,一定是哪个地方没说清楚。再说,自己本来都躺地上了,再摔能到哪去?

但是,厂区大楼的灯不能开,绝对不能,那引来的"飞蛾",是他招架不了的。他忘了告诉她,不能开灯。而他哪知道她这晚就要住进那栋楼呢?他猛踩油门。

而他看见了,老远就看见了,厂区大楼灯火通明,他开始呼吸急促起来。车一停,几步跃到配电箱前,拉了总闸,楼上,传出一声尖叫,尖利而绵长。

隆崎闯进楼梯拐角的杂物间,在里面摸出一捆蜡烛,夹在手弯。抽出一支,点了,像擎着一支火炬,蹬蹬蹬地到了楼上,咚咚咚地砸刚才亮着灯的寝室门。怕吓到人,边砸边喊:"白北大,白北大。"白麓的声音已带着哭腔,惊惶的声音从里面传出来:"谁?谁呀?"他没好气地:"我。隆崎。"白麓声音一下大了:"隆总,停电了,吓死人了。怎么会停电呢,这里老停电吗?让人怎么活哦。"絮絮叨叨窸窸窣窣好一阵,门才开了。隆崎把一捆蜡烛戳过去,然后退到走廊说:"我在外面天台等你,有话给你说。"

又是好一阵没了声息,隆崎仰脸看天,一会儿看到一豆烛光从走廊的黑暗深处摇摇曳曳而来。白麓走到面前,隆崎看到她已装扮得正正规规,像要出席宴会。他脸色铁青地说:"把蜡烛吹了,天光好,用不着。"白麓举目,但见天上一轮满月,人间遍地银华,手上的蜡烛

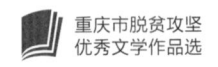

确实显得小气多余。于是举到唇边,一口气吹了,看着缕缕白烟袅娜消失,看着白烟飘进月亮里。

　　隆崎看她装腔作势半天,不得不挑明了说:"怎么回事白北大,不是说几十群蜂吗?"白麓尖下巴一扬,像一柄小刀投向他,冷硬地问:"不是几十群吗?难道是几群?"隆崎忍着气说:"你怎么可以诓人呢?"白麓说:"二十几群是几十群,九十几群也是几十群。中国的文字不是这样表达的吗?从头到尾,我怎么骗人了?"隆总鼻孔冒青烟:"那你刚才跑什么跑?车都不敢下了。你明摆着……"

　　隆总看到月光底下,白麓那张白净的脸上红云翻滚,火烧云样直烧到耳根后面去,一些话都到嘴边了生生吞了回去。他知道,她心里有数,既然今天能从蜂场跑掉,那是摆明索性不认的。这些书读得多的人,说话似是而非,翻来翻去都是理,要论起来,自己未必说得通,而说通了又怎样!就把疙瘩在心里绾了,自己解得开就解,解不开也不指望谁替他解,这一路走来,多少是是非非都成过眼云烟,唯有心里的疙瘩一个压着一个,又怎样呢?现实的现实,除了成功,说什么都没用。他隆崎是要跟这个有文化的丫头片子去共同向成功拼搏的,他跟她,有什么好争的,胜之不武,输了羞人。有力气也不花这儿,更别说,真的累了。

　　白麓分明在强词夺理:"我哪是跑,我手机要充电,你不是一直打不通吗?11点多了,我们走了几个小时,我不该来铺床安置吗?你竟是专门撵下来捉拿我来了!""什么捉拿不捉拿,说那么难听。我又不是公安局,我有权力捉拿你么?我是来告诉你一句话:不要开灯。"

　　白麓夸张地惊呼:"什么意思?不开灯摸瞎吗?我穿越到原始社会了?"仿佛与没电比起来,前面争论的事都不是事。隆崎觉得她莫名其妙,和自己简直不是一类人,无语地扭头就走,只扔句话给她:"叫你莫开你就莫开。开灯会惹来麻烦,别怪我没打招呼!来人砸门你个人应付,我是惹不起躲得起。""你,什么东西——"白麓声嘶力竭一声吼。脚步声已到了楼下。跟着,听到车子离开的声音。

偌大的办公楼被黑暗吞噬。白麓躺在尚未铺齐整就失去了光明的床上,一条薄被把自己裹紧,一边听着山风从林中穿过,一边心里念咒一样默念着"莫听穿林打叶声,何妨吟啸且徐行。竹杖芒鞋轻胜马,谁怕!"后面的"一蓑烟雨任平生"变成了反反复复的"谁怕""谁怕",眼泪在黑夜里流个不停,流进耳朵,流进头发,小蛇一样在皮肤上冰凉地爬行,爬进心里,成了疼。

哭着入睡,在梦里还在哭。梦里好大雾,天地看不清,走也走不出去,雾外面好多的脚步声,却只看见一个背影,是的,是Ash的背影,宽大的肩膀修长的腿,但雾越来越浓,在他俩之间翻滚,Ash越走越远,她想喊喊不出来,她只是哭,那么绝望那么孤独,没人理她,没人拉她一把,雾外尽是脚步声,还有说话声,却看不到一个人,连先前的背影都消失了……

她挣扎着醒来,满头大汗。她耳里充斥着嘈杂声,一时不知是在梦里还是已醒来。手表还在腕上,一看已是深夜两点多,真有人来砸门?嘈杂声越来越分明。仿佛大门开了,有脚步声进来。白麓吓得缩成一团。脚步声上楼来了,朝寝室这边来了,还有压得很低的说话声。白麓魂飞魄散。她黑暗中摸到手机,哆嗦着要拨打110,却是早已断电,她完全绝望。

这时,她听到一个声音很熟悉,竟像隆崎。仔细再听,果然就是,突然仿佛陷落在一个黑暗的古井里,听到了井口边亲人的声音,天下的亲切和安稳莫过于此了,心里发誓再不同这个声音吵架。

又听到橡子的声音,再接着,她听到一个更让她惊喜的女声,是春晓,对了,就是春晓,那柔和的怯怯的声音。方才想起,与小山约的也是今晚到来。她前天让他俩再仔细考虑下,同时发了定位和隆崎的电话。这两天一直忙得团团转,像在激流漩涡中,竟忘了这事。想必他们一直打不通她的电话,但他们终究来了。

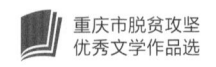

白麓喜极而泣。她跳下床,拉开门,冲出去。短短一个走廊,仿佛太长,她怕跑不拢,她跑得很快。

小山他们仨,背上背着铺盖卷,双手大包小包,站在隆崎身边,隆崎举着蜡烛,给他们照着亮,照得他自己满脸红光,那里变换着很多色彩,三分羞愧七分感动,十分温和地说:"说小声些小声些,还是把你弄醒了……"白麓想,这又换的哪台,刚才气势汹汹冲走、把她丢在黑暗中的难道不是他?只问:"几点了?"回说:"快3点了。"白麓说:"晓姐姐跟我睡吧,你们先一间屋躺躺,天亮再弄。"

春晓不想去,小山暗中在她腰上一推。春晓走到白麓跟前,回头望了小山几次。这对她的挑战,比一晚上不睡还大。白麓以前,别说一起睡一屋,她住的那间,是不准人进的,有时看到天上地上衣服乱扔、桌上床头东西乱堆,说进去帮收拾一下,她像里面藏了个相好似的,挡在门口,双手摇得,简直就不是她的手了,像装的电动手。这晚上的样子,完全变了一个人,倒把春晓吓住了。

隆崎把蜡烛举得高高的,看着她俩进屋,低声说:"唉哟,真是老乡见老乡两眼泪汪汪啊。"边推开眼前的门,一股霉味扑面而来,他说:"很久没打开过,将就一夜,将就一夜。"

屋里除了几张空床一张桌,啥也没有。小山橡子无声笑着:"这已很好,很好。隆总你快走,这个点了。"隆崎边推窗边说:"养蜂人这点儿不睡是常事。晚上莫关窗,敞敞风,霉味太重。"两人齐齐推隆崎出去:"隆总您别管,今儿累坏了,赶紧回去躺会儿。打个盹儿天都亮了。"

这边白麓让春晓上床。春晓打死不干,兀自解开自己的床单褥子,铺地上。白麓也不坚持,只坐在床上问:"怎么这么晚才到,我都以为你们不来了。"春晓在地铺上爬来爬去收拾着说:"天黑才装车,我又帮不到忙。他一个人装到10点多钟,路又不熟,开得慢,就开到12点多了啦。"白麓瞪大眼睛:"你们12点多就到了?那怎么才下来。"

"下车啊,然后全部摆好了才下来嘛。""下什么车?摆什么?""蜂箱啊。我们到的时候,橡子二十多箱才下地上,加上我们那车四五十箱,六七十箱摆放好,就这时候了嘛。"

白麓跳下床,也跟着跪在地上,双手抓住春晓的胳膊。春晓被吓住了。两双好看的大眼睛,在黑夜里互相瞪视着,忽闪忽闪的。白麓问:"什么?你们拉蜂子来了?你们哪来的蜂子?"春晓说:"你的啊!"白麓更加不明所以了:"我的?啥意思?你说话可不可以不像挤牙膏,可不可以痛快着一口气吐完,啊?""小山没跟您说吗?""小山跟我说什么?""我让他一定要给您说的,他竟然没说。"春晓垂下头去。

"我看你是想要活活急死我,这大半夜的。"白麓"腾"地站起来,鞋也不穿,几步跨到门边,"呼"地拉开门,直着喉咙尖利吼道:"小山,小山!你给我出来!"

这边隆崎刚走,两人正边收拾边赞叹着隆崎的功夫,门外呼声起来。两人以为发生了什么事,丢了手上的东西就跑出去,打开门见白麓正几大步跃拢门前,赤着脚立在那儿。

"小山,蜂子怎么回事?"小山像捉贼被抓了现行似的,两肩一塌,嘴里"嘟嘟哝哝"。"你也像你老婆不会说话了,两口子真是越过越像?"

小山听见说春晓,知道春晓刚才被追问,想到那委屈不解的样子,心里一疼,立即昂起头来,大声说:"小麓总,是这样的。那天从你家回去。我们去蜂场取自己的东西,发现还有蜂子活着,我们扒拉了两天,扒出三十多箱。当时,我们商议是跟您说还是不说,说了吧您一定要人继续工作,但那点蜂最多留一个人,橡子和老树头都找不到,我们俩留谁都不愿意,最后,我就决定先拉回家去养,也不要您付工资。说实话,我心里也捏着把汗,不知养得活养不活,养活了还好,万一养不活真不好交代。我们这两个月真是像服侍幺儿一样服侍它们,它们也争气。当时我们拉了10个空箱子,想如果活得好的话,春

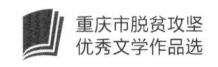

天分箱了给您送回去时多些。前儿您来电话说跟隆崎合伙了,我们俩都很高兴,就把蜂子拉这儿来了……"

白麓眼里渐渐涌起泪水,在黑夜里亮晶晶的。她从不在员工面前流泪,转身走了,抛了句话,语气平淡:"橡子,知道蜂箱不见怎么回事了吧。"进门前擦干净了脸上奔流的泪水。

这间当西晒的房子,此刻被月光侵占。

中篇

花粉谷

1

王老太坚持自己没看走眼,十五那天晚上,对面山上那栋楼,真的亮灯了,不是一间屋,是整栋楼。

王老太盯这栋楼盯了3年了,十五那天晚上,她分明看到那栋黑了3年的楼明晃晃的,晃眼间,她以为是一座宫殿。

85岁的王老太,主要工作是洗碗抹灶跟猪说话,别的事已不能做了。最大的出格,是趁后人没注意,偷着出去薅一背篼柴回来。那天夜饭后,她在家里摸摸索索半天,自认收拾利索了,就到猪圈去瞧猪。喂了一辈子的猪,现在已提不起一桶猪食,只在媳妇喂了猪后,猪吃完食哼哼的时候去叨叨几句:"吃饱没得嘛,哼哼唧唧的,咋不见长膘呢,食不好啊?现在的人哪比我们那阵,到处给你找,新鲜着呢。现在的人,一锅红苕,烂没烂只管煮给你,打发你了,好去摸两圈。猪圈恁个湿,也不垫点草,啷个睡嘛,难怪不长膘,还像掉秤了呢。"媳妇听见,很是气不过,对丈夫说:"去听听,你老娘又在挑拨我和猪的关系呢。猪哪里没长膘嘛,还要啷个长?用尺子量过的吗?用秤称过的吗?猪圈干了要不得,湿了要不得,给它买床席梦思嘛。"

60岁的大儿子王明富当过队长,有智慧,不传话。王老太不晓得媳妇听不得,继续说她的。媳妇听得多了,就听不见了,只说天天的跑猪圈,别跌倒摔倒就好。嘱咐她晚上少去,那是不得行的,白天可以不去,晚上断少不了要去,因为对面山上那栋楼,晚上如果亮灯,那是很抢眼的。儿子只得把从堂屋到猪圈去的两米多路,平整得一个小窝都没有。

猪圈在屋东头,一面靠墙,三面石头砌得半人高,当门一块长石条做垫脚石,垫脚石石面磨得光滑水平,她的两只脚是功不可没的,但如今,她只能扶着石墙,颤巍巍蹭上去,看那两头尚未到壮年的猪。

这天夜里,月亮好。看完,说完,王老太就要回去,就在一抬头间,她见了鬼似的惊住了,她腾出一只手,揩了揩她那老是泪水朦胧的眼睛,眨巴几下,再腾出另一只手,再揩,再眨巴,没错,就是的,那栋楼灯亮了,整栋楼都是亮的,明晃晃的,把天上的月亮都比暗淡下去了。王老太确认后,蹭下条石,颠儿颠儿地还没到门口,就扯开喉咙喊:"灯亮了灯亮了——快来看,富娃儿呢富娃儿,快来看啦,灯亮了!"王明富忙起身搀住她:"慢点,莫慌,摔了不是玩的。"她不理,一手指着猪圈那头,一边只顾喊:"亮了,快去看,灯亮了,我看得真真儿的,硬是亮了。"王明富说:"快进来哦,什么亮了熄了,快进来看电视,你喜欢的毛主席,打仗的。"她把手一甩,有点恼怒:"给你说,那栋房子灯亮了,隆崎那龟孙的房子灯亮了,里面进人了。"儿子跑过去,媳妇也"腾"地站起来跑过去,她也颠儿颠儿地再跟着过去。还没跑拢,迎头撞上儿子儿媳,儿媳尖着嗓子说:"我看您是想它亮想的,它要能亮了,月亮也该从西边起来了。啧啧。"儿子把她搀住,说:"看花眼了,没事儿。"她不服了,坚持说:"真亮了,我看得真真儿的,我眼还没瞎。"儿子又搀着她往猪圈走:"好好好,你看真真儿的,是我们没看真真儿。"到屋东头,她一抬头,满眼黑乎乎,哪有灯光?再两手轮番揩泪水朦胧的眼睛,没有一点亮光,那栋楼黑乎乎的跟平日没两样,只是在月亮底下,轮廓更清楚些。

回去她觉得老脸挂不住,毛主席也不看了,嘟哝着摸上床,却是半夜睡不着,想必确实自己看花眼了,到明天都看1095天了,哪有不花眼的?

王老太日日夜夜盼那栋楼有人影有灯光,她要去为二儿讨说法,二儿冤啦,比窦娥还冤。还有他几十年打工攒的钱,这辈子要不回

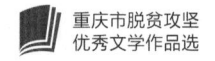

来,她死了都不闭眼。

　　此后,王老太一会儿相信那夜自己看花了眼,一会儿更相信那夜硬是亮灯了,就跑猪圈跑得更勤些,去了也不念叨猪儿了,只盯牢对面山头那栋楼。

2

消失半月的和导终于来了,装备和人员比以前都有增加。和导对于呈现给他的现状,感到欢欣鼓舞,原来的蓬头垢面,被收拾得清清爽爽精精神神。白麓和隆崎,仅几个月前,一个葬身花海,一个退避深山,现在神气活现,精神抖擞。

两人极尽热情地介绍他们的规划和理想,和导发自内心地感佩,相信他们一定做得起来,有能力有魄力创造属于他们的辉煌。他说:"我会坚持跟拍,真实记录一个高知城市美女的诗与远方,真诚讲述一个中蜂产业五代传人的创业故事。我能够预判这部片子的接受度和传播力。到时你们成了名人,中蜂产业也就前程远大了。"

隆崎听着心中愈发没底,把白麓拉到僻静处说:"你们最初到底怎么谈的?听说这个行业很黑,拍片子写文章,都整阴阳版本,价谈得好钱给得足,吹得天上有地上无;价要谈得不好钱给少了,就拿反面的曝光。好多大企业,都被曝光曝死,我们哪遭得住?价钱这事,还是说在前面好。先说断,后不乱。"

全面分析,深感事态严重。隆崎要白麓当晚就谈。白麓说:"我也不是不担心,谈了好多次,每次都谈得我很振奋,但振奋完了,发现没谈出个结果来。"听这样说,隆崎更担心了:"那我们就更要小心些,这次不谈出个所以然来,我们就坚决不让拍。东西掌握到他手上了,那还了得。"白麓说:"干脆我们两个一起谈,一个唱红脸一个唱白脸,我支持,你反对,把疑虑都说出来。"

次日清晨,隆崎正打开蜂箱盖子,取一张蜂脾查看的时候,看见摄制组扛着机子进了园子。他赶紧收拾蜂箱,给白麓打电话。

白麓自两家蜜蜂合并,队伍建立后,最初两三天到蜂场来得多

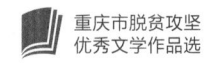

些,非常热血沸腾,后来,就基本在厂区办公室做方案,不常来了。各种方案,什么竞品调查、大数据分析和营销方案,全是隆崎过去卖蜜没用过的,听上去很高大上,与他实现梦想很接近。隆崎为自己过去的浅陋落后深感惭愧,知道了自己想一飞冲天、结果摔得嘴啃泥的根本原因,所以没有特别紧急的事情,一般不去打扰她,尤其在她上午睡觉时——那是因为头天太晚乃至通宵做方案,更不敢贸然打电话。

这天属于情急,白麓电话处于关机状态。那个把高大威猛帅气这些好词毫不客气独揽一身的和导,已在排兵布阵了,他指挥着他的若干"师"——摄影师、灯光师、场景师等等,这样那样的,摄影机在园子里扫来扫去,扫得他心慌意乱。他一看架势,再不采取行动,他们园区的山形地势、建设规划尽将被掌握了。他也管不得红脸白脸的战略了,一手捂在脸上——表示不出镜,一手摇得像那只手吃了摇头丸:"莫忙拍!怎么说,说好再拍。"

和导"哈哈哈"大笑起来,冲着他的肩和胳膊着力,又是揉又是拍的——表示你太可爱了,兄弟实在忍俊不禁,说:"不用说什么。完全不用说什么。真实表现就好,不是要你演,更无须台词什么的。你不用紧张,该干吗干吗。"

隆崎急得一时说不清,手却是坚决不放下来:"我知道不要我说什么,是我要说什么。"和导说:"你想说什么尽可以说,该怎么说怎么说,跟平常一样,只当摄像机不存在。一点不要刻意。一句话,不要装。"隆崎突然觉得自己上了一个戏台子,怎么跑都跑不出去了,一急,直着喉咙喊:"先收了机子说话,关掉关掉!"和苦才反应过来他们说的不是一回事,跑的两条线,赶紧让姚望他们收了机器。

和苦从裤兜里摸出烟盒,抖一抖递上去:"来,先抽支烟。"隆崎从烟盒里抽出一支含在嘴上,抢先打燃火机,给和苦点上。和苦吐出一口烟说:"有什么想法,直接些。"隆崎觉得在爽快人面前,再绕就没意思,说:"你要多少钱?"和苦眉头皱起来:"啥?"隆崎声音提高些:"你拍这个片子要多少费用?""我要多少费用与你有什么关系吗？兄弟要赞助点?"隆崎说:"你要赞助,那是多少撒？先说清楚才好。"

和苦明白过来,哈哈大笑,然后笑容收了,正色问:"那你打算给多少钱?"隆崎说:"价是讲的嘛,做得就做,做不得免得耽搁你。"和苦抬起下巴,眼睛眯起,似乎认真考虑了:"我们十多个人,一干人吃喝拉撒还要劳动的,预计至少一年。你说,该多少钱?"隆崎脊背发凉,脸上变色,心下说幸好问得早,可不得了。额头沁出汗珠来。

和苦一笑,猛拍他肩头一记:"到时给也得给,不给也得给,材料在我手里攒着。是这样想的吗？那我成什么了？敲诈勒索！不怕你恼,你这儿除了几箱蜂子,还有什么可讹的？你这蜂子,送我我还不知怎么伺候。蜇了自己蜇了别人都不是好玩的。"众笑,隆崎不笑,说:"不管怎么说,先把价讲清楚,签了协议再拍。先说断后不乱。"和苦说:"你坚持要给,你是真给不起。那,我明白,你是不信我不要钱,我只问你,你说你看过《棒棒》,那你觉得他们该给多少钱？他们给得起吗?"隆崎说:"我就是想不通嘛,所以要说出来啦。"和苦:"我给你说,棒棒们一分钱没出,我走的时候还把我当棒棒挣的6万多块钱给了他们,现在,他们都成了网红,生活改变了,我也没去白吃过他们一顿饭。去年过年,还为照顾老宋,买他的蜂蜜送朋友,都送出去了,他打电话来说,他进到假蜂蜜了,要退我钱。我说都没了,他后悔得不得了。哦,对了,今年让他进你的蜂蜜,你要做假蜂蜜,那我曝光材料可是现成的。哈哈——"

隆崎被戳痛了似的有气无力地说:"我要做假蜂蜜,也不至于今天这样子。"说到这儿,猛一抬头,说:"扯偏了,扯偏了,到底怎么说？先说断后不乱。"和苦说:"你要有多乱,才把这话挂在嘴上。还没听懂吗？你们若是因为我的片子,有了影响,发达了,要给我点制作费,我不拒绝。不给我不要。我不是奔挣钱来的。"隆崎说:"那你奔什么？自己贴着本。"和苦说:"这你很难理解。我是为纪录片走出一条

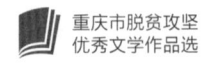

自己的生路来的。纪录片具有时代价值、社会价值、史料价值,可现在做纪录片的人很少,没人买单,可我总觉得,人类进程,纪录片不可或缺,纪录片导演不该这么苦逼,我一直在摸索一条路,但这条路不是找你们拍摄对象买单,而应该是社会共同支撑。"和苦看到隆崎眼神越来越涣散,知道扯远了,就再一巴掌拍在隆崎肩膀上,说:"你想多了。如果一定要奔个什么,那我跟你要做真纯净的蜜一样,我要不被左右地做纯粹的纪录片。我和苦,不收你的钱,你只管把心放在肚子里。本来拟了个协议,没来得及给你,今晚我们就签了,让你们安心。"

正说着,那边闹腾起来,回头,大门口涌进一群人来,男男女女扶老搀幼的。隆崎扭头夺身要走,和苦一把拉住:"什么情况?"他急迫地说:"讨账的!"和苦说:"躲也不是事儿。看我的。"说完就招呼摄制组举起家伙什儿,排开阵势。也不对来人,只对着隆崎,隆崎只顾低着头。来人一齐声嚷:"做什么做什么,你们做什么的?"和苦迎上去说:"乡亲们,你们来太好了,来给我做个证。我候了好久,终于把他候着了。这个隆崎,欠我的钱,今天推明天,明天推后天,我今天就要逮他去派出所,把现场拍下来做证据,乡亲们来得正好,也帮我做个证。"

一群人愣了,齐齐盯着摄像机。姚望适时把镜头缓缓移过来,对准他们,就有人躲,有人抬手护脸,有人摆手喊莫拍,孩子们冲上来,对着镜头做鬼脸,这时,领头的正色说:"莫拍了莫拍了,有话好说。隆崎也欠我们钱。但实话说,这个人认账不赖账,只眼下没钱莫得法,多少人这种情况早跑得没影了,实话说,他真跑了哪找去?他现在没跑,一年好歹卖点蜜给我们撒点面面药。"和苦问:"欠你们多少?"便一叠声地喊,几千几万的。和苦问:"都怎么欠下的?"他们说:"搞修建啦,我们搬砖搬瓦,弓起背背挣点劳力钱,一回说给,两回说给,一回点点塞牙缝。哎,话说回来,比不给好。硬是不给也只能把他望起。"

和苦说:"给你们总还给吧,找我借钱,说要发展蜂蜜产业,结果现在一分见不到,简直就是骗子嘛。我今天非要把他送进去不可。"大家说:"兄弟,这使不得。隆崎他别的不说,骗子肯定不是,这个我们都可以给他做证。他是心大了,想搞大事,没规划好,才欠下恁多账。他守在这儿养蜂子,卖点蜜还账。你把他送进去,连这点都断了。"还有的说:"他技术是真有,我们养蜂都是他教,给我们育个王分个箱,也不计较个啥。""他天天守这蜂棚里,个人煮点吃的,上顿面下顿面,哪家吃肉,喊他还不去。你看他瘦腔腔的,恓惶得很。"

问题是,大伯大妈你们不是来要账的吗?这啥剧情啊!和苦心里直呼精彩,外表仍然一冷面讨债人,勉强地表示给众乡亲一个面子,同时也让乡亲们放心:"我反正没事儿,我就在这儿给大伙儿把他监督到,不是不跑就行了,还要努力发展,早点给老百姓把账还清!"

隆崎杵那儿,眼眶红得比得上鼻梁了。一群人慢慢星散,小孩围着摄影机叽叽喳喳。和苦对隆崎说:"老百姓对你蛮好嘛,你刚才跑啥呢?"隆崎低声说:"我一晃眼没看清,以为是外头的人来了,那些人没这么好说话的。"和苦感慨:"你现在啥也别想,埋起脑壳做,横下一条心把事业搞起来,早点把钱还清账拉抻,才对得起这些老少爷们儿。大伙儿是对得起你的。"

当天黄昏,和苦就与二人签订拍摄协议。协议框架是,和苦为甲方,甲方自筹资金拍摄以白隆二人创业故事为主线,以乡村振兴、脱贫攻坚为主题,书写平凡人生存状态,传递社会正能量的纪录片。拍摄过程中不以任何理由收取费用,不增加被拍摄方经济负担。纪录片版权归和苦公司所有。白隆二人及其团队为乙方,有义务配合拍摄,若以个人主观终止拍摄,将对摄影公司付出经济赔偿。签完后,和苦说:"我能表的态是,你们好好发展,我全程记录。这个绝不水你们,除非你们做的事,失去了记录的价值。"白麓问:"价值是非成功不

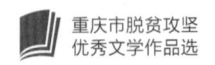

可吗？"和苦说："不以成败论英雄。一部纪录片必须忠实于时代、社会和事实本身，才有生命力。有时候，失败更是好题材，失败里的人性、教训更值得品味，但我不希望你们失败。"

分手后，白麓打来电话，很迷惘的语气，问："和导，我想问下，我——这事，随着演变，价值还有当初你看的那么好吗？"和苦说："应该说更丰富了。五代养蜂传人隆崎的出现，不得不说是个惊喜，他在市场浪潮中的跌宕起伏，对蜂蜜的真纯净的坚守，我们的传统技术在现代文化板块中受到的挤压和冲击，夹缝中的生存突围，这里面有很深的主题，这是我这两天在思考的问题。"白麓落寞地说："我是不是可以这样理解，在你眼里，他的价值已经超过我了，他是一号了。"和苦惊诧莫名地："你想些啥子？我刚才只是说看到的他身上的光辉。你同样有你的光辉，这我们早讨论过。而他的出现，不是让你的光辉黯然失色，而是更添了色彩。你看哈，一个现代高知青年与传统养蜂人的合作，我想到将要发生的故事就兴奋。多少冲突，多少磨合，多少曲折坎坷，这对于纪录片来说，是多好的内容，我不但要拍笑容，更要拍眼泪。也许对于你们来说，我有时是铁石心肠，但现实如果残酷，我们必须面对。理想的丰满和现实的骨感，共同组成我们的社会和时代。我得提醒你，你要提前做好思想准备。"

白麓沉默。和苦问："怎么了？吓到了？这不就是生活本身吗？只是没人这么给你解剖，很多东西说透了也就没劲了。谁让你问我呢？"白麓说："不是的，我是在想跟他的合作，怎样才真正合理。"和苦说："我建议要谈好，账算清楚，才走得远。事情往往是这样的，发端的时候，大家白手起家，怎么着都好，而做起来了，分蛋糕的时候，容易心理失衡。所以人常常可以共患难，而不能共富贵，问题多出在之前的合作框架没设计好。当然，万事开头难，如果什么都计较，也做不下去。要有合作共赢的心，要有发展大计，放眼长远。"和苦说着说着，觉得自己说得太有道理了，翻过来翻过去都站得住脚，这样的话基本是正确的废话,像开会领导讲话,赶紧闭上臭嘴不吱声了。让他惊讶的是,白麓竟然诚诚恳恳来句:"我明白了,谢谢和导指教。打扰你这么久,真心感谢了!"

他倒不习惯了,有点张口结舌,电话礼貌地挂了。

3

　　这天晚上,和苦请隆崎在县城的一家路边火锅店吃火锅,一人一瓶啤酒在手,谈得十分投机。和苦没酒量,沾酒满面通红,拍肩膀,吐衷肠:"什么采访不采访的,我老何没那么正式,我只是读懂我的人物。每个人都是部精彩大戏,神秘、坚韧、脆弱、卑微、伟大……"

　　隆崎看着他,满眼崇拜和欣赏,觉得眼前这长相俊朗的彪悍汉子果真是条汉子,聪明智慧,古道热肠。他隆崎就服这样的人,他愿意把自己的根底都讲给他听,也决意撕下那层遮羞布让他拍。这天晚上,他用自己的故事,下着酒。从他这代上溯四代,曾祖父和爷爷辈,只是听说,语焉不详,只知道是养蜂的,技术好,肯吃苦,养的蜂子比别人齐整,一群蜂总比别人多打两斤蜜,在养蜂界就有了名气,带的徒弟无数。集体也信赖他们,是供销社的头号红人。父亲却是一个活泛人,高中毕业。那时的高中毕业就是文化人了,比现在大学生吃香。人生有无限可能性,回家当了老师,找了初中毕业的母亲。这在当时农村,算得书香门第了。农村特别尊重文化人。"我们当时的家庭,是很受尊敬的。只是我们兄弟姊妹太多,我还有4个哥哥2个姐姐。这么多娃,穷先生那点工资养不活,我爸就不当先生了,东倒腾西倒腾一心想多倒腾俩钱,到他50岁时,就不倒腾别的啦,一心养蜂子,说什么五十而知天命,老祖宗早替他定了命的,就是个养蜂的。那时放开了,自己可以买卖蜂蜜,我哥哥们长大都跟着他出去赶花。我爸爸是个慈善人,做了很多好事,谁家有事都找他,他一准给出个主意,要支持个一二借贷个三五,不在话下。我本来在一个很好的环境里长大,成绩不错,但哥哥随父亲一年四季在外赶花,家里缺劳力,妈一个人太辛苦,我初二就主动辍学务农。书读少了,这辈子吃亏就吃在这儿了,但让我重新选,当时那情况也没别的选头。务了几年农,父亲渐渐出去少了,其实他还不老,但把7个娃拖大,付出太多,太苦太累,身体不好,六十多岁就去世了。那天我回去,看他坐在屋前地坝里,脸色不好,我就问他哪个,他说不啷个,我说:哪点不舒服吗?他说没哪不舒服,有点没精神,歇歇就好。我进屋给妈说:'老头脸色不怎么好,要不弄到医院去看哈哦。'他就说:'你这个娃儿,好大点事,我躺躺就行了。'我妈摸额头摸背心,也不发热。就把他搀进去,还不要我搀,把手搭到我妈肩上就进去睡下了。没想到,这一睡就再没起来。我看不行了,立即通知在青海赶花的哥哥嫂嫂回来,老头等到后人到齐,安安静静地走了,没哪疼哪难受。那场后事才热闹,方圆几十里,家家有人来,流水席吃了几天。我爸一生行善,走得安详。老百姓说人一辈子打烂仗不怕,只要结局好就好。我老头给我定了个做人的框框,再啷个我都越不出去。"

隆崎喝口酒说:"我哥哥们说我,好高骛远,做事不按规律来。说我要把蜂箱摆到月亮上去,要不是怕遭烤死,还要放到太阳上去,好像真放月亮上去了,哈哈——想起这些,我的五倍子花就直落,落得满山坡都是。"已有些醉意。和苦不懂最后那句。隆崎说:"五倍子花挂在树上,等着蜜蜂采花粉,她米黄色,有光的样子,很温暖的。落到地上,白花花一片,雪一样。蜂子就没吃食了。"

这夜的酒,正好微醺。和苦说:"你喝酒不能开车了,今晚就在我们房间挤。"隆崎笑说:"不喝酒我也不能开车。喝酒早把执照喝掉了。"和苦笑:"你哥说得还真对,你是不守规矩的。"隆崎说:"活该不开车,没驾照了正好把车卖了还账。哈哈——"人但凡喝点酒就是自己的英雄了,隆崎走路踉踉跄跄,笑得高声大气,好像屁股后面的一群讨债人都甩掉了。

和苦喜欢上隆崎。他做片子,第一要素是要喜欢上自己的人物。由此,每一次的遇见,都会让他仿佛经历了一次人生。每个人打开,

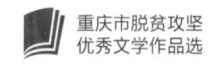

都是一部书,打开之前是幻想,打开之后是读懂。读过的书,都不曾让他失望,而每一次启幕后的落幕,都让他内心充满感激。他揭开很多人生的盖子,一旦揭开,他也就承受了无穷的义务。多少故事需要他听,多少故事需要他讲,而每个故事无论讲没讲完,讲好没讲好,他都觉得他欠着他的人物的,都有一种不了情。他莫名地背负着债务。他看着喝高了的豪迈的隆崎想,隆崎会有清债时,而他作为导演,他的债却是还不清了。

4

白麓和隆崎经过慎重思考、深度探讨,明确了经营节奏和发展目标,决定招人。

招聘广告发了很多。这两天两人的电话响个不停,大多问了企业经营、个人待遇、上班地址什么的,就没下文,白费很多口舌。地方偏,工资低,条件艰苦,没人来。

这天隆崎接了个电话,终于听到有人说要来,尽管吞吞吐吐,但足以让隆崎兴奋起来。白北大不在,到城里跑贷款去了,这也是头号大事,没钱,什么规划都是鬼话。

隆崎在蜂场忙完,料到人要到了,赶紧让小山开车把他送到办公大楼,把大门大大敞开,然后到二楼,打了盆水,把那间阔大豪华的董事长办公室抹得锃亮——3年前,这间办公室布置好后,就没正式启用过。本想再把外面走廊的灰尘也收拾收拾,人就来了。

来人在大门处一探头,就被他看见,他大声问:"是来应聘的吗?"回答说是,他立马把腰以上的身子都探了出去,为来人指路,连呼:"哦,欢迎欢迎,上来上来,从这边进,对,楼梯口就在那儿。"来人走路很谨慎,似乎在注意不发出声响,隆崎觉得等了好久才等到他在楼梯口冒头,他招着手一叠声喊这边过来请进,人进到董事长办公室外的接待室,他才看清模样,不免有些失望。

来人高高瘦瘦像根竹竿,脸瘦削苍白,戴副宽边大眼镜,头发毛糙,笑容羞涩,学生模样,想必是大学生搞社会实践或毕业实习的。当下隆崎七心凉了八心。

来人不紧不慢地挨到跟前,坐进沙发,就像竹竿被拦腰折断,一截戳在沙发上,一截戳在地板上,头正肩平目不斜视地对着他。

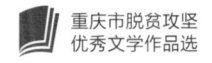

隆崎一时语塞，"咳咳"了两声，才指了指茶几上的矿泉水，说喝水喝水。来者说谢谢，用的是气声，甚至就没看到他嘴皮动一下。隆崎笑笑，放松地说："自我介绍下吧。"来者目光坚定地钉在他脸上，嘴唇翕动了一下，似乎不知从何说起。他就问："姓名？"对方答："莫争。莫名其妙的莫，争斗的争。""年龄？""23。""学历？"对方"嗯嗯"两声，他没听分明，再问："好高？"这次，他得到清晰的回答："一米七三。"隆崎愣了，过了片刻才反应过来，强忍住笑，正色说："我问的学历好高。"人说："十年寒窗。"只读了8年书的隆崎不知这是什么鬼学历，但比他高了两年，养蜂子够用了。再问了些日常问题，回答都简洁明白，性格文些，脑子还好使，尤其难能可贵的是，对工资待遇没要求，先用着吧，比一个人都没有好。这栋楼需个守门户的。自从晚上不许开灯，白麓就白天在办公室办公，晚上上蜂场去跟春晓挤。他多次想提醒她，人家两口子，你把小山挤边儿上，是个什么意思？看到她一姑娘家，终没说出口。但既然公司开起了，大门怎能老关着？

过两日，又来一位26岁的小伙子，中等个子，模样周正，目光流转，反应敏捷，头脑灵活，进门便自我介绍叫史科，大学本科毕业，体育系。隆崎暗想，那就对了，不然也不会到这儿来。隆崎打趣："你要怎么死磕？"史科一听就懂，说："历史的史，科学的科。"隆崎说："历史和科学的结合是体育？嗯，好记。"史科大言不惭地说："对的，我爸希望我文明其精神，野蛮其体魄。结果，我偏重体魄。"史科大学毕业后，干过保安培训、体格教练、驾驶员等工作，后因酒驾被吊销驾照而失了业。隆崎心里有些喜欢。他的驾照也是这样玩没的，有时同病相怜比志同道合更能让人亲近。

多了两个人，公司有了人气。加上几个产前工人，开个会开得起来了，隆崎暗自喜悦。白麓对莫争和史科的学历和能力颇不以为然，但她的招聘，没有成功的范例，让她没有话语权，不好多评价，只颇为不屑地说："先试用，再说吧。"

她不热情，隆崎倒蛮稀罕。有人就好，一个大学本科，一个"十年寒窗"，养蜂子超标了。就把两人都带到了养蜂场使用。第一要做的是把房屋里外洒扫整理，门窗坏的要修葺，尤其墙上那些标语广告，不要的撕了，要的粘牢实。莫争问："哪些要哪些不要？"隆崎说："自己看。"莫争横看竖看，没法判断哪个该留哪个该撕，就都留下，只是拉平贴顺。两人慢腾腾花去足一天时间。隆崎不满意了，走进门内，更是光火，屋里一如既往地乱，甚至乱得更无章法。原本东拉西扯的桌子上，平添两个背包，还有三四塑料袋，袋子口没系，里面的衣物滑出来，在桌沿上吊着，吊死鬼一样。他吼一声："第二件事，室内清洁。"灵活的史科一声"哎"就端起扫帚如端一挺机关枪，迅速抢占堂屋，堂屋亮堂、方正、物件少。莫争只得拖张抹布、胳肢窝下夹把扫帚，到东端头的屋里去，等他做完，史科已开始西端头的清理，他审时度势，放弃了油垢的厨房，选择了瓷砖铺墙的厕所。他对自己说，久未有人如厕，厕所无臭无味，也只是担了个虚名而已，开足了水，前后左右上上下下地冲，少费多少力，站在门口端详自己的杰作，发现墙上水流过后，一道道水印子，像个脏孩子脸上的泪痕，就绞干一张抹布去抹干净，这就与脏孩子脸贴脸了。墙中间有张彩色瓷砖，是一个低胸性感美女像，他抹布几度在边沿游走，最后看到美女温婉的笑望，实在没有理由拒绝为她洗个脸，抹脸的时候，手自然地轻些，抹完脸，抹布自然向下走到胸前，不由撇开头，把眼光投向远处，嘴里嘟囔着："有辱斯文。"而此刻，史科恰好在旁边隔间里方便，方便完大声咳一口痰"啪"地吐在便槽里，正按冲水按钮，听到这句话，一步跳出来，横在莫争面前，问："你有种一辈子不撒尿不吐痰。"莫争看了他一眼，鼻孔里冷哼两声，不屑回答地弯腰抹墙。

史科聪敏，他从莫争的耳机、T恤和运动鞋，听出了莫争包包里的银子响，就变着法儿，挤对些出来去支援烧烤摊、串串铺的发展建设。"莫争，我们来比赛跑步，跑到蜂箱那头再跑回来，输赢一百。"莫争

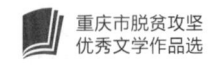

说:"不兴赌博。"史科说:"输了的请串可以吧?"莫争说:"可以。"史科眉头皱到一起了:"这有区别吗?"莫争平静地说:"有本质区别。""那行,输的请串。"莫争低头看看他的名牌运动鞋,找到些信心,淡定地说:"成交。"结果,运动鞋在专业水平面前,发挥的作用微乎其微,被甩了几面坡。史科说:"莫争,要不要扶扶?""去——"莫争本想来点气势,结果却像轮胎跑气。史科笑着直接将跑步变成了散步,在莫争折回抵达目标之前才抬腿夸张地冲刺,站在园子里戏谑:"我说,莫争,你这么慢是想让我走着走着睡着,来场龟兔赛跑吧。"莫争已经说不出话来。史科又说:"我知道你为什么叫莫争了,你是真不争啊,哈哈——"莫争气喘吁吁地说:"夫唯不争,天下莫能与之争。"史科抓了会儿脑袋,吼道:"你说啥呢,到底争还是不争?"莫争再说一遍:"夫唯不争,天下莫能与之争。"

　　史科觉得不能跟他在这争不争的问题上死磕,吃串串是正经。之后的一次,两人比赛下象棋,莫争直接在棋盘里捡史科的棋子,直让他的帅成为孤家寡人,被推了两轮磨才松手,气定神闲决胜千里的样子,只差手里摇柄鹅毛扇了。史科掀了棋盘,跑了。

　　这是史科继上一次两人睡不着躺在床上"连句"之后的蝉联输家了,在山上跑了一大圈后,回来只不说请客的事。莫争说:"上次吃的烧烤,这次换个口味,串串如何?"史科说:"你赤裸裸地抢劫。"莫争说:"愿赌服输,怎么抢你了?"史科说:"你不是不赌吗?怎么又愿赌服输了?"莫争打打嘴:"该罚!怎么能赌呢?实在该罚。那重来一盘。""谁跟你重来,要来就跑步。""你个体育系的本科生,跑赢了也胜之不武。换个模式好吧?来盘'飞花吟'。""什么鬼?""就是背古诗,接上一个人最后的字。比如我说'海上生明月,天涯共此时'你就接时……""'时间都去哪了,你怎么说老就老了!'""你那是古诗吗?""谁说一定要是古诗?老子好久说跟你玩儿了。你赤裸裸地敲诈,赤条条地抢劫。""哎,这顿饭我看要泡汤了。""有饭吃都不错了,你还想泡汤?"

　　那天,两人后来直接将串串升级成了自助火锅,差额由莫争补足。一个胡吃一个海喝,两人好酒好菜好兄弟,升级至酒肉朋友。

　　莫争和史科,两人彼此心向往之,速速弃暗投明。互相学习,换位思考,具体表现为,一个半文半白写情书:我想成为一个有文化的人,可田园将芜胡不归。自从与你相遇,却把他乡当故乡。一个整天整夜打游戏:"快来死磕,要跪了要跪了。"史科把他一搡:"看我王者归来。去,给我改情诗。"那边老江湖披挂上阵无往而不胜。这边一只眼睛看屏幕,一只眼睛写情书:有位佳人,在水一方。你在我心海,碧波荡漾。

　　两人就这样,在这日暮江州远的偏山一隅,也算抱团取暖,也算砥砺前行。

　　隆崎初觉有趣,这对城隍庙的鼓槌给他带来不少生趣,闲时跟着起几句哄,但渐渐觉出不对。两个年轻人竟是找地方来玩来了,园子空着也是空着,玩一下不要紧,关键还带薪!他便肃身正己施以管理,无奈收效甚微。史科还好,尚知察言观色闻风而动,那个莫争,自是我行我素,你狂任你狂,我自明月照高岗。隆崎几次想喊他卷铺盖卷滚蛋,但看那童叟无欺"就玩一小会儿"的清澈双眸,终没说出口,只等他试用期满走人。便把史科叫得勤,同时加以现实引导和未来规划,史科看懂局势,渐渐前脚不离后脚,大有站稳脚跟、赢在起跑线上之雄心,对莫争渐渐有不了之意。莫争却浑然不觉,少拿情书去打扰他,他倒乐得清闲。

　　隆崎有日对白麓讲:"蜂场一个史科,应付产前工人日常工作足够,厂区不能没人,莫争还是到厂区吧。厂区得有个守门户的。"白麓瞥他一眼,说:"现在知道素养不高,不好用了哈。"隆崎说:"也没见你招到高级人才啊,这鸟不拉屎的地方,你以为我们是政府机关国企央企,人家哭着喊着要来?有人来守庙就不错了。"隆崎怕她不同意,又

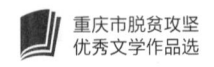

说:"哎,试用期三个月,也就还剩个多月,不行走人。当然,是人才也不能放过,这个需要你白北大来考察,读书人我看不懂。"白麓沉吟半晌,说:"我看倒是孺子可教。"

所谓,天下大势分久必合合久必分,莫争和史科两人,就此各归阵营。史科看着莫争背着背包上了小麓总的车,突然不知今天的夜宵在哪里,才发现莫争的离去于他竟是一场人财两空,比人财两空更为严重的是,他的情书质量数量直线下降,简直要危及爱情了,不禁黯然神伤。

5

后来,隆崎到厂区,多次在白麓办公室找不见而在综合办公室找到她。她与莫争两人,沙发上各坐一端,两个手机对着打得激烈,四个大拇指像饥饿的小雀子啄米,抢食般比谁啄得快。他两臂横抱在胸前,靠着门站着等她,心想,你总会不好意思。但却很快发现,她几乎忽略他的存在。他绝望地看到一个真相:横亘在他们之间的,不是文化程度,竟是,代沟!

之后,不久,爱睡懒觉的白麓不睡懒觉了,立志打造学习型团队,要提升员工尤其是产前工人的文化素质。于是,清晨,她将人召集到会议室读书,而且是佶屈聱牙的古文。莫争领读,小山夫妻和橡子,还有史科,坐得端端正正,读得有滋有味。

隆崎彻底搞不懂,这是改变发展方向,不养蜂子办学校的节奏?他气愤了,说:"白北大,你是想做什么呢?我给你说,这群人怎么读也考不上北大了,考上了也跟咱养蜂没多大关系,你能不能……来点现实的。"白麓冷然地说:"隆总,你看不明白吗?我这是在带队伍呢,团队不起来,公司怎么发展?而团队要起来,首先是文化底蕴要起来,意识要起来。""你带着人读古文、打游戏,就是带团队?""现在是5G时代好不好?不打游戏跟不上互联网思维。再说了,蜜蜂采蜜去了,我打点游戏怎么了?难不成我还长对翅膀跟着它去飞。"隆崎张口结舌,半天才回一句:"我们是养蜂子的,蜂子要学诗吗?蜂子学了诗,酿的蜜都是酸的,你信不?"莫争走拢来说:"诗言志,诗无邪。不是酸的。"隆崎大吼一声:"会说人话吗?说点听得懂的。"白麓转身对莫争沉声埋怨:"你就不能争口气?"莫争:"我爸叫我,要立大志,不争闲气。"他不知怎么惹这两大佬了,三十六计走为上计,惹不起躲得

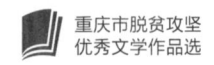

起,遁了。听见后面白麓的声音明显提高——她平常保持着女中音的浑厚和磁性,一提高就尖,像把匕首——"什么古文,这叫经典!我审时度势不读《诗经》,改读《论语》了。半部《论语》治天下呢!隆总你懂不懂?作为管理者,最应该学的是你!"

隆崎进了花粉谷,余怒尚存,他坐在常坐的山岗上,看太阳西沉。看得乏了,回到草棚,躺在以前常躺的凹槽里。他开始怀念过去的散淡时光,却乍现即逝,而未来梦想的样子,捉弄着他奔跑腾跃,终无所触。他仿佛在一条陌路上走着老路。星星还是那颗星星,月亮也还是那个月亮,不变地照着他孤独入眠。

不知多久,隆崎被一个声音惊醒。睁开眼,看到一个姑娘,就在他的近旁,一举一动,了了分明。

姑娘戴着防护帽弯着腰,取下箱盖,斜靠在后箱壁上,然后弯下腰去,弯成圆圆软软的一张弓,覆在箱体上,面纱飘飘拂拂的。她轻轻揭开覆布,捡起旁边的起刮刀,撬开副盖,取下副盖搭在先前的盖子上,然后,将刀慢慢地依次插了一遍,放了刀,双臂优雅地落在左右两端,拇指和食指紧紧捏住两侧的框耳,双手便自然地翘起了兰花指。只见她停留了一下,在凝神屏息的样子,然后稳稳地将巢脾提起来,上面的蜂子安安静静的,竟没有感觉一般。姑娘直起腰,细细地查看巢脾,看了这面,又缓缓地旋转手臂,头跟着转动,成为一个十分优美的角度,定格,她在看另一面,看完,稳稳地把巢脾放进去,又提起一脾。这样反反复复,起起落落,隆崎被催眠一般,竟是看得呆了,原来,检查蜂箱的动作这样好看,这完全就是一支舞蹈啊。以前,他尽用些男人尽带些男徒弟,敢情是错了。

这箱有六张巢脾,姑娘依次检查完,盖上副盖,四面地按;覆上覆布,四面地扯;最后,盖上箱盖,一双手在箱盖上轻轻地摸,好像要拂去上面的尘土似的。隆崎突然那么地羡慕起蜂子来,做一只蜂子还有人这般地照料,他在外面漂泊太久,完全忘记了这人间的温暖。

姑娘再走到另一个蜂箱前,正要揭开盖子,黑夜里闪出一个男人的身影来,蹑手蹑脚地靠近,然后一步蹿到姑娘后面,抱住了她。她吓得要惊呼出来,却被熟悉的气息堵了回去。男人说:"到处找不着,我猜到就在这里。"小山的声音,隆崎早知道那姑娘是春晓。春晓喘息一口,说:"要死,看把蜂子吓着。"小山说:"吓着才好,谁让他们霸占我的老婆。""夏天检查蜂箱不晚上检查还白天啊。冬天才在午后,隆总说的。你尽是想起就看,这是侵犯,知道吗?隆总说的,开箱就是对蜂群的侵犯。"小山手上动作更大些,说:"我现在就要侵犯,我侵犯你。""要死啊你,不要!""还是两口子不是,白日黑夜地不在一起……"

隆崎完全没想到会有这么一出,这如何是好,他左右为难进退不得,一急竟从石头上摔下来。下面两个人吓得生生跳开,迅疾地,春晓一声尖叫投进小山怀里,小山死死将她护在胸前。两双眼睛齐齐盯着"嘭"一声后发出阵阵呻吟的地方。

隆崎不想叫唤,但的确太痛,忍也忍不住。脚杆与石头硬碰硬,那是碰不赢的,他抱着腿,圈成一团,稍喘过一口气,便骂开了:"狗日的,狗日的——"

这边两人听出了,有点像隆总的声音呢。两人紧攒着对方,往那边挪去。他们看见了圈成一坨的隆总。小山赶紧过去扶:"隆总,这是咋的了?""我咋知道咋的了,我在这上面睡着了,被什么声音一吓,掉了下来,狗日的!"隆崎被拖着站起来,刚一站稳,就甩开小山的手,拍着身上的泥土,一瘸一拐地走,边走边说:"格老子的,让人活不安生。"

春晓早绯红着脸,闪在一边,好在隆崎并没看她,好在是晚上,看也看不清。

6

此后一连几天,春晓躲着隆崎,远远看见就低头避开。隆崎想,多大点事儿,老子还不明白那点道道。我老大老二难保不是放蜂时帐篷中得的。有了拖累,老婆才没闲跟着出来。为了打破僵局,有一天,他故意喊住她:"春晓,春晓。"春晓走到他跟前,脸绯红,不敢正眼看他。他说:"春晓啊,你有没有同学或者同村姐妹,愿意学养蜂的。我要带点女徒弟。女娃做事仔细,柔和,适合养蜂。我以前尽带男徒弟,粗脚大手的,赶蜂时搬蜂箱强点,其余我看不出比女的好。"春晓答应回老家看看,说:"我们村里姐妹都出去打工了,恐怕没女娃,有女娃也不定会学养蜂。"隆崎说:"养蜂不好?那你怎么养蜂了?我看你养得蛮好嘛。"春晓脸"腾"地又红了,隆崎突然明白自己又造次了,赶紧说:"那就这样,赶紧去找,有几个要几个,我们下半年蜂群就会多起来,现在培训了正好用。"

春晓第二天就告假回去了。她早要回去看看父母。

春晓往灶洞里递着柴,听妈妈唠叨:"也该要个孩子了,两个都在外面跑,终究不是长久事。养了娃,你在家带娃,他在外养蜂,才兴旺呢。"

春晓嗅着锅里的风萝卜干炖腊肉的香气,"嗯嗯"地应着。趁空插嘴道:"妈,村里有年轻人回来吗?"她妈说:"哪个回来哦?不到跑不动是不得回来的。"却突然想起来:"颜老太爷病加重了,前儿妮子回来过。还拿了点心来看我们,不知走了没有。"春晓跳起来:"真的?你怎么不早说妈。我去去就来。"丢了手中一根柴就跑。

在地坝头就能看见颜家的屋,但走过去,还要弯到屋后,过一条沟,再弯出来,走到颜家去。本来两分钟可以走到的,这一弯就弯去了20多分钟。一口气跑到颜家地坝,不舍得歇口气,仿佛就在停顿的那个空隙,秀妮就走了。一晃几年没见了,她是真想见到她啊。

她觉得这次老天爷是对她很开眼的,她一露头就看到了,地坝里一把竹靠椅、一张长板凳,椅子上靠着颜爷爷,板凳上坐着秀妮。秀妮的头枕在颜爷爷肩头上,两人说着话。

"妮儿!"她轻唤。

秀妮一回头,见到她,跳起来:"你几时回来的?"春晓说:"今天才回来呢。回来听我妈说你回来了。就来了。"然后俯身喊道:"颜爷爷!"颜老太爷笑应着。秀妮在她耳边说:"没认出你来,眼睛不好了。"春晓便说:"爷爷,我是春晓,晓。"颜爷爷硬挺起腰来,紧紧握着她的手:"你是晓?晓啊!好多年没见了,长高了呢。"春晓"嘻嘻"笑:"一直长就好了哦,就是吃饭不长个儿了呢,再长就横着长了。"

说笑一阵,两个就到一旁去,你打我一下我打你一下。秀妮说:"回来也不告诉一声。"春晓说:"我哪知道你回来了。你才不告诉一声呢。"秀妮说:"你跟你疯哥哥满世界放风,我给你说了又有什么意义。你心里哪还有我。"春晓说:"你在花花世界,又几时想到我?好久连个微信表情都没有。"秀妮说:"你以为在外面好混哦,老板的钱没有白挣的。累成狗,还不够用。生活贵,房租费伙食费交通费什么一除,剩不到两个,衣服是省了又省才舍得买件换季。爷爷的病花费大,我长工短工一并打,拳打脚踢全卦子,哪还有时间刷微信哦。"春晓说:"我有个主意。"就讲了花粉谷的情况和隆崎的话。

秀妮听完,半天不作声,最后说:"你说的这个,最大诱惑是离家近,都在一个县,可以经常回家看爷爷。""那是自然。"春晓兴奋地搧掇秀妮,这样,她在公司不但有老公,还有朋友了。她几乎不敢这么贪心。但秀妮的样子,看起来有点增添了她的信心,想再添把柴,又笨嘴笨舌,不知怎么说。想到添柴,才猛然忆起家里等她吃饭,赶紧告辞,让秀妮想想,吃过饭见面再详谈。

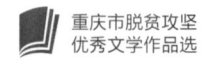

秀妮也不留,难得回家,跟家人吃饭是很重要的一件事情。春晓刚吃过饭,秀妮倒找来了。春晓妈妈说:"这个晓,也不知喊你过来吃饭。""喊了的孃孃,是我脱不开。"春晓爸爸问:"你爷爷好些了?""好些了叔叔,我爷说难为你们关心记挂!"

寒暄完,春晓拉秀妮出去。两人沿着一条羊肠小道下去。小路过去被他们一群孩子放牛放羊踩得平平整整的,现在铺满了草,每步下去,都要淹没脚踝。这条被她们小脚丫踩熟的路,现在竟深不可测的样子,让她们有点害怕,不敢走太远,在她们过去常扑腾的池塘边停下来,那块她们爬上爬下的大石头还耸立在那,只是布满了青苔。青苔长了又干,干了又长,结了厚厚的痂,龟裂着,像石头龟裂了。秀妮拍拍它说:"好有年代感,比我们还老得快。那时多光溜。它宁肯让我们坐它骑它抠它,也不要我们不理它。"春晓说:"没人气,就容易荒废。房子就是这样,没人住,就会烂。我们久不回去,家里的墙就掉灰,小山也不重新抹,他说抹了没人住也要掉。"秀妮说:"这堰塘也是不用了吗?长成这样子。"

那个堰塘,在她们的记忆里,过去就没干涸过。她们把衣服堆在石头上,就下去,在岸边扑腾。泥浆子包着全身的皮肤,舒痒柔和。岸边很厚的泥浆,站起来就像穿了一件泥衣裳。她们从不觉得脏,那时的泥真真的干净,有点腥腥的泥土香。现在,她们再不敢了。有些东西好像永远回不来了,不仅仅是岁月,不仅仅是她们自己,还有,还有……谁说的天地万物不变?这身边万物是真真发生了改变了。

再往下,是那条过去终年淙淙的小河,往下跑几分钟就到,河沟里布满了鹅卵石,石头不论大小,都一律的圆润灰白,大的可同时容几个屁股,小的是名符其实的鹅卵,找不出一块带棱的。树有年轮,河也有。河的年轮是鹅卵石。只不知一条这样的河沟,要淌多少年的河水才能形成。夜深人静时,河水"哗哗"流淌的声音很清晰,那是她们的催眠曲。如果说堰塘是女孩子的窝,那小河就是男孩子的世界。他们游泳、捕鱼、打水仗,黝黑的脊背在阳光下闪光。女孩们有时躲在石头后面看他们,他们好像知道,又假装不知,只闹腾得更欢,把河水浇得飞花溅玉。他们欢笑,也让小河欢笑。

而现在,这一切消失了。一点痕迹都没有了。堰塘干涸了,连河水也只有一小股有气无力地延续着生命,就像一个平躺的消瘦的汉子,河床裸露的饥渴的鹅卵石,是汉子身上的肋骨。

秀妮沉浸在回忆里,满脸温馨,说:"那次掉到那条河里,差点没淹死。""什么差点?不是石头,你早就没命了。他一个猛子扎下去,半天没影儿,我看到他托着你露出水面了,才出一口气出来。再慢一点,你没淹死,我倒憋死了呢。"春晓现在讲起还紧张得很,完了问道,"妮妮,你一直不找朋友,是还想着他?你也是怪,有想法不表达出来。我一直想找石头说的,你就是不准。说了哪怕他没想法,也死了心了。这么悬到几时?"秀妮有点凄然地说:"不说还有个念想,说了还不知什么结果,好尴尬。这么久了,他早该有女朋友了。我也是不想了。这会子站在这儿才又想起。"春晓一本正经地:"这就是现在常说的乡愁。"秀妮回头看着她:"乡愁,对的,或许只是一段乡愁。"然后正色说:"晓,我在认真考虑你说的事。"春晓两眼放着光芒,摇着她的手臂,说:"真值得考虑。我觉得蛮有前景的。"秀妮淡淡地说:"我才没考虑前景不前景呢。我打了这些年工,觉得前景这东西不是我们考虑的,它压根不理睬咱们。"春晓问:"我知道,你更多是为爷爷。"

秀妮是爷爷带大。她的父母在她很小的时候外出打工去了,后来,在南边大城市生了她弟,驻扎下来。秀妮想想,摇摇头说:"爷爷这次生病,着实吓住我了。我突然意识到,我在外做得像贼一样,起早贪黑,可也没抓到一星前景,而我爷爷的前景是真真没有了。但真正让我想回到这里来的,还不是这个。"春晓问:"是为怀念他?"秀妮像吐枇杷籽似的吐出一个字:"去。"春晓说:"那是为什么啊?别是因为我说的话哈,我从来没有说服力。"

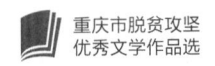

秀妮突然眼眶一红,说:"我是留守儿童长大,我不想让我的后人,成为'留二代'。"春晓错愕了一下,"咯咯"笑起来:"留二代?哈哈,留二代。"秀妮也破涕为笑。秀妮长得并不很漂亮,但脸型圆满,肤色红润,说话带笑,一笑嘴角两酒窝,很好看。

这夜,颜爷爷在屋前地坝里"吧嗒吧嗒"吸了半宿烟。地坝不像现在时兴地用水泥硬化,周围还铺点花里胡哨的瓷砖,现在那些在外打工的,难得回来,回来就折腾房子地坝,给老年人把个家整得硬邦邦冷冰冰的。他的地坝,不准儿子翻整,永远那个样子,黄泥地,起灰尘,永远扫永远有,小窝小坑的,显出弹性和厚度,摔不疼人似的。地坝有相当广泛的用途。娃娃能爬时在这儿爬,能跑时在这儿跑,还在这儿扯皮打架做游戏;大人在这里打谷晒粮剁猪草,歇凉唠嗑缝补衣裳。地坝边沿架着几根杆子,杆子上除了下雨,总要搭几件衣服。他老婆子把孙子们穿得干净整齐,这杆子便闲不着。屋前一棵柚子树,老态龙钟的。一棵杏树,拼了命似的往云里蹿,把柚子树衬得很没出息。妮儿小时候,擅长爬树,猴子样哧溜哧溜就上去了,犯了错,那棵树就是她的保护伞,他老婆子经常拖个扫帚,昂着头在下面喊:"下不下来,再不下来打死你。"这真是空话,老婆子就爱说这些空话,一辈子没真正打过妮儿一扫帚,却喊了一辈子打死你。所以,她走后,妮儿回来哭喊道:"你打呀,你打呀,你不是要打死我吗?你起来打呀。我再不走了,让你打——"老婆子也是走得奇怪,那天背一背箩猪草回来,喊心里接不到气,要喝杯白糖水。他赶紧兑了给她,她喝了说好些了,说靠一下再煮猪食,就靠在堂屋竹椅上,好一会儿都没声音,他喊她也不理,走拢看,人已经走了。说走就走了。他难过中有一宗心安:她给他做了一辈子饭,终了他竟给她兑了一杯糖开水。

那天傍晚,晚饭后,晚霞在天边烧。秀妮倚着爷爷坐在地坝头的长板凳上,爷爷照常坐在竹椅子上。爷爷只坐那把椅子,换了不依。但爷爷不准她坐靠椅,说不准靠椅,要靠自己。"头不靠,腰杆硬;背不靠,脊椎正。"这天,爷爷吸着叶子烟,"吧嗒吧嗒"响,烟头明明灭灭,却再成不了一颗看上去很有劲头的火炭,再发不出"嗤嗤啦啦"的声音,好像一首歌没了尾声。甚至都没有烟经由爷爷的嘴和鼻子出来。爷爷和烟自顾燃烧……

秀妮心里空落落的,有无限悲凉。她把手掌贴在他的瘦骨嶙峋的胸口上,感受着那里的微温和跳动,那跳动仿佛从遥远的地方传进手心。这里是她搁放情感和梦想的地方,她走了很多地方去寻找,现在她发现只有这里才能找到。

她是需要评定的,而这个世界却无暇评定她,她有时觉得自己的人生,就是一个没打完的呵欠,继续打也不是,不再打更不是。而现在她发现,她需要的评定,全在爷爷的不评定里。而她那个总打不出的呵欠,可能要回到故乡才能打出。

秀妮说:"爷爷,我下午出去转一圈,看到好多地都荒了,荒凉成这样子了。"爷爷叩叩烟锅说:"地是放不坏的,人是会回来的。鸟飞累了要回窝,鸡天黑了要上歇。人也一样,倒腾累了,就回来了。出粮食的土地怎么可能就这样子荒起,人终究要吃粮食。"秀妮说:"我就倒腾累了。"爷爷说:"倒腾累了就回来。可别是为了照顾爷爷,爷爷还康健着呢,不需要照顾。"爷爷说完就起身,说睡去了。

这山间的一夜,格外的清凉辽阔。城市的霓虹,乡村的屋檐,都在改变,又都没改变。

7

春晓去了两天,回到花粉谷是两个人。两个人在远处手拉手蹦跳着,到了近处立即撒了手,走得规规矩矩。春晓本想先安顿了,再带秀妮去见隆总,不想进蜂场就看到白隆二总站着说话,便僵立在那。倒是秀妮,不知这两人是谁,仍然活泼泼地四处打望。

隆崎看到秀妮,眼睛亮了,他说:"来了个牧蜂姑娘了。"正在与他交流工作的白麓回头,看到春晓和她身边那个笑盈盈的姑娘,便对着姑娘含笑颔首。

白麓这时才知道隆崎在招"牧蜂姑娘"。她说:"牧蜂姑娘? 不错啊,牧蜂姑娘! 这称呼很不错呢!"白麓含着笑,不断点头,隆崎对于自己的突发奇想得到白麓认可,不免得意,说:"那天看到春晓检查蜂箱,我突然发现,女人养蜂,比男人照顾得更好。蜂子如果对它柔和些,它感受不到惊扰,会强壮些,生产力高得多,男人粗手大脚的,细功夫不够。我就叫春晓去找找同学,竟找来一个。"姑娘们已到面前,隆崎的话,让春晓大不自在起来,两颊绯红。羞赧地介绍了秀妮,不等他们说什么,就拉着秀妮急速离去,简直是落荒而逃。

隆崎反应过来,当时装睡,这会儿完全暴露了他并没睡,整个看在眼里呢。不禁抽自己两嘴巴,说:"叫你不关风,叫你不关风!"白麓不解:"怎么了?"隆崎笑:"没什么,没什么。"白麓脸绷紧,严肃地说:"今后招人,事先给我说声。"说完也不看隆崎,走了。兴头上的隆崎被泼了瓢冷水,晾在那儿。

两人这些天的各种神情,都落进和苦眼里,他觉得自己是完全读懂了的。隆崎有时忘了摄像机的存在,有时猛一看见像个正玩得忘乎其形的孩子,被老师敲了一教鞭,遭到响亮的提醒,立刻惊惶起来,表情僵硬,眼神乱跑,手足无措,正在侃侃而谈的人,突然就失了音,像正播放的音频遭遇信号不好。

这等表情和苦见得多了,这时候就是需要他这个导演引导启发了,而当一个人面对镜头不紧张了,甚至看到镜头就如聚光灯打在玻璃球上熠熠生辉,那就是他在心里悲哀地宣布封镜的时刻了。故事还新鲜着,角色已经熟了。故事之树长青,每年的果子应季采摘。这是一个纪录片导演参与一个事件,充满了绵绵不断的惊喜和失意。正如眼下,他欢喜着隆崎的青涩,却知这份青涩不会长久,终将被圆滑取代。好比一个孩子,没照镜之前,万般自然;初照镜不敢直视,照得多了,见了镜子就会端身正仪搔首弄姿。

这天,隆崎见到拍摄又显出扭捏的样子,和苦只得找话分散,问关于蜜蜂和蜂蜜的一些事儿,招出他的话来。他就断断续续说了些,和苦终没听明白,这个五代养蜂传人把当初白麓给他灌输的那点关于蜜蜂的常识,搅糊了完事。

摄制组开讨论会时,陆虎说:"这没逻辑没计划的,本来蜜蜂的事儿就很神秘。我们拍着就捋不到线了。"和苦说:"虎儿啊,我看你是干着摄像的活儿,操着导演的心啦。"老宋说:"不过,虎儿说得也有些道理呢,和导。没有进程,缺乏故事,人物就起不来。蜜蜂倒是拍充分了,天天儿地拍,感觉要拍成科教片了。"和苦说:"人家是日常工作、正常发展,哪有那么多故事?你过日子天天在演故事吗?耐不住寂寞,等不起,就不做纪录片。电影电视都可以自己掌握节奏,纪录片只能跟随事件本身走。这就是纪录片的平淡真实。但是,也是它的魅力和价值!"

平和谨慎的制片张井一直沉默在角落里,听大家讨论,最后还是忍无可忍的样子,憋出一段话:"和导,有些话我也晓得不当讲,但又真不能不讲。花粉谷这里发展规划真不清晰,发展节奏慢得焦死人。《小日子》那边,你不到场,也推进不力。深圳那家服装厂和山东养猪

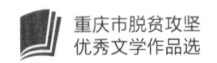

厂,一直打电话来,非请你去拍,出价很不错了,两个片子拍下来,今年公司费用和《小日子》开支完全解决,不然,我们资金周转要出现问题了。现在大部队窝这山坳里,只出不进,坛子刮得'嗡嗡'响了呢。"和苦挥挥手,像按了开关,他立即闭了"臭嘴"。姚望没看到和苦的动作,还打趣着:"咱和导成了名副其实的和导了,为了牧蜂姑娘,服装可以不穿,猪肉可以不吃,《拥抱》不抱,连《小日子》都不想过了……"说到这儿,看到张井在使劲朝他挤眼,才看和苦脸色,实在不好,赶紧刹车。但已经来不及了,和苦虎着脸说:"姚望,你蛮有才嘛,把这些用在创作上,我说你是个人才。别扯这些没用的。"然后,站起身来,往外走两步,又折回来说:"老子当一年半棒棒,没吃没喝还下力,我没得今天这么累!因为,那时我独立制作,一人吃饱全家不饿。我也晓得,成立了公司就要拖家带口,不敢任性。但是,我除了比过去更努力,我不会有别的改变。纪录片的规律该怎么遵循就怎么遵循,我再说一遍,这是孤独清贫寂寞的事业,愿意跟着走的,我们携起手往前走;耐不住这份寂寞的,绝对不要勉力为之,去留自由,任何选择我都真诚祝福。"说完就出去了。留一屋人面面相觑。

和苦转身去找隆崎,坐在蜂棚里东拉西扯。他也只能跟隆崎拉呱,白麓是难得一见的。前期难见据说在做方案,现在难见估计是忙于方案落地。隆崎的眼神是迷惘中的期待,就像迷雾后面的太阳光,在云层厚的地方被消隐吸收,又在云层稀薄处固执地投射出来。

而正是那满眼的苍茫和顽强的光亮让和苦欲罢不能。他不想听张井扯那些关于账的事,他最怕数字,尤其是当数字跟钱连到一起,只是明白,这两个东西连在一起,有不同凡响的意义。最低要吃饭,最好要保障他能无休无止地拍片。而今天,那个懂事的张井如此不懂事,害他听得直冒冷汗,脊背发凉。所以,世上之人,多爱报喜之人,不爱报忧之人。所以,会做人,是报喜不报忧。

和苦相信自己对于题材的敏感,就像女子对于爱情的敏感。今年就是脱贫攻坚收官之年,他闭着眼睛都看得到一个北大姑娘站在贫困山区的熠熠光辉。从最初听到白麓的自我介绍,到现在,那心弦的震颤都在,而且由于隆崎的出现,震颤明显加强。但眼下,无事可拍,又抽身不得,有点与他们齐齐陷入困境的意思。创作的冲动在内心突奔,就像一头被关在笼子里的困兽。

和苦隆崎正在闲聊,张井电话来了:"和导,小麓总来了,说马上要开什么技术问题视频会,让我们去拍。"张井的语气颇为高兴,和苦"呼"地站起来,边接电话边迈开长腿。原来,他们那么渴望有戏拍啊,一个视频会都会让他们兴奋。挂断电话才想起来,又反身回去喊隆崎:"走,隆总,你们什么技术问题视频会,技术会少得了你吗?"隆崎边走边问:"什么技术问题?什么会?"和苦说:"哎呀,张井也没说清楚,下去就知道了。"几步就进到屋里,现在的凹形三合院,中间大厅一圈沙发和一张大茶几。沙发上已坐满了人,靠墙还站着些,有公司员工也有村里蜂农。茶几上放着白麓的笔记本电脑,白麓面向大家端坐。摄像机分两个机位,一个当门,正对她;一个靠后墙,正对电脑屏幕。白麓神色整肃,面藏喜色。他们进到门里,也只是对他们张了张眼,然后对着屏幕目不转睛。电脑屏幕"呼呼"作响,想必是会议要开始了。和苦走到后机位,镜头里看不清会标。会议已经开始。

听主持人讲,才知是市中蜂养殖技术站的会议,主题是宣布通过选举产生的各区县分站长,市技术站长对区县技术站的工作要求和期望,以及区县站长代表表态。和苦看着白麓的表情,突然明白了阿蓬县的站长是谁。心里一时亦喜亦忧,一时五味杂陈。果然,就听到了白麓的名字。随着每一个名字的宣布,画外画内都有掌声,念到白麓,室内掌声随着视频里的掌声响起,但只响了几声,便戛然而止。和苦抬头,看到隆崎在门框里消失的身影,以及紧接着离去的几个养蜂大户的背影。白麓一人的掌声孤独地响到最后。

白麓并没注意到房间里的变化,她聚焦在屏幕上。散会后,她因

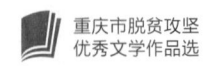

为精致地化过妆,也看不出脸上的红,是兴奋的潮红,还是胭脂。她欢喜而傲然地看看大家,她有理由欢喜和傲然,她当了县技术站站长,实在是为大家争了光。这样看看后,径直走到和苦跟前,笑靥如花地站在那儿,等着和苦的祝福。和苦笑着,但谁都看得出,他笑得僵硬勉强,他说:"我是该祝福你呢?还是该……祝福你呢?"白麓笑出声来。和苦的笑容却消失了。白麓看着和苦逐渐严峻起来的表情,笑容慢慢凝固,一脸懵懂。

时间流,在两人之间积成一个深潭。突然,人群中一个声音响起,像一颗石子丢进潭里,溅了两人一脸凉水。两人仿佛都一个激灵醒来。"小麓总,我们是不是要叫你白站长呢?"回过神来的白麓笑着回答:"可以啊。怎么叫都可以。"和苦一声冷哼,说:"白站长?你也敢答应?"白麓两眼圆瞪:"我,为什么不敢答应?"和苦质问道:"知人者智,自知者明。你敢答应,我——走了,吃饭了。"和苦迈腿出了门,摄制组呼啦啦跟出去,房间便空了,原来,开会的、看热闹的都早散了。

白麓呆立在屋中央。这剧情怎么反转成这样的?她接到通知当选站长时是多么激动兴奋,有在西班牙班级里跨栏般跨越障碍取得一个个成功的感觉。她心里有数,在这个领域混迹三四年,她并未得到承认,左右不好里外不对,员工对她都不定服气,只是端人碗服人管。而现在,她被推举进了全市养蜂专家行列,并被专家选举为县技术站站长,这是多么硬核骄人的事。她瞬间觉得腰杆都挺直了,声音都豪壮了。因为疫情,公布全市区县站长采取视频会议形式,时间也一并告知她。她按照市技术站要求,通知了相关人员以及本单位全体员工,和摄制组,未透露站长一事,她要他们自己听到。她觉得,这简直和在IE商学院领奖台上一样让她感到扬眉吐气,同时,她认为全体员工也当为之自豪。显而易见的,她当了站长,单位就成了阿蓬县中蜂产业领头羊,这无疑会提振团队士气,对于团队自信心荣誉感都将意义非凡。会前两天,白麓内心飓风鼓荡,脸上却平静如水,她不是心里装不下事的人,何况,尽管进了全市专家池,但毕竟才只是个县技术站站长。

会议开始,她组织的分会场是好的,应该说达到了她想要的效果,尽管掌声不够热烈。只是散场有点乱,她没收到预期那么多的祝福,这都被和导演搅和的。和苦的反应,出乎她的意料。但他毕竟是这件事的一个看客,见仁见智,听之任之吧。

来到食堂,在门口听见里面哄笑,哄笑中隆崎说:"专家?扯淡!拉到这里来试试。"又是哄笑,各种嘲讽。白麓压着怒气进去,和苦说:"哎呀,专家来了,快请坐。"隆崎喊:"给专家添饭来,专家开会饿了。"其余人亦皆呼专家。白麓最初拿捏着气质,不跟他们一般见识,终忍无可忍,说:"你们讽刺专家蔑视专家,就是不尊重文化不尊重先进技术。看不起我可以,但不要看不起专家,打倒一片,你们将永远是这个落后愚昧的样子。"隆崎火了:"是说我落后愚昧吗?那莫找我啊!你搞你的阳春白雪,我做我的下里巴人。"白麓一时语塞。和苦觉得他们之间不能起战火,赶紧把火星往自己身上引,开玩笑道:"我哪敢嘲笑真正的专家,我是说那些搬砖的专家。"白麓正对他一肚子气,终于有的放矢了:"和导,你带头起哄,你——真的是太扯了!好好的,我惹你了!你这样看不得我好?"和苦苦笑一下:"你是我的创作源泉、衣食父母。你无法理解,我有多希望你好,我是生怕你走偏路!"白麓说:"当站长不是越走越光明正大吗?我哪有走偏了?"和苦说:"我只问你,你凭什么当阿蓬县中蜂养殖技术站站长?你有羞愧的感觉吗?"白麓说:"又不是我哭着喊着要当的,是大家投票选举的,我也没拉票没贿选,我有什么好羞愧的!"和苦再次追问:"你凭什么?你凭你的北大文凭!"白麓说:"有错吗?"和苦说:"大家选你没错,你敢当有错。你根本不配当专家,更担不起这个站长的责任。你自己蜂子养成什么样你心里没数吗?技术站要联结50户贫困户,要去指

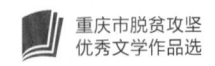

导他们养蜂发展产业,你凭什么去指导别人?你准备怎么引领他们?我为那50户贫困户深深地担忧!还有,你这样一个养三四年蜂并没踏实深入学习的人当站长,又置那些有技术有业绩的几十年乃至几代传承的养蜂人于何地?"白麓怔了怔,一声冷笑道:"我就知道你是为隆总鸣不平。你干脆不要拍养蜂姑娘了,你去拍养蜂爸爸养蜂叔叔吧,本小主不拍了!"说完,筷子一搁走了。

气氛有点尬,但大家又觉得"养蜂叔叔""养蜂爸爸"有点嚼头,有人止不住"噗嗤"一笑,大家又打趣起来。

晚上要育王,开工不见白麓,和苦让张井去催,一会儿张井回来说:"她不拍了,在研究和我们签的协议。"和苦说:"行,你告诉她不用看,无理由单方面终止拍摄,她要赔偿前期损失。让她按协议拉单子吧。"一会儿,张井又回来说:"她说她要咨询她的律师,再回话。"和苦想了想说:"她慢慢咨询吧。我们撤,收家伙,走人。"

张井招呼大家收拾东西。和苦走到车边,拉门上了车,黑沉着脸,紧皱着眉头,坐了几分钟,大声喊张井过来,吩咐道:"去告诉她,别咨询了,不要她的赔偿。赶紧收拾好走,早回去是正经。"

张井再去了回来,白麓悻悻地跟在后面,蹭到车前,说:"和导,可以给我20分钟吗?我想和你谈谈。"和苦看她半晌,再看看表,说:"可以给你两个小时,你要珍惜。"

和苦下了车,坐到园子里一张长凳上。白麓在另一张小凳上正襟危坐,诚恳地看着和苦说:"我听不得嘲讽专家是因为我出生在专家家庭,所以过激了些。"和苦说:"我从没嘲讽专家,我嘲讽的是你这样的专家。如果你想用专家、站长来包装自己,我永远瞧不起你。"

隆崎早站在和苦旁边,给他装上一支烟,接嘴道:"你妈妈她跑遍全市农村,研究马铃薯研究土壤气候,在巫溪老山上还有块地,每年去种,自己当农民,扎根深入钻研,不断改良马铃薯,造福农民。你妈妈那种专家是值得尊重的,是造福人的。你没继承到你妈的精神,你这种专家要害人。"白麓翻他一眼，垂下头。和苦说："我以为通过上次蜂子死亡事件，你已深刻反思，但你反思的结果，就是找了个隆总。你无心钻研掌握技术核心，没有发扬光大中蜂产业的真心。你说是来打游戏的，我以为是玩笑，现在看来是真的。是我想多了。所以，现在不是你不拍了，是我不拍了。不拍了，我亏得起；拍下去，我输不起。"

白麓垂着头，不吱声，过一会儿抬起头，说："我不当专家了，也不当站长了，明天就去请辞。"和苦诚恳地说："我们期待你有一天成为真正的专家。"

白麓的请辞是诚恳的，理由是充分的，上面也就同意了。她自嘲地说："这个站长，我就当了一天，开了一个会。今后履历可以不写吧。"和苦"哈哈"一笑，说："不写，你要写也是市技术站站长。"

打那以后，和苦注意到，白麓在蜂场时间多了，别人干活她守那，有时没人也守那，静静地看蜜蜂，可以一看半天。常常不戴头套，被蜇了好多回，都蜇脸上，蜇一次至少肿三天，拒绝拍摄。和苦说："请你本着对我们负责任的态度，进蜂场不做好防护，那你就要坦然接受脸肿，该怎么拍怎么拍。"她坚决不允，说："我不戴头套，是想让它们认到我，成为朋友。"小山说："蜜蜂不认人。还交朋友？"白麓说："你不是蜜蜂，你怎么知道蜜蜂不认人？无论什么，只要坦诚相交，不设防范，都会被体会得到的。我就要和它们交朋友！"小山说："你要交朋友就要多操作，蜂箱清洁、检查蜂脾啊都要做，它慢慢就熟悉你了。你看隆总，无论他怎么翻腾，蜜蜂从没蜇过他。"白麓引以为然，竟一反以前的"君子动口不动手"，亲自操作多起来，竟也少有戴头套。"她要和蜜蜂交朋友的心可鉴。"和苦暗忖。那天又被蜇脸，姚望开玩笑说："肯定是雄蜂，专挑美女脸下口。"陆虎说："不，是工蜂。工蜂是女的，嫉妒美女。"白麓撇撇嘴说："你们不学专业知识，会被诟病的。还雄蜂亲美女！雄蜂只在蜂王婚飞的时候才出来好不好？它毕生只做

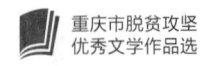

一件事,就是追求蜂王,追到就死。蜜蜂的爱情,是世上最专一酷毙的爱情。"陆虎说:"旺仔,我说对了吧。"姚望不理,兀自呢喃:"爱就爱它个天崩地裂,爱就爱它个生离死别。"陆虎笑:"旺仔想女朋友了。"白麓说:"仔细想来,蜜蜂真是让人敬畏,遇到侵犯,以死相拼。对于爱情,拿命追求。"

次日,竟抱着她那把在花粉谷还没亮过相的吉他,坐进蜂棚弹唱,弹得投入唱得深情:一道亮光曾划过留住青春片刻/泪比汗早些滑落/没去想为什么/我灿烂地飞过/或孤独地跌落/都有你/像一片岸让我停泊……

8

青山隐隐,白云悠悠。轻风拂面,泉响在耳。

平常没拍摄的时候,和苦就往山里跑。漫山遍野去看那闲置荒芜的土地,去看那些空荡荡的结满蛛网的房屋,去跟坐在蛛网下的老人闲聊,还去林子里找蜂箱。这些蜂箱样式差不多,摆放也差不多,蜂飞进飞出的姿势都一样。这段时间,山上百花盛开,有"风景旧曾谙"的感觉。

这天,他走到一农家,一辆摩托吸引了他。摩托车停在农户地坝里,十分眼熟,乍一看没什么特别,细究起来,原来是后架上的包裹,那特定的大小、特定形状,让他蓦然想起在哪见过。

原来,和苦曾多次在山坡上,看见公路上一辆摩托飞驰,后架上捆着一个包裹。他猜测是跑摩的的"的哥",或是快递小哥,觉得农村发展到的哥和快递小哥进村串户,真是太好了。但又总觉不尽然,开摩托的人身上有一种独特的气质,哪怕远观,哪怕转瞬即逝,他都能感受到。

他已好奇很久了。这天居然在这儿遇见。他转进去,进了农户地坝,听到堂屋里说笑声,和"乒乒乓乓"的敲打声。一个浑厚的男声说:"这下严丝合缝了,风灌不进来了。"一个老头儿的声音说:"哎哟,甄队长,硬是没想到你还会木匠呢。"浑厚男声说:"三脚猫功夫,比专业木匠差远了。当兵的人,样样要会抓两爪才行。"老婆婆的声音又起:"喝口水再做,忙半天了。都新修的,本来就要得了,你硬要弄。"浑厚男声说:"那个要不得,一看就是斜眼木匠做的。现在这个要得了,哪个说这个要不得,我把脑壳搬下来当球踢。"一串大大小小的笑声。"幺孙儿,快给叔叔装烟呢。"一个嘟嘟囔囔的声音嘟囔了一阵,不

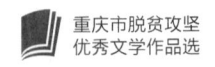

晓得说什么,浑厚男声说:"不抽烟,不抽烟,媳妇不准抽。听到没?你莫学抽烟,抽烟找不到媳妇。哈哈——"又是一阵嘟囔一阵笑。

和苦不好再在门外站下去,就走到门边,看到里面两个老人,一个中年人,一个年轻人。年轻人手里攥着一包烟,两眼乜斜,嘴歪向一边。和苦礼貌地说:"婆婆,讨口水喝。"然后对众人说:"打扰了!"他的目光落在中年男子脸上,但见他,上着一件部队训练汗衫、下穿一条迷彩服裤子,45岁上下,身材高挑,肩宽膀圆;嘴阔鼻悬,浓眉细眼;亲切随和,神清气爽。看着面善,又一时想不起是谁。

正踟蹰间,中年男子早走到面前,伸手过来,亲热招呼:"和导!怎么在这儿来了?"和苦大吃一惊,且惊且喜地伸出双手,握住对方的手,说:"哦,我路过,来讨口水喝。"对方说:"你不认识我。我认识你。我是一介草民,你是文化名人。呵呵!"和苦只是憨笑,憨笑间,就想起来了,何以看着面善,原来他就是多次看到的那个穿迷彩服的人。回想起来,在很多场地都遇见过他,但都只注意那身迷彩服。遇见过他查看蜂箱,当时以为是养蜂的。又远远看见过他跟种庄稼的农民说话。还有一次,看到他在查看水渠。和苦就认定他是镇村干部,便没去搭话。

今天一见,更觉得他是镇村干部无疑。且看这一家两老和一个残疾少年,再瞧锤子砍刀钉子木方一地,老大爷在窗户前,望着孙子把窗子关上拉开、拉开关上,像在说一个玩具,笑得缺牙的嘴一瘪一瘪的。显然中年男子是在走村串户,入户帮扶。

婆婆已端一大瓷盅老鹰茶过来,和苦接过,喝得"咕咚咕咚"的,清凉沁人心脾。喝完抹着嘴连说谢谢,然后对中年男子说:"甄队长,我可是经常见你的。"甄队长笑:"你也知道我是甄队长?""刚才听老人家叫的。您真是队长?"和苦实在有些怀疑,这气质不只是队长吧,但这话没法这样说啦。甄队长笑说:"说了是甄队长嘛,真的假不了。"和苦说:"你认识我?"

甄队长说:"你都来两三月了,必须认识。这村里哪只蜜蜂是哪家的我都得认得,哈哈——"和苦笑:"原来老哥早在关注我,其实我也在观察你。不,阅读你!"

甄队长说:"纪录片导演就是阅读社会阅读人生嘛。"和苦说:"这个你都知道——哎呀呀,我失敬失敬了——"

"你等等!"甄队长说了,就回头对收拾东西的一家人再嘱咐了一些事儿,说:"梁大爷,窗子弄好了,您家这住房改造就一点问题没有了。补助款过两天就送来。我现在先走了,好吧?"

两人就一起告辞出来。到了地坝,甄队长说:"怎么样,到我那去坐坐?"这正中和苦下怀,他爽快应允。甄队长拍拍摩托后座说:"敢坐不?这可是全景式立体3D景观,通风效果天下无敌款。"和苦一跃而上,甄队长说:"咱当兵的人,就是不一样。"和苦说:"我知道你也是当过兵的人,一眼就看出来。"

两人坐定,风驰电掣就到了甄队长住处。和苦最初以为去办公室,结果是去他家。下了摩托,看到那是一间水泥楼顶的小屋,与一农户院落连为一体。甄队长边开门边开玩笑说:"联排别墅,我住的端头。"入门白墙上,毛笔手书四句李白的《月下独酌》:"我歌月徘徊,我舞影凌乱。醒时同交欢,醉后各分散。永结无情游,相期邈云汉。"他见和苦在读墙上的诗,说:"文化建设。呵呵。我最喜欢的李白的一首诗,很适合我现在。"

进得门,看到的是一间十分简朴甚至简陋的房间,一张原木单人床,一只床脚垫着一个瓦片。床头旁有一张简易办公桌,上面一半堆着书籍文稿和一台笔记本电脑;一半是茶杯饭碗,包括插着牙膏牙刷的漱口杯,显然兼具着办公和饭桌的功能;床脚放着张木凳,木凳上横着个黑色旅行箱,箱子还贴着乘飞机的托运单,重叠交错贴得很多张。显然,刚才甄队长紧急抓扯了几把,塞了些衣物进去,旅行箱盖子没盖严,耷着一角衣物在外面。挨着木凳,有两个纸箱,里面全是

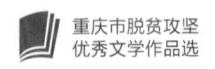

书。打量半天,和苦实在看不出,这个甄队长是什么身份。尤其他刚才说的人生意境又是什么?

甄队长正端两杯清茶出来,清香比他先到。和苦上去接了,深深吸一口气:"嗯,好茶。"甄队长说:"就本地茶山的茶,好不好先不说,绿色环保是真。"和苦喝一口,再一次称道:"好茶,尤其泡得好,水温刚刚好,茶叶和水的比例刚刚好,恰如其分。"甄队长笑着说:"岂敢岂敢,不是过了就是不够,最难恰如其分。"和苦再细品后问:"用的什么水?"甄队长说:"山泉水。这山后有一眼泉,一年四季不干,干旱季节都出水。我提一桶,吃两三天。"和苦说:"难怪。这水活得很。"甄队长说:"和导不愧是名导,功夫深啊!我平常一杯老鹰茶揣兜里,出门一大杯,到老百姓家续水。老鹰茶可怪,随便怎么闷,都没有闷味。""老鹰茶是民间高人,不属于任何茶系,独步江湖。"和苦说,"甄队长,您可真是好福气。自古有泡茶'山泉最佳,井水次之,江水再次之'的说法,您是日日享受着最佳饮品啊。"甄队长"呵呵"笑着,十分惬意的样子,说:"拜这大山所赐啊。把茶看红尘,无语度春秋。"和苦笑:"参禅来了?"甄队长说:"喝茶何须参禅。"

然后,和苦认真地问:"甄队长,冒昧问个问题,您到底是什么队长?"甄队长说:"扶贫队长。哈哈——老百姓爱这么叫。"和苦恍然大悟:"你是扶贫干部?"甄队长点头说:"甄目标,驻村第一书记。"

和苦释然一笑:"难怪。怎么看你都不像当地干部呢。那您是从市里下来驻村的,还是县里?"甄队长说:"市里来的。"和苦问:"来多久了?"甄目标说:"快5年了。"和苦惊奇地说:"这么扎实啊?"甄目标说:"你以为走过场呢?所以,艺术创作要扎根基层才行啊!你知道阿蓬县有多少驻村扶贫干部?上千人啦。"

和苦肃穆起来,说:"甄队长,实话说,这个数据和时间,都让我有点震撼。尤其经常看到您满村跑,什么都在管,所有扶贫干部都是这样吗?"甄目标笑:"脱贫攻坚统揽全局工作。有这么多事,有具体任务，事情不做好，老百姓怎么脱贫？这可不是说着玩儿的。说实话，脱贫攻坚真是一场绝世盛举，只有中国才有能力有气魄这么做，其投入的人力物力之巨大，实在是中国百姓之福啊。"和苦问："老百姓能感受到吗？"甄目标说："对中国广大农民，这也是一次巨大的挑战，对广大干部，尤其是扶贫干部，那是一场身心的洗礼。这5年，我有种返璞归真的感觉，甚至觉得，这才是适合我的工作和生活。哦，不说这些了，还是喝茶，说茶。"

和苦兀自凝神静思，他一认真思考，就双眉紧蹙，眉心挤出一个川字来。甄目标看他一眼，说："对了和导，脱贫攻坚是一场全社会参与的伟大行动，你们也正在参与其中啊。"和苦明白他的意思，说："牧蜂姑娘如果没有带动一方百姓致富或者改变命运的轨迹，那我的片子就失去很多意义了。但这不可强求。我常常看着他们想，给那帮年轻人贴上任何标签，他们就不是他们了，他们也就玩不下去了。对于这代人，一定要发自内心，从生命里出来才可。"

甄目标又给两个杯子续了水，喝了一口，问："和导，您是那帮年轻人请来的吗？现在年轻人做事跟老班子全不一样，值得阅读啊！""不是，是我看中这个题材，跟踪来的。"和苦笑笑："自带干粮。他们可不管饭。让我拍都是看得起我，一有情绪就要摔我饭碗，可不好将就，哈哈——"

甄目标郑重地看着他，说："哦，自己投拍？那可要向你致敬！真心感谢你关注咱们贫困山区，眼下，脱贫攻坚是你们创作的重点题材啊！"

和苦沉吟一下，说："北大姑娘来山区创业，代表高知青年投身农村建设，现代文化与传统农业相结合，这确实正是脱贫攻坚的好故事。"甄目标说："对啊，但现在他们还没个起色。哎，能来就好。我一直关注着他们，还帮他们协调了好多事，水啊路啊，问题来了他们不知道，问题解决了他们也不知道，哈哈——这帮娃娃，他们能来就好，

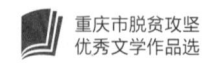

能在这儿长大更好。"和苦说:"是啊,我也是带着这样的希望跟着他们,尽管他们现在无名无姓连吃饭都困难,更别说搞大事业有大作为,但不知为什么,我总坚信他们有不同凡响的意义,总觉得他们会惊天动地的一响。"甄目标说:"云曦村养蜂的不少,凡家里有点劳动力的,都会养上一点,但劳动力都有限,青壮年是没有的,家有五六十岁的,会养到60群左右,一年能打上几百斤蜜,年收入一两万;六十多七十岁的,就只养二三十群了;再老点,就养几群自己吃点蜜。养蜂本来是个很好的产业,不需太花力气,但是花期要赶花,打蜜繁蜂差技术,老人就不行了。所以云曦村一直有养蜂传统,但产业一直没发展起来。如果能有人投资,有企业带动,那就好了。"

和苦笑着小心翼翼地问:"你不觉得牧蜂姑娘是?"甄队长疑惑地问:"牧蜂姑娘是谁?"说完反应过来,"噢,噢,知道了,他们,嗯,至少目前不敢指望,我只希望他们玩得久一些,玩着玩着玩出门道来,走着走着走出路来。只要他们人在,这希望就在。不是吗?青年才是我们的希望。这个村自己的青年都没有了,他们来了,你这片子的意义,凭这点就不得了。当然,时间太短了点,无论是你的片子还是这个事业本身,都要经受得住时间的考验。"

本来说喝杯茶,结果越谈越深,越谈越正经。和苦陷入深沉的思索,全不是平常的潇洒样子,良久,说:"其实,牧蜂姑娘不但经受住了时间的考验,还经受住了挫折的考验。隆崎和白麓,他们经历了过去的失败,走到一起来,共同经历磨合的挫折、没有资金的挫折、发展窘迫的挫折,等等,各种挫折,但他们还在往前走,不是吗?"

这以后,两人一径的现状分析,一径的美好设想,直谈到月上中天方散。

9

  白麓用她北大新闻系和西班牙IE商学院经济管理硕士的水准做了一系列方案,并且凭她农业咨询公司的资源,很快让市发改委、市农委以及市畜牧局把关怀的目光投了过来,尽管只是余光,而且是眼波流转的一扫,但足以让隆崎受宠若惊。他本身就是有技术的,现在加了热情和动力,技术得到超水准发挥,春季未完,他原来的200多箱蜜蜂,加上白麓蜂场转过来的,分箱后现在蜂场蜂群已逾500群。白麓看着,特有满足感,这是她之前一个人养蜂不敢想象的。

  接下来,开始打蜜。打蜜都在晚上进行。

  人们都戴着红色光的头灯、面罩、手套,分两组,小山夫妻一组,小山取脾,春晓摇蜜;橡子带秀妮一组,橡子取脾,秀妮摇蜜。隆崎背着手,两组间踱步,也不戴防护工具,那神情,好似他跟蜜蜂是特好的哥们儿,之间有特别的默契,蜜蜂根本不会蜇他一样。蜂场第一次打蜜,白麓必须在场,全副武装跟在隆崎身后,隆崎说一句,她加强一句,仿佛觉得隆崎说得不够明白似的。

  隆崎说:"小山,手腕用点劲,别拖泥带水的。让开,看我。"然后上去,两手紧握框耳,平稳提起一脾,提到蜂巢正上方,对准箱内空处。他示范着,边动边说:"平心静气,全身放松,力量灌到手腕,使脆力,一抖,两抖,干干净净。"隆崎说完,脾上密密匝匝的蜂水流退潮一样落进蜂箱,脾上一只蜂也没有,露出金黄的蜜脾。他将蜜脾交给春晓,春晓双手小心接过,轻轻插进旁边的分离机,转动摇把,慢慢地摇,慢慢加快,再由快到慢,停下来,轻轻取出,交给隆崎检查,隆崎接过仔细查看后,说:"不错,挺干净。在加速的时候,注意要加暗力控制,不要让蜜脾飘忽。"春晓换了面,继续摇,体会着怎么加暗力,脸绷

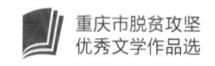

着,嘴紧抿着,那凝神静气的样子很可爱。隆崎又说小山:"用腕力,你看抖了四五下了,上面还有蜂,你这样会惊扰蜂的,动作一定要快。这么年轻力壮的,手腕这么软,力气都用到哪去了。"小山咧着嘴不好意思地笑。白麓不知这里面的典故,对小山尤其恨铁不成钢的样子,说:"平常要多练,每一次都做到规范,慢慢就有力了嘛。"她觉得自己说得没错啊,不知道为什么隆崎"噗嗤"一笑,那小山也跟着憨憨地笑,她望他们一眼,隆崎赶紧说:"走走,那边看去。"埋头鼠窜开。

这一组,橡子技术比小山强一点,但秀妮将速度拉低。隆崎特别教了她,很耐心细致。秀妮也学得快,敢于尝试敢于问,不停地一仰脸问"是这样吗""是这样吗",酒窝忽闪忽闪地,满脸真诚,隆崎恨不能将所有技术兜头授予她。

看到这个场景,最高兴的是摄制组,好像来了这么久,这才取到真经一样,创作力爆棚。

"这动作,简直是行为艺术啊。""这让我想起了我奶奶,我奶奶会纺线,我看她这么摇啊摇,就睡着。""我妈摇谷子,也这样摇,但我妈动作大多了。"张井回头对他们"嘘",便立即噤声,一会儿又说:"你知道为什么他们都戴红色的头灯吗?""不知道。""混这么久养蜂界了,这都不知道?蜜蜂对红色色盲。""它色盲怎么了?""不来扑灯啊,笨得可以。""快看,流动的黄金!"

流动的黄金缓缓从分离机流向白色的储存桶,灯光下,蜜的流动波光粼粼绵绵密密,摄像师们直呼叹为观止,一个镜头对着就不转了。

这夜其实最尴尬的是白麓。她转场过来的几十箱蜂,大多有四张脾,最多也不过五脾,竟有不少只有三脾的,揭开盖子,羞煞她了。摇出的蜜可知也有限。那一刻,她将眼神拧成两根鞭子,在小山脸上横扫竖扫,小山却一双眼水波流转地尽流淌在蜂箱摇出的蜜里,满脸不知羞耻地挂着艳羡的笑。她好不容易在自己的心里,将刚做出来的厚厚一叠漂亮的各种方案拿来做了遮羞布,隆崎当时也被切切实实地征服的,就像她现在。所以,隆崎对于她转场过来的蜂群,当初没入到他的法眼,现在就根本没放在心上,好坏都不存在。她自己何必认真呢,她在心里对自己喊:分不清分不清,谁是谁的呢,都是一起的。人一辈子,要做多少掩耳盗铃的事。有时掩耳盗铃,只是为了蒙蔽自己。

500多箱蜂,打了2000多斤蜜,这远没达到白麓的预期,她对五代养蜂传人的期待值太高。但远远超过她自己的经验,是她养蜂3年的历史新高,算是一个平衡点。

打完蜜,销售是个重要环节。阿蓬县的蜜不愁销,因为蜜好,但同时也因为产量小。传统的销售是,蜂农们打了蜜用塑料瓶装着,大多等人上门来收。做得好点的,是几个大户联合在县城租个门店,瓶上写清楚,某某大户的蜜,这些都是在当地有些名气的,价格卖得高点。"某某大户的蜜",是阿蓬县最管用的、也是唯一的广告语。

莫争这时将他仅服务于史科爱情的特长,贡献给了公司。他主动说:"我们这样卖,跟蜂农卖蜜有什么区别。牧蜂姑娘的蜜,要与众不同。"隆崎说:"小子诗兴大发了吗?我们五代人卖了100年的蜜,有个三字真经,传授给你,要不要听?"莫争转身就跑。隆崎"龙颜大怒",喝道:"站住!你不听可以,基本教养要有!"莫争回头委屈地说:"我去拿笔记本啊!"隆崎尴尬了。人家多尊重你,自己把这尊重浪费了,只得哽着喉咙说:"哪用笔记本,就三个字。"莫争说:"秀妮说的,她说隆总说的所有话都要帮她记下来,完了把笔记给她。"隆崎一听受用极了,但还装着,说:"劳那些神做什么,我平常说的话,能记到小半,今后在养蜂界就可以横起爬。"莫争很想说:"干吗要横起爬呢,横起爬是什么好词?"但没说出口,由此他觉得自己成熟了。莫争平淡地说:"是的。那,是哪三个字呢,隆总?"隆崎说:"听好了,向所有人转达,传达。"停一停,气沉丹田,一个字一个字地吐:"真,纯,净。就

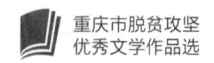

用这个。"莫争心里说:"原来这三字真经,还真是三字真经,天天听你念。"表面庄重点头,然后想了想,还是说了出来:"这个不走心,有点不好用,隆总。""什么不好用? 外面那些花里胡哨的广告好用?"莫争说花里胡哨的也不好,他下去消化,把这三字真经用出来。又说,看打蜜的时候,有点灵感,想好了一句,看能不能用。白麓说:"说,有用就用。"莫争脸先红了,这应该是第一次向外界公开发表他的作品他的思想,属于处女作,很紧张别人的态度的。他红着脸说:"牧蜂姑娘,给你的都是甜蜜。"隆崎用手指点着他笑:"屁话,蜜不是甜的还是苦的,呵呵——"白麓说:"隆总,你怎么不说点好话。"隆崎说:"好话? 宋徽宗的鹰,赵子昂的马,都是好画。哈哈——你们编,继续编,多编些好话出来。看是蜜好值钱,还是话好值钱。"白麓说:"莫争,有广告意识就好,应该表扬,继续努力。"莫争喜忧参半悻悻离去,白麓又喊住他:"姐没看错你,这次销售蜜,就把这广告语用出去。牧蜂姑娘,给你的都是甜蜜。"莫争走出来,走着走着就笑了。

那夜,莫争半宿没睡着,睡不着觉,这是他人生里少有的经验。他这晚才听见,人都睡了后,虫子叫得这么大声,那么的响。白日里人声鼎沸,它们的声音全被淹没了,而它们时时唱着歌呢。他听着听着,鼻子酸了眼睛热了,在深夜里,在没有人声没有游戏的深夜里,他听到了虫子的歌唱,也看到了自己的价值,就像蜜蜂采蜜一样,他确信,他采到了人生第一滴蜜。

第二天醒来,他才知道他的广告语根本用不上,买蜜的早上门来了。一桶一桶拉走。这都是长期活动在云曦村收蜜的老客户,他们根本不需要宣传和广告。莫争觉得他昨晚的失眠被辜负了,谁辜负的他,他不知道,唯其不知道,就更委屈。第一次,这个空心萝卜一样的大男孩忧郁了。

10

  40多万现金入账,于公司是及时雨的意义,如焦渴大地承受甘露,尽管"滋"一声就干了,但毕竟是有的,多少是滋润。

  但同时,也挑起了争端。隆崎要繁蜂育王,追花逐蜜。白麓要建设养蜂牧场,打造园区。隆崎说:"蜂量不增加,牧场建得再大有屁用。"白麓说:"光养蜂卖蜜跟农户有什么区别?没一点企业的样子。县里也看不上我们。"隆崎说:"你三天两头跑畜牧中心,终于跑醒豁了,要县里看得起!县里给你拿钱不嘛?那什么祁主任吴科长有事没事来转一圈,也没看到给你几七几八,还得靠各人,我给你说!自己基础不牢实,图那些虚名又是做什么?"

  他不好说,他就是为了不一样,就是为了要整个样子给世人看,才把自己搞到这步田地的,他怕搞不好重蹈覆辙。隆崎耐着性子说:"你莫急嘛白北大,你哪个比我还急呢?我一再说,把这些蜂养好了,马上就可以育王繁蜂了,我们这500箱我保准变上千箱,上千箱变几千箱,今年秋天,我们去秦巴山赶花,我保证打上10吨枣花蜜回来。你打通销售渠道是正经呢。"白麓说:"这要等到猴年马月才翻身。你不是说你可以一箱打几十斤蜜吗?现在平均就几斤。"隆崎继续阐明他的观点:"不追花逐蜜,蜂子吃不饱。你不先让蜂子吃饱,它就不会让你吃好。"白麓的火气竟比先前大了:"这就是你的技术?这技术恐怕人人会呢?"

  隆崎鼻子上那道红鲜亮起来:"你以为我的技术是变魔术吗?空箱里变只鸽子出来?那真是放鸽子呢!"白麓说:"那你当初就别夸海口,把人哄来!"隆崎不依了,大叫:"我哄你来?你说清楚,是谁说要三顾茅庐什么的,是我哄你来?"白麓自知理亏了,声音低了下去说:

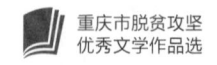

"我的意思是,你说一箱打十多斤蜜,当初是哄人。"隆崎气得原地转了三个圈,站定下来,定定地望着她。"我不说就算了,你居然好意思说!佩服,佩服!"隆崎双手在胸前合抱,对着白麓不断打躬,"我现在还这么说,一箱就可以打十多斤,那得里面有货啊!你转场来的箱子,最多的也就四脾,大多三脾,蜂子还弱得很,没一群强群,养这么久才养壮些,你心里没数啊?这样的一群你喊我打十多斤,你不如喊我去跑江湖变魔术。"

白麓脸红筋涨地说:"翻老账有意思吗?"隆崎说:"不是我翻臭肠子,是你你——你狗屁不通!什么北大,我看是白搭。我喊你白北大真还喊对了!"白麓被噎得满面通红,一句话说不出来,干瞪着他。隆崎鼻孔朝天,哼一声,扬长而去。

隆崎一觉瞌睡睡醒,发生的事忘了大半,只觉得自己说得过火了,想找白麓说道说道,该下个矮桩就下个矮桩。还要给她讲,二人同心,其利断金,同心之言,其臭如兰。两个必须精诚团结。不然,这事做不好。

但找不到白麓了。电话也不接。真生气了。她接连几天不在牧场,这也太任性了!

隆崎转念又想,白麓比自己女儿大不到10岁,不啃老就算好的了,还来这山旮旯吃苦,不管哪个说都该宽容担待才是。自己跟她置气,也是羞人。她想把园子打整一下,也没什么错。仔细回想,她从走进园子那天起,就对这园子上着心,说这个园子太好了,又说弄成个废园太可惜。隆崎觉得她说得客观正确,他当初流转峡谷地带时,也是想好好打造,而不是蜂箱四处乱放的。他自己没文化,是当地了不得的人物取的名呢,花粉谷,多好!那对联写得多得劲。他是真想好好地打整它的,让它成为一个花粉世界,蜜蜂的家园!可那需要一笔钱,这笔钱还没出现,他就倒在半路上。"革命尚未成功,同志仍需努力!"这话哪来的、怎么刻在脑子里的,他都不知道,但这句话对他起着鼓励作用,任何艰难困苦,这句话都会让他过关。比如现在,他觉得,她想先建园子,就先建园子吧。蜂具不用一次性买那么多,买一批用完再买一批,比如繁殖的时候,再买巢箱;蜂子多了,再买继箱;巢框,查漏补缺吧,实在需要才加,这样可以挤些资金出来搞建设。

从现状讲,建设也是必须的,原来的蜂棚已经摆满,再繁殖都没地方搁了,是要早做准备。于是,他谋划要建就建个可以容纳1000箱的蜂棚。说干就干,无论白麓现在躲哪儿生气,让她回来顺口气。

于是,带着全体人员,开工动土,平地建棚。隆崎说:"大家看着,我们从今天起开始搞建设。长度从那个山包到那块石头,宽呢,大概15米,不,20米,宽敞点。地要平,摆蜂箱用,头上搭个棚子,不搞那个草棚子了,落后了,我们这回搞现代的,最现代的暂时搞不起,先搞个一般的。"

工程很小,小得让人觉得"建设"两字被滥用了,实际上是刨平捡顺,以便放蜂箱。这个可以不计较,"建设"两个字,本身用得宽泛,思想建设、队伍建设都在用,这大小算个工程,隆崎的动员大会,还是像模像样的。

"隆总要发力了,这架势要整多大块地?""你这话像说隆总要产子了,要备好大的床一样。"摄制组对着他们拍,闲着的在一旁闲言碎语。

动员会不长,有仪式感就好。动工却需挺讲究,几把锄头上都系了块红布,第一锄大家一起抡一起落,之后,自由式。三个产前工人都是熟练工,镜头中,有姿势有声效,韵律感强。莫争和史科加上刚来的秀妮,看上去像同一个老师教的,两腿如棍,手臂无力,头部低垂,像要啃泥。隆崎说:"在给地抠痒啊?怕把它刨疼了?瞧你们这副德行,这才是屁股翘到天上去了呢!好好体验下,什么叫脸朝黄土背朝天。"

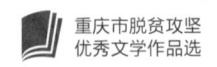

史科直腰擦汗,嘿嘿讪笑。莫争埋头猛干一块石头,咬牙切齿道:"我应聘的可不是这工作。"看隆崎鼻子上的红又增了色,和苦赶紧说:"这个地方很美。你们是该把它打造出来。政府看到,也会对你们有信心,知道你们诚心做事,一定会帮你们的。"

隆崎一听这话,便明白了,心里说,难怪那疯丫头说要县里相信什么的,出处竟在这儿。心里责怪你这导演拍你的电视,撺掇这些干什么呢?你是不知那丫头听到风就是雨啊。但嘴上还是应付着,说:"肯定要的,我们现在是一期工程,后面还有二三四五六期工程呢。"他不敢得罪导演,得罪了给他拍个歪瓜裂枣可难看。

和苦正色说:"我真诚建议哈,要建最好先搞整体规划,这样用一块建一块,会显得凌乱。"然后开玩笑:"老隆,我们都要有这个地方成为网红打卡地的理想。你的梦想不是要传播蜂文化吗?网络时代,网红打卡地可是最有力的传播。"隆崎笑说:"那当然好,那当然好,中蜂文化是很——很有文化的。"和苦说:"对啊,建一个蜜蜂科普基地,把研究机构和高校实习基地引进来,那你对中蜂事业的发展就是真正有大贡献了。"

两人逐渐碰出了火花。想着宏伟规划,隆崎对眼下有点忐忑了:"那现在怎么办?已经这样了。"和苦说:"也没什么啦,本来就是蜂场。蜂棚是需要的,蜂箱是需要的,不违和。"隆崎就安心了,往一块石头上一跳,手一挥:"赶紧的!橡子,你那队要加油!史科,你跟人屁股后面转悠什么,赶紧的,就3天,3天弄完。那万一成了那什么网红卡地,还没弄完就丢人了。"

大家领会了一阵,才领会过来,旋即爆发出的笑声,直要把园子掀翻。

这个小工程,有隆崎、橡子和小山打主力,很快竣工。白麓回来的时候,已近尾声。

隆崎以为她看到蜂棚建好,会大为感动,握着他的手,热泪盈眶地说"隆总谢谢"。不料,她竟一副很无语的样子。把脑壳转来转去,瞪大双眼,看了半天,才一声叹息,说:"隆总,我们今后的建设,不能再这样无序。要整体规划,细部设计,全局预算。"隆崎对这个态度很是来气,但觉得她的意见竟是跟和导一致,就觉得自己这次是真没考虑周到,尤其想到若再吵一架,就没意思了。再说,做也做了,一口气忍不得,做了不得好,划不来的还是自己。隆崎想通了,就说:"想到你一直念叨要建园区,又加之要用场地,你又不在,电话也打不通,我就……就……就这样了。今后建设确实要先设计。这个,我接受。"

白麓也多少对自己一言不合就失联抱歉,所以不好多说。而最重要的,是接下来的事需要得到隆总支持认可,所以就将自己的恼火收敛了,只说:"预算没有,决算还是要有的。"

隆崎急迫地说:"这个我很重视的。亲兄弟也要夜夜算伙食钱。搞牧场建设,账必须清清楚楚、明明白白。我第一时间就安排了史科和莫争,他们一个会计一个出纳,每花一笔钱都记着呢。"

就喊莫争把账呈来。白麓接过,本来只是翻翻,表示尽责。对用料的名称数量,她并不了解。但她没想到的是,她看到的除了不了解的水泥钢筋,竟还有吃饭、烟、酒等,居然,还有唱歌洗脚。她粉脸失色,怒不可遏:"这是,是什么账?你腐化堕落的生活账单吗?太过分了吧,隆总。"

隆崎错愕不已,接过一看吓一跳:"嘟个把这些记起哦?这是做完那天,大家辛苦了,我私人请客高兴下。我给你说了的嘛,莫争,我是不是说了私人请客啊?你,你,你,你怎么都记账了呢?"隆崎一副百口莫辩的样子,捶胸顿足,实在大失颜面啊。

莫争面无表情地说:"是说了的。"隆崎说:"那你怎么记在账本上呢?你陷害我啊你。"莫争平静地:"你只是说了,并没给我钱啊。我不记着,这钱怎么了呢?"隆崎说:"那天不是喝酒了吗?第二天我就忘了,你提醒我啊。"莫争辩解道:"他们都认为该算公款消费,所以,

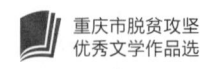

我就没提醒。"

白麓抓住话头问："他们？他们是谁？"莫争说："那个,那个史科啊,秀妮啊,小山啊,他们……"

白麓严厉地说："他们认为该算？他们认为该算就算吗？这事他们做得了主的？还没个财务制度了！"

莫争脸色灰白了,好像做了盗用公款的违法乱纪的事,左右手轮番忙忙地扶眼镜,像那眼镜要跑似的,必须用手逮着。隆崎赶紧说："他们——他们懂啥财务制度呢？说实话我一个人做事也是闲散惯了,现在规矩意识都还没立起来呢。不怪他们。用钱是我喊的,做账我没教,好吧？马上重新做。莫争你给我理清楚啰,莫坏我声誉。我隆崎这个人,不该我拿的,分钱不得拿,这个你尽可放心,白北大。"

白麓傲然道："企业发展,不是靠谁对谁放心,而是靠制度靠机制运行。莫争,你要把项目厘清,单价、总价、数量以及用途写清楚,知道吗？凡沾经济,一分钱马虎不得。这一课,是你人生珍贵的一课。希望你以后不要再犯类似错误,我容你,社会容不得你。"冷冷说完,转身走掉。

进了车,又探头出来,说："我今天住县城,处理事情,明天一早回来,大家都在厂区等着,一个都不能少。"

隆崎对于自己没看就让莫争把账交给了白麓后悔不迭,整被动了。但你也不必如此这般小题大做吧,最后那席话,除了莫争本人,谁听不出指桑骂槐说给他听的。莫争年轻的心灵遭受严重创伤,垂头丧气灰头土脸半天。把人小孩弄成这样,有意思吗？

当晚,隆崎带着史科和莫争挑灯夜战,样样理清,笔笔核实,不该报的剔除干净。隆崎的主要责任,是在旁边数落："你们两个背时娃儿,迟早要害死我！这回一项一项整清楚。不要再把我笼起。老子再吃不起饭,也不得骗吃骗喝骗合伙人的钱。老子一世清名,可不能毁在你两个混账东西手上。"

史科一直抱不平:"隆总,实话说,我觉得这个账要报也没问题,那天本来就是大家吃的,就是庆功酒。哪个公司都要搞这些活动的,也是职工增加感情。怎么能让老板私人掏呢?小麓总也不能恁个不近人情哈。"竟有煽风点火之嫌。莫争说:"事前没给小麓总讲,她也不晓得撒。所以也不能说她不近人情。"史科说:"哟嚯,今天遭训得傻戳戳的是哪个?这会儿主持公道,那你哪个不帮隆总主持公道呢?"莫争说:"各归一码。我只是实话实说。"隆崎说:"扯你两个淡,哪恁多空话,快弄账。我看弄到天亮都弄不抻抖呢。"史科说:"我们都不是很懂,喊个帮工嘛。"莫争说:"这些人,我看也没人懂财经。"史科说:"好吓人,财经!几笔破账莫说恁个阵仗好不好?"莫争说:"说财经整不来,也是刨点面子。莫非破账整不来,还要有面子些?"史科横他一眼,不跟他说了。又道:"我听说秀妮过去管过账。"隆崎严肃地说:"账也是别人帮的?不懂财务制度。财务是要保密的。"

三人就把这秘密工作秘密地进行到深夜,整好已是启明星如约在东方闪耀。

这次隆崎审得仔细,逐项核查,万不可再有藏私之嫌。遭他逮到一项:买的手套,用处一栏,只写着一个字:戴。不禁生气吼道:"这个手套,用途写个戴,这么写要得个屁。"莫争说:"手套不是戴,还是吃啊?"隆崎气得语无伦次:"你就写这么一个字……这么一个字……"莫争莫名地:"那要写好多字嘛?哦,我晓得了。"于是添几个字,再递过来,隆崎念道:"戴在手上。"

隆崎把账本往桌上一拍,说:"手套不戴在手上,还戴在脚上?故意的嗦!写用途用途用途。猪脑壳啊?这没上过大学的真是不得行。"于是,上过大学的本科生史科,挺身而出披挂上阵,他说:"用途嘛,就是写为什么要买手套撒。写因为要拔刺,怕jū手,得行不,隆总?"

隆崎高傲地"嗯"了一声,那神态活像一个被学渣激怒的先生,终于有学霸说出了正确答案,愤怒中有骄傲。

史科就神气活现地开始写了,坐姿端正,像要写大文章,但只写了两个字就停下来了,他深为愧疚地看到了自己体育系的边界,咬着笔头,歪着脑袋望着隆崎,问:"jū,jū,jū啷个写嘛?"

隆崎一拍桌子,吼道:"老子写得起jū,还要你做什么?一路的王八羔子。"莫争稳重地说:"隆总,你批评是可以的,但不能骂人哈。他写不起,不等于我写不起,你不能说一路的。你骂了好多回了,都骂顺溜了。"

隆崎两个眼珠子定格,那样子只怕一口气上不来,要一命呜呼。

这边,莫争悠悠然地对史科说:"怕刺人、怕扎人都可,未必一定要写jū人,捡会写的写。"

隆崎愤愤地看着那个屁股翘在半空中、举不起锄头挖不动地的人,屁股落在板凳上,一副幺不到台的样子,这是屁股指挥脑袋那个理?便恨恨地说:"伤人!伤心啦,洗了睡。"

莫争沉着应道:"嗯,伤人也可以。"

隆崎第二天看到,买手套用途这栏,果然写的"怕伤人"。一阵大笑,笑透彻了,才拿去给白麓。

11

次日,早餐后,照常在会议室晨读。秀妮领读。莫争不在时,秀妮替代他领读。后来莫争在时,秀妮也愿意领读。

大家觉得秀妮没读出莫争独具的古文韵味。但史科说,秀妮更适合领读,吐字清楚,声音响亮,不像莫争,含含糊糊还长期鼻塞,为之,莫争认为史科不可靠,允许重色轻友,但重色损友就不地道了。莫争突然醒悟过来一件事:"你有些日子没给女朋友发信息了。"史科说:"吹了。"莫争真急了:"为什么?我一腔柔情,就这样付之东流了?"史科说:"她嫌我在山旮旯里工作,老久见不着面,不能带她吃饭看电影,不能带她旅游。"莫争说:"你幸好在山旮旯工作,否则吹得更早。你哪有钱经常带她吃饭看电影还旅游,不早洗白?"

莫争说:"只是让我失业了,夜宵没得了。"史科说:"继续,有灵感就写。"莫争说:"没了你的爱情,哪有我的灵感。"史科说:"你的意思是,为了锻造一个情诗王子,我还得前赴后继?"莫争说:"你不前赴后继,未必准备断子绝孙。"史科说:"滚。"

正神侃,小麓总进来了,后面跟着两男一女三个人。三人都很年轻,目测年龄不过二十七八,风格各异,特色鲜明。

白麓说:"给大家介绍几个新朋友。大家先鼓掌欢迎。"

掌声迟迟疑疑稀稀落落响起来。

"这是顾亭伟。"两男中高壮、穿着西服、打领结的上前一步,白麓热情洋溢介绍,"生态环保博士,研究方向是园林景观设计,还是青年画家,自己开过画展。大家欢迎!"大家再欢迎一次。

"这是齐迹。"两男中身材瘦削,戴宽边眼镜,穿蓝T恤、灰色裤的人向前一步,"工商管理硕士,研究方向是市场营销。"大家自然又欢

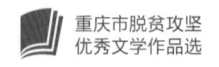

迎一次。

"时小雨,蜜蜂专业双学士。"女学士个子不高,娇小纤细,长着一张和善而好看的脸,尤其她所学的专业,让掌声变得好欢喜。

等掌声停止,白麓说:"从今天起,这三位青年才俊加入我们团队,成为我们的队友。这必将有力充实我们的力量,给牧蜂姑娘带来崭新的希望。希望大家精诚团结,齐心协力,在这广阔的山乡,共同创造出一片属于我们的天地。"

一串博士硕士,已顿时让隆崎如雷贯耳,而这双学士是个什么级别,他真只有不懂装懂。白麓说要欢迎,他就带头鼓掌,使劲拍,拍得"啪啪"响,尽管一头雾水,不晓得这些大神是请来做什么的,但万不可有失企业风度,要把面子撑足。那些博士硕士学士们,笑逐颜开的,气氛是亲切活跃的。毕竟都是文化人!最后听白麓讲了那几句话,他才明白,这是新招人员,不禁胸腔之中,狼烟四起。你白北大,无论如何,也该知会一声!正待发作,却听介绍到他头上了。

白麓接下来介绍隆崎。他压抑着怒火,认真地听取了白北大对自己的隆重介绍,什么养蜂传人,什么技术权威,什么行业精英,一时迷离恍惚,受宠若惊,能得到白北大如此首肯,他又立即愧疚自己之前对她的误解,暗下决心必须用这些标准要求自己,真正成为她说的那样的人。

然后,白麓也一一简单介绍了在座人员,以及企业现状和未来规划。现状有点夸张,而未来,更让他听着像听别人家的事。但白麓讲完后,巴巴掌他是鼓起的,不是一家人,不进一家门,关到门是一家人。无论如何,一家人气可聚不可散。

会面之后,白麓就带大家看办公区域,几层楼都转了,然后安排小山他们带3位去蜂场,安排老员工史科、莫争去县城购置了床褥被单。

都散后,白麓进了她的办公室,隆崎紧随其后。白麓稳稳坐进椅子里,坦然地望着他,准备迎接他的发难。

隆崎尽量压制愤然之气,用商讨工作的语气问:"是因为我招秀妮没事先跟你说,你才这样做的吗?"白麓说:"你不要把我说得这么小气好不好?企业发展需要人才。"隆崎说:"可我们现在更需要蜂子。"

白麓站起来,倒水泡茶,款款地说:"求其上者得其中,求其中者得其下,求其下者无所得。我以前就是只想着养蜂,只想着吃点真蜜,结果让我连蜜都吃不上。你却一直是有大目标的隆总,你要振兴中蜂产业、传承中蜂文化,你目标高远,再不济也比我当初好。我失败了,只有几个烂箱子。你失败了,至少留着这么好个园子。我们现在该怎么发展,这道理明摆着呢。"

隆崎甩甩脑袋:"我不懂什么上上下下的,但我听得懂你后头说的。那我想告诉你,我就是因为好高骛远,癞蛤蟆想吃天鹅肉,才栽成这样儿的。我一家人都这样骂我。"白麓说:"我们自己要相信自己。"

这时,外边喊小麓总,白麓就出去了,隆崎一个人在那儿喷气,听见白麓啼笑皆非地喊道:"也太搞笑了吧,你们,有这样儿的吗?没铺过床,还没睡过床啊——"

隆崎走出去,只见史科与莫争,床两边一边一个拉着床单,拉过来一截,露出那边;拉过去一截,露出这边。床单小了。他忍住笑走开。身后白麓的声音在空中飘忽着:"为啥买恁个小?"莫争说:"节约撒。上次买塑料布批评买宽了。"白麓显然没词了。又说:"谁还垫棉絮啊?赶紧地去买床垫。"眼看要吃中午饭了,这两小子莫非想被罚断食?

中午饭后,床垫就来了。如果之前的床单难住了那一对活宝,眼下的床垫,是难住了所有人。床垫尺寸大于床,床垫翘起一头在床上,画风很传奇。

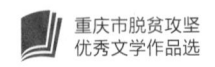

隆崎的气终于有地方撒了:"你们想干什么?故意的?不欢迎新人明说,哪有这么做事的?"

莫争两眼无神斜瞄着窗外,蔑视一切的样子。史科一手挠头一手扯衣服下摆,考试答不出题在绞尽脑汁。白麓冷静地说:"说,哪个这样子?"莫争冷然一回头:"床单买小了,床垫不能再小。所以——"

隆崎气得直吹胡子,如果有胡子,肯定吹成了倒竖起来直刺天宇的效果,直道出他一直不能理解的这些人的莫名其妙来。白麓一声断喝:"住口——"转身高跟鞋"叮叮叮"远去。隆崎不再追问,挥挥手喊他们换去。

再去到白麓办公室,继续之前的谈话,他不知想说服什么,只是觉得公司发展不应该是这样子,他期待两人一起改变。隆崎见白麓还在气头上,尽量语气平和些:"你准备怎么安排这几个大神呢?"白麓说:"不要大神大神的,有意见冲我来,不要对别人不尊重。"隆崎说:"好好,我尊重。我心里实在比对自己还尊重百倍。"白麓冷静下来,说:"我也是为公司好。当今时代,企业最核心的竞争力就是人才,21世纪最缺的也是人才。在人才如此稀缺的时代,我们在这大山里,打造的,却是硕博团队。这本身就是一件让人振奋的事!"

"哦,我们抢到了21世纪最稀缺资源,真是恭喜恭喜!硕博团队养蜂子,世界稀罕。那个和导一定特别喜欢。"隆崎不想讥讽,却怎么也收不住讥讽的语气,"我只想问一句,你准备让这些21世纪最缺的'资源'来做什么?博士要用的钱呢?硕士要销的蜜呢?学士要养的蜂呢?没有蜂子,人来了做什么?不是说我反对建立团队,那得好多蜂子配好多人呀。"白麓说:"隆总,不是我说你,你那是老套做法,已被淘汰了。我的意见恰恰相反,是有了多大的团队,才有多大的蜂子量。"隆崎点着头,说:"莫非蜂子是人产的?哦,我明白了,你是打造硕博团队来繁育蜂子,来取代蜂王的。那,让你的硕博团队都到蜂场产蜂子去吧。"他以为白麓要被激怒,结果白麓竟然说:"我也是这样想的。"

无论如何，人都来了，也不能喊他们走。这点大局观，隆崎还是有的。况且，白麓的面子必须保全，不然，合作就只有一拍两散。隆崎想想，就客观冷静地明确建议，新员工都先到蜂场的一线学习锻炼。要做中蜂产业工作，不懂蜂是不行的，不懂养蜂基本知识更是不行的。白麓听他这么说，才欢喜起来，深表赞同，两人都认为今天的迎新不够震撼，尤其被"床上风波"搞成了一场滑稽戏，这画风要扭转才行。于是，决定在新人面前重树形象、重振士气，两人肩并肩到蜂场给他们做班前动员。

新员工入职欢迎会在花粉谷里一个平坝里召开。最早进入公司的员工史科、莫争和小山夫妻及橡子、秀妮4名产前工人，6个人对新入职的3人表示了热烈的欢迎。人不多，但掌声够热烈。他们心里都明白，他们欢迎的是未来的领导，就凭每人包里揣的文凭，让他们站在那里都显得格外夺目。这3位未来不是公司高管也是中层，总之，他们自己，必将隶属于其中某个分管。

首先，隆崎讲了话："我今天，要给你们讲一下我们公司的精神，我们公司不是养蜂卖蜜的，如果是养蜂卖蜜的，你们这么高级的文凭拿这儿来，就浪费了呢！我们要晓得我们的目标，我们的目标是要让我们的中华蜂飞满全国全世界。现在，中华蜜蜂被外国蜜蜂和市场挤得都要灭绝了呢，我们要用我们的力量保护我们的中华蜜蜂，那是属于我们中国的稀有物种！我们的目标是，做真纯净的蜜，而不是让市场上的假蜜白糖蜜挤得我们饭都吃不起，我们的蜜是糖尿病人都吃得的，而不是像有些蜜，把人吃成糖尿病。"大家鼓掌。

隆崎一点不停，在掌声中继续讲："蜂蜜是大自然的馈赠，不是让人拿去瞎搞的！如果不弄懂这点，不保护这点，就干脆不要搞这个事业！也是搞不起来的！还有，要弄明白蜜蜂和大自然的关系，蜜蜂内部的关系，蜜蜂和人类的关系，把这个搞明白了，我们才会真正爱蜜

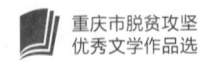

蜂,而不是怕蜜蜂蜇!"下面窃笑,白麓严肃的眼风扫了全场一眼。

"如果你们没这个心思,那我告诉你们,你们的高级文凭,在这里只是一张糊窗户的纸,一捅就破呢!好了,我也不多说了,请白总讲话。"

大家都觉得,隆总讲话讲得好,立意高远,境界开阔,情感深挚,让他们顿时刮目相看起来,尤其最后的戛然而止,酷毙了。就像一个巨人,"轰"地向你拉开一扇门,你还没看清,又"轰"地关上,让你瞬间被无限的可以探索的空间征服。

情绪被调动成这样,白麓这话就好讲了。她说大家要牢记隆总刚才讲的话,要带着情怀做事云云,又说:"我们的工作,除了养蜂和打蜜,还有一项重点工程,就是建牧场,牧蜂场,蜜蜂的家园,也是我们的家园,更是公司发展事业腾飞之地。我们要用我们的头脑、意志和双手去建造。因为,我们没钱。我可以坦率地告诉大家,我们的资金极其有限,打蜜所需设备器具和人员工资,是两笔刚性支出,除此之外,剩的钱将全部用在栽花建亭上,我们要种一万棵五倍子,还要买各种各样的花,让这个园子四季有花开,让蜜蜂一年四季有蜜采,不出蜂场就可以赶花,而我们的员工,生活工作都在花丛中……"

她的话被大家的掌声和欢呼打断。她不是一个具备煽动性蛊惑性的人,她活得理性而冷静,她常常觉得自己像一根没有灯芯的蜡烛,就是用火烧化了,也只是一摊蜡,很快冷却,很快凝固,火苗是没有的。而这天,是她少有的绽放,她的灯芯被点燃,她看到摇摇晃晃的火苗。她大声问:"那,我们要不要栽万棵五倍子?""要。""我们要不要栽十万棵各种花,让园子四季花香,百花齐放?""要。""我们的钱只够买花苗和建亭子用的水泥钢筋。我们要自己动手,因为我们没钱。"

这更让大家欢呼了。尤其是说到"我们没钱",大家很亢奋很激动。隆崎想,这是一群什么怪物?真是抱膀子不怕场合大。

两个领导话讲完了,问大家有没有什么要说。亭伟站出来,走到前面,说:"尤瓦尔·赫拉利说,每10年要重塑自己一次,扔掉自己过时的知识、技能、经验、假设和人脉,重新来过。现在,无论过去读了多少书做过什么事,今天,我扔了,全扔了,我就做这一件事,养蜜蜂。"

他下去了,齐迹上来了,说:"给蜜蜂建个花园太有意义了,我们也沾了光。个人有个建议,要建就建大些,搞成养蜂体验园和农业观光旅游,生意肯定好。"

他觉得此处应该有掌声,便留了点空隙,却没有。他很自然地接着说:"那么,我提早申请个摊位,卖化妆品。牧蜂姑娘8折,公司VIP打9折。这是玩笑。一句话,公司打造奇迹,齐迹属于公司。"这次笑声掌声都有了。

齐迹讲完,大家等了等,没人再要发言。白麓便又上台安排近期具体工作,繁蜂育王,蜜源调查,追花转场,将有序开展。为了照顾新来的同事,白麓分别就几项工作多讲了几句,属于概念解释范畴,深入浅出言简意赅,一系列工作像一卷卷新画卷,在大家面前逐次展开,都正听得入神,隆崎轻声对身边的顾亭伟说:"你说的那个油娃儿,前些年肯定欠了账。"顾亭伟回头望着他,满脸懵逼。隆崎又说:"就是你刚才讲的那个油娃儿,他说要把过去全扔掉。我给你说,那就是欠了账,不是钱,就是情,还不起了。嘿嘿,我理解。"顾亭伟才明白是在说尤瓦尔说的那段话,他想笑,却没笑出,只呆呆地望着隆崎,心说,高人啦!

12

  这是当下最重要的三项工作,除了橡子、小山留守大本营,日常照看蜂子,其余包括硕博团队在内全体人员,全程参与这三项重要工作。

  繁蜂育王,看上去很深奥,大家围在隆崎身边,隆崎一边操作,一边讲解,除了时小雨和秀妮两眼放光,余者的脸,密云满布。隆崎觉得博士硕士学士都听他讲,而且多有不懂,他的自信,迅速转为自满。

  摄制组那个抱着本子记来记去、东拍西拍的叫和乐的女的,喜欢找他聊天,他也喜欢跟她说话,许是年龄相近些的原因,比跟这群小混蛋们好沟通。这天,和乐找他说:"隆总,你讲的这个育王技术,你说是你的独门秘籍?"他骄傲地说:"对啊。"时小雨从旁插言:"和乐老师,学术界现在都没有这个方法。"和乐说:"那这是对理论的突破啊,应该申请专利的!小雨啊,你应该紧随隆总,把他的实践记下来,结合你所学的专业知识,完成具有学术价值的理论文章,构建咱们的理论体系,那对于中蜂产业真是重大贡献啊。"

  隆崎扬起下巴,满脸笑容地说:"这些东西,多着呢。隆家五代人的心血,都在我这儿结晶,本来,把这些经验整理出来,传承下去,就是我的梦想。我文化低,实现不了。我娃儿又无心跟我做。如果小雨愿意做这件事,我倾囊相授,你只管记,就会成为一个伟大的人。"时小雨好看的笑脸顿时慌乱得红了,她说:"不不不,我只是个整理者,专利权是您的。"好像专利已经申请下来,两人高风亮节地相互谦让上了。

  和乐"呵呵"笑这来。白麓说:"隆总,这就是人才价值的体现。"说完走开。隆崎不好意思地笑着挠头。和乐说:"隆总,我们确实要看到文化的力量。人的视野,很容易被专业局限,专业有时像口井一样,让我们坐井观天,对井外的世界一无所知……"和乐没说完赶紧打住,她觉得说多了。隆崎连连接嘴:"那是当然、那是当然,我这辈子就吃了没文化的亏。你不晓得,我心里多重视文化。"

和乐一直对小雨高看几分,果然没错,从此,小雨对隆崎前脚后脚地紧跟,几乎不离左右,看得到隆崎的地方,就看得到娇俏的她抱个本子的身影。

这些年轻人们,对蜜源调查是欢喜的,较之繁蜂育王热情大得多,放出去就满山撒欢儿,连秀妮、时小雨都跟着跑得不见人影儿。更可恨的是白麓,简直没有个老总样,戴个大太阳帽、大墨镜,穿着长衫长裤,捂得密不透风,隆崎说:"丑得见不得人啊,这么捂,捂了汗,不中暑也要感冒。"

白麓觉得这话好熟悉,忆起几年前,她闯进花粉谷,第一次遇见隆崎,他就这么说她,真是凡事有缘法。此刻,她故意气呼呼跑开:"好好儿的,你怎么咒我呢?我走远些,免得你看到我。"说完跑开去。

隆崎喜欢的那种在蜂场被环绕追捧的氛围没有了,他们简直以为是来旅游的呢!还是带薪旅游呢,自然这么高兴!他愤愤地想。而那无知的好笑的摄制组,以为这就是蜜源调查?跑着追着地拍,这播出来不是滑稽扯淡吗?不是闹笑话吗?跟那么紧,可别怪我没提醒,我可真是没机会。他心里忿忿地怼着这些莫名其妙的现象,从容淡定地走他的路。但那一瞬间,他看到了年龄的界限,他不得不承认,他与他们,是两代人了。

这时,他看到白麓站在路边,在让一个下行的背着一大背篼柴的老婆婆。老婆婆是个小个子——大多老婆婆都是小个子,所谓老小老小,是连个头都要长小的吧——背的背篼却很大,柴火又远远高于背篼。褐色的干树枝码得齐整,用绳子绑在背篼上。远看,几乎看不见人,只见一个柴垛子从山上挪下来,慢慢移动,一寸一寸慢慢移动。

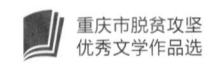

白麓头部僵硬，目不斜视，一动不动站在路边，两只手紧张地张着，手臂前伸，一抖一抖。隆崎突然意识到大事不妙。他来不及细想，撒开腿朝白麓冲去——

老婆婆背着柴，一步步慢慢挪动。柴垛慢慢靠近白麓。白麓紧张地张着手臂，向前伸着，要迎接的样子，越来越近了，她一动不敢动，像一只颤动着翅膀的停在悬崖边上的蝴蝶，是的，她的脚边就是悬崖。

柴垛慢慢挨近了她，到了眼前了，她的手臂直直地伸了出去，矫健地一个跃步上去，以迅雷不及掩耳之势双手插向老婆婆的背篼底，毫无保留地使出了她的全部力气，老奶奶毫无招架地一个趔趄，无可挽回地扑向地面，柴垛向旁边深渊倾覆而去。出其不意地，白麓感到一股巨大的力量把她拉向深渊，她瞬间失去重心，只觉大地发生了倾斜，心里已没有意识。眼看着，柴垛裹挟两条生命，坠入深渊……

突然，地面的倾斜停止了，天地稳住了，倾斜的柴垛稳住了，她和老婆婆稳住了，她仓皇抬头，见一条手臂，钢筋一样拉在柴火上，吊车一样吊着她们。手臂上肌肉暴突，青筋滚动。

她惊魂未定看到，隆崎对她两眼喷火，要把她烧了劈了似的，而嘴里稳稳地发出温和的声音，平平稳稳地说："老人家，小心点哦，慢慢走稳啰，慢点，对，慢点。"

老人"哼哼"着，说不出话来，只从柴垛下面，扭过脸来，折折叠叠的黑红脸上，一对浑浊的眼像拨开重帘，从松弛耷拉的眼睑下望出来，几分感激，几分疑惑。

老奶奶嗫着没牙的嘴，无力的双唇颤巍巍地抖动，头向下窜，吊到胸前。白麓这才看懂，她不是靠力气在背那堆小山一样的柴，而是靠的身体本身。无力的头、无力的背和无力的腿形成一个同样无力但稳定的三角支架，架着这背柴，慢慢挪动……加在任何部位的任何一丝外力，都会使这个平衡三脚架倒塌散架。老婆婆背柴垛子，用的

蜜 源

不是力气,而是力学。

老奶奶一步一步下去,根本看不见她的白发,根本看不到她脚步的挪动,只是一个柴垛子,在慢慢地向下移动,移动,远去。

白麓伫立良久,脸色煞白,满目泪水。

隆崎站在她身边,也半天不说话,好像一开腔,就会震动空气,影响到老婆婆。直到看到走远了,隆崎才平和地说:"今后,看到这样的情形,千万不要去帮忙。人家一辈子了,有自己的平衡,你出手就是帮倒忙。"语气平和,像什么也没发生过。

那一刻,白麓觉得,隆崎是个英雄,是个哲人。人一辈子,其实就活在平衡中,而不是活在力气中。

白麓第一次如此心悦诚服。"隆总,你说得真好,人常常只管自己出手,不管别人的平衡。用力就是破坏,世界往往就这样发生倾斜。"白麓喃喃地说,身边没有回音,她抬眼看见隆崎上行的背影。

隆崎去追那些小子了,他怕他们也做出这样要命的蠢事,只留白麓在风中凌乱,他知道,她不会再犯这样的错。

午餐时间到了,大家纷纷往"高高山头那棵大树下"聚集,这是出门时,隆崎指示的。他那天早上说的话,也就这一句还管用,因为干粮在他背上。

大家嚼面包饼干的时候,他怕大家吃饱喝足又跑散了,整顿军心,不在此时,更在何时?便几爪撕了手中的面包,和水吞了,抹一把嘴,沉声说:"小雨,吃完了,给大家讲讲什么是蜜源调查。"小雨说:"哦。"加快了速度,几口消灭了手上的两块饼干,喝完奶,清清嗓子,说:"大家边吃边听哈,我给大家讲一下蜜源调查。首先,我们要了解什么是蜜源。蜜源呢?就是为蜜蜂提供花蜜花粉的植物,不仅仅是指花呢。这个,今天上午,大家到处找花,我就讲了,大家明白吧。"都嘟哝着说"明白"。小雨继续讲:"蜜源的种类很多,大致分为花蜜植物、甘露植物、蜜露植物、胶源植物、粉源植物……"

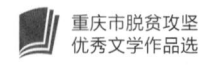

隆崎呆了,这是些什么鬼东西,再讲下去,不说知道,听都听不懂了,丢人丢大了。他有点恼羞成怒地喝道:"哪个要你讲这些,这些恁个专业,他们能听懂吗?主要讲怎么做,啊,怎么做,怎么调查。""这个……"

小雨迟疑着。隆崎得意了,看吧,一问就问住了,科班出身,哼,科班出身就是才出生,嫩着呢。

小雨还在支吾,他催促道:"说啊,怎么调查?"小雨说:"这个,真正的蜜源调查是很复杂的,是一门严谨的系统科学。首先需要了解这个地区的地势土壤水文气候,还要收集历史文献资料,然后要访问、采样、做实验,最后还要培育蜜源。"

隆崎觉得自己又要被动了,不能听她再背下去,"越说越不像话,你那是搞科研,我们是养蜜蜂,说白了,给蜜蜂找吃的。怎么找?用眼睛找,用鼻子找。眼睛看,鼻子闻。"史科低声嘀咕:"那要带只狗来才好。"有人"嗤嗤"笑。隆崎扫了一眼笑声来处,并没理会史科的话,继续讲:"这大山里,各个季节都有花,各季的花都不一样,总共有几百上千种。而我们这次要调查的蜜源,也是我们最重要的蜂蜜资源,那就是五倍子花。五倍子是一种中药材,功能呢,很多,大家自己去查,当然,手机上说得不全,五倍子真正有价值的东西,那些说法,差太远了。有兴趣我们空了再说。"隆崎卖道关子,继续讲:"五倍子花是八九月份开,也有开得更迟的。花期两个月,它怪得很,是从高海拔往低海拔开。开花有次序,时间有早晚,面积有大小,还有大年小年,我们要调查的就是这个,这是决定这一年是丰收还是歉收的关键之处。"

讲到这儿,隆崎突然紧张了,因为,他发现下面的眼睛都集中在他脸上了,亮晶晶一片。他不是很适应这样的场合,他适合散打。一紧张就不知说啥了,赶紧打住:"这里面每个环节的讲究,那就太多了,一时半会儿说不完。时间关系,就说这些。总之,这个很重要,调查好了,我们的放蜂路线没偏差,收成就好。不然,不然就不好。蜂箱里的蜜少,不怪蜜蜂,怪人。出发!"

戛然而止。白麓边戴帽子边也跟着说声:"好,出发。"

下午,大家又集中在隆崎身边了,像工蜂簇拥着蜂王,打都打不散。这些第一次见五倍子树的年轻人,不少的时间花费在分辨上,越看越觉得,树们长得太像了,没有特色,而五倍子树尤其没有特色,辨识度太低了,什么都像。树形普通,树叶普通,想必花也惊艳不到哪去。

"五倍子太朴实无华了。""这叫大隐隐于树好吧。"他们紧紧跟随隆崎,隆崎指前指后、指左指右,精确无误,精确到大约有多宽多长的花带。这不算最神奇,特别令他们折服的,是他看一眼就可以判断哪个花带今年会开花开得好,哪些会歇年,"不信你们记着,用手机拍下来,开了花来对。我说错了我请客。"这话也是白说,没人不信。

第二天,天未亮,大家从香甜的梦乡里被喊起来,在门口站成一排,隆崎指着远处一座山峰,说:"今天出去,要翻过那座山,翻过去后,再翻一座山,再登顶最高那座山峰,最高海拔1800米,来去需要5天,还要你们保持良好状态。"这时,小山、橡子把帐篷、干粮和防寒服几大包提了过来,大家尖叫,欢呼雀跃,"简直不要太刺激!"隆崎说:"叫吧,后面有你们叫的。包大家分了,男的大包,女的小包。"莫争过去背了个小的在背上,白麓说:"你是女的?"然后一瞪眼,小声地:"拜托!你给我争口气好不好。"

小山走到春晓身后,帮她背上包,在她耳边说着话。春晓只是埋着头,也不看他。小山突然想起什么,拔腿往屋里跑,春晓的目光一直跟随着他,看他冲进屋,目光就停留在门口,看他又冲出来,手中拿着一个银色小水杯。才把目光收回来,整理背带。

吃完早餐就出发,大家劲头十足。中午到达扎营地比预期时间缩短。下午到目的地已是黄昏,扎好帐篷,天已黑尽,星光下吃饭,别

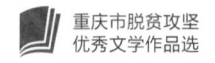

有风味,吃完意犹未尽。姑娘们休息了,小伙子们还躺草地上聊天,吹了半宿风。隆崎催促很多次,说要保存体力,第一天尽管速度不错,但蜜源记录不详,明天要调查扎实些,会降低速度,但必须到达目的地,需要持久的精力。大家才钻进帐篷休息。

第二天下午出了点状况,摄制组张井突然肚子痛。他们为节约座位,制片张井兼任驾驶员,制片肚子痛可以,驾驶员肚子不能痛。和乐说:"之前在镇上买水是从冰柜里拿出来的,喊你们不喝,偏不听。实在不行,我开一段,那边拍摄,他们缺得谁?"制片张井按着肚子很难为情,和苦对和乐挥手说:"你更不能缺。"说完撇下他们,走到那群被拍摄的青年中去。

"小爷们,会开车的举个手。"和苦微笑着问。"唰",除了莫争,都举了。和苦说:"那谁帮我们开段路。"你望我我望你,竟都不愿意,什么情况?和苦看齐迹平日丰腻红润的脸现在苍白,坐那儿淌汗,额头上汗珠子正在集结,便很照顾地说:"齐迹就你了。"齐迹苦笑,对和苦摊摊手耸耸肩说:"感谢和导关照,可是,我不能为您服务,我的驾照被酒驾吊销。"然后长叹说:"多好的一个机会,摆我面前,我却无能为力。亭伟,你上吧。"平日里威武豪迈的亭伟竟然扭捏起来,与和苦对视了半分钟,也摊摊手耸耸肩。和苦说:"你别说你也是酒驾被吊销。"亭伟说:"不幸的是,我不得不这么说。"和苦一脸无奈望向史科,史科连连摆手:"我一来就交代了,我酒驾吊销驾照的事,你问隆总。"和苦骇异,他望向隆崎,隆崎望向别处。隆崎因酒失去驾照,这他老早知道——问题是,真这么巧?这是巧合吗?不!和苦叫道:"敢情这是一废品回收站啊,全是残次品?难怪一个个这么好的条件,跑这山沟里来。我就纳闷儿了我。今儿找到答案了。原来都是些大城市不能上路的!"这话遭到严重反击:"你可以说我们是残次品,但不可侮辱我们的梦想,我们是为梦想而来的。"

"哈哈哈哈——"和苦大笑而去,走几步又回转身来:"尊敬的小麓总,建议你立即办一个交规培训班,以及治安处罚条例培训班。你招的一帮不按规矩出牌的人,你要小心!谨防一路揩屁股!"白麓说:"我招他们的时候,就知道他们被吊销驾照,因酒驾吊销驾照很奇怪吗?我想说NO。而你对一个淑女,说什么揩屁股的话,才让我觉得不好。"和苦苦笑:"我开车去,今天是无导演拍摄,自由发挥吧,你们这些自由发挥的人生。"这回身后一串"哈哈"是送他。

连续5天,翻山越岭,爬坡上坎。出来时撒欢的年轻人,沉静了稳重了,因为没力气了。只有隆崎傲然挺立,看着他们"嘿嘿"笑。

结束前一天,帐篷前的草地上,集体夜宵,摄制组从车上抬下一大箱啤酒。这是和苦的安排,镇上买的酒,摄制组请客。和苦排兵布阵摄制组,战前讲话:"大家务必高度集中,保持精神活跃。有酒助兴,今晚有戏。不给我弄点好东西,可对不起我的酒啊。"

果然,酒过三巡,各个真情流露。齐迹喝醉了。顾亭伟也喝开心了,举着酒杯喊:"驾照被吊销了的最大好处是什么?"齐迹说:"喝酒不用担心开车,哈——"亭伟说:"对,这是驾照被吊销了的人才知道的好处。看你是兄弟,果然是兄弟。"史科说:"我也是兄弟哦。"亭伟说:"是是,都是。"齐迹说:"这叫吊销驾照俱乐部。"莫争说:"无驾照俱乐部吧,不然我呢?"齐迹说:"你这年轻人,没有拥有,就没有失去。"亭伟说:"没有失去,就没有痛苦的回忆。"秀妮说:"你们比人家大几岁?年轻人年轻人的。"史科说:"大一岁也是哥。"莫争说:"我不考驾照,是因为不想体验会开车又没车开的痛苦。"亭伟说:"那你危险了,你将面临有车了却没有开车能力的更大痛苦。""哈哈哈——"

时小雨忙着往别人面前的空杯里斟酒,不让它们空着。春晓往各个盘子里夹菜,两人承担着施酒布菜的工作。安静沉默,却最不可或缺。

和乐在圈外席地而坐,保持着能听到说话又不干扰说话的距离。白麓和隆崎在更远一点的地方谈事,面前摆着春晓送过去的酒菜。

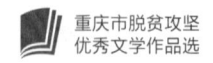

亭伟说:"酒是个好东西。"齐迹说:"酒真好,真真假假,假假真真——"莫争诵:"对酒当歌,人生几何。"亭伟说:"酒让人忘记。"齐迹:"我就是想忘记,可他妈的记忆这东西,酒量比我好。"大家又一阵笑。

笑声中,莫争兀自吟咏:"抽刀断水水更流,借酒浇愁愁更愁。"史科说:"去,屁小孩懂什么愁不愁的。"秀妮说:"齐迹,你想忘记什么?"莫争说:"自然是前女友。"齐迹说:"你小孩还懂得多也。我就是想忘记前女友。"秀妮说:"忘不掉又何必分手。"莫争诵:"林花谢了春红,太匆匆。无奈朝来寒雨晚来风。胭脂泪,相留醉,几时重。自是人生长恨水长东。"齐迹明显略喝高,明显想忘未忘的前女友是过不去的一道坎,他说:"写得好!写得真他妈好啊!你们不懂。我懂。她很美,绝对的美。"从不说话的时小雨发言了:"情人眼里出西施,西施眼里是英雄。齐迹你这样子,显然不是你那西施眼里的范蠡。若你的心里,只有那道坎,你永远翻不过去。你心里若还有一片湖,你就载着你的西施泛舟而去了。"顾亭伟眼里生出晶亮的光,向小雨直泻而去:"也,可看不出来,小雨不仅是蜜蜂专业,还是情感专家呢。"小雨立即害羞了,在秀妮身侧的阴影里瑟缩,像一片含羞草,一碰即合。

和乐笑了,恰好和苦过来,她低声说:"这些孩子好有意思。在上戏了。"和苦又赶紧回到机位上去盯着。

齐迹说:"我发现越是美女越在意美。"秀妮说:"上天给了她们优势资源,自然要捏得死死的。"春晓终于开腔:"你也是美女啊。"秀妮夸张地:"噢,时光时光慢些吧,让我好好拽拽。"亭伟说:"我觉得的,最美的美女,是美而不自知的。红颜美好都抛在脑后,是不是格外轻盈潇洒?"

齐迹还在自己的世界里,维护着他的前女友,口齿不清地说:"你,是在批评我前女友吗?她岂肯抛在脑后,她有十分美,是要做十二分的努力。所以,她要做美容行业,说要跟她的美死磕。我全力支持,她把美献给世界,我可是近水楼台啊?于是,我从大二起就投身商海,摸爬滚打做生意挣的钱全投进了美容行业。实不相瞒兄弟姐妹,我可曾是身家千万的人,只是全为爱情买了单。我前女友,她醉心韩国美容产业,要做中国美容行业领军人物,她说她的容颜,是最好的广告,省好大一笔广告费。我觉得这生意实在划算,我简直赚得不要不要的。为了表现做事风度,我瞒着她,直接就去了韩国,一圈考察调研,一番努力争取,拿到了她常挂在嘴边的韩国DI的中国独家代理,剩的钱,全进货。我以为她会感动得非我不嫁,可结果是,她气得花容失色,转瞬从我面前消失。原来,她的理想,岂止是独家代理,她是预备要用那笔资金开一家整形美容医院,微整形的,说特流行,简直就是吸金洼地。而那叫什么DI的鬼,是整形术后用的,等于说,我用光了所有的钱,买了后端的东西。我说,我们就做后端,她说做微整的人都悄悄的,生怕人看出来,鬼才知道要卖给谁。你就看出来了,去问人买,别人会说'你有病吧你'。我说无论如何,我是为了成全你的梦想啊,你不能一点感动没有吧,她说:'你成全我的梦想?不如说是腰斩我的梦想。我要苹果,你给我塞一筐烂梨,还要我感激涕零地感恩你?'我说,我懂了我妈经常的那句'我把心掏你吃,你还嫌腥'。她厌恶地吼道:'谁要吃你的心,你恶心谁去。'把我当猪队友淘汰了。之后不久,她开了一家微型整容医院,一个男人投的钱。她来找过我,说对不起。其实她来找我不是为了说对不起,而是想我把DI的中国独家代理让渡给我的继任。我说,那我不就人财两空了?她说,不然就做合作伙伴。我们找你进货。我很有气质地说,我不卖你。我接下来做的就是把过去的双人床,换成了1.2米的单人床,把一直在海关旁边仓储里的货全拉了回去,我夜夜躺在货堆里,心里痛快,仿佛看到我扎断了他们的水源,他们像两条鱼一样在沙滩上张着嘴求我。我每天早上侧着身子从床上挤到门边,晚上侧着身子从门边挤到床上。有一天,我挤得烦了,突然想到,我商海搏击,少年得

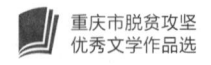

志,敢情目标是做仓库保管员。可不能如此断送一个商业奇才,我到人间,是来创造商业奇迹的,OK？于是,半个月前,我挤出家门后,再没回去。只有,你们知道,我在哪里——"

亭伟把酒给齐迹和自己满上,说:"兄弟,走一个！人生得意须尽欢,莫使金樽空对月。"说完望一眼莫争:"别以为只有你会背几句。会背不是本事,会用才是。看,这样。"亭伟对着空中的"皎皎空中孤月轮",长臂一伸,豪迈地:"请！"收回一饮而尽。对莫争说:"不会喝酒,你根本读不懂'何以解忧唯有杜康'。"莫争说:"无愁何需杜康。"齐迹说:"不是不愁,是没到时候。"莫争说:"可我也不能为赋新词强说愁吧。"齐迹说:"小孩肚里有点诗句,把我这学数学的惊到了。"史科恨恨地说:"可没少骗我烧烤吃。别理他,他就没劲了。"莫争说:"你网恋需要我的时候,可不是这态度。"史科揉着太阳穴说:"你还好意思说,我现在竟有点闹不明白了,到底是你网恋了一场,还是我网恋了一场。"大家笑得前仰后合。史科对齐迹说:"这用情深用情浅,可是各有各的好处。你忘不了你前女友的样子,我是想不起她的样子。你想起前女友,心里一道坎,我想起前女友,心里一首歌。这人跟人,怎么那么不一样呢？"大家问:"什么歌？"

史科就扯着喉咙唱起来:"兄弟啊想你啦,你在那旮旯还好吗？也不主动来个电话。"大家开始哄笑一阵:"这是前女友吗？你是同性恋吗？""前女友是兄弟,那是爱情吗？兄弟情算了好吧。"接着都跟上齐声吼:"问问这边咋样啦,兄弟呀放心吧,我在这旮旯挺好的……"树林草地,月亮下面,没顾忌,随便吼,直吼得山高水长流,直吼得夜静春山空。

和苦从监视器那边走到和乐身边,说:"高潮了。生命,多美好啊。"和乐笑说:"他们头顶有道橘红色光环,你看到了吗？"和苦会意地笑叹:"看到了,还拍到了。"

这时,隆崎在那边喊:"小雨,把今天记录拿来。"小雨应声而去。

和乐说:"搞破坏的来了。"和苦笑着去另一个点看监视器去了。

这边亭伟说:"小雨就是美而不自知的。"齐迹说:"是的,来这么久,除了运动装,就没看她穿过别的,简直暴殄天物。我前女友那些时装,她穿一定不逊色。"秀妮嘴一瘪说:"跟你前女友不一路的好不好,那些时装,小雨穿不了,气质不搭。"亭伟说:"明白了齐迹,你是失恋了来的。知道我怎么来的吗?《集结号》里有句话:女人不可靠,兄弟不可靠,组织不可靠。你女人不可靠,我兄弟不可靠,但愿——但愿这组织靠谱。"史科说:"你遭兄弟坑了?"亭伟说:"不是坑了,是挖坑埋了。算了不说这些。"然后问史科:"你怎么来的?"史科笑了下:"瞎撞的呗。""莫争呢?"莫争说:"被父母清理门户,浪迹江湖,随波逐流,漂流至此。"秀妮说:"游戏惹的祸。"莫争说:"妮妮姐好厉害,这个都知道。"秀妮说:"成天手机不离手,你还能有别的毛病?""你就一秃头上的虱子,明摆着的货色。那秀妮你呢?"史科接嘴问。秀妮不知如何回答,一晚没说话的春晓说:"不愿意她的孩子做留二代。"齐迹说:"留二代是什么鬼?"秀妮说:"别听她瞎说。倒听听她是为什么来?"齐迹说:"这个嘛,我也不知道啊,我也不敢问啦——"大家又哄堂大笑。

这时,时小雨送了资料回来,亭伟问时小雨:"小雨,你怎么来的?"时小雨说:"招聘来的呗。"亭伟说:"当然招聘来的,你为什么来?"时小雨说:"我的专业啊。"顾亭伟点头说:"对的,你才是正该来的。"

隆崎和白麓走过来。隆崎说:"你们还不累?八辈子亲戚没见过?今后日子长呢,只别你嫌我我嫌你才好呢。"

次日,最后一天,大家像回去要分手似的,竟有些恋恋不舍。直问五倍子花开过,又调查什么。隆崎说:"那要看你们回去的调查报告怎么样,不然,下次再不带你们出来。"殊不知这话起了极大作用,这群年轻人头碰头从早到晚到半夜,天明竟拿出了一份十分高水准

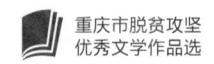

的报告。执笔自然是时小雨,结构严谨,内容翔实,结论科学,非科班生不能。但那么精确的数据哪里来的？隆崎不解,张井说:"他们借了我们一个航拍。"和苦说:"还有手机啊,你用手机就打个电话发个短信,他们怎么用手机,你想不到的。"这群年轻人为着他们的自由奔放,也是拼了。

和苦说:"这是一群带伤的年轻人,不折翅也不会落在这儿来,要善待他们,留住他们,就是你们的福气。"

这一次拉练,学习了知识,增进了了解,凝聚了人心,锻炼了队伍。大家都黑了,壮了,彼此亲热了,尤其是,增强了对蜜蜂和花的热爱,这是最重要的。

13

王老太夜夜盯着对面山上那幢楼,竟真被她又看到几次灯亮。不是整栋楼,是二楼的一个窗户,都是闪一闪就熄了,好像怕她抓住。那灯闪一闪就熄了,就像天边的闪电。闪电谁抓得住？但闪电是有的,如果没有,怎么会打雷怎么会下雨？这是王老太的逻辑,她绝对相信那个灯是亮过的,亮过的灯下有人,不然,莫非有鬼？

王老太不再怀疑自己的眼睛,倒又怀疑闹鬼。莫非真有鬼？多年不住人的房子,又在荒山野岭,难保不干净。但她是不怕鬼的,自己都半人半鬼了。这辈子做人一直怕,人有三六九等,怕来怕去还遭欺负。做鬼却不怕,鬼大概都是一样的,都丑得不像话,谁也不比谁强。

于是,择一日,王老太瞅大儿子媳妇上坡、重孙子上学,就穿戴齐整,拄一根拐杖,望楼而去。大山里看到的屋走得哭,王老太走下山坡,过了山沟,再爬上坡,走了半天,才来到了那幢让她魂牵梦萦的大楼前。

这几年,多少人来,要把门槛都踏破了,她却是头一遭来,第一她没腿劲儿,第二她寻思那人会在这里等到人逮他？楼又搬不走,抠两块砖回去也变不了钱,跑去干吗呢？后来果真再无人去了。那楼也像它的主人一样,晦暗无光。

这楼竣工的时候,可是光鲜。楼前坝子里,锣鼓唢呐鞭炮红绸,人堆人,人挤人,那叫个热闹。儿子都不准她来,怕遭踩到推到的,但她硬是来了的。她在人缝里不客气地往前挤,别人看她恁大岁数,认得的认不得的都让着她些,她不费劲就挨到了前排。不是她倚老卖老,着实是这样才看得清她的儿,你们些又没儿在上面,慌啥子嘛。

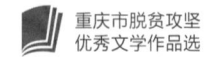

王老太一共两个儿子两个女儿。那天是幺儿王明贵的好日子,儿风光,娘硬朗。前面有几排凳子,她挑了个第三排的端头坐了。她是懂的,位置都是给领导的,特别中间不能坐。她坐在最端头,大概也不差这一个。她坐稳了,就在人群里歪头撇脑地找,很快看到明贵,穿件花格子衬衫,外面套件蓝盈盈的外套,有色儿有精神头,就是头发稀少些,顶上头皮都露出来了,但神气劲儿不比旁边那年轻些的叫隆崎的差。那隆崎对明贵是三分礼七分敬,长眼睛的都看得出来。正式开会了,幺儿子王明贵先讲的话。大家巴巴掌拍得啪啪响。后面是那姓隆的讲话,一叠声地感谢她儿子感谢乡亲们。可才几个月呢,这姓隆的就关门跑路了。这一闷棒可把她幺儿打得惨,上面喊他问话都问了好多趟,她媳妇在家里哭怕他被关起回不来了,她这点是不怕的,各人养大的儿各人晓得,他断不会做那被关的事。他大不了在外打了几年工,思想活些,胆子大些,支持了姓隆的。那姓隆的,有人"七爷""七爷"的喊,她当时就听不惯,鼻孔里哼了哼,那什么年纪?40岁出头,他竟也敢答应。那轻狂样儿,不定好呢。哎,她一辈子的教训,想好的想不到,想不好的一想一个准儿。几个月后,就听说这人把房子丢这儿,跑路了,欠了周围搞基建的、供材料的、打杂工的一屁股账,还欠了镇里这样那样的款子,最严重的是银行贷款。加起来,是她不敢听的数字,她下了结论,这就是个骗子!

关键是,她没想到明贵还真没脱到干系,把个才当两年的队长玩脱了,他在外面打了20年工,村民们拥戴他,说他有本事识大体,几催几请的回来当了队长。队长没了还算好的,最严重的是,他还倒贴了打工攒的七八万块钱。说当时看到隆崎不可开交,别人都在要钱,不说站远些,倒帮垫进些农民工工资款项。这事是媳妇吵出来的,她听了一个焦雷打在头顶,直麻到脚后跟去,扶住墙,半天才慢慢挪得开步。

等她知道事情所有原委的时候,她幺儿又背着铺盖卷出去打工了。她的儿啊,兴冲冲回来,一脚踏错了,上错了船啊,船打翻了,幺儿又遭冲远了。

王老太今天来了,她要来弄清楚,晚上一时有一时无的灯光到底是怎么回事?楼下是一圈木栅栏,但栅栏已破败。她蹒跚着走到大门口,看到门大开着,有人影晃动,心下一惊,忙拐着脚往旁边挪,里面的人影也往旁边挪,才反应过来这是一道玻璃门,不禁暗暗笑骂自己一声。走到门口,玻璃门推不动,也看不到锁在哪里,无从判断里面有人还是没人,无助地站着,再无办法,就在门前的地上坐下来。看到不远处还有一道门,窄些矮些,像人走的地方,于是重新鼓起信心,走过去,仔细查看那道门,使劲一推,竟推开了。她大喜过望,这里是真来人了,不是鬼,鬼哪用得着门?她为自己的聪明而高兴。不敢声张,走进去,是一个好大的厅,可以开车跑马了,厅中央是十分气派的楼梯通往楼上,梯子宽大得很,可以并排走十个人。她仰脸走过去,扶着栏杆,把拐杖夹在胳膊下,那一杵一"咚"的,还不如大声喊"我来了"。刚走到楼梯口,就听到长长的楼道里有叮叮铃铃的脚步声出来,她吓一跳,赶紧靠紧墙面不动,气都不敢出。待脚步声过去,才探出头,看到一个穿着淡紫长裙的女子削肩细腰的背影,一头又黑又密的长头发披散在背上。脚步声清清脆脆的,自然不是女鬼,鬼走路没声音。王老太像见惯了鬼跟鬼很熟悉似的,对这点坚信不疑。

半天又没了声响,王老太想,来都来了,遇也遇见了,躲着不见个真神算什么事?于是挺直腰板,把拐杖杵得"铛铛"的,脚步声也不客气,朝刚才背影去的方向走去。那是一个回廊,刚走过两道门,从第三道门里走出一个女娃,看那淡紫长裙,就知道正是刚才那人。她想了一溜的话,找到隆崎怎么说,可就没想到见到的是个女娃,愣着还没及开腔,女娃上来一把扶住她,两手托着她的手臂,一阵清清甜甜的香气扑面而来,声音细柔地问:"哎呀,老婆婆,您啷个上来的?这前不着村后不着店的,您走了好远来的哦,快进来快进来,喝口水,坐

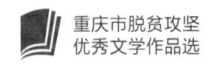

到说。"边说边把她扶进屋,搀到沙发上,倒了杯水递上来。王老太竟似从没这么可亲过,喉头一哽,眼眶一红,哭了出来,开始是哽咽,慢慢地号啕大哭起来。

那天王老太也不知自己在那间办公室里哭了多久,抽抽搭搭讲了些什么,但心里特别通泰了,仿佛淤积许久的堰塞,被大水冲过,什么渣渣碎碎都冲走了。至于,得到什么解决,她倒忘了,好像去就只为哭那么一场,诉那么一场,哭诉完就好了。

女娃开车把她送回家,并告诉她自己叫白麓,说她的事,白麓记在心上,并且一定会帮她做好,特地请她相信。白麓姑娘在她家上面的马路上停了车,她看到那辆漂亮的红色小车转了弯,才三步并作两步奔回家。回家急不可耐地讲,却已讲不清楚,儿子媳妇一系列问题也答不上来,比如,这个白麓姑娘是干什么的,与隆崎什么关系,为什么要帮她这么大忙,等等,媳妇"嗤"一笑:"我看您哪,遇见的不是白麓姑娘,是田螺姑娘呢。"小时课本里学过田螺姑娘,媳妇也是有书袋子可掉的。她不依这个教,坚持说:"不姓田,姓白!就是白麓姑娘。"媳妇看她无法知道田螺姑娘是谁,就说:"好好,不是田螺姑娘,是观音娘娘,观音娘娘要得不?哈哈——"

王老太为了证明自己,那天天一黑她就守在猪圈旁,她相信那栋楼一定会像天晴时的月亮或者星星一样,一定会亮起来,不会负了她。可那栋楼的灯真的没亮。

王老太掉面儿了,深夜了不肯进门。媳妇说:"我说不是人吧,人哪有不开灯的?"儿子对媳妇有些不客气了:"你硬要说这几句,心里舒坦些吗?搞赢了吗?什么意思你,笑人得很。走,妈,进屋,外头风大露重,偏头痛又惹发了不是玩的。"王老太怕儿子媳妇吵嘴扯皮,赶紧扶到儿子的手进屋去。心里说,不是人,也是仙女,那么好看。神仙下凡帮忙了,那不是更好吗?那是几世积了德哦,观音娘娘来救她,救她儿。躺在床上,恨不得笑出声来。她睡着了,很少的安稳。

第二天天黑,她来到猪圈旁,并不抱希望,却感到眼前一亮。那幢楼,亮了。那片天,都映亮了。她不敢眨眼,生怕一眨眼又熄了。眼睛生痛,直流眼泪,抬起手臂,用衣袖揩,却越揩越多,越揩越多。

这时,身后传来一声呼唤:"奶奶!"她一回头,竟不相信自己的眼睛,再擦擦,看清楚了,是她的孙孙呢,她的乖孙。她出门打工几年的孙孙回来了,向她走过去。她过去拍着他粗壮的手臂,只顾笑只顾问。对面山头的灯,也不管了。说了半天话,又想了起来,又去看,孙孙陪着她,她喜滋滋地说:"真亮了,姓隆的那灯真亮了,你看嘛,你爸爸的事要解决了。"

那栋楼没有辜负她,灯火明亮着,孙儿望着那栋楼,半天一动不动。

这日白天,白麓找来电工,检查整幢楼电路,分配寝室,打扫房间。隆崎听到动静,来找她,问:"检查电路做什么?"她说:"现在人多了,花粉谷住不下了,一些人要住下来。"隆崎说:"我早给你说过,这栋楼不能开灯。"白麓忙着自己的事,看也不看他:"不就欠账吗?欠账是要还的呀。没钱也该正面交代啊,老躲着算什么呢。"隆崎说:"我再警告你——"白麓突然目光打在他脸上,说:"我没欠债,我不必生活在黑暗里,我没什么见不得光的!"

隆崎知道没商量,赶紧闪了,回首大门,想,该来的都要来,我是不敢来了。你们自己去应对吧。

之后,听说不断有人出其不意来访,每个人都有遇见,甚至被围。他在员工中也就没有隐私了。"你不就想剥我这张皮吗?没有了遮羞布,我还怎么处?"从此以后,隆崎不但厂区不来,在花粉谷也是神出鬼没。

隆崎还发现,用不着他闪避,白麓从那天开始,早已对他冷颜冷色寡言淡语,好像以前是不知道他是什么人,现在才知道似的。他很无语。白麓在他面前,则常常无端地强硬,像六月的天,说变脸就变

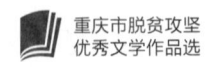

脸。他看她年岁小一大截的分上,一味包容退让,却似乎倒"长了敌人威风,灭了自己志气",那白麓不但不知感恩退让半分,愈发固执己见起来。隆崎隐隐知道,他们有吵翻的一日。他告诫自己,要以大局为重,尽量不让这种事发生。但事情的规律不以人的意志为转移,尤其不以他的意志为转移。他是个没有力量失败的人。

14

  繁蜂育王和蜜源调查后,牧场建设开始了。

  一帮年轻人有点下不到嘴,因为没钱。有钱好办,找专业公司,勘察、设计、规划、预算、施工等等,现在,这些都省掉,只是白总站在制高点上,指指这儿、指指那儿,这里这样,那里那样,每次说的又有差异。一次说花带,一次说花海;一次说要建亭子,一次又说是修回廊;还有几次,居然说的小桥流水,另一次又说亭台楼榭。至于花如何种,让她画个示意图,她明确说不会!问预算多少钱,这话问得,简直太不礼貌了,白你一眼,直接不搭理。

  亭伟是想好好表现的,齐迹更想。两人暗地较劲,有竞争态势。彼此看着对方,差点成了斗鸡眼儿。隆崎看在眼里,就将所有人分成两队,亭伟带一队,齐迹领一班,或都在东边拔草,或都在西边砍藤。

  亭伟想要证实自己的博士生水平,直接挥师入场。齐迹自不甘落后,率部跟上。第一要完成的目标是拔草。大家开始觉得拔草算什么事,倒有点像原来学校搞劳动。却不想,草们远看郁郁葱葱,摇曳生姿地在风中泛着青翠的波纹,走近才发现,竟都是齐腰深。时小雨不敢往里走,悄悄说:"简直有灭顶之灾的威胁,为免你们找不到我的麻烦。我从外围拔起,我们还是来个里应外合吧。"齐迹说:"不可,说好外面留一圈,是自然防护栏,天然绿篱。"史科说:"别的不怕,只不要有蛇才好。"正说完,就看到了一条蛇皮藏在草丛里,想像平时那样闹一闹,可看看正提着一只脚,不知往哪儿搁的小雨,就忍住了,用草裹着,一把扯起,堆进草堆。

  几个人一场乱忙。产前的几个都是农民,直接看不下去,就过来帮忙,边帮边讲动作要领。这天收效甚微,除了把过去的园区踏乱,

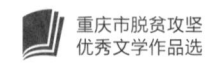

基本没战果,效果还是有的,就是饭量增加了。厨房张姐按平常做的饭菜,转瞬风卷残云,直呼没吃饱,不下桌,又下了一大盆面来,只听呼呼啦啦的,很快见了底。隆崎说:"这样不行啊,浪费粮食。这绝对世界最牛拔草军团,硕博拔草团啊。"白麓杏眼圆睁,他才没再多奚落几句。

白麓则一直在纠缠一棵横躺在地的干枯的树,奋力挥刀,顽强而执着。每一刀都拼了全力,落在树枝上却像在弹棉花,树枝一砍一弹地反抗,白麓别着脸边砍边躲闪,若不是满面通红汗珠滚动,还以为是场"砍柴秀",或者堂吉诃德战风车呢。秀妮看不过,提了把刀过去帮忙。左手握牢树枝,右手手起刀落,几下砍断,干净利落。白麓看着她,说:"我俩换把刀。"换刀后,秀妮依然"噼噼啪啪"所向披靡,她仍旧"嘣嘣嘣嘣"弹棉花。树枝已被她折磨得刀痕累累遍体鳞伤,只反弹着不服。她气得甩了刀,赤膊上阵,与树枝撕扯,竟赤手空拳掰断几根,甚是得意。说:"妮妮,手比刀好使呢。"再看秀妮脚边堆着的树枝都有手腕粗,而自己掰断的几根不过小指粗,便闭了嘴。后来又来了几个帮忙的,那棵树才被收拾妥当。砍断的树枝白麓不准拉走,吩咐堆在避雨的屋角,都不解,问堆着干吗?她笑而不答,嘀咕着说执行就是。

次日黄昏,晚餐时分,花粉谷几无人烟。白麓的红色小车悄然驶进花粉谷,她跳下车,打开后备箱,拉开后车门,然后钻进屋角,一会儿抱捆树枝歪歪扭扭摇晃到车边,塞进车里,只抱了三捆,车就再塞不下。她围着车转了一圈,无奈摇头,把地上撒落的捡起来,塞进去,开走了。

彼时,和乐因怕长胖,不吃晚饭,独自在蜂棚看蜂。遥遥看见白麓的车滑进谷来,便朝她走去,还没走拢便站住了,她看到白麓将一捆树枝抱上车,又一捆,直到装满,绝尘而去。迅疾而干练得像个女贼,哪有平常娇生惯养的影子?和乐呆了。同一个人,原来可以焕发出如此不同的景象。但用豪车拉枯树枝？拉去哪？难不成去卖？若拉的是蜜，还可以理解，尽管那急速慌张的样子多半会被理解成偷，但青山上几捆树枝，连偷都轮不上。和乐百思不得其解。晚上，她无法不对白麓留心，竟不见人影。等到8点，大山成了墨色剪影，还不见白麓，办公室、寝室都没有，打电话也不接，和乐不得不将之前看到的诡异场景讲给和苦。

和苦也颇觉奇特，尤其夜晚未归，电话不接，有点匪夷所思。县城来去不过一个多小时，她已走两个多小时。以对她的了解，除了县城，她再无去处。难道装一车柴火，去了主城？和乐说："不会出事吧？"和苦肯定地说："不会。"但毕竟反常，和苦有点心绪不安。他眼前出现前日她砍柴的情形，那是他从没见过的执着和顽强，他问："昨天码树枝拍了没？调出来。"

调出的镜头里，一伙人抱着柴往墙角，来来去去，"搁这儿有啥用？""开篝火晚会吗？"七嘴八舌，各种问，白麓细心地整理大家丢得乱七八糟的树枝，微笑不语，被问得多了，嘀咕了几句什么，听不清楚，大概是催促的意思。反复放，和乐突然说："我自有用处。对，她说了句我自有用处。"和苦站起来说："走，去看看那堆树枝。"

两人上了车，进了谷，下车走到屋前，两人呆了。那堆树枝，不见了。

和苦说："那是一棵什么树？"和乐说："我认不出来，死了很久了，树心都干透腐烂了。"和苦在墙角找到一根遗漏的，掰，闻，看，然后说："这树漫山遍野都是，干了当柴烧农民都捡不完。是个珍奇物种还可理解，这——"和乐突然说："柴，对，那次寻蜜源，白麓给我讲了件事，说她差点害死了一个背柴的老婆婆。"两人对视一眼，齐齐跳上车，回到厂区，调取寻蜜源的录像素材。和苦问："她说了哪天没有。"和乐摇头，想了一下说："第一天！是第一天出去回来那天晚上给我讲的，讲的时候还惊魂未定的样子。"第一天的素材看完了都没有和

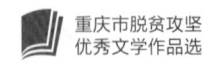

乐说的那一幕,和乐说:"可能摄影师没跟到,那天人走得很分散。有航拍的,不过也是断断续续。"和苦说:"调航拍。"

航拍素材里,他们看到了那个场景:一个老婆婆背着一背柴下山,白麓远远站住,等她路过。老婆婆经过白麓的时候,白麓双臂伸出,去托背篼,柴垛向她压过去,老婆婆失去重心,身子也向她倒去。她的身后,是悬崖。她让路是把老婆婆让在靠山一边,她自己站在崖边的。哪怕是事后看镜头,两人都不由屏住呼吸,心跳骤停一般。这时,隆崎飞奔而至,一手稳稳地提住了柴垛……

和苦长出了一口气,说:"我知道她去哪儿了。"和苦拨通电话:"甄队长,我有急事需要您帮助。"甄目标说他正在路上,转个弯就可到。

甄目标看了视频,说:"是王老太。不急。"他立即拨通一个电话:"王明富啊,找下你妈呢。"话筒里声音很大:"老太婆今天到老二家去了。她过两天就要去看下房子。找她有嘛事啊?"甄目标说:"没事没事。"甄目标把手机往兜里一插,说:"走,我晓得王明贵的屋。"

其实不远,20多分钟车程就到。公路边停着白麓的那辆红色汽车。几步石阶上去,就是地坝,门虚掩,灯微亮。甄目标要喊,被和苦制止。三人蹑手蹑脚过去,看到堂屋进门靠墙一把长沙发上,白麓躺着,身上搭着床薄毯,已睡熟。王老太坐在她面前,一针一线补着她白日里穿的上衣,衣服被撕裂个大口子。王老太眼睛不好,凑到了鼻尖前,扎一针揉下眼睛。针脚阔大,走线很慢,浅粉衣服上留下一串红色"之"字……

三人不约而同悄然退出。之后,无人在白麓面前提及此事。只是几日后,和苦带着摄制组到了王老太家,说他们拍电视,需要拍农家房舍。老太太大方接待了他们,打开所有的门,让他们尽管拍。有间屋,里面整整齐齐码着柴,最外面一层,那捆绑得很不专业的柴火,来自花粉谷。他站在门口,望着那不小的一堆,他想象着一个丫头上车下车搬到这儿来的情形,心底升起一股柔情。

"这是我几年给二儿打的柴。他回来烧三年都够。"老太太不知何时来到他身边。和苦竖着大拇指说:"您一个人住这儿?"老太太说:"我平常跟大儿住,他不准我打柴,我偷偷打的。"和苦一手攀着老人的肩,一手竖着大拇指,大声赞扬:"您好能干呢!恁大岁数了,打恁个多柴,都是您打的?"老太太说:"都是嘛。这些是丫头打的。丫头那么水灵,哪做过这样活路,硬是累坏了,倒在沙发上就睡着了,手上尽是血口子,衣服也撕烂了。"和苦问:"哪个丫头?您孙女啊?"老太太脸笑成核桃:"有恁个乖个孙女就好了哦。她不准我说,我就不说。哎,我年轻时候做活路做得呢。现在不行了,给丫头补个衣服,不成样子。"

那天的镜头,和苦拍得特别慢特别柔和。

场地建设几天了,不见起色,白麓决定请工人。

村民已注意他们好几天了,仿佛看一群孩子办家家。当他们听说要找村民拔草砍荆棘,90块钱一天,一会工夫就来了十多个。全是老太太,最年轻的也是60出头,最年长的目测年龄不下80,这真吓傻了这个硕博团队,他们生怕老奶奶们摔倒,一起迎奔上去,要搀要扶,都被甩掉。

这天的面积比头天有明显扩展,但也很有限。关键是,人竟越来越多。有一个走路都踉踉跄跄,必须坚持要工作,怎么劝都劝不回去,还要一个专人扶着她。

大家觉得史科能说会道些,又与老百姓沟通语言相对接近些,就让他去做劝退工作,结果老太太被劝毛了,竟给他手一巴掌,甩掉他说:"你这个娃儿,啷个恁个嫌人呢,你屋没有老人吗?你嫌弃我吗?你嫌弃老人谨防遭雷劈。"史科脸红一阵白一阵,说:"老奶奶,您恁大年纪,出来做这个活路,实在危险,跌倒了不好说呢。""你娃娃怕我骗人吗?我活到这岁数了,我靠劳力吃饭,没骗过人呢,你恁个说不得行。你怎么这么看人呢,小混账东西⋯⋯"史科气冲脑门,把喉咙都

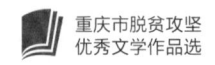

冲直了,说:"我这么尊重您,您怎么不自重呢您?您——走走走,我们这容不下您。"史科就拉住她胳膊,往大门外拽,不拽就要倒,更别说拽,老人坐在地上,双手一下一下地拍着地哭起来:"哎哟,不得了哦,打死人哦——"

眨眼工夫,一群人就到了跟前,几个男人几个女人还有小孩子,喊妈喊婆喊奶奶的都有,一片声地喊,一个50多岁的男人,一路叫嚣冲过来:"哪个把你推倒的,啊?哪个?老子捏死他龟儿!"史科脸红筋涨地说:"没有,没——没推她,根本没推——""是你吗?小子,是你吗?推了不敢承认,今天不负责任就不得行。"史科说:"你要我负啥子责任嘛,人不是我推的,我就是怕她老人家摔倒了才喊她不要在这儿——""你喊不在这儿就不在这儿,我们在这儿放牛放羊几辈子了,你是哪钻出的混账东西,你有什么资格喊我们不在这儿,啊!"说着就上去一把封住了史科的衣领,史科的拳头也举过了头顶。

周围喊什么都有,亭伟他们从另一个场地赶来,嘴里喊着:"不要打人,不要打人!"

另一个喊老太太奶奶的20多岁的年轻人迎上去就是一掌。一掌对着亭伟肩推去,亭伟一侧身,他直冲向刚凑拢来的和苦,和苦直接接住,轻轻一拉,年轻人往前一窜,和苦笑道:"不好意思,小伙子,我点都没用力。我侦察兵出身,条件反射。"刹那静下来,和苦觉得是个机会,赶紧劝解:"不要再闹了,越闹越失礼。让老太太自己说,到底推了她没有。"老太太还要硬横,和苦说:"老太太,我们都很尊重你这么大年纪了,还这么勤劳。但您也要给晚辈树一个榜样,不能乱说,今天到底有没有推您,您是明白的。再闹下去事情闹大了,有什么好处?您后人把别人伤了走不脱,别人把你后人伤了您心疼……""你是哪个?轮到你说话?我妈倒地了,今天不认错道歉送医院幺不到台!凭他哪个说都不得行。""凭这个说得行不?"和苦拍拍姚望手上的摄像机。"砸了,给老子砸了,你随便乱拍,是违法的。""你砸了这台,还有那台,砸了那台,天上还有飞机。你砸得过来?你砸的过程也全摄下来的,怕你砸得起赔不起呢!"这时,地上的老太太哇地哭出来:"为什么不让我做啊,小兄弟,你狠心呢。别人拔一棵草,我拔一棵。我哪点不如人啦。你看不上人啦,你呀——别人挣90,你一天给我一半可以吧,可以吧?"

史科正手足无措,突然,一个闪电下来,把厚厚的云层撕开一道口子。老太太突然站起来,一手撑着地,一手拉着儿媳的手臂,没站稳就迈开小脚,一拐一拐地跑,嘴里念叨着:"哎呀,包谷还晒在地坝里呀。"媳妇跟在后面跑:"妈,我收了,我看到在变天就收了包谷呢,你别跑啊!"老太太跑远了。

当天晚上,开会分析研究。觉得老百姓其实也没别的,就是想挣点钱,能出门的都出门了,不能出门的,都是些老人,家门口挣钱的机会真的很稀罕。但企业也不是慈善机构,不能随便乱发钱吧。后来,亭伟出了个方案,每天核定工作量,谁都可以来,但是任务完成才结算。这样,做不了的就自然不来了。但如何核定工作量,是个问题。

齐迹说:"多少工作量才科学,这个很重要,也不是开会商量得出来的,给我一晚上时间,明早我保准拿个相对科学的量出来,好吧?"大家都对这个有着数学背景的硕士的方程式,寄予着希望和信任。

当夜,齐迹一夜没睡,拔了一夜的草,拿出了一个可行性方案。早餐前白麓收到方案,她其实算不清楚这笔账,但这时候,她觉得有比没有好,也不会比昨天更乱了。结果,立了牌子在门口,一早围了很多人,有些人进来了,有些人走开了。这天园子里拔草很有序。

但接下来,又出事了。花粉谷买的建筑材料,用骡子驮到工地。这天,一头骡子,心情不大好,直接将主人咬了,胳膊上,一串牙印窟窿。骡子咬人,闻所未闻,尤其咬自己主人,更是咄咄怪事。

花粉谷立即将伤者送医,并支付了2000多元医疗费,但骡子主人王全竟还索要赔款。不但要花粉谷赔他的医药费、误工费、精神损失

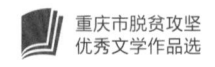

费,还要赔偿他骡子的误工费。因为骡子咬了他,让他们两个这几天都停了工。

骡子终日在建筑点吃草,因为那被它咬伤的主人,尽管伤好了,但需要休息,他躺在那里,谁也不能干扰他,除非把他不能参加劳动的损失补给他,而且,这每天不能参加劳动,损失费是在累积的。

王全一顶草帽盖着脸,两手交叉垫在脑后做枕头,肚皮一鼓一瘪的。骡子卧在树荫下,尾巴一搭一搭地拍着自己驱赶着牛虻,上下嘴唇合在一起,一左一右的碾磨着,嘴角挂着白色的黏沫。

花粉谷众人都拿他和他的骡子没办法。

那天,秀妮走过去,直直地站在躺在石头上的王全面前,直奔主题说道:"这个哥子,看你长得抻抖、穿得周正,哪个不务正业呢,好可惜你的人才。"王全坐起来,望着她:"你是哪个?我认得到你吗?来搭白。"秀妮说:"我是本地老乡,我叫秀妮。我是看不过去,来找你说道的。"王全说:"那你走开些,免得溅血。"秀妮说:"那你也莫丢老乡的脸哈,毕竟我在这儿上班,说起我家乡的人这么横,好没意思。别人说什么,我都不好搭腔,两头不是人。所以,我想找你说道说道,把这结子解开。"王全说:"你做你的事,不影响。"秀妮说:"你要赔你好多钱才松手嘛?"王全恨恨地说:"好多钱都不得松手。老鹰抓住鹞子的脚,难分难解。"

这时,只见史科直奔过来,莫争跟在后面跑。"做啥子做啥子?欺负女生嗦。"王全站起来,脖子转两圈,下巴仰起来,说:"你做啥子嘛?讲人多?恐怕你比不过哦。"莫争也赶到,气喘吁吁地说:"这有什么好比的嘛。人再多,都是中国人不是?大哥,我们是来跟你算账的,算清楚了,你该做什么做什么,免得在这儿风餐露宿。"

王全将他上下一打量,见这年轻人稚气未脱的样子,就不想跟他扯,扯赢也胜之不武,便道:"小兄弟,没啥算头,一边儿耍去。"莫争径直问道:"你说你骡子也要误工费,平常你的工钱,给骡子分的多少呢?""我喂它草料粮食,那不是给它的钱吗?""那是算的多少呢?""这个畜生,一天少说吃脱几十块。""究竟几十块?""每天至少五六十呢。""哦。那你还是赶紧拉起走算了,他在园子里每天吃脱你五六十,你到时赔偿差一大截呢。还有,它把蜜蜂的食粮吃了,这边算起蜜蜂的误工费,不得了哦。""啥意思?我又没招惹你们蜜蜂,算什么蜜蜂的误工费。"莫争说:"你听我算哈,蜂场里的植物,都是蜜蜂的蜜源。小蜜蜂在家门口采蜜酿蜜,产量是可以算的。现在,骡子把它们的口粮吃了,它们飞多远采一趟回来,这产量也是可以算的。而骡子一天五六十的粮草,是多少蜂子的粮食,这也是可以算的……"王全狠狠凑向他的脸,鼻孔冒青烟:"小兄弟,没想你年纪轻轻,红口白牙,胡搅蛮缠,我是让不得你了!"莫争一下矮了半个头下去,望着对手,只差要落荒而逃。所谓书生提笔上战场,怕就这样子吧。

秀妮早插到两人中间,正要开腔,来了一个人,远远地喊:"全娃儿,你在搞啥子。"王全一见,迅速站直,双手贴裤缝,讪笑着唤"甄队长"。

甄目标说:"全娃儿,你又在搞啥子名堂嘛?""我遭咬了呢。""哪个把你咬了嘛?""嘿嘿。"全娃搓着手,耸着鼻子。鼻梁耸得像只猫。"说啊,哪个把你咬了?哪个咬的找哪个,是这园子里的人咬的?还了得,兴咬人,那不是畜生吗?""就是畜生啦,是骡子咬的。""哪家骡子咬的,你找哪家,养畜生也是要管要教的,不然还要去给畜生揩屁股呢!""我各人的骡子。""你的?骡子咬主人,你们听过这种怪事没得?我反正没听说过!全娃儿,这骡子为什么咬你,你心里明镜似的。就别在这儿扭到扯了,好吧?"

之后,甄目标背着双手往外走,全娃拉着骡子低头跟在后面,一顶帽子扣得很低,只看见尖削的下巴,像西游记里被神仙收了的小妖精。

这时,一位老太太扑上来,一把夺过骡子的缰绳,用绳头抽王全

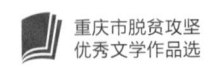

的腿,说:"你把你大伯的骡子拉跑了,说拉点砖回去砌堡坎,几天不见影儿,敢情是来挣大钱来了啊,龟孙子!我今天不来拉骡子回去,还不晓得这场事。我给你娃儿说,把钱还人家,你不会赶骡子遭咬了,找人家赔医药费,这是个啥讲究,我们老王家几辈子没骗过人,怎么就出你们这样些败家子儿哦。"

甄目标说:"好啦好啦,婆婆,您也别气。人家是讲理的,全娃遭自家骡子咬了,人家二话不说送全娃治疗,医药费全付,你全娃实该知足。还好意思觍着脸要误工费,没有他们在这儿搞建设,你哪有这活路做?还有骡子也要误工费,真真儿地不讲道理到家了。婆婆您弄回去好好教育,面壁思过,不准吃饭,哈哈——还有这头骡子,他从没喂过,啷个驾驭得住?不要让他拉出来惹事了,这次咬的各人,要咬了别人,可不是玩的。"

又回头对王全和周围看热闹的说:"人家些城里娃,一看都细皮嫩肉的没做过农活,放到大城市好生活不过跑这儿来。你们自己家娃儿都跑出去了,别个城市娃儿跑这来,你们不说帮忙,尽捣鼓事情,这么搞下去,没一个上门的就好了。"然后指指园子:"这个园子废了这么多年了,你们连喂个牛羊都没把好草,现在人家栽五倍子栽四季花,还不好吗?不说别的,你们哪家没有几箱上十箱蜂子,你家蜂子来采花粉随便采,又不要身份证,你们闹腾得别个做不下去,把人闹腾走了,这个园子杂草齐腰就一辈子杂草齐腰,石头包包也会一辈子石头包包。所以,不要只看脚尖尖那点子事,看看三天后啥样三月后啥样嘛,搭个手,帮帮忙,要让人有想头。一天讲脱贫,有活水进来,才是最快的长久的脱贫,一村的留守老人儿童,如果还不欢迎人来,要穷到几时去?老辈子们,您们都是经过事,明道理的人,您们说我讲的有理没得嘛!"都说有理有理,人群也慢慢星散。

全娃牵着骡子跟在人群后面,老婆婆拖着根树枝跟在骡子后面。他们走得很慢。

15

　　人差不多散了,甄目标才转身过来,笑吟吟望着他们,说:"我姓甄,是这里的驻村扶贫干部,我来看过好多次,没打扰你们。你们遇到任何困难,都可以找我,我来协调。村民本质淳朴善良,就是没见过世面,只看得懂自家坝坝头的事,外面任何动静都会让他们惊慌。闹不明白,就要先把毛竖起,保护各人,信任了,拿你当亲人,你说什么都是好的。所以,你们在这里干事,一定要了解农民,学会与农民相处。说实话,我很佩服你们,在这样的时代里,你们选择了到农村来,不了解中国农民,就不了解中国。成为了解自己国家的人,你们的人生成色,一定不一样。好了,我走了,我马上得去大棚蔬菜基地,一两天不回来,有事儿打我电话,我一准来,我有车。"指指歪在路边的摩托,大家都笑了。

　　白麓听说花粉谷闹纠纷,刚赶来,立即上去表示感谢。继续说:"你们来做事,无论如何当地都是欢迎的,你们也要学会和政府打交道,有困难找政府,啊?哈哈——都才毕业的吧。我知道你,北大毕业的牧蜂姑娘。"白麓说:"我们有个隆总,他说对接政府我们没经验,他负责这块工作,结果又常常在外放蜂,所以——"甄目标见了她,十分亲切地说:"你没见过我,我可见过你!"见白麓不解,也不解释,甄目标笑:"你们那个隆总,哈哈——他心里有冷病,说不起热乎话,以为都要烤了他,躲着人啦。和导呢?怎么今天没看到?"白麓说:"和导他们到处拍,我们可不管他们。"随后低下头,眼里汪着泪水:"我不过是要修一个花园,怎么这么难啊。"甄目标说:"修花园是好事,好事要做好!有事打电话,我召之即来,好吧?"

　　说完,走到摩托前,"突突"半天才打燃。后座上的一堆东西又歪

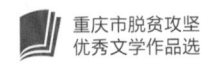

下来。大家围上去,帮忙系紧。一看是帐篷,笑说:"您还浪漫呢。随身带着帐篷。"甄目标说:"同样的生活,你说是浪漫就是浪漫。"然后一只脚蹬在摩托上,一只脚踩在地上,又说了几句鼓励的话,就绝尘而去了。

白麓望着他的背影,有种温暖从心底升起,类似她当初在畜牧中心见了祁主任出来,走在路上的感觉。史科在她耳旁说:"这个甄队长来过好多回,到园子里到处看到处转的,还问我些关于公司的事,我可什么都没说。我一直以为是来看热闹的,没想到是个干部。"亭伟说:"还是一个既有理论又有实践的很有水平的干部。"这时,旁边多出一个人来,说:"扯淡,做活去。今天要把南角上那片打整完呢,明天苗子要进场了呢,还有工夫闲扯。"

大家回头,见隆崎仿佛从地里冒出的,站在大家身后。白麓嗔怪道:"出事你就躲,什么意思?"隆崎说:"我不躲,事更大。"就领头往蜂场南角走去。

再来拔草的,婆婆爷爷少了,多是叔叔伯伯孃孃婶子。看年轻人们笨手笨脚,婶子们边教边逗他们。

"小伙子,有对象没有?这是个谈恋爱的好地方哦。带女朋友来,往里面一钻,保准就成了。"

"这些人年轻的时候,也谈恋爱的,有几个没来过这儿滚草丛。这里风景好啊,有山有水的。"

"进去俩,出来仨,哈哈——"

"他张婶儿,你那会儿可没少钻吧,也是跟老张两个进来,成了三个才拿证办酒的吧,难怪你家老大富财这么老成呢。"

"你个背时的,你敢说你没来过,你敢说你的阿松跟这儿没关系。哈哈——"

然后两个就开始扭打,你揪我的脸,我拉你的头发,压倒一片草,周围一片乱笑。一个年龄大的憋着笑吵道:"我说你们还是自重些,给小年轻看到我们什么样儿？心里说我们老不正经。再说,这里还有姑娘家呢!"

这些年轻人看着热闹,觉得这些孃孃婶婶也是蛮亲切活泼的,大家就和睦起来。和睦以后,孃孃婶婶嫌他们碍手碍脚,就把他们撵到一旁,喊他们玩儿手机去。有一天张婶子说老张在湖里钓了条大鲤鱼,她烧豆腐鱼大家吃。大家这天便特别有盼头。

莫争当即吟诵："摩围山中蜜蜂飞,桃花流水鲤鱼肥。青箬笠,绿蓑衣,斜风细雨不须归。"

孃孃们就夸赞得紧："哎呦,还是诗人啦,好听得很。"莫争不好意思说："只是古诗改了几个字。"孃孃们说："那也要肚子里有哇,叫我们,古诗,再鼓捣撕,也撕不出一句好听的来。""哈哈哈——"

那次鱼吃了以后,年轻人们下了班,有时就不见了人,食堂的饭菜剩着。而他们网上买的手套帽子护手霜防晒露,也给了孃孃们一二。她们摊着被抹了的双手喊："这个了不得哇,手滑腻腻的,扯不了草了,太糟蹋它了,待我去洗了来。"大家滚来滚去地笑。

笑声欢乐了花粉谷。有这样一群年轻人,因为各种原因,为着各自的目的,来到了这个山旮旯,一起惊艳了山川,惊艳了他们自己。

顾亭伟来的时候一身名牌西装,过去在他身上剩下的痕迹只是鼻子上那副ESSILOR法国名牌眼镜,这牌子像LV一样假货多,但他这个绝对真,他绝不会用A货。名牌裤子坚挺了一阵,由于他腿形的独特性,他的裤子都经过量身修改,不然他会认为起不到扬长避短的作用,达不到"财富和身份的象征"效果,所以裤子因此幸存,但裤子的搭档们,不是让它显得可笑,就是更可笑。一条格子西裤笔挺的裤管下面,探头探脑露出的是一双军绿色解放鞋,往上越过腰部,不是一件白色圆领老头衫,就是上世纪70年代最流行的海魂衫,在镇上比较容易采购到,镇上那条不长且窄的购物街上,非常多的还有宽松鲜

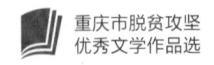

艳的棉绸花裤衩,经幡一般在风中猎猎招展,让人产生购买欲望,他买了两条,换下了他的GUCCI。他现在能够放开手脚了,他突然觉得再没有什么可以束缚他,他狠命拔草,撬起石头并让它滚开,累了躺在草地上,眯着眼睛看蓝天白云,嘴里嚼根草。他很少与人交流,没人知道他在想什么。

有天晚上,他躺在蜂场的石头缝里,听风声。看春晓秀妮检查蜂箱,时小雨跟在她们身边。后来史科和莫争来了,五个人坐地上说话,风声里有了人气。

一会儿三个姑娘走了,史科问莫争:"你觉得小雨怎么样?"莫争打着游戏,没理他。他夺了他的手机,再问了同样的问题,莫争一脸懵圈地看着他。史科说:"帮我写。"莫争瞪着无辜的双眼问:"写什么?"史科说:"写情诗。"莫争:"不是吹了吗?"史科说:"不是那个,是现在我有了心中的女神。"莫争说:"那会儿不也是女神吗?"史科说:"你是跟我抬杠吗?"莫争说:"我说实话。"史科无限深情地说:"这次,我是真动了心。你觉得,时小雨怎么样?我觉得她真的长得很好看。"莫争说:"时小雨啊,你们俩一起,确实有个好处。"史科兴奋地:"什么好处?快说。"莫争说:"不会吵架。"史科说:"真的吗?你真的这么认为?"莫争说:"因为文化程度差异太大,连架都吵不起来。"说完夺过手机走了,史科在后面骂骂咧咧地跟上。

亭伟看时间太晚,也跟上去了。史科很吃惊:"你从哪里来?"亭伟说:"那边走了走。试鞋,嗯,试鞋。昨天刚买了一款新解放鞋,试试好不好穿。"史科说:"好穿吗?"亭伟说:"太好穿了。解放鞋,真能让人解放,不,让脚解放,脚感不比我以前的乐步差。花园建好了,我穿上我的背带裤,在那亭子守蜂箱看蜜蜂采花蜜,好好研究下解放鞋,没准儿弄个爆款出来。"说着,超过他俩,往前面走了。

史科摸摸自己的头,没理清楚这里面的逻辑关系,花园、亭子、蜂箱、背带裤和解放鞋,什么意思?他问莫争。莫争说:"刚才他听到外面的谈话了,尴尬呢,所以跟你胡扯。"史科紧张地:"你怎么知道?"莫争说:"新款解放鞋,你见过吗?还试鞋,呵呵——"史科说:"怎么这样?"莫争笑:"怕啦?还要我写呢,有故事就有观众,有创作就有读者。"

16

齐迹成了牧蜂姑娘的红人。齐迹那货,瞬间征服了姑娘们,齐迹第一次肯定了自己的事业选择。齐迹很宿命,他觉得他来到人世就已经注定了他是奇迹,从他爸给他取的名字就注定了。但他做出的奇迹不是他爸要的,因此他被他爸扫地出门了。他爸敢把他扫地出门,其实是承认他是奇迹,不承认,哪会放心?齐家世代官家,从他爷爷到他爸爸,都是国家干部,官至厅级。他从小聪明伶俐胸有大志,他爸觉得有望在他这代,能有个突破,出一个部级领导,这不是光宗耀祖的思想,而是真要修身齐家治国平天下,真心要为天下服务。而齐家卡在"齐家"那坎,所以,他爸给自己的儿子取名齐迹,希望他能够突破齐家上限,有能力有机会管更多人、做更多事、负责更大领域、服务更多群众,没想到的是,这个儿子完全基因变异,对他从小的耳濡目染,不是被渗透,而是被排异,简直不是他齐家的后人,从小立志竟是要做生意,要挣大钱。三观不对啊,三观出了问题。但齐迹这小子成绩一直好,学习不用他操心,偏好理科。这也不是他所愿,文科好才是正经,能写一手好文章才是王道。中国当官,好文章好使,数学公式无用。但学好数理化,走遍天下都不怕,他是信的。大学齐迹考的数学系,他也比较认可,数学训练逻辑思维能力,当领导逻辑思维能力强也是占起手的。与学生时代的儿子,他不便多讨论这些问题,指望等他长大再为他确立人生方向。不想在另一个城市读大学的儿子,在大二时候,用自己从小积攒的压岁钱——让孩子从小平等独立,压岁钱七大姑八大姨给他的,哪有收缴的理。又能有多少,孩子能做个什么——偷偷开了个馆子,馆子非中非西非火锅江湖,而是自创的一个介于这些之间的吃食,竟还受欢迎,挖了他的第一桶金。

从此一发不可收拾,从馆子里,来销售酒水的酒托那里,齐迹看到了酒市场的潜力,便关了馆子,干起了酒业,在酒的销售里注入文化元素,使从业的那家公司的销售额上亿。这些,发生在他读研究生期间,当他父亲知道的时候,他已是千万身家。过了两年豪壮人生,追到了心仪女朋友。而人生拐点也从这里出现。

眼下的齐迹,将占用他全部资金的化妆品和他的固定资产一间小屋,扔给了大城市的霓虹灯,让它们在喧嚣中保持着有尊严的沉默,自己在绿水青山中建设金山银山。这是他给父亲的微信留言,父亲的回信说:"只希望你眼里不只是金山银山,而真正放眼天下绿水青山。"他淡淡一笑,而在蜂场待了些日子后,他笑不出来了。他一直鄙视的他爸爸对他的希望和理想,在这里庄严起来。

他回去过一趟,妈妈说他黑了,从没见他这么黑壮过,他第一次见到了爸爸看他的眼里的光。他大口刨饭,妈妈说:"以前这不吃那不吃,现在这个样子,饿牢里放出来的吗?"他说:"倒不是,伙食是不错的。只是很久没吃到妈妈做的菜了。"

吃饭的时候,讲了他和他刚结识的小伙伴们一起做的事,以及他们的蜂子。他爸爸说:"听你讲,是件好事。但要坚持才好!这个比你的酒和化妆品,我更支持些。工资就别讲了,毕竟初创企业,又在山里创业,不容易啊!有困难我们支持些都是可以的,也别想到去卖你的化妆品,要做就专心致志地做。"他笑:"我找您要过钱吗?从大学就没有要过了吧。"他爸说:"你这什么意思呢?"他说:"没什么意思,只是想说,您放心吧。妈,您差钱就去我那屋里拿化妆品卖,贴补贴补,可别指望老齐家,有心无力。还有,那些东西您一定要用,我们公司那些牧蜂姑娘,可喜欢了,她们识货。"妈妈说:"我怎么抹,也不能抹成你们的牧蜂姑娘了。就不糟蹋东西了。"听到糟蹋二字,齐迹就讲了农村嬢嬢护手霜的故事,大家哄笑一场。

那次,他发了很多货到阿蓬县,他是专门回去为姑娘们发货的。

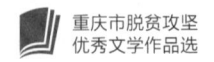

不是让积极配合拍摄吗？DI广告说，长期用，脸变瘦。尽管也不知真假，脸瘦才上镜，并没想过到这儿来还要上电视，但上电视也不怵，只是，不上则罢了，要上谁也不愿看到自己一张柿饼脸啊，哪个姑娘们心里都藏着一张网红脸。喜欢玩抖音的秀妮每天往脸上抹厚厚一层，边抹边说："等我当了网红。这钱很快就赚回来了。"时小雨悄悄问："你干吗想当网红？"秀妮说："自己开店，带货，挣钱。"春晓问："你想开什么店？""那要看我红到什么程度。"春晓觉得她太有抱负了，对着镜子，她审视得仔细，自己的脸也是圆圆的，还有点双下巴，她是别指望成网红了，但小山喜欢。秀妮说："有个喜欢你的男人，比当网红好多了。小雨天生小脸，她却只对蜜蜂感兴趣，老天爷做事好奇怪。"

时小雨却一点成为网红的兴趣都没有，她对照过那些网红脸，确信自己不是那风格，放了些心。但她仍然躲镜头，最后镜头对准她的时候比对准别人少很多，有时从她身上扫过，也是匆匆，纯粹是"带点景，带点人物"，这是她常听和导嚷嚷的。大家都认为，她试用期满后，会到办公室工作，但她更想就在蜂场跟蜂子在一起，可有几次，到蜂场去，遇见隆总，隆总在蜂箱间走来走去，看到她总要吓一跳。好多次吃饭的时候，就大着喉咙说："小雨啊，你得多吃啊，你这么瘦，必须长胖些，不然别在场子里飘来飘去太吓人了。"亭伟说："别理他，他故意气你。你没有他说的那么瘦，其实——其实，你刚好合适。"时小雨浅笑道："没关系，谢谢你！"亭伟匆匆走掉。

亭子在盖顶了，花苗全栽下了，整个蜂场，一片欣欣然的样子。这时，大家暗中在猜测接下来分配岗位的事了，何去何从，大家心里都有些定数，只有时小雨，白麓说："我们该有个行政办公室了。小雨安静，又有文字功夫，适合到办公室工作。"隆崎说："蜜蜂专业，不在蜂场干，可惜呢。"分别也都问了小雨。小雨对白麓说："我是为专业来的。隆总好像不怎么接受我。"有些委屈，有些伤感，眼睛蒙上一层水雾。白麓说："做牧蜂姑娘就是搞专业啊。"她心里知道隆总没有不接受小雨,隆总是想要她在产前的,只是没说出口。没说的原因,一是行政办公室需要她;二是她觉得隆总并不懂得珍惜人。但不知为什么,她内心里竟为小雨有些难过。

17

　　这天,正在栽最后一畦格桑花。这是没有图纸的建设,每人心中有一片自己的花园,栽花的时候,长短方圆、大小疏密,每个人拿着花苗都栽着自己的风格。大家都欢天喜地的。正休息喝水,蜂场大门进来两个人,都背着双肩旅行包,戴着墨镜,服装和包都是情侣装,远看去年轻洋派。有人说:"又来游客了。"有人说:"今后会越来越多。"有人说:"和导的片子播了后,这地方可能真的成为网红打卡地呢,我们收门票买更多的花。"

　　摩围山本身就是个4A风景区,虽游客不多,但也还有些游人。因为蜂场的大门气派,就像当初白麓的好奇,常有徒步的游客撞进来。

　　人越走越进来,不像平常来的人,东张西望一下,没什么好看的,就失望地退出去。这两个人很有目的性,是向他们走来的。要到跟前了,女的大声问:"请问,白麓在吗?"

　　白麓正埋头划拉手机,一抬头,看着两个人,迟疑地站起来。两人便加快了速度,女的最后快得像跑了,嘴里还喊着:"小麓总。"白麓轻轻地不自信地吐出两个字:"香雪。"再近一点,大声喊道:"香雪,哦,香雪。"跑出去了。两人抱在一起。

　　大家惊讶异常。在他们的眼里,小麓总那么的高冷理性,她也竟有奔放热情的样子。这世上,总有一个人,是你愿意拥抱的。而愿意拥抱的人,大概是另一个自己吧。

　　在花粉谷最高的山腰平台上,白麓香雪并肩而坐。白麓望着香雪:"就凭朋友圈里信息找到这里,真顺利。""不然怎么说是万能的朋友圈呢。"香雪笑说,"其实,是我来过的嘛。那年,你就在这儿下车,我跟着去登顶了。"白麓说:"怎么也该提前联系。让我早点高兴嘛。

我正在忧心行政主管人选呢,你既然来了,就不能走了。"

香雪不停地打量她。白麓不好意思起来:"你看什么,老看。"香雪说:"我只奇怪,什么把你变成这样?""怎样?""过去化妆但凡有一道程序没完,你都断不肯出门。着装、颜色、样式有一点不过关,你也断不肯出门。现在,素衣素服,素面朝天。真是你吗? 小麓。"白麓惊异地看看自己的衣服,再摸摸自己的脸:"真的耶,你不说我都没注意到。丑了吗? 啊? 丑了吗? 是不是很丑?"白麓紧张起来。香雪再细看一番,说:"听真话?"白麓说:"谁要听假话? 快说。"香雪说:"没过去光鲜了。但更好看了。所谓铅华洗尽,返璞归真,大概就说的这个意思吧。"白麓双手爱抚地捧着脸,委屈地说:"可是,我要的风华绝代呢,我要的光彩照人呢,我从没追求过你说的那什么呢!"

香雪像过去一样,话少,做事干净利落。同来的是她的男朋友梁思达,法国留学生,学金融和商业管理的,市场营销是他的专业。曾经她为他而离开白麓,现在,她又为白麓而带回了他。白麓说:"我赚了,走一个,回两个。我们是需要人才的,只要他愿意,我们热烈欢迎他留下来。"

她们两个在蜂场一隅坐着吹风的时候,梁思达已随大伙儿栽花去了。梁思达拿一株花苗看来看去,说:"栽花不是我的强项,采花比较有水准。"大家一笑,就熟了。梁思达又说:"我并不认识你们小麓总,但从给我女朋友取的香雪这个名字,让我跟她冥冥中有交流。"大家都承认,从向学到香雪,实在是个漂亮活。

梁思达不时盯着大家脚上的解放鞋看,他脚上那双耐克是今年的潮流尖货,此刻显得很不合群,很不搭调,便笑着说:"你们这鞋,是单位统一配发的吗? 蛮有特色。"莫争说:"我们都自购的,现货,本镇购物一条街的主打产品。"大家哄笑。思达说:"必须进一款,很酷。"

边拿出手机展示他的鞋柜。他家一面墙,整墙定做一壁鞋柜,陈列着各种"豪车"——他说,安步当车,鞋是微型车,他坚持这就是一

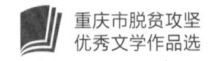

墙的豪车——他全部家当也在那墙上陈列着了,NIKE,YEEZY,AIR JORDAN,都是限量版的,有时没钱用了,就在网上卖鞋变现,打包的时候,各种深情各种不舍,满满的卖儿卖女的心情。最让他骄傲也最让他心疼的一双鞋是那双 Nike Zoom Kobe 1,刚上脚两天,科比去世,他在手机上看到消息,第一反应是把鞋脱下来。当时他在外面,一瞬间,不敢迈步了,觉得这每一脚下去,踩的都是文化、是历史、是怀念、是情感,都会把大地踩出一个坑来。泪水在眼底,脚下生层云,这样走回家去,进门时把鞋抱在怀里。他妈被这怪相吓到了:"你的脚怎么了?"他鄙夷地说:"你就知道脚,你就从没想过鞋!"

但他只对运动鞋感兴趣,不穿皮鞋,"那等同于给脚上刑"。亭伟说:"那解放鞋,建议你买两双,一双上脚,一双上墙。"大家哄笑。齐迹说:"亭伟说解放鞋是最好的国产运动鞋,我开始不认可,尤其对于他说解放鞋会成为爆款,简直开始怀疑他智商有问题,觉得至少在鞋这个问题上我们无法沟通。但现在,我完全承认他的正确性。这鞋,最好好在它解放的不是你的脚,而是你的心。至于爆款,看,这不爆款吗?"他将一只脚抬得老高,让大家看他那双军绿色的鞋前面张开的一张嘴,而他的脚趾像舌头一般从嘴里伸出来,摇动……

香雪那天晚上,对思达说:"启动第二方案。"第一方案,是出来观光旅游一趟,从哪里来回哪里去。第二方案,是留在通过白麓的微博和微信公众号再三研究认证的"牧蜂姑娘",如果牧蜂姑娘也接纳他们。思达很高兴跟这伙人过段人生时光,但是,明天得先去镇上买两双鞋。

第二天,两人就去镇上买鞋、衣以及生活用品。思达认为这地方让他不能"宠幸"他的鞋,是件让他和鞋双双落寞的事。第三天,行政办公室正式成立,香雪入驻。思达则穿着一双军绿色解放鞋,加入了蜂场建设阵营。

蜂场建设竣工,由于花都还没开,而那亭子,隆崎不准上漆不准上油,素面朝天地杵那儿,像一个晨起的本无颜值又没打扮的女人,毫不起眼,除了养蜂人多个遮风避雨的坐处,再看不出它的光彩。这让白麓深深失望,忙活这么一阵,用了不少费用,但她的诗情画意没能得以呈现。她同时认为和导也是这么看的,他的失望表情她看得清楚。而且,蜂场建设愈是要结束的这几天,这个最初她有些疑惑有些排斥的团队,这些日子就这么默默关注着他们,镜头对着他们,就像一双诚恳关切的眼睛,无论成败得失。她有时觉得很对不起他们,没有呈现更好一面及光鲜感人的故事给他们。

这天下午,她走到和导身边,去看监视屏。和导站起身要让位,她谦让一下:"那是导演的位置,那不是随便什么人都坐得稳的。"和导呵呵笑着说:"无论是作为公司负责人,还是片子里的女主,你都应该坐这个位置看看。"其实,她是想看的,就坐下了。她看到镜头里,蜂场是美好的,人也是美好的,那帮人显然已经习惯了,恬然放松。"一首闲适的田园牧歌啊。"她听到和导一直弯腰指挥着陆虎调整镜头,忙站起来说,"和导,我跟你去学导演吧。"和苦说:"好啊,先拍部'棒棒'的生活。"她一扭身:"还是算了算了,我还是养蜂子吧。"走了两步,又折回来,说:"和导,你空的时候,我想跟你谈谈。"和苦说:"我从来没空,又随时有空。走吧,那边转转,我也正想找白总聊聊。"

两人往后山上边走边聊。白麓说:"我没想到我们的蜂场在镜头里这么好看。"和苦说:"好不好看,看你看东西的角度。"白麓说:"我也真心没想到,我们的劳动生活看上去那么美好。"和苦笑:"不然怎么说,世界不缺少美,而缺少发现美的眼睛呢。你能这么看我很高兴,说明你对自己的生活是肯定的,对我们的片子也是有信心的。"白麓不好意思地承认:"之前是有些怀疑,你们这么拍,有什么好看的。现在觉得,这就是真实的美吧,或者说,即便没那么美,但是真实的。真实就好。"和苦说:"对了,真实就好。至于真实能产生什么效应,那是仁者见仁智者见智的事了。对了,我们上次去探了个险。这后山

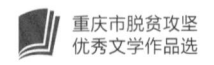

上有个洞口,天气好的时候,趴洞口能看到里面有垂吊的石钟乳,所以,我们断定是个溶洞,于是,就用绳子搭了个软梯,然后,一根粗绳,一头系在一棵大树上,一头系在腰上,下去了。你猜怎么着?"白麓很惊异,她真不知道这里还有溶洞。和苦说:"下面好大,我们的灯准备得充分,把里面照得雪亮,一个小洞口进去,一个大厅,两层楼高,悬吊着石笋,地上也有长起来的柱子,还有两三个洞口,不敢再进了。你们今后去流转过来,藏蜜用,那是再好不过了,一个天然的藏蜜洞,房租都不用付,电费不用,哈哈——"白麓说:"找个时间,带我们去看看。"和苦说:"就这么一条道上去,走三四里,遇到一个岔路口,往左边再上去一里,再遇岔口,再往左,就到了。"白麓说:"你也不用说这么仔细,说了我也不记得。我是鲁莽。现在园子也完工了,改天抽个时间去,你们正好拍。"

和苦停了下来,说:"小麓总,我正要来告诉你的就是这个。我们要撤了。"白麓一下没反应过来似的:"撤?"和苦说:"我们拍摄告一段落,要从这里撤出了。回去还有段时间编辑,做好播出的时候,我通知你。"白麓一不留神,脚下踩进一片深草,没了脚背,身子一歪,两臂张开,保住平衡。和苦伸手要扶她,她已站稳。和苦说:"走这种路,一定要踩到看得见地面的地方。草遮住的地方,可不知是不是一个坑,走不好会崴脚。"白麓一句话不答,垂头走前头去。

和苦跟上,继续说:"你们现在越来越有规模了,应该要走上正轨了,打了五倍子蜜,我买些,今后专吃你家五倍子蜜,再稀缺也不能短缺我哈。"白麓说:"我家没有,别处买去。"和苦站住,不解地:"这是怎么了,刚才好好的。"白麓停下来,回身望住他,愤愤地说:"走着走着,就不走了,什么道理?"和苦说:"没有啊,我不是好好地跟着吗?"白麓说:"跟着吗?你不是才说要撤吗?"

和苦才明白她的意思,笑了,说:"你说这个,本来你们的故事挺好,可我们不撤不行了,我们要吃饭啦。这大半年没挣一分钱呢,只是消费。长期下去,公司维持不下去了。"这戳到了白麓的软肋,自己没出钱,连食宿都不管,人家做人家的,平常不就这姿态吗?那在人家做与不做上有什么发言权呢?白麓不说话了。和苦又说:"我们回去还要先编辑,这里蜂场建成了、产业起来了,我们还会来拍镜头。"白麓说:"什么时候走?"和苦说:"有个扶贫干部,我要去告个别,可能就明后天吧。"

白麓说:"这么久,辛苦你们了,走的时候,我们给你们钱个行。"和苦说:"那就不必了。都忙着呢。如果片子成功了,反响好,我们再聚。"

白麓那天情绪特别低落。身边一直陪伴着的一群人,将要离开他们,一双关注他们的眼睛,将转向别处,她一时非常失落。

18

　　傍晚,西边的天空橙红一片,花粉谷像一个跑累了、卧在大山母亲怀里甜睡的少女,披着霞光,沐着山风。俯瞰下去,这里已经与之前不一样,说不出哪不一样,但肯定不一样了。有点像一个野性的少女,穿了件朴素的剪裁得体的衣裳。

　　和苦让摄制组在这里静静地拍,直拍到霞光收尽。

　　不到晚些时候,甄队长也是不会落屋的。但半小时后,他们还是吃了闭门羹。问了近处农户。"甄队长,他经常不在呢。摩托不在就肯定不在。好久回来?几天没回来了,他一辆摩托一个帐篷,走到哪儿黑就在哪儿歇。打电话撒?电话一打他就接,半夜都接。"

　　果然一打就接。听到和苦的声音,很高兴,说:"有时间你过来,云曦村最高点,风景好,拍电视好看,3000亩的高山大棚蔬菜,你也不一定见过。我正在做直播。不说了。我给你发定位,随你什么时候来。"

　　张井导航,路倒不远,一个多小时车程,只不知路况如何,毕竟开夜车。和苦说:"他直播?我真好奇。"张井最是了解他,立即通知大家上车出发。

　　车要到目的地,再开不上去,陡又窄,大家下车,背上家伙,徒步向上,途经两农户,两房子一左一右夹路而建,两个年龄相仿的老头,分别站在自家门口,沉默地看他们经过。走在最前面的黄庭问大棚蔬菜还有好远,两个老头都不理。张井摸出一包烟,抽出两根一边一根奉上,左边的老头不要,右边的老头接了。左边的老头又要要了,右边老头说:"不吃烟也要,什么脸。"左边老头吼道:"吃你的了吗?少批跨。"真是猝不及防,一根烟引发的战争。张井赶紧说:"老大爷快少说两句,我们只问个路。"右边老头说:"就恁个往上走,20分钟到得了。"左边老头说:"少说半个钟头,莫听他的,他不清白。"右边的老头说:"你才不清白,你一家不清白。"和苦忙岔开话题,问:"甄队长在上面没得?"右边老头说:"甄队长,哪个甄队长? 我们是魏队长。"左边老头说:"甄队长都不晓得,不是不清白吗? 老弟,是说帐篷书记,在上面呢,这两天都在。"右边老头说:"别人问的甄队长,又不是问的帐篷书记,你好能干哦!"左边说:"再不能干也比你好些,饭都吃不起。"右边说:"你大哥莫说二哥,我吃不起饭也没吃你家的,我吃国家的。"左边吼:"国家都要遭你吃穷。"右边更大声吼:"国家有你才是祸害。"如两根总往一起缠的老藤,解开也难。姚望直接走上去,把镜头盖揭开,对左边一扫,再对右边一扫,两老头捂着脸闪进屋,身手都还矫健,两边瞬间无人。

一群人一路笑一路走,不过十多分钟就到了。上面一大片平地,蛙声如潮,蝉鸣似诉,萤火虫满天飞,满天星光很近。远远看见一灯光,像天上星星掉了一颗在地上。他们走过去,一个帐篷在一片蔬菜的边上,帐篷上的门敞开着,甄队长并不在里面,一个笔记本翻开着摊在地上,一支签字笔躺在中缝。和苦捡起来,翻开的那一页写着:

6月12日

8:40　走访五组贫困户陈民禄(没在家)。儿子张庆、女儿张红在家,有晒坝,二楼精装修。

11:20　走访四组贫困户刘顺利(无人在家);黄亢成(在家),入户进行超标整改方案协商。

向副礼、李于英,滑坡地段人平7000元没有得到。

和苦不知是什么"超标"。但接下来的两行字,强烈吸引了他:"向上碧,79岁,下门牙只有5颗;张中碧,79岁,牙落完了。"

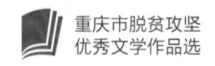

和苦震惊了,扶贫干部的工作扎实细心远远超出了他的想象。他原本很忐忑,觉得看人家的笔记本不礼貌,但他欲罢不能。往前翻,前一页记着:"19:12,走访一组李勇生移民搬迁整改面积超标事宜,协商整改工作。1974年生,2017年搬来,人口5人。"这一页再往后,基本就是走访超标事宜和协商整改方案工作。

再往前翻,写着的是:"五个一":每周一次院坝会;每月一次遍访,每月一次民调(50户),每天一次通报。和苦数了数,只有四个一。后面一句:坚定一个目标,围绕一个字"准",一定要啃下"县摘帽,乡销号,户脱贫",这个"一"加上又多了一个。这一页的下面,无头无脑记着:土鸡992只,西瓜10万,中蜂1050群,大棚建设,需资金102.796万。

他把笔记本翻到扉页,正中写着三行有力的大字:阿蓬县云喜乡,云曦村驻村,工作笔记。右下角是他的署名、电话,还有日期:2020年4月18日。这个才用3个月的笔记本已要用完。再翻开一页,上面写着:

人不负青山,青山定不负人。(4.18　11:38)

此生属于祖国,此生无怨无悔。以生命赴使命,以忘我的情怀追逐人民的梦想,用热血燃烧出信仰的熊熊之光。(4.19　0:21)

为什么我曾经的搭档,我的排长兄弟,都不约而同走上脱贫攻坚的战场。

我们随时都奋战在关键期,决胜期,啃骨头我们都在,零容忍我们都在,革自己的命我们也在。人生百态,唯有热爱。(4.19　0:51)

既然享受不了登顶的快乐,那就享受甘为人梯的幸福。你的举手之劳就是他们晚年的依靠。每一个努力活着的

人,都值得尊重!生活虽然不易,但希望从未远离……(4.19 1:27)

  没有人的乡村,建设得再好,也是一座辉煌的废墟。工作重心从守住耕地红线转变为守住粮食生产能力红线,是一个前景广阔的课题。(4.19 2:08)

和苦觉得手中的本子熠熠生辉,情感的潮水里闪烁着思想的光。他一面责怪着自己的无礼,一面接受着自己的感动,但无论如何,该放下别人的笔记本。和苦正要放下,再顺手翻一页,竟看到两首诗:

  冉家坝的家,被自己高挂;
  想听儿唤爸,思念咱爸妈。
  目标来大垭,夜里与谁话?
  产业在萌芽,梦想在开花;
  促膝农户家,捧蜜话桑麻;
  ——2020年4月20日 0:54

还有一首:

  当潮水退却的时候,落定是尘埃。
  安逸啊,被收留;
  风雨啊,别阻挡,
  背叛梦想,随遇而安,
  会使我疯狂。
  亿万年的岩石静静伫立在道路旁,
  与我深思交往,
  我珍惜这徒步的跋涉,

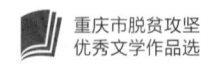

这是年轮代替不了的丈量。

动辄要求群众感恩戴德,实际是皇权思想和臣民文化作用的结果。很多建设行为表现出对历史文化的无知和轻蔑,做了不少割断历史文脉的蠢事。(4.21 6:12)

再往后翻,这些话就少了,更多是道路堡坎、蔬菜粮食、猪牛羊禽蜂,以及每天都有的贫困户家庭走访记录。看得出,这是一个浪漫的充满激情的人,在这个笔记本开始的时候,深情慎重地要记下自己的情绪和感悟,可后来就忙乱了,需要记的杂事多了。诗就少了,感悟也少了。和苦整本翻,大体都差不多,只是晃眼有几篇日记形式的,便找到从头至尾仔细读。

2020年5月10日 23:45
云曦村的春天像冬天,独自走在寂寞稀疏的星光里,听田坎上浸水孤独的滴答声,电话里听了帮扶户坤哥的孙女在讲坤哥胃口尚好,听宏强讲上班十多天的事,完了支书约我明天测量高岩子到八角台的产业路,终于要动工了,但老村委会的三台机器还在沉默,战疫和战贫两场战役……

理想和现实的博弈,未承想轻易地放弃。为了一个看得见的未来。人生没有奇迹,静待那朵花开,花告诉我,它在未来。

牧蜂垭的花粉谷里来了群年轻人,惊艳了花粉谷。现在和未来衔接,希望和焦虑并存。

2020年6月12日 0:36
今天又去数了,花粉谷有482群蜂了,比开始的316群多了166群。这是隆崎的功劳。他冲着五倍子,4年前从临县来这儿致富,结果让云曦村多了个贫困户……

我想找隆崎谈谈,这群娃养蜂离开他不行。但他像惊弓之鸟,他欠了太多账,还不起,他躲所有人。

北大女孩白麓,他们喊小麓。她不比他们懂得多,但她很执着。他们的意义不只是中蜂,更是人。这不能给他们说,他们要翘尾巴,心态变了,味道就会变。他们什么都不知道的情况下,做的才是最真实的他们。特别是脱贫攻坚和乡村振兴,这些概念,他们知道,却不知道他们正在做,他们知道了,就做不好了……

2020年7月9日　23:22

月牙儿已落山,星月相伴一瞬间,抬望眼,漫天繁星。我独坐在云曦村寂寞的夜里,为了心中的理想,做一个孤独的行者,注定无人捧场,更不奢望鲜花和鼓掌,因为你的标准是人民,你想努力活在百姓的心中。

那群孩子来128天了,又多了几个,他们在园子里玩得开心,根本不知外面的艰辛。我今天去水务局协调了用水,这些来时干干净净的娃娃,据说几天没洗澡了。花粉谷供水问题得以解决,他们跳着脚尖喊水来了水来了。并不知道怎么没水了怎么水来了,少不更事,真好。几天不洗澡洗脸,也成灰毛鸡了。不能让他们成灰毛鸡,他们抖抖尘土飞了,就亏了。既然来了,不能让他们轻易走。他们也不惹谁,在这里足不出园子,扯草栽花养点蜂,做的都是好事。

和苦无可遏制地,眼眶红了,眼睛模糊了,那是一份感动所致,深深地感动,感动于有人和他如出一辙的心情。和苦终于明白,自己走之前,为什么那么强烈地想见他一面,他是想要托付啊。走进他镜头

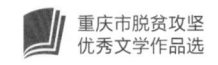

的人物，都是他的人了，他心里从没放下过，这些年轻人，这群有趣的灵魂，他们的未来或前程似锦或平淡一生，但无论怎样也是超越他的"最后的棒棒"们的，努力过的人生结局无不值得尊重，但他们眼下的开始，是那么的困顿迷惘，这一点，他们甚至不自知。和苦在甄队长的笔记中，看到了他同样的观察、思考和感情，所以，一股热流冲上来，模糊了他的双眼。

他眨眨眼睛，看到下面的一段："村庄的春天无声无息归隐，夏天悄然来临。你来还是不来？云曦村的野樱花还在盛开。我甚至无法哭泣，面对给你的伤害。相思的痛苦，只是会让跋涉的痛苦更久长。既然选择了，云曦，就是我的娇娘。"

和苦突然意识到，这不仅仅是他的工作笔记，还随手记着他的私人生活。便赶紧合上本子，恭恭敬敬端端正正放好，转过身，看到张井他们已扎好帐篷，三个帐篷在甄队长的后面一溜排开，保持一定距离，又有联合之势。这是他不能没有张井的原因，不用吩咐，而做好他想做的事。

张井指指远处："那有灯光，一直在移动。可能是照看蔬菜的人，在夜里做检查。"和苦抬眼望去说："可能是甄队长，我过去，你们不用跟，先休息，今晚应该没拍的了。"

天上是一弯上弦月，镰刀一样挂在东边。月光稀薄，但路看得清楚。和苦朝先前看到的方向寻去，奇怪的是，灯光竟熄灭了。走了一段，又看到一个小光点一闪一闪的，融在萤火虫的闪烁里，但更亮更大些。

他判断那是一个烟头，而且是甄队长。走到了，果然就是。甄队长坐在草地上，看他走拢，说："没想到你们今天晚上就来，还以为明早上来呢。"和苦说："想来陪你晒月亮。"甄队长说："好啊！一个人，这月亮越晒越凉啊。"和苦坐下，甄队长为他点上一支烟，两个烟头明明灭灭。

甄队长说:"你们也是帐篷背着,走哪儿黑到哪儿歇啊。"和苦说:"这是我们的职业常态。但我没想到,也是你的工作常态。"甄队长说:"回去也是一个人睡,在哪里不是一样。农村山路,一走老远,不住下来也不行。这3000亩高山蔬菜基地,是云曦村最重要的产业了,脱贫重点项目。这两天是甘蓝最重要的生长期,不能离人,我在,就把守护的两个农民换回去了。他们都住半月了,说再不回去,媳妇跟人跑了。哈哈——"和苦开玩笑:"你倒照顾别人,你都几个月没回去了吧,你不怕媳妇跟人跑了。"甄队长牙疼一样,脸抽搐了一下,沉默了,像被说到了痛处。和苦意识到说话冒失了,很后悔,忙找话说:"对面灯光是哪啊?"甄队长说:"是另一个镇。我只要在蔬菜基地过夜,我就会在这里数灯。"他抬腕看看表,说:"昨晚这时候亮着13盏,今晚只有9盏了。"

　　和苦领略到了寂寞,一种夜深人静的山野的空旷寂寞。突然想到刚才在他笔记本里最后看到的话,心下有些明白,同时一阵隐痛袭来。他对人的阅读,带给他多少不能替代的欢乐和不可碰触的痛苦。

　　甄队长想起似的"呵呵"笑道:"大导演早点到,就可以给我指导一下直播了。我搞得丑死了。"和苦说:"我就是听说您在直播,所以连夜赶来。还是迟到了。您是直播什么呢?"甄队长说:"我又不是小鲜肉,还能做什么? 直播带货呗,老百姓需要卖什么我就带什么。或者我自己策划带动全村畜牧产业。今后您给我指导下,好看些,关注多些,货好卖。老百姓指着用钱,恨不能天天给他们带货变现。"

　　正说着,他的电话响了,一个村民直着喉咙在里面喊谁谁得了补偿款他没有,他笑着说:"老桂,我还哪个给你讲? 辛苦点,莫偷懒。一头羊子是放,一群羊子也是放。30群蜂子是养,50群蜂子是养。你好脚好手又还年轻,我一直培养你,想你成为大户,成为大户就可以享受扶持政策。你硬不跟到来也,做想少做点,钱想多拿点,那哪个得行嘛,扶贫先扶志,补偿有规定。国家政策,只能追求,不能强求。

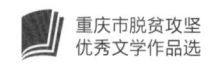

追求,不是靠嘴巴喊,好哭娃有糖吃,不是恁个的呢,要进步啊,国家政策恁个好,我们上门来帮你,你要跟到走啊,老桂!"那头开始还"哇哇"地喊,后来就没多少话了。甄队长说:"我在蔬菜基地,明天下午到你们组走访,你莫又跑了,我们好好规划一下,听到没得?"老桂说:"听到了呢甄队长,烧开水你喝。"甄队长说:"喝你的开水,都是甜的。你只要做事用心些,莫把开水烧煳了,我就高兴呢。"老桂就在那头不停地笑:"开水烧煳了,呵呵,开水烧煳了。"

和苦说:"不看到你工作,真不晓得扶贫干部要做这么多这么扎实的事。"甄队长说:"扶贫工作统领全局,怎么统领? 坐到办公室,靠嘴巴笔杆子,那是不得行的。农村工作,除了做,别无他法。"和苦问:"你来这里多久了?"甄队长说:"快5年了。"甄队长头一垂,声音沙哑地说:"来扶贫前的头3天,跟老婆办的离婚。我数着和她分开的日子,记得清楚着呢。"和苦问:"为什么离婚呢?"甄队长淡淡地说:"我的问题。我当兵在部队,女儿7岁了,我回家还喊解放军叔叔。她进高中,我又参加了扶贫工作,离开了家。"和苦问:"特殊情况,安排的时候,不能给组织提一提吗?"甄队长说:"成千上万的干部到农村,驻乡驻村,谁比谁更难? 当然,组织部当时谈话时说了,我回去的日子是明年3月,我是一定要回去的,明年女儿高考,我要踏踏实实陪她3个月,不然我这辈子这爸当得……必得尽点父亲的责任吧,欠老婆的就还不起了,一生的青春啦。今年50,结婚20多年,分别7000多天啦。"

和苦发坝,甄队长喜欢用数字说明问题,尤其喜欢用天数记录岁月。这数字的呈现,比他写的诗文,都震撼人心。

第二天黎明时分,和苦起来走出帐篷,看到甄队长已在蔬菜基地里转,赶紧过去,甄队长笑问:"昨晚睡得好不?"和苦说:"睡得太好了。安静,清新,一夜没醒。"甄队长讲:"这个基地才建起两年,去年种的西瓜,遭野猪拱了。现在种的甘蓝,我过几天就得上来看看长势,做记录。"又问道:"你今天怎么安排?"和苦说:"听您安排!"本来他是来辞别的,但经历了昨晚,尤其看了他的日志,听了他的故事,他不知怎么,一个"走"字竟说不出口。

甄队长笑说:"那好,跟我回村委会,一群大学生社会实践,直播带货。去年暑假我请来的,今年又来了,他们的直播带货在淘宝销售已进入全国50强了呢。你去指导指导。大导演指导他们,他们不晓得好高兴。"回到帐篷,大家一手面包一手水,解决了早餐,就收帐篷出发。

路过昨夜上来的那两间房子,甄队长停住了,说:"你们先走,我说几句话就来。"就站在路边"钟大爷李大爷"地喊。

和苦他们并不走,站路边等他。昨晚天太黑,没看清楚,现在才看到这两间房房顶相接、屋檐衔合,简直就是一家人的房子,而那条硬化道路像是从房子中间穿过的一般。

钟大爷出来了,腰弯背驼须发尽白,见甄队长就笑,一张脸皱巴得像曾吹足撑过的气球漏完气,挂在一个支架上一样。他说:"甄队长,屋里坐。"甄队长说:"不坐了,我今儿下山去了。过几天上来。喊你们是给你们讲,莫再扯皮了。你们两个,我劝不拢也不劝了,只是提醒你们,莫挑唆后人,把不和气传给后人呢,要让后人一门心思谋发展才是正经。"钟大爷用手在脸上撸来撸去,脸皮便在脸上滑动着,像小孩做怪相。他做着怪相说:"种子不好,那家歪种。歪种结不出好庄稼,后人也是有限。"甄队长说:"钟大爷不是我说你老人家,你这个思想就要不得,你这个思想不变就算了,莫传给后人,听见吗?莫弄得后人扯皮。他们扯皮,组里不和气,我是要理麻他们的,划不来哈。"钟大爷说:"那都不是我们娃儿的责任,他们娃儿不是好种。"甄队长说:"您是越说越来劲了,你们两家老的,哪个带头不说别个坏话,我奖励哪个。李老头上次反正没说你的坏话,比你做得好,我奖励他去。各人想哈,往好处想,处一辈子了,没一点好处吗?我走了,

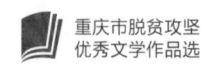

我也不用看你,只看你儿的表现。"说着,就走到李家门口去,仰着脖子喊了两声李大爷,不见回应,就招呼和苦他们走了。

甄队长讲,这两家人扯一辈子皮,现在后人都出去了,只剩4个老的。今儿还只老头出来说话,如果两老太太出来吆喝两声,那更不像话。去年说把路修通,结果卡在这儿了,当初两家修房子,都生怕对方占一分便宜,墙砌在尽头,就只剩这么一窄道了。后头修路,也是不肯让的,让也让不出来了,说拆房重建让点道,两家都要死要活的,给新房住都不干。最后,就只硬化了这么一条步道,只这步道的地属于集体,两家管不到。"所以现在车开不上去,我还忧虑着蔬菜基地发展好了,这运输问题怎么解决呢。"

一行人说着话,就到了停车的地方。在摄制组的车旁边,有一辆摩托车。甄队长走到摩托车前,绑他的帐篷。和苦走过去帮忙,说:"甄队长,你坐我们的车吧,摩托黄庭来开,他会骑摩托。"甄队长说:"不行,路没开惯的不安全,再说,这仪表盘摔坏了,显示器看不到了,不了解它的人可不敢动。"一群人围过来看,都笑:"这是怎么撞的,这样子怎么开?"甄队长说:"那天上山的时候,让一头牛,结果撞崖壁上了,仪表盘撞碎了。放心,我得行,开熟了的路,用熟了的驹。"和苦拉他说:"你先坐车走,摩托放这儿,找人来修。"他拉紧绑带,直起腰说:"这荒山野岭,修车人不得来。这是我的脚,没得它,我一件事办不了。你们车走前面,我跟后面,没得问题。"和苦说:"你走前面,你带路。"

甄队长明白,和苦是怕他在后面吃尾气,就说:"好,我给你开路。"说完他开起摩托走了。一辆摩托与一辆红色越野车,在黛蓝色大山里穿梭,忽隐忽现。

到了一幢鲜艳的橙色楼房前,停在宽阔的水泥硬化坝子里。大门上方写着"云曦村便民服务中心"。

甄队长站在那里,等他们停好车下来,背对着大楼,指着前面,说:"我叫这个地方为观云台,每天早上,你站在这里,会看到云雾的表演,那是千变万化变幻莫测啊。"观云台,好名字。大家称赞着,随甄队长进楼里去,推开二楼党员活动室的门,看到4个人正在做直播,两男一女3个学生,还有一个中年女老师。女老师抬头含笑示过意,又埋首在电脑上。一个红T恤男生和一个蓝短袖女生正在介绍一款辣椒以及用之做成的辣椒酱;完了开始介绍"云曦跑山鸡",从其生长的海拔、绿地面积以及放养方式,着重介绍这款鸡的生态。

和苦看了会儿,觉得很不错,没有太多技巧,满满的实在和真诚。他回头见甄队长没在身边,就反身出来,到处看看,这层楼主要是会议室、党员活动室;楼上是办公室,楼下是村民接待室、村民活动室,门外大坝一角放着两张乒乓球桌,另一角是一个篮球架。入口的一块空地上,停着3辆摩托,都满身泥浆。他们车已不在那里,老宋、陆虎、黄庭在楼里拍摄,张井被他派去接人去了。

整栋楼在一个台地上,四面青山环绕,云雾袅袅。又想到甄队长取的那个名字:观云台。实在很赞。更觉出这个从市里来的扶贫干部的独特气质。

突然听到右边房间里传出刀切东西的声音,就走过去,看到是一间厨房,甄队长正在切西瓜,瓜不大,切开却是瓤红肉多,细腻水润。甄队长见他进来便招呼道:"来,吃西瓜,我们自己产的。样子不怎么样,但味道好。去年蔬菜基地就种这家伙,结果野猪都知道味道好,给拱了。哈哈——这帮同学直播后,销量直线上升,现在都卖断货了。"

正说着,有人进来,问着:"甄书记,你回来了?山上蚊子又要减肥了。"甄队长答应着:"嗯,快进来,我介绍下。先吃块西瓜。"进来的是位短发女子,40岁左右,五官端正,皮肤黝黑,身材高挑,黄色短袖T恤,浅色裤子,干净爽利。甄队长边递西瓜边介绍说:"这是我们扶贫队的杨依依,杨队长,我的副手,比我先来两年,扶贫工作启动就来

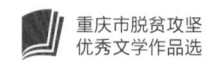

了,业务熟,能跑能跳,巾帼不让须眉。这是和导……"

杨依依满脸惊喜:"《棒棒》——"和苦谦逊地笑说:"是的,我是和苦。"杨依依跳起来:"哇噻,我是你的粉丝也,《棒棒》我看了不下三遍,你真的拍得太善良了。"和苦笑出声来,说:"拍得'太善良',这是我听到的最高评价!谢谢你!"依依把手机塞甄队长手里,摸摸头发,扯着衣服申请:"我跟大导演合个影可以吧?我也追回星。"和苦说:"不胜荣幸。"她就跳过来,站在和苦身边,又抬起头看他:"你真高,我都不算矮了,才齐你肩。"和苦低头,含胸,缩背,嘴里连声说"不好意思"。

甄队长拍了很多张,把手机递给杨依依说:"来,我也来一张。我几年没照相了,跟大导演必须照一张。"杨依依横着竖着拍了很多张。完了翻看照片说:"我爸喜欢刘禹锡,给我取名依依,取意'杨柳依依江水平',可我一点那感觉没长出来,可这张和导的大块头把我映衬得有点杨柳扶风的感觉呢。"甄队长说:"主要是今天穿得鲜亮,是知道大导演来吧。"杨依依不理他,继续翻照片,又喊:"甄书记哎,你可是老一头了,发际线在迅速撤退啊,不等脱贫任务完,你的脱发工程该竣工了。"

大家打趣一阵,外面有汽车进来的声音。和苦以为是张井他们来了,结果甄队长在窗口张了张,回头笑:"难怪今天打扮这么漂亮,原来傅老弟要来啊,早不说,厨房该加菜呢。"杨依依边往外走边说:"您啊,就别好言一句三春暖了,接菜去。"甄队长挤挤眼,往外走。傅老弟正打开后备箱往外提东西,大包小包堆一地。甄队长说:"你看你,每次拉这么多东西,杨依依哪吃得了,增加我们负担啊。"大家笑。

和苦早看明白这是杨依依的丈夫探班来了。但车门打开,又出来一个大小伙子,十六七年纪,个儿很高,大概跟他差不多。出来望他妈一眼,也不喊,绕车后提东西去了。和苦看杨依依,一双眼睛跟着儿子追,双手绕着衣角,一身紧张。儿子爸在车后说:"傅杨喊人啦。"儿子叫了声"甄叔叔好!"又冲和苦点点头:"叔叔好!"喊完后目光抬起来,在和苦脸上停留了一瞬。他爸说:"还有你妈呀。"儿子有点羞涩又有点生硬地喊了声"妈妈",杨依依高兴地应着挤上去,去接儿子手上的东西,她儿子身子一侧,提起两大包进了办公楼。她眼里掠过一点忧伤一点失落,但很快被欢喜淹没。一群人都提了东西,说笑着进去。进去后,孩子把东西放好,最先出来,到坝子里站着,掏出了手机,便再不抬头。杨依依走过去,踮起脚把他的衣领理了理,他始终没抬头。杨依依讪讪的,说:"儿子,你又瘦了些呢,是不是晚上睡晚了?"儿子没吭声。她又说:"学习任务重,一定要注意营养,我叫爸爸一直煲汤的,你一定要喝。都是你小时候喜欢的,我都教给你爸爸了,我觉得你爸爸现在汤煲得越来越好了,你觉得怎么样嘛?"儿子双手大拇指在手机屏幕上快速灵活地动着,平淡地答一句:"还行吧。"

和苦有些看不下去了,走过去。杨依依看到他,像找到一个可贵的契机,大声说:"儿子,来,我给你介绍一下这个叔叔。"并去拉孩子的手臂,孩子抬起头,礼貌地冲和苦笑笑,但手臂很自然地从妈妈手里滑出来。杨依依说:"这是和苦导演。"然后对和苦说:"我儿子。"和苦笑:"看得出来。长得跟你很像,帅哥一枚啊。"男孩子目光本在和苦脸上,听他这么说,就望到别处去了。好像跟妈妈长得像并不是他愿意认同的事。杨依依说:"我儿子喜欢影视,对导演特别敬重。"显然,儿子对于妈妈透露他的爱好什么的很厌嫌,脸上笑容消失,又低头到手机上去了。和苦说:"你喜欢哪个的作品?"傅杨挠挠头,说:"中国的,不喜欢谁。"和苦宽宏一笑:"国外的呢?"傅杨有点兴致了:"那多了去了,斯皮尔伯格啊,彼得·杰克逊啊,宫崎骏啊,都还好吧。还有昆汀·塔伦迪诺,特牛叉。您导过什么作品呢?"和苦说:"我是拍纪录片的。《棒棒》看过吗?"傅杨不好意思地说:"这个片子在爱奇艺上排名靠前,但没看过,真不好意思。我主要是更喜欢国外的。"和苦

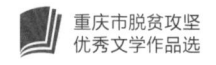

说:"我明白,明白。但中西文化的不同,导致的中西电影,应该是各具魅力。"傅杨的电话在他手中蜂鸣,他说声不好意思,就一边去了。

杨依依很尴尬,对和苦说:"现在的孩子……"和苦说:"男孩大了,都这样儿。"杨依依难过地说:"他小时候特别亲我。许是我离开他太久了吧。我来这儿扶贫的时候,他才12岁,还不及我高。经常还赖在我身上。不听话我吵他,他也攀着我的肩嬉皮笑脸。有次我说,都跟妈一样高了,还不懂事么,等比我高了,我可怎么吵你,踮着脚仰着头吵么?他说,到那时,你也不吵我了。哎,这一转眼竟是真不吵了,吵也吵不起来了。以前我挺骄傲的,说我跟孩子没代沟呢,现在这代沟是条鸿沟了。孩子,还是要常在一起才是,特别是当妈的。"和苦说:"那不正好,少操好多心。他读书还好吧?"杨依依说:"读书是好的。今年高考,考得不错,是我这当妈的考砸了。"见和苦没懂,苦笑说:"高考前,他成天问,妈妈好久回来。他爸爸每次说,这周这周。而我回去得太少,哎,从来到云曦,就开始改水改厕改交通改住房改配套设施,这时间没一天够用的,转眼他就高考了……"

甄目标和傅老弟已过来站着听了一会儿了,只是没有打扰。这时,甄目标说:"我女儿明年高考,我可不犯这样的错,我这儿扳着指头呢,我明年3月到期,离她高考3个月。"杨依依说:"你可别说硬话,到时才知道的。我早到期了,可是领导谈话说,'你工作熟了、群众基础也好了'咋的咋的。"她丈夫说:"关键是你要听啊。关键是你要接受啊。"杨依依可是不依他的,声音高起来:"你懂什么,那些工作和项目,都做一半了,扔不下嘛,别人接手,又从头走一遍,老百姓亏不起,今年是脱贫攻坚关键之年,时间也输不起啊。"傅老弟摆摆手:"是的是的,离了你这脱贫攻坚收官还不收了。"

甄目标赶紧谈工作:"今天下组,我调整了一下路线,你就不去了。好好陪陪这老少爷们。把明天上报的表格资料正好审查完。"杨依依说:"程绍兵家……"甄目标打断:"来得及,明天去来得及。那就这样,我先去,下午回来陪你喝一盅。和导拜托指导下我们的直播,他们发挥的作用可不小,咱山沟沟里的水果蔬菜蜂蜜和家禽,直播带货确实是个销售好办法。"和苦说:"不存在指导,我一定认真学习。还有,我已经让人去接牧蜂姑娘去了,他们有营销人才,对线上销售有研究,大家一起切磋。您先忙去。"

19

甄目标这天将路线调整到旁边山里,这个地方的海拔为1200—1500米,五倍子花要开了,已进入始花期,"我花开后百花杀",这个季节百花谢幕,跟随蜜源放蜂的人已按惯例来了。而另一种辅助花川莓6月底就已开花,现已是盛开期。而蜜蜂同时采五倍子与川莓产的蜜比纯五倍子蜜更好,微量元素达80种以上,所以,这个季节这里是赶花的好地方。一些蜂农会因为地势问题扯皮,一些本地人不让下面的或者别村的人来摆,所以,这段时间,这里将是关注重点。甄队长到蔬菜基地前,就去看过一次,当时太早,放蜂的人头晚刚赶场完,很累,还在帐篷里呼呼大睡,便没打扰。

甄目标打电话约村主任王中良去查看蜂场,中良说他的几十箱蜂昨天转场到牧蜂岭赶花,他住在蜂场的。他就直接骑摩托赶过去。

王中良正在查看蜂箱,小心翼翼,动作并不娴熟。见了他,拿起副盖,边往上盖,边说:"在开始进糖了,子脾不错呢。"他弯腰凑近数了数:"只有3脾啊?"王中良不好意思,赶紧盖住,像作业没做好的学生见了老师用手捂住。甄目标说:"你这养得不咋样啊。"王中良辩解:"他们来几天了,我来得晚些。"甄目标心想,这跟脾数有关系吗?你唬我不懂吗。嘴上不说,只等他将蜂箱收拾好,两人一起就到山岭里面去。

至少有500群蜂摆在这儿,分别隶属3家,不包括中良。两人分别跟各家去聊。都说这年蜜源比往年好。但是,又都说,来的蜂群也比往年多了不少,有点承载不了。这一片,放400群顶破天了。那两家是村里大户,都有共同的嗅觉和判断,所以历年放蜂都要撞车,撞车自然就有龌龊,但今年他们是同仇敌忾的。那个外来的"敌人",是摆在下面一坎上的100多群。那个位置是眼下这里最好的位置,在蜜源最丰盛的地方,比他们早到一夜,便抢占了这个先机。"肯定是个'老司机'。"但放蜂的竟是三四个20来岁的小姑娘。叽叽喳喳像来了几百只喜鹊。问姑娘们是哪的,她们说是牧蜂姑娘,他们笑说:"谁看不出是姑娘?"

这边两家放蜂的都是40多岁的中年汉子,每日地看到这群姑娘,很新鲜,觉得她们一来,连这地方都亮了很多。姑娘们很礼貌友好,吃饼干花生的,还给他们送些;采了野果子也拿来,问这个能吃吗那个能吃吗,能吃的也送他们吃。他们不稀罕野果子。今天更好了,她们一人一把水枪抱在胸前,守着蜂箱,标致地站着。

甄目标听完了这两家对这"闯入者"的意见,排斥又接受的态度,他是能体会的。而牧蜂姑娘几个字,他们不懂,他是懂的。他就过去了,见姑娘们抱着水枪,便问是什么"核武器",姑娘们有说打马蜂,有说防止蜂子乱场。他"哈哈"大笑起来,跟过来的王中良和那两个蜂农也都笑了。

姑娘们有点恼羞,甄目标赶紧接过一个姑娘手中的水枪,说:"我可是当过兵的。"然后,随着自己的口令,往前冲了五六十米,"噗"地匍匐下去,便消失在草丛中了,只见一根水柱射了出来。姑娘们清脆的笑声和欢呼声,响彻了山岭。他又腾跃而起,折身冲回到姑娘们面前,把枪还给她们。问:"你们是刚进入沐风姑娘公司的?我没见过你们呢。"她们便叽叽喳喳说一片,他大概听出,除其中一个他比较眼熟的叫秀妮的来得久了,其余3个小姑娘都是新来的。他问:"现在有多少牧蜂姑娘了?"姑娘们答:"七八个呢。"他又问:"现在有多少蜂了呢?"又答:"七八百。"他沉吟地说:"加上小山和橡子,基本是按100群一个人配置的,比较豪华了。谁教你们用水枪防止乱场的?"她们说:"我们大家一起想的。"他实在忍不住又笑起来:"一起想的人,肯定没有老隆。"姑娘们说:"没有呢。他带其余的蜂到那边山上去了。"一个

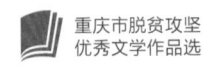

姑娘上下打量他们,问:"大叔,这些蜂是你们的?你们的工人很负责任哦,他们很辛苦,每晚不睡觉,检查蜂箱。衣服都湿透呢。"这声大叔严重打击了甄目标,甄目标在心里看到一个"油腻的中年男",在年轻有趣的生命面前,很是自惭形秽,又想回来,虽然自己是中年男,但现在这形象,怎么也不油腻吧,就自信些问小丫头名字:"你叫什么名字?"她说:"三月。我就是本村人,在重庆读大学,那两个是我同学,暑期跟我来沐风姑娘公司搞社会实践。秀妮姐姐是我们的师父。"小丫头说话吐枇杷籽似的顺溜。王中良问:"有意思吗?"慢慢说:"有意思极了,我想毕业了就进沐风姑娘公司,学白麓姐姐养蜂,酷毙!"

这时,那边的秀妮挥着手喊:"三月,有马蜂,所有的枪都过来。"3个丫头煞有其事地就扛着水枪过去了。甄目标和王中良面面相觑,正经不是玩儿?王中良说:"真管用?"甄目标微微点头:"至少她们认为管用。"

这天后来还跑了牧蜂垭、牧蜂口、牧蜂坡——因为五倍子在这里成带,川莓成片,所以每年6月至10月间一直有放蜂人,有些是外地的,他们将云曦村的山脉,按地势这么取了名,方便他们圈内交流,沿用传开后,本地蜂农也这么叫,就都这么叫了。甄目标对蜂知之甚少,不如其他产业熟悉,所以,他发动王中良学着养蜂,中蜂产业逐年有发展,作为村主任不能不了解。

甄目标惦记着村委会那群人,这天回去得早些,在岔口小卖部买了一箱啤酒和几袋炒花生干胡豆。到村委会,坝子里的一番奇特景象,让他呆了。

车进路口就听见音乐,这不奇怪,当初把这个坝子尽可能平整得大些,就是为了方便周围老百姓来跳坝坝舞,为此,还专门请了文化站老师来教。只要不下雨,也一直有老人在黄昏时来活动一下腰肢,播放器和音响都在群众活动室里。而这天,他看到的不是老百姓在跳,而是一群年轻人,前面领舞的一男一女竟是傅杨和白麓,热情专业。他们身后一排是直播老师学生和几个没见过的年轻人,十分投入。后面跟的是几个扶贫干部和村社干部,一丝不苟。再外围,一些老百姓硬着腰肢张着嘴,比手画脚。前面和侧面,摄制组在拍摄。

音响很大声,一个狂野粗狂的男声在喊"妹儿丫头你莫走,唱首歌歌儿把你留",一个柔美婉转的女声声声回应"哥哥哥哥我不走,妹妹陪你到白头,陪你到星星不眨眼,陪你到月亮躲山沟",他们呼喊着要"生个娃儿要养条狗",反反复复唱不完,跳的人便反反复复跳个不止。

那是一种自由的舞步,整齐而奔放,基本动作不外三四,大概已是教完。他想,这就是眼下流行的鬼步舞了。他突然觉得,如果这大都市流行的玩意儿,咱农民会跳,那该是怎样的一道风景线?而农民要学会,首先得自己会。边想边就脱了外衣,扔到摩托上。军绿打底短袖,扎在迷彩裤里,最永恒的威武和时尚,他就这样走进了舞蹈队伍,一出手一投足,都铆足了劲,那认真刻苦的样子,哪是跳舞,完全是军人操练。同是军人的和苦,突然明白了他的意思。这只有军人才能看到的军心,让监视器前的和苦瞬间泪目。唯有懂得,才会感动。而这山乡的坝子里,这老老少少、这农村和城市的共舞,让他如此震撼。这是灵魂的敞开,是生命的交融,作为一个纪录片导演,一个给自己"阅读社会阅读人心"定位的人,他认为自己何其有幸。生活是一条浩浩汤汤的大河,只要走进去,你就会被美好包围。这是他常对摄制组说的话,他从不怀疑自己的观点。

20

这天的晚餐很丰盛,但猛添几张嘴,傅老弟带的菜被很快席卷,但有菜没菜无关紧要,只要有酒有故事,大家同样欢乐得很。

甄目标举着杯子说:"咱老百姓啊今儿个真高兴。感谢吴老师和几位同学的支持,感谢和导的关注,更感谢牧蜂姑娘的帮助,特别要感谢的是傅老弟送的物质文明和傅杨送的精神文明,谢谢大家,先干为敬!"一仰脖干了酒。杨依依说:"我真的没想到儿子竟会跳舞。"傅杨已回到12岁时对妈妈的感情和放松,他说:"考完试没事儿,跟同学去混学的。这个简单,就几个动作要领,一学就会。"杨依依说:"那是你们年轻,我跳了半天,现在让我单独跳,又不行了。农民学起就更难了。"白麓说:"杨书记,没关系,我随时来教你。你们想农民学会,我们可以每天派个人来教他们。"

甄目标心中有道热流穿过,原来杨依依也是这么想的,一起工作久了的默契和共同目标的导引,当是人和人最美好的关系了。他又分别举杯感谢了各路英雄,竟有上十杯下肚了,酒量他是有的,这点酒不算什么,但他觉得有点酒不醉人人自醉的危险,心里老是有女儿的笑脸、有父母妻子的模样在浮浮沉沉,一道热流一道寒流地在心里穿过,敬完酒,就不敢再喝,看他们喝了。

这时他看到傅杨给和苦敬酒:"和导,我今天搜了《棒棒》看,别的都不说,我要万分尊重地敬您一杯!代表我自己,也代表我那些不知天高地厚不知人间疾苦的同学,请您接受!"和苦听了很激动,喝得爽快,说:"你们是美好!是未来和脊梁!"傅杨声音有点沙哑说:"真的,您的情怀震撼了我,我……我也知道我妈在做什么了——"

一直笑嘻嘻看着儿子的杨依依突然顿住,眼泪夺眶而出。傅杨听到妈妈一声抽泣,回头看了妈一眼,抽了几张餐巾纸递给妈妈,低声说了句:"妈妈,对不起。"杨依依擦着脸起身,不好意思地说:"我去看看厨房还有吃的没。"就走掉了。

气氛有点尴尬。甄目标说:"今天我过得很实在充实,打了水枪,还跳了鬼步舞,真是没想到的。"大家问水枪是怎么回事,他就讲了几个姑娘的故事。白麓自然知道怎么回事,笑说:"这是博士水平的发明哦,齐迹从数学抛物线的角度论证,也是可行的。"亭伟说:"主要看出水速度和力度,这是手上功夫。"大家又笑了。

和苦说:"甄书记,今天按照您的吩咐,我们把直播实实在在研究了一下。"吴老师说:"对啊,帮助很大,和导的意思是不光要直播农产品,还要直播生产场面,还要直播农民的生活,尤其文化进步。"甄目标说:"所以,才有了今天的鬼步舞?"大家说,对的对的。和苦说:"这个一定会有很好的传播力,其实,社会很关注农村。"甄目标说:"这就要艺术家到来啊,脱贫攻坚里的文化扶贫、艺术扶贫都是有的,只是云曦村还没找到一个好的路径,这下好了。您要多来指导啊,和导!"

和苦不好意思了,正色说:"我昨天找您,正是要跟您辞行呢。我已经在这儿扎了几个月了,公司都关门了,这——"甄目标挥挥手说:"我明白我明白。企业要吃饭啦。我多想请您留在这儿,但我们贫困山区留不住啊。"和苦忙不迭地说:"可不能这么说,可不能这么说。我一定会再来的,今年是脱贫攻坚收官之年,这个伟大的工程把我感动了,你们把我感动了。我不会放弃这个题材的,还有你们。"他转向白麓:"我会持续关注,加油!"白麓说:"和导前两天就跟我说了,我一直难过呢,但也没办法。说实话,有个导演一路记录我们的发展历程,是一件很有意义的事。来,今儿在的,一起敬和导,感谢和导对我们的记录和一路对我们的提醒帮助。"说完就一口干了,和苦记得,她是不沾酒的。他本也是无酒量的,现已面红耳赤,连眼睛都红了。

甄目标喊道:"这画风有变啊,调性怎么变成悲情剧了,都是杨依

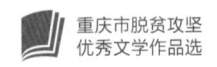

依,好好儿的一天,她这一搅和。"杨依依正端着一碗土豆片出来:"怎么怪我,你厨房没有储备啊,看你平常多抠吧。我找半天只找到两洋芋。"大家哄堂一笑。杨依依又说:"这些年轻小伙子们今天累了,可吃不饱。我下着面呢,甄书记把你花坛里的菜叶子弄几片好吧?"甄目标就边打着手机电筒去拔,边说:"就看那几窝菜不顺眼,要种花。可被你逮到机会了。"大家又笑。结果他拔回来,自己都不自信,这是菜吗?又像又不像的,敢情光线不好拔错了,大家当菜吃好不好?总之放心,这里没有有毒的东西。

大家哄笑,杨依依一把抓过:"快点儿,面糊了。"傅老弟跟着进去帮忙,一会儿,傅老弟端着一盆热气腾腾的面出来,说:"大家尝尝我老婆的手艺,我老婆如果不是来扶贫,我小杨子绝对再高两厘米。"

大家又是挑面又是说笑。吃完面就该各回各家了,大家互加微信,一一握手道别。和苦与甄目标的手握得凝重,久久不放开。和苦说:"我找您本还有一个意思……"甄目标说:"我知道,是要我关心他们,那是我应该的。"和苦说:"这还是一群涉世未深的孩子——就一个成人,又恨不得趴地里躲人——"甄目标拍着他的手,说:"放心,放心。"和苦释然,放了手,举起来,对大家挥手告别,学着灰太狼的语气:"我还会回来的——"大家笑着各上各的车。

白麓站在和苦的车边,喊声"和导——"和苦说:"早点回去休息,路上注意安全。我明天一早还要来花粉谷拍摄。"看他的车消失在夜色里,白麓才招呼几个上了自己的车,她跟甄杨两位书记说:"无论是直播,还是教舞,随时需要,我们随时来。"

和苦此后,再拍了一天,新来的李婵家的三月和她的两位同学像三只小鸟围着他飞了一天,说是他的粉丝,遗憾她们一来他就要走,美丽的小姑娘们让花粉谷增色不少,他也遗憾她们来得那么晚。当然,她们开学就将离去。她们对于花粉谷是短暂过客,而花粉谷和花粉谷里的牧蜂姑娘必将留在这大山里,他坚信。

回首环顾花粉谷,一切欣欣然,一切方兴未艾,蓦然想起那句"原来姹紫嫣红开遍,似这般都付与断井颓垣",和苦分明看见,他再来时,花粉谷,绿草铺地,繁花似锦。

花粉谷的员工,都在大门处送别,看着和苦他们车远去。其实,也看不到远去,出门一大弯,转过弯就看不见,余音未了,又被对面来车的声音吞没。对面的车,要"昂昂"响一阵才冒头,因这盘山公路都是往上,不停地往上。爬上坡,总是"昂昂"的。

一群人看不见车了,就回头看对联。这些年轻人,大多是走过天南海北、游过名山古刹的。中国景点,大门小门楹联遍布,那些诘屈聱牙半文半白长长短短的话,是真正装点门面的好东西。游客装模作样左右上下扫两眼,算是尊重了,也庄严下自己的文化气息,来去匆匆,可难耐着性子读完。更多的,连装都不装,熟视无睹。但没有还不行,少了一副联,便如美人少了美目,建筑成了烂尾,眉眼齐全为要,认真细看无须,宛如看美人看的是整体,没有盯着眼睛看的道理。

花粉谷门上那副楹联,对于花粉谷谷主们,怕就是这个理。他们只当是附庸风雅装点门面,从进门的那刻,就没与其正经对视过。直到,和苦导演刚才离开时,看了人群里没有隆崎,知道他来无影去无踪神出鬼没,无人知行踪,也不多问,只说:"小麓总,代我向隆总辞行,我给他打电话关机。请转告下,他把楹联上差的两字儿补上的时候,一定要通知我,不然,我这儿可是有头无尾。"

这下,大家才想起平日在门里进进出出,实在没注意细读那一副斑驳的对联。而和苦导演把它提得这么重要,不读便是亏了似的,都认真读起来,都说好,好像第一次站在这里的游客,都不断点头赞叹,对于差的那两个字,填法各异,争先恐后,好像他们说了算。

这天上午,就这么热闹着过去的时候,祁红主任来了,随行一中年微胖妇女和一圆脸眼镜青年。祁主任是常来的,都熟,其余两人不认识,祁主任介绍说是张老师和小程老师,大家礼貌地一一见过。白

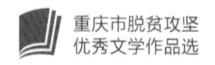

麓一眼认出女的张老师就是在办公室教训她的红绿格,尽管今儿穿的淡蓝碎花连衣裙,但她确信没错,便既有些尴尬,还有点余怨,就装作没认出来,含混过去。

祁红听说摄制组撤离了,对张老师摊开手说:"不巧吧,就今儿走了。早给你说了,自己不抓紧,以为导演硬要在这儿等你。"张老师很是遗憾:"我早上还给老头子吹牛要跟和导合影,还要帮他要签名呢,他喜欢他得很。下次嘛,他还来撒?"众答:"要来的,他暂时先要忙别的。名导业务多。"白麓赶紧举着手机上去:"张老师,再来了第一时间通知你。加个微信嘛。和导走确实是暂时的,所以也没去告别。他说了,对联上那两个字补上的时候通知他,不然他片子收不到尾。"

这副对联五六年了,镌刻好的时候,来的本县干部群众都是认真读了的,因为撰写者,是个重要的人。后来,人去楼空,庭院荒废,进去的不是放牛羊的,就是薅猪草的,谁还去读对联,就更无人记得那两字儿了。

祁红记得那两字儿,他只不说,只讲:"那两字儿现在记得的人少了,甚至何时掉的、怎么掉的,都没人注意。而和导走来就看到了。所以怎么说生活需要艺术呢。我一直想啊,当世界没有政治家军事家哲学家教育家经济学家,只有艺术家的时候,那就是最好的时候。和导约的这事儿,一定别忘了。"说得深沉而慎重,大家想想,颇会其意,深表赞同。

白麓说:"不会忘的,那天,就是我们成功的一天。"祁红"呵呵"一笑,问:"你说的成功是什么样的呢?"白麓说:"从园子角度来说,花草树木,有规划;蜂棚蜂箱,有规模。从产业角度,是要有品牌有质量有销量,要有资金回血和创收,才能求更大发展。"

张老师过去,拉着她的手,爽朗地说:"想起你闯进我们办公室的样子,这么短时间,变化这么大,北大姑娘就是不一样。以前觉着吧,你是在云端漫步啊,现在你是真踩到地上来了,脚踏实地了呢。你看你这运动服回力鞋,多好看,跟这儿才配呢!上次你那几寸高小拇指粗的高跟鞋,可让我们替你捏把汗,别蜂没养成,把脚崴了……"祁红赶紧插话,问张老师旁的事儿。白麓心里明白祁主任的好意,是怕她又恼了,对张老师无礼。而白麓也正对她之前那番话愤愤不平,什么千群大户都忙不过来,什么哪顾得上他们几百群什么的,简直瞧不起人,简直是嫌弃嘛。而张老师这席话,让她欢喜了,这分明是个心直口快的嬢嬢,不,老师。她忆起上次祁红主任说的别叫嬢嬢,要称老师。她觉着心中的"新仇旧恨"正在冰消雪融。她不好意思起来,又不知怎么说,只笑着不语。好在身边人多,不差人说话。

那天,最让大家高兴的是,今后,张老师直接对接他们的项目建设日常管理,需要政府帮助的,只管找她。而小程老师则作为他们的技术咨询,技术上有任何问题,可以找他。小程老师有些谦逊腼腆,话不多,却诚恳和气。祁红主任特别介绍了他,本科畜牧专业,毕业就分到阿蓬县畜牧中心,当时正缺管中蜂产业的人,他一冒头就戴上了这顶帽子,直戴到现在。为了读懂蜜蜂,他自己养了几十群蜂,每天白天上班,晚上管理蜂子,观察蜜蜂到深夜。最初养得不好,蜂子弱,产糖少,他就谦虚地向蜂农们学习,蜂农也喜欢他,后来他的工作也抓起来了,蜜蜂也养好了。"现在,一年要打几百斤优质蜜,父母兄妹亲戚朋友吃够了呢。"祁红介绍完,小程不好意思地说:"还差得远,差得远。"祁红说:"总之,我们畜牧中心非常重视,游主任一再敦促我们做好服务工作,今天指派技术骨干来配合你们,希望你们真正用你们的文化知识带动我们的中蜂产业,走出一条传统产业的现代之路来。"

摄制组离开,本是感伤,但这边前脚走,那边后脚到,惆怅就此被冲淡。白麓兀自无奈地笑了,这就是所谓生活的洪流吧,浪奔浪流,只是向前;逝者如斯,不舍昼夜。

下篇

牧蜂垭

1

之后不久的一天,一辆三菱越野开进了花粉谷。

一个中年男人下来,在园区慢慢徜徉。他走了一大圈,旅游观光的样子。花粉谷尽管不是景点,但由于地处摩围山景区,是到摩围山顶的必经之道,所以,常有游人误撞进来,但因为没什么看的,也就很快离开了,而这个人却生出浓厚兴趣,东看西看,流连忘返的样子。他也不说话,遇到人只是点点头,最多微笑,不问话,不攀谈。最后,他在蜂棚里停住,伫立良久,这个蜂箱前,那个蜂箱前,特别是有人工作的蜂箱前。很怕蜇但又很好奇的样子,尽可能站远一点,伸长脖子看。

秀妮悄声对春晓说:"这人好奇怪,怕是来偷师学艺的哦。"春晓低声回道:"你那点艺,也够得偷?可别寒碜人了。"脸上就遭了一揪,慢慢说:"人家漫无目的好不好。"时小雨抬头:"哪里有人?"大家窃笑:"你眼里只有蜂,哪有人。""一只小蜜蜂你看得到,恁大个人你看不到。"时小雨盯那人看了会儿,说:"谁说漫无目的,目的性强得很。"三月双目圆睁:"是吗?是吗?小雨姐,快告诉我,你怎么看出来的。"

"好生做活路!来个人,也稀奇。这山上人多了去了。你们稀奇不过来呢。"橡子开腔了,他一开腔自带笑,说得尽量严肃些,结果点都不威严,"我给你们说,今天,这……这……这一排,要检查完,都仔细些。"隆崎不在的时候,橡子自动行使着带头师傅的权利,在别处他可不敢,但在这些小丫头面前,他是很自信的。三月说:"橡子大哥,你到底说的几排,是这排,还是这排,还是这排?"春晓低声喝道"三月",瞪她一眼。她知道是说她不该取笑橡子结巴,吐吐舌头。但橡子带着笑意,不以为意。现在,养蜂时他可以在这帮子年轻人面前自信,同时,他又拿在年轻人这里学的些东西,在同村原来那些伙计面前自信起来。人一自信,连过去那点轻微的口吃都更轻微了。

三月被喝止后,又盯上了那个闯入者,说:"莫非是来刺探情报的,多半是竞争对手。他眼睛东瞄西瞄的,手也不安分,这摸摸那摸摸,像比对货的质量呢。"三月是李婶的女儿。上次去李婶家吃鱼后,大家关系和睦得很。三月在重庆主城读大学,以前暑期就在服装店打短工。她身材标致,面容姣好,尤喜穿新衣服。在服装店工作就是因为上班可以穿上新服装。回来与花粉谷的年轻人混熟后,觉得自己在那里当个衣架也无趣,尤其秀妮姐说的:"我也在服装店干过,开始觉得新鲜,但终究穿别人的,再喜欢也不长远。上班穿得光鲜,下班要见个男朋友女朋友还苦恼没衣服穿。还是要自己挣钱买,想怎么穿怎么穿,想什么时候穿什么时候穿。"三月觉着妮妮姐说得很有道理,她家本是养蜂大户,父母也希望她假期回来,她就回来了,还带着两同学。她特别喜欢公司的人,因为喜欢,所以看花粉谷像看自家一样。

此刻,她特别警惕,上去质问道:"先生,你是要买蜂呢还是要买蜜呢? 我们的蜂是强群,马上可以取蜜了,不会卖的。我们的蜜是真纯净蜜,你可以放心买。"中年人笑而不答。三月说:"如果你是看风景呢,建议你出大门往左,向上走。如果,你是要打望美女呢,建议重庆主城解放碑打望去。"中年人笑了,说:"解放碑的美女可不能和这儿比。"三月说:"先生你可错了,牧蜂姑娘可不是让人打望的,牧蜂姑娘是在这儿劳动的。"中年人说:"小妹妹,你没听过吗,劳动者最美丽。所以,劳动的姑娘是最美的姑娘。"撩妹? 三月审视了他几秒钟,觉得不像,此人并无中年大叔的油滑,但总之,不可久聊,便伸开右手,掌心向上平摊着,说:"先生,这儿不是公园,是蜂场。你转来转去的,蜂子蜇了我们可负不起责,您还是请吧。"中年人说:"你们不怕蜂子蜇,是蜂子认识你们了?"三月说:"我们每个人都被蜇过呢。我上

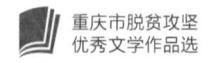

周手遭蜇了,肿成个馒头,筷子都拿不稳呢。这才好了。"中年人笑:"哦,那要小心些。我还以为你们天天在一起,像宠物认识它们的主人,不蜇你们了呢。"三月对这话的无知,表示了明显的反感,说:"蜜蜂才不是宠物,简直不懂。蜂子不认人,它只认蜂王,只认花。""是的,我真是不懂。我还是赶快走,免得遭蜇。这样,小妹妹,我到里面去走走好吗?那里面不是你们养蜂的地方吧。"中年人指着花粉谷里面葱葱郁郁的山说。三月说:"那就是一座山,什么都没有。"中年人说:"我就是只要山,不要别的。"三月嘴一撇:"那你去啊,跟我们没关系的。只是你车停在大门那儿,你要从原路回来哦。"中年人道着谢往花粉谷深处去了。

姑娘们才松了一口气,三月说:"这事要给隆总讲,可别让人刺探了他的独门技术。""技术这么容易就被刺探了,那就不是技术了,还独门呢。""对啊,你来这么久了,隆总手把手教,还没教会,岂不是你太笨。""你才笨!""你才笨!"又一番笑闹,这天的任务是清洁蜂箱,完成得特别愉快,后来大家也忘了注意那人出来没有,更忘了汇报"敌情"了。

中年人至少转了两三个小时,才回到大门处,他在门口站定,仰头品读对联,还掏出手机拍照,伫立良久。史科和莫争上去攀谈:"先生,你是有事吗?需要我们帮忙不?"那人摇头不答。史科说:"这是我们的工作重地,不经同意,不许参观,因为蜜蜂蜇人,有危险。"那人开口了,说:"那你们应该修道闸门,让人不能随便进出,不仅蜜蜂蜇人不好,少了蜂箱也不好。"莫争说:"早要修的,不是没钱吗?再说了,这山上到处是养蜂的,没谁偷蜂子。""这么多人养,蜜好销吗?""好销着呢,家家都没存蜜。打了蜜,就被人买走了。阿蓬县的蜜很出名。"中年人说:"可惜没个牌子。"莫争说:"有牌子啊,四大名牌,东家牌、西家牌、南家牌、北家牌,哈哈哈——"中年人微笑说:"不,是五大名牌,你说掉了一个。"莫争问:"还有什么?莫非还有中牌?东西南北中。"中年人正色："不，还有个，牧蜂姑娘牌。"三个人都笑了。笑着笑着，史科莫争都反应过来，奇怪地问："您，怎么知道牧蜂姑娘？"中年人笑指花粉谷里，说："里面一个小姑娘说的。"说完微笑告辞离去。

晚餐时，大家又提到这个中年人。史科问："你们哪个告诉他牧蜂姑娘的？"秀妮说："只有三月跟他说过话。"三月说："我没说牧蜂姑娘哈。"莫争说："你一定说了，他明确地说牧蜂姑娘，明确地说是里面人告诉他的。"三月闭上眼，重放当时场面，以及说的每句话，肯定地说："我回放了一遍，绝对没说牧蜂姑娘几个字。"

亭伟齐迹思达他们吃完饭，收拾着餐碗说："吃饭吧，说没说有什么要紧。史科你们快点，打一盘。球场等你们。"球场就是楼下那块硬化地，被他们画线、简单安置，成了羽毛球和乒乓球场地。几个男的呼啦啦走完。几个女的吃得慢，讨论着那个奇怪的人，吃得更慢。所有的讨论在离桌时都散了，只有三月，一直在想那人怎么知道牧蜂姑娘的。牧蜂姑娘几个字，非官方非正式非民间的，他们自己内部都一时说一时不说的，没个正经定义，这莫名其妙的陌生人，怎么莫名其妙地知道的。怎么大家都不在意呢？她仿佛自己跟那人说了话，泄露了商业秘密似的，总不能释怀。

2

  一周后,白麓接了个陌生电话。之后,便陷入思索之中,眉头时而紧蹙时而舒展,目光时而冷峻时而热烈,表情时而沉着,时而丰富多彩。

  白麓以前是不接陌生号码来电的,陌生网友是不加的,创业以后,不一样了,好像每个号码都是上帝为她开的一扇窗,尽管门是自己关的,不关上帝的事,但潜意识里总有"关了一扇门上帝就会为你打开另一扇窗"的企盼,因此,一个陌生号码带来的无限可能,往往甚至超过知根知底的熟悉号码。比如这个电话。这个电话有无限种可能。

  她给隆崎打了几次电话都不在服务区。自从她开了厂区的灯,隆崎就处于这种状态,像一只地蚕,使劲往土里钻。土里哪有信号啊?她没想到这事对他造成那么大伤害,仿佛不是他自己欠了账无可回避,而是她开了灯让他无地自容。欠账也不是今日昨日,那么多年都过去了,他为什么对这栋楼的灯如此忌讳?她以前不明白,后来似乎明白了。但她执意亮灯,敢于亮灯,自有她的道理。

  灯亮后,确实来了很多讨债的,一拨又一拨,堵门、冲击会场、占领办公室、食堂吃饭等,大家开始也惊慌失措,尤其没见过此等场面的城里娃儿,但后来就都不怕了,摆事实讲道理,不回避不推诿,真诚相待就好了。有一次莫争被一群人围在中间,要他交出隆崎的电话号码,他说:"我才满21岁,哪个会给我老板的电话号码嘛。"这个理由太牵强,站不住脚,不放过他。这时,看到史科从大门闪过——准备进来,见势不对就撤退——莫争心里说声"见死不救非兄弟",他指着他的身影对人群说:"他晓得!快去,他晓得。就是他!"人群围住史

蜜 源

科的时候,他远远地喊:"史科,史科!"史科事后质问他:"你能不能再坏些,把人支使到我这儿来,还叫他们死磕!若不是亭伟解围,他们硬要跟我死磕到底呢。"他万般委屈地:"我用心在呼唤你啊,史科!"

亭伟是赶去的,当时他正在厂区开会。关于接下来摩围山蜂箱摆放问题,隆崎催得紧,白麓就召集亭伟小雨橡子小山秀妮开会,隆崎排兵布阵。隆崎坚持在花粉谷开,白麓坚持在厂区开,因为同时请了云曦村直播大学生和农民舞蹈队领队来商议甄目标所托事项。大学生和舞蹈队领队还没到的时候,隆崎抓紧布置产前工作,他正讲到"这次的蜂箱排放要根据蜜源调查结果,科学摆放,并跟着天气变化、花期盛衰随时调整,这直接关系着今年的收成,决定着全年工作是成功还是失败",一楼大门处传来吵闹声,大家知道怎么回事,尽量不受干扰,但隆崎显然被一记命中脑门,瞬间被击倒,话不成句,语不成调,这时,正在走廊招呼工人师傅修缮房屋漏水的史科,探头一看人不少,赶紧进会议室在隆崎耳边耳语几句,隆崎就站起身,跟他跑出去。两人从地下冻库后窗出去。隆崎丢下一屋人,再没回来。史科从外面绕一圈回来时,被讨债人围住。

花粉谷每个人都被围讨过,都有自己的方法突围。与史科莫争的方法比起来,亭伟在N次"反围剿"中所表现的挺身而出的英雄气概,直接夯实了他在牧蜂姑娘中的地位。他站在讨债人面前,平静地说:"我晓得隆崎在哪,但我不会说。我是为你们好。因为我知道,他正在努力挣钱。你们把他围到,他就什么也做不了。你们想想,你们到底是要人,还是要钱。要人就继续寻人,要钱就放手让他挣钱。他要跑早跑了,他没跑就是铁定要还你们,但你们不让他挣,就没法了。"

其实后来来要账的基本就没有了,他们看到这里灯亮了才来的,他们也不希望灯又熄了。无论如何,有灯就有希望,黑灯瞎火几年,他们都要绝望了。现在,只要看到这里明亮着,心里也亮堂些。年长

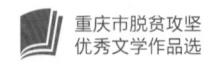

些的说:"只管这样闹,把它又闹熄了,有啥好处?"

白麓后来理解,隆崎欠账不逃,是他做人的坚守。但他要面子,像地蚕一样,钻在土里生活。这次她开灯等于把他从土里扒出来。她只不知,他除了怕债主,还有一层怕,怕牧蜂姑娘那些尊他为师的年轻人,知道他不堪的过去。他的伤口是自欺欺人假象的结痂,痂壳下面在化脓。她揭开创面,他血流如注。他有两种可能,或血尽而死,或换血重生。

顾亭伟这天找到隆崎,给他讲了自己的故事。亭伟博士毕业后,可谓英雄少年踌躇满志,面前有很多选择,他却听信了一个大学同学的游说,一起创办了一家园林建筑公司,承接园林工程。该同学父亲是市园林局副局长,主管全市园林景观建设工作。一时之间,亭伟简直觉得人生插上了腾飞的翅膀,马上就要一飞冲天,自由翱翔。他们的公司驶入了发展的快车道。不几年,公司异军突起,成为行业内成长强健的园林企业。亭伟与同学,想不膨胀都难,公司兴旺,腰包丰满。但突然有一天,打不通同学电话,接下来,市纪委监委到公司,公安经侦警察到公司,这时,他才知道,同学爸爸"涉嫌严重违纪违法"接受组织调查,同学当即携公司款项私逃,不知去向。亭伟在监察机关待了一段时间配合调查,证实了自己清白后,回到公司。彼时公司已债台高筑,一帮债主等着他。他知道自己在劫难逃,因为,他当时是公司总经理,所有贷款协议、工程协议、用工协议,都是他签署的。他变卖了房子车子和理财证券,还了一部分债务;父母拿出他们的所有积蓄,又还了一部分债务;女朋友拿出准备结婚的存款,再还一部分债务……但是,还欠不小一笔债务,他得用年轻的肩膀扛上,负重前行。他现在理解最深的词就是负重前行。

两人坐在一个山包上,脚下一地的烟头。隆崎垂着头,不停地用脚把烟蒂往土里摁。听他讲完,拍拍他的肩头:"兄弟,我真没想到,你的负担跟我一样重。这日子,不是人过的。"亭伟说:"'吃得苦中苦方为人上人。'这个道理隆总应该比我更懂。我听了你的故事,我是真心佩服你,也真心尊重你。其实,你的债欠得比我光荣,我看人不准遇人不淑,都是自己的责任,尤其拿工程这么容易,我心里明白他是凭的关系,只是没去直接蹚浑水,但也该叫为虎作伥吧。所以,事后,我真诚地接受组织的教育,承担一切后果。我是不是应该比你更无地自容呢?我也时时背着这样的心理负担,但无论怎样,发展才是硬道理。前进才能真正地摆脱。"

隆崎有些感激地看着亭伟,为理解感激,也为这份鼓励感激。亭伟反过来拍拍他的肩,又说:"所以,隆总您别总沉浸在过去,得大步流星往前走。您的壳背得太重了,要甩掉它,轻装前进。"隆崎说:"我也经常这样对自己说,但就是做不到。这次,你们来了,这么年轻,这么有文化,还尊重我,可最后知道我是这样子……"亭伟说:"您放心,没谁这么看。我敢把我的故事讲给所有人听。天有不测风云人有旦夕祸福。隆总,我们都是理解您的。"隆崎笑笑说:"谢谢兄弟开解。但没有资金,发展缓慢,也不知等到何时,这样的日子,我一天也不想过了。我只能凭我的技术和劳力,拼命繁蜂拼命育王拼命养强群,但又隐隐担心,这销售市场和品牌打造,目前都是美好愿景,没一样真正实现的,我真怕上次的灾难重现,蜜产多了,销不出去。"亭伟说:"上次你是一个人,这次我们是一个集体。要相信集体的力量,齐迹和思达都是有营销成功经验的,你不要担心。大家一起渡难关。别人还要撸起袖子加油干,我们连袖子都不用撸,直接赤膊上阵,哈哈——"

但这以后,隆崎仍回来少。摩围山上摆了十多个点,他忙得脚不沾地是常态。手机信号不好,充电也不方便,这些都在理解范围内,但有急事找他商量,却总找不到人,对于白麓来说,是个现实问题。比如眼下,接这么个真假莫辨的电话,人家要求面谈,她便很有些焦虑。

3

最后,白麓决定单刀赴会。见面地点在县城,她一去就是一天,傍晚时分,回到花粉谷,眉梢上挑着喜气,笑容荡漾。路上,隆崎回了电话,她简单告知原委。隆崎便在她到之前半小时赶回花粉谷,一直在园子里检查各种工作,但目光不时瞟向门口。白麓的车进来,隆崎竟像迎接贵宾似的,小跑过去开车门。这是大家没见过的景象。莫争纳闷地说:"几时孟光接了梁鸿案了?"大家更不懂了,问他此话怎讲,他冷哼着走开,不跟这些人八卦。之后,在远处的平坝里,他俩时站时走比手画脚谈了很久。

晚上,突然通知开会。会上,白麓公布了一个好消息,有人对牧蜂姑娘投资千万,牧蜂姑娘将正式成立公司,董事长就是投资金主。

场面肃穆,静谧,足有一分钟。"啪"一声,隆崎两手合击,惊破静默,欢呼声起,掌声雷动……

这种高兴,让白麓眼里泪光点点。

再一周后,白隆两人去了县城,大半天后,车子回来,他们的车后跟着一辆黑色大奔。

两辆车驶进厂区大门。隆总小麓总先停稳下车,刚在大奔旁立稳,大奔司机已跳出来,拉开了后排座的车门,一个人猫腰出来,直身而立,望着厂区大楼,面露微笑。

大奔主人走前,小麓总隆总一左一右紧随其后,三人成品字形过来了,都含着笑。

全体员工,早已听从安排在大厅门外两排站立等候。看到车上下来的人,队列发出惊呼,又立即噤声,空气凝固。

这个人,正是前段时间到园区转悠的那个开三菱越野的中年男子。他回头对白麓说:"谁让搞的这些,不好。"又对队列说:"我们早认识了对吧?你,你,还有你。"他用手指点着史科莫争三月秀妮等,笑:"你们心里在说,原来真是个来打探情况的。"

大家鱼贯入会议室坐定后,白麓正式介绍,大家用掌声热烈欢迎了投资千万的公司董事长弘文先生,董事长发表了简洁精干的感言:"是的,我早到过这里,还到了花粉谷,花粉谷里面的那座大山被我登顶。别人登顶摩围山,我登顶花粉谷!"大家笑。"站在山顶,我想,要不要跟你们一起,养蜂子。这地方山好水好蜜蜂好,特别是人好。所以,我来了。"

会议室里又响起一片掌声,笑声。

"自我介绍一下。我叫弘文,分别在重庆、成都、深圳有自己的公司。我来是因为一个大家都熟悉的人,和苦导演!"弘文赞叹之情溢于言表,"我是和导的粉丝。关注了他所有的个人平台,博客、微信公众号、抖音号等,我在里面看到了花粉谷,和花粉谷里的蜜蜂,以及你们!你们的美丽、朝气、执着打动了我。和导的影视作品还没出来,但我有幸先睹为快。我可以肯定,花粉谷将成为一个美丽的网红打卡地,而你们,将成为网红明星。这样说,大家在想,这人是指望来蹭流量的。"大家笑,他继续说:"我知道,网红不是你们的初衷,更不是目的。我希望,网红在你们的生命里,是猝不及防的一束烟火,与众不同,昙花一现,你们最后会沉淀下来,成为花粉谷一样深沉的土地,并耸立起牧蜂垭一样高的高山,坚实而挺拔。"

讲话被掌声打断,弘文顿了顿,继续说:"无论如何,我们必须感谢导演,是他让一些人知道了你们,他也将让社会认识你们。"大家笑,他自己也笑了,然后严肃地说:"我来这儿有我的理由,就像你们都有各自的原因。我们走到一起来,那就要共同完成一件事,蹭我们自己的热度,成就生命辉煌。"掌声再起。

"来之前,我走访了县里相关部门,与当地一些干部、农民做了沟

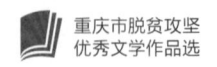

通,我确信,你们有意无意踏上了一条光明甜蜜的大道,而我,是追着星光而来。从今天起,我们携手努力,做这样一项正大光明甜蜜的事业。阿蓬县这个做了十多年的蜂蜜产业,却只有东家牌西家牌南家牌北家牌四个牌子的蜂蜜大县,将升起一闪耀的品牌——牧蜂姑娘牌,甜美的牧蜂姑娘必将走出阿蓬县,走向全国乃至全世界。"

在笑声和掌声中,见面会结束。接下来,在头两天刚布置好的董事长办公室,弘文听取了白麓和隆崎的情况介绍,研究决定了几项工作。第一,成立农业发展有限公司,正式挂牌,启动公司规范化管理;第二,全面启动蜜源调查,科学布局蜜蜂养殖及蜂蜜生产规划,拟定打造武陵山五倍子中蜂产业经济走廊方案,上报县里,争取支持;第三,迅速成立营销团队,全力打造品牌,建立线上线下销售渠道;第四,全面启动牧蜂垭花粉谷牧场打造,集牧蜂场地、宣传中蜂历史文化和农业旅游观光于一体。

就工作进行了分工,董事长统揽全局,白麓暂时分管行政、财务和销售,隆崎暂时分管产前建设、牧场建设和蜜源建设,各司其责,互相配合。白麓表态全面服从董事长管理,认真履行职责,全力配合隆崎。隆崎雄心勃勃精神抖擞,焕发出前所未有的激情和信心,他拍着胸膛说:"产前和蜜源都不是事,牧场建设我也敢拍胸脯,只要董事长全面信任我,我就一定能让董事长满意。建筑团队我有资源,一个电话都会来几十个人,要不到好多天,就建好了。"弘文靠在椅子靠背上,用手支着头,望着他,认真听他讲,眼睛越眯越紧,最后成了一条缝。隆崎感觉从缝里发出的光,凝聚在他脸上,他突然说不下去了。

弘文见他停了,就放下手肘,坐直身子,让他继续。他支支吾吾两声,再说不下去,只说:"就这样了,呵呵,听董事长指示,董事长怎么说,我怎么做;董事长喊往西,我绝不往东。"弘文眉头微蹙,一道纹在眉间一闪而过,但对于隆崎来说,这无疑是一道闪电。弘文温和地问:"牧场你准备怎么建呢?"隆崎说:"我认识一些本地承包工程的,可以交给他们,也可以自己找……"弘文打断他说:"我是说,你想建成什么样子?"隆崎说:"这个要董事长定了,你说哪里建个亭子我就建个亭子,哪里挖条沟我就挖条沟,绝对不得乱建的。"

弘文电话响了,他接电话说:"这么快到县城了,哦,辛苦了!我在山上恭候。"再继续对隆崎说:"马上要到的,是全市最牛的园林建筑设计师。咱们的园子必须整体规划,整体设计,我们的建设要立足阿蓬县,放眼全国蜂产业园,要建就建成全国养蜂示范基地。而不是想起一出是一出,找几个建筑承包商,在里面乱搭乱建。"隆崎讪讪的,弘文并不理会,说:"隆总,设计方案时,你的任务是确立放蜂的位置和面积,你是专家,设计师不懂。方案确立后,你的任务是按照方案组织建设。"隆崎朗声说:"是,董事长。"弘文又说:"小麓总,你的任务相信你是明确的,也相信你这北大高才生的能力,总之,财务人事及建章立制是一个公司的基石,不然会摇摇晃晃走不远。而品牌打造和销售渠道建设,则是公司的希望,也是阿蓬县全县人民的希望。我们不做就不做,要做就不可辜负!必须精诚团结,用好人才,带好队伍,有条不紊地加速前进。"白麓说:"董事长请放心,我会圆满完成董事长交办的任务。另外,我想建个议,我们团队里有个叫顾亭伟的,他是环保园林博士,能不能让他加入到园区建设里来,毕竟建设需要人管。"弘文说:"好啊,马上通知他一起吧。"

会后三人即来到牧场,爬到最高处,下来又沿着河沟走了一段,估计着时间,到大门迎接。站在那硕大的石门前,弘文问:"这对联谁写的,好气派。"隆崎说:"是阿蓬县老县长写的。可惜——癌症去世了。他非常重视中蜂产业,发誓要把阿蓬县的中蜂发展起来,我就是奔着他和五倍子来的,他刚把这副对联写好,就检查出癌症。我去看他,他说:'隆崎啊,一定要把阿蓬县中蜂产业发展起来啊!'我是对他承诺了的!他去世后,我发了誓的,要完成他的遗愿。可我没争起这口气来。我再难也没有走,也有这个因素,就是觉得哪怕我暂时爬不

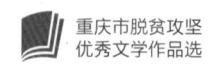

起来,但只要不走,就在坚守对老县长的承诺。"弘文指着下面掉的字,问:"这是什么字,是风化掉的吗?这些都好好儿的。"隆崎说:"是被我抠掉的。"弘文和白麓都惊讶地望着他:"为什么?"他一只手在头上摩挲得"沙沙"地,咬牙切齿地吐出三个字来:"我不配!"弘文问:"是啥字?"他说:"董事长,原谅我现在不能说,我发过誓,等我配得上的那天,我会把这两字补上去,完不成,人不走——"弘文一拍他的肩,豪壮地说:"好,我不问,我相信很快就能看到这两个字重新上墙。"隆崎说:"那就是我隆崎重新站起来的一天。"

白麓在旁边鼓起掌来,这掌声既是给隆总,也是给自己。她想到以前自己读到这里,坚持认为缺的是"逍遥",今天听了这个故事,才知自己曾是多么的浅薄和狭隘,所谓想逍遥不得逍遥,"逍遥"二字如何撑得起这种情怀,而忆起第一次站在这儿读这对联的情形和那浑身包裹的自我保护,是多么滑稽。而今天,她上身穿一件灰色打底背心,同色系休闲小西装,下着牛仔裤,脚蹬旅游鞋,精神干练,而脸上,实在大半天忘了喷保湿喷雾,更忘了补防晒霜。她的目光越过了自己了,她的掌声为此而起。

说着话,设计师就到了,一行人比比画画,时走时停。沿途弘文董事长谈了总体设想。设计师仔细问了隆崎蜂箱的摆放常识,最后这个号称全市实力最强园林公司设计首席,现场浅谈了他的构思,顾亭伟也加入讨论,气氛热烈。

隆崎觉得有些晕,暗想:这是要养蜂吗?这是建公园呢。他讪笑着说:"这些蜂子是修了八辈子福了,住这么好的地方。怕是蜜都产得多些呢。"弘文说:"你眼里只有蜜蜂,这挺好,但还不够。这牧场住的,可不只是蜜蜂,还有牧蜂姑娘和其他产前工人!养蜂人是酿造甜蜜的使者,首先咱们自己的生活要是甜蜜的。"然后,他站住了,望着这个郁郁葱葱的园子说:"这就是个大蜂巢,我们要发扬蜜蜂精神,建好家园,酿出好蜜。"

4

之后不久,沐风姑娘公司挂牌,很低调,无一外人,就单位二十多名员工,安静庄重地把两块木牌子挂在了厂区大楼的门上。

这前后,弘文到县里去对接各个部门,汇报工作,了解政策,希望得到支持和帮助。同时,诚恳表示要在县里的统一领导和大政方针下搞建设抓发展。县畜牧中心很热情,积极推动,接下来,在一次全县的重点招商引资企业里,沐风姑娘公司名列其中。

沐风姑娘公司仿佛驶入发展快车道。大家都摩拳擦掌,同时,也深深体会到裂变的到来。公司重塑架构,董事会下设董事长,董事长下设总经理,总经理下设分管副总。眼下的董事会由弘文、白麓、隆崎组成,董事长弘文暂领总经理一职,执行CEO虚位以待,求贤若渴。白麓、隆崎任副总经理。成立五个部,一个产前部,一个建设部,一个宣发部,一个营销部,一个行政部。头两个部隆崎分管,办公地点在牧场;后三部白麓分管,办公地点在厂区。员工按能力特点分就其位,从此,大家各司其责,团结协作,不可越位,亦不可推诿。

瞬间,大家感到有清明之风吹过,心里心外顺畅起来。

但问题相伴而起,层出不穷。出问题不怕,出了问题才知道哪里需要着手,所有的前进都是在解决问题的过程中实现。因势利导,因势而化,每解决一个问题,都有人员进步,都有规矩建立、风气兴起。

隆崎曾怀揣梦想,无规律可循无规矩可依,全凭技术,拳打脚踢行走江湖,摔得鼻青脸肿头破血流,现一夜之间变成现代企业的高管,要适合现代企业的管理,他是亢奋和新鲜的,他曾像蜂棚里独自飞行的牛虻,现在摇身一变成为现代公司高管,有那么些日子,他衬衣洗得干净,束在皮带里,皮鞋锃亮,胳膊弯里夹着黑色人造革公文

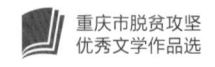

包——那是10年前得全市劳模后老婆给买的,头发一丝不乱,进办公大楼前,还抬手摸摸,一副头可断发型不能乱的气势,这个造型被莫争做成了表情包,很有喜感,被员工们高频率使用,成为公司独特的文化产品。

但慢慢地,隆崎他不习惯了,用点小钱也要请示,审批报销好烦琐。有时事急,农民拉了货来,一车倒地上,就伸手要钱,他可等不得,他水了大家这么多年了,现在不能再水人了。于是,包里的备用金,拖出来数给别人是有的。申请的打酱油的款,给了醋钱是有的,但报销的时候,就遇到拦路虎了。

"钉钉流程没走。请款申请呢?审批签字呢?"那个叫陈建设的财务主管一丝不苟,财务眼里没有什么隆总,只有制度程序。明明一车水泥40吨80包都卸在院子里了,硬是不认,硬要问为什么买、谁同意买、规划用量、审批购买数量及价格等等,好大一堆问题,他脑壳都听炸了,更别说说清楚。

财务不报账,他找白麓,白麓冷然凌厉地说:"说不清楚,各人拉走,清洁还要做干净。无论说不说得清楚,都要检讨无视纪律的思想根源。不然,今后还要犯类似错误。现在是正规公司,一切要正规化。"他说:"不是建园子吗?建园子不用水泥吗?水泥不是一车一车买吗?这是我以前用过那家,信誉、质量和价格都可靠,看到我们在修建园子,找到我,我就答应了。当时我没钱,拉货赊账,人家没少支持我,我能不答应吗?"他不就买了一车水泥嘛,又不是买了一车炸药,怎么这么啰唆。

隆崎素来觉得白麓的脸冷,现在更是从冷变硬了,让他有热脸擦冷脸的感觉。她一副铁面无私的样子,简直是抓了个小偷,他妈小偷是把东西往外拿,有送一车水泥来的小偷吗?

白麓十分维护董事长的管理,她觉得所有一切就是要按规矩来,没有规矩不成方圆,这是古训,老隆就是不听,过去她是拿他没法,现在,一切董事长说了算,她只是不折不扣地执行。隆崎不听,她都推到董事长身上。

隆崎最初一听董事长说,是有三分气短的,但后来渐渐从颇有微词到大放厥词。而尤其可恨的是白麓,董事长扔根木棒都要认作针——眼睛长在头顶上,只认衣裳不认人。那认真的样子,明明是趋炎附势,却把气质拿捏得死死的,他看着就无法沟通。水泥的事情是发端,之后陆续发生的事更让他觉得现代管理的死板不可思议。终于,他尖利的矛头指向了董事长,认为这不是现代管理的问题,是他本人的管理理念和工作作风问题,在这农村大地上,穿着他的锃亮皮鞋,操着他的方步,他到时怎么跌倒的,都不晓得。他如果还有怎么跌倒的怎么爬起来的希望,那这个怎么跌倒都不晓得的,爬起来怕是难了。他为公司忧心起来,之前的热情、满怀的希望如潮汐般慢慢退却。

公司的正规化管理,于隆崎来说,简直是十八条绳索,捆得他无法动弹。他不止一次对白麓发飙:"你这是哪找这么个怪人来,你我一手建立的好端端的企业,非被他整垮不可。一天搞些虚头巴脑,用一分钱都要走他妈什么钉钉,钉钉是个什么鬼,把人都钉死了。成天功夫都花到请示汇报上,事都不做了,烦琐死人。"

如果说,之前他认为白麓是要蜜蜂学背诗,现在,他觉得弘文比白麓更狠,他是要蜜蜂学稍息立正呢。

隆崎终于在一次买蜂子的事上,爆发了。眼看下半年到了,五倍子花要开了,公司是以五倍子蜜为拳头产品,而现在的蜂群,是不能实现产量的,收别人家蜜,没有保障——赶花需要很大技巧,海拔、植被、温度、湿度、五倍子花的盛衰季节,都决定着五倍子蜜的产量和纯度——因此,经过隆崎苦口婆心的讲解和弘文的深入研究,公司决定买蜂。

这个工作自然由他隆崎负责。他不用吩咐,立即跃马而出。几

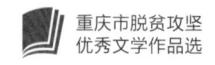

代人养蜂,传承的不只是技术,还有资源,哪里有蜂、哪里蜂好、哪里蜂价格合理、哪里养蜂人有德行不会滥用白糖之类,他心里明镜一样。这个在开会的时候,他提过,只是没说太清楚,没说太清楚的原因是他也说不清楚,因为这是一个变数,蜂是活物,它一季好一季不好,一季采蜜厉害繁殖能力强,买到是赚,另一季又衰弱疲惫,买了就亏。这由不得养蜂人。除了蜂子质量,一牌蜂的数量也是要到现场照了面才知道的,所以,买蜂子,电话联系好,去了就拉是没有的事。收蜂子,是个艰苦活,有时是几十箱甚至几箱地凑拢来,凑足了,搬运还要在晚上,经常装车深更半夜,赶路更是夜半三更。

但董事长不体谅。打电话常不在一个地方,一时在贵州,一时在四川,就有埋怨的意思,问他神出鬼没搞什么鬼。有一次,他忍不住说:"我能搞什么鬼？董事长你这是什么意思呢,你是不是不相信我哦?"董事长说:"没有没有,隆总辛苦隆总辛苦,回来喝庆功酒。"

他就高兴了,他喜欢喝庆功酒,那不在酒上,在一个肯定上,在一个关怀上。但这顿酒还没喝就闹崩了,原因是,起初付款要付对公账户,好歹说清楚,卖蜂子的,都是个体户,没有对公账户。接下来,要卖方出具发票,人家哪来发票啊。再接下来,没有发票要收据,实在收据都没有,那写个收条吧。隆崎简直觉得,这步步紧逼,是要压榨出他的阴谋诡计来,若不是怀疑他其中有奸,何须如此！不就买个蜂子吗？又不是买钻石,哪这么啰唆！他说现在有文化的年轻人养蜂的真没有了,卖蜂的多已八九十岁了,还不信,还要跑去看,那天驱车几百公里,赶到四川彭州,他当时正在一个90多岁的老人家里收蜂子,接到董事长电话,居然说到了镇上,他就发了这家的位置定位,也不去迎。董事长进来与老人攀谈,得知眼前硬朗干净思维清晰的老人95岁了,好一阵惊喜,得知这一带养蜂的很多都是80岁以上的,更是震撼的样子。

"养蜂人,如此健康长寿,这本就是证明。要什么广告,这就是最强有力的广告。隆崎,我们不光要养蜂,我们要深刻观察、总结分析这个产业。"隆崎觉得消了他的疑虑才是最爽心的,至于深刻观察总结分析这活儿,还是让董事长去吧,他已被他深刻观察得累了。董事长还在说:"蜂蜜产业是个健康产业,不仅是吃蜜的人,特别重要的还有蜂农本身,这是最好的证明。"他拉着老人的手,发誓要坚持吃蜂蜜,发誓要坚持养蜂,要把蜂产业发扬光大做大做强。老人什么都好,就是耳朵欠灵敏,他又不习惯大声吼着说话。老头也不知他在说什么,但活得久了,不用听不用看也知道他是公司的一个人物,直夸他面相和善,适合养蜂,还特别提醒要养中蜂。他认真地问为什么,老人说:"西蜂拉得多,吃得多;中蜂拉得少,吃得少。"他笑了,老人豁着没牙的嘴,一直冲他笑,憨态可掬。

这趟后,董事长不提买蜂要发票要收条了。隆崎正松口气,又出个大幺蛾子。这事让他怒不可遏了。

弘文董事长学习了很多资料,研究了中华蜂的历史文化传承,激情满怀要再现几千年养蜂历史变迁,要把花粉谷打造成一个中蜂博物馆,不是陈列性的,是互动性的,活生生的,真真用几千年前的蜂箱,真真地养蜂子。

公司专门为此召开会议,在家员工全体参加,弘文董事长说,这是一次中蜂历史文化的学习。他讲:"中华蜜蜂是我国传统蜂种,自华北古陆出土的蜜蜂化石,确认2500万年前就生长在中华大地上,殷墟甲骨文中就有'蜜蜂'二字,说明3000年前,蜜蜂就与我国人民发生了联系。自古以来,我国先后经历了土垒、砖垒、木桶蜂箱、草编蜂箱、竹编蜂箱,到今天的现代蜂箱、继箱等,绵绵数千年。"然后,他又激情澎湃地说:"我们的事业是开创的事业,但首先是传承的事业。由此,我否掉了全市首席园林设计师对于花粉谷的设计,因为,他不懂蜂,我让他来感受一下这2500万年的蜜蜂文化,蹲一段时间,与我们的蜂农聊聊,蜂农的感情和对蜜蜂的心,就是这个园子的灵魂,但

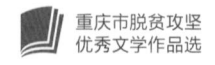

他做不到,他说他一到花粉谷就不想走了,他是真想在花粉谷住一段时间,但他业务压身,容不得他。有句说句,他的设计是唯美的,是有首席的水准的,但是,它不走心,它是大家的观展,但不是蜜蜂的家,不是养蜂人的家。所以,我否了它。最后,我们自己商量定的,做一个中蜂博物馆。让我们的土垒、砖垒,让木桶蜂箱、草编蜂箱、竹编蜂箱穿越几千年,来到花粉谷,让蜜蜂住进这仿古的家里。"

"哗",掌声雷动。"至于不同朝代的箱怎么摆放,数量需要多少,隆总去跟蜜蜂商量,定了方案就做。"大家哄笑。

第二天,弘文就带着一帮年轻人,簇拥着隆崎,像围着一个高明的风水先生,七嘴八舌地建议,但都要问:"这里摆草编的好看,隆总要得不?""隆总这里土垒行吗?""木桶的放这里适不适合隆总?"大家让莫争描了地图,又回到办公室商讨,从局部漂亮到整体美观纷纷发言,隆崎具有一票否决权,那里风紧、那里日晒什么的,非常强势的理由,讨论了半天才敲定。

第三天,隆崎就出发去定做最花时间最需要手艺的草编、竹编、木桶蜂箱。头天晚上电话联系了一些人,他以为总能找到做这些工艺的民间匠人,在他的详细描述下完成这些仿古蜂箱。但有些出师不利,走了很多地方,都说已经绝迹。这些编织技术只有老辈子会,年轻人不屑于学,技艺都断了。会的老年人,在世的也难找。

他访仙问道般,终于找到一个地方,曾以编竹篓背笼为生,几个尚存的七八十岁的老头儿,还有这手艺,会编,但没劳力又手脚不利索,编得慢。他蹲在一干瘦老头儿旁,看他费这老劲,才把长长的划得很薄的竹条子像抡千斤重担一样抡起来,"过去,我舞得'哗哗'的,软绸一般。"正吹,僵硬的手指被划了个口子,渗出了血都不晓得,血管里也没多少血可流,只是渗了一点,在竹条上,他心里酸得紧,看这编织速度,也不是十天八天可成的,他们勤苦了一辈子,现在又有了活路做,绝对积极,但再积极又怎样呢?一个头痛脑热一个腰腿不灵都会让他们停工减产,进度是得不到保障的,数量也是得不到保障的,所以他早早定了货,能编好多算好多。两三个月后,牧场建设出雏形了,他才又去看,这项最没保障的工作,只有亲自看了定。见已编好了三四十个蜂箱,在园区摆个样子足够了,就当即租了个小货车来要拉走,豪气地宣布:"老爷子们,这些篓子都织得好呢,好得不得了呢,全部验收合格,都要了。我这就取钱,马上就结账呢,您们先等等,我去去就来呢。"就去到不远处的一个储蓄所,掏出卡来取钱,结果那张卡跟他一样,一穷二白。

这些年来,他的卡一直这样,他不敢指望它像一截老树疙瘩发几枝新枝出来,它连一个老树疙瘩都不如呢,老树疙瘩长的蘑菇,他还用来下过一碗面煮过一锅汤呢,但这卡是张死卡,一点活气都没有了的,哪怕救命钱,也别指望它自己长个一分半厘出来。他从没指望过它,揣在身上硬硬的像一张刀片,割人,压箱底下好久不揣了,这几个月,因为牧场建设,申请了物资款项去采买,要卡号,就交代给了财务,所以自己就又揣身上了。现在,眼下,这卡戏弄了他,苍白着一张脸蔑视他。戏弄他可以,蔑视他可以,那帮老爷子还在那巴巴地等着,那帮织了三个月篓子,树皮一样的手上尽是口子的老爷子还巴巴地等着他呢!

他操起电话就打给财务陈建设。建设忙着呢,语气急促平淡,说:"竹篓钱?您好久请的哦,隆总,钉钉上没看见呢?""三个月前就说了的。办公会上定的。""但是好久走的程序呢?隆总,提请和审批没看到也。"火,熊熊燃烧,把他烧成了一个通红的烙铁,指哪烙哪。他吼道:"钉钉是他妈个什么混账王八东西!啊?它是你先人吗?你不听人话,听它的!少给老子批跨!"

陈建设肯定吓傻了,那头一点声音没有。傻就傻呗,本来就傻了吧唧的。他"啪"地挂断电话,调白麓电话出来,一个手指颤抖地在屏幕上戳,直要把屏幕戳破。

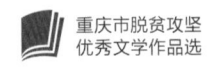

"喂!"白麓说的普通话,她上班现在用普通话。对外沟通多嘛,有一次还听她说的英语,不说点英语,还是白北大吗?我呸!当时他这样想,就呸!现在,他什么也没想,他脑子里就两个字:锤子。

"喂个锤子!"冲口而出。那话子弹一样射出去,跟着还有一梭子:"给不给,给就马上给,不给老子个人给!"白麓从震怒中回过神来,出奇地冷静,说:"给什么,你说清楚,你这样子算什么!""钱!""什么钱?你找我要什么钱?我欠你钱了吗?你说清楚隆总!"电话断了。

隆崎掐断电话,因为他意识到他找错人了。是的,要找管钱的人。钱是弘文董事长直接在管。他不假思索,电话就过去了,说了一系列话,什么不能亏老百姓、什么会上定了的事不执行让做事的人很难办、什么不能办公室拍脑袋看不到下面的实际情况云云,弘文董事长很有素养地让他吼完,一句话没说挂了电话。

他感觉自己被撂下了。把他撂下没关系,他大不了又去找个茅草棚养他的蜂,一辈子来还那还不清的账。但是,一群老爷子和他喊的车都等着他,而他现在是银行老赖,是个无处找钱的人。自己先垫付,是他争不起的一口硬气。

他双手抱膝,在异乡的土地上蹲下去,直蹲出一个坑来,身子下沉,要没进土地里面去。沉进去倒好了,但那老树节子一样关节突出、皮肤龟裂的六双老人的手,拉着他,他连沉埋自己的资格都没有……

没办法,他给白麓再去电话,道歉,认错,解释刚才电话是打错了对象,再讲明自己的处境,急需付出这笔钱,请求支援。他说:"我想到会上定了的事,哪里需要那么多周折嘛——"白麓说:"你以为会上定了,钱就自动到你卡上去了?隆总,你的想法让我觉得匪夷所思、哭笑不得,你知道吗?""我那时不是不会钉钉吗?钉钉走流程我都是才学会的,这个……这个,两三个月了,我都忘了。这东西好啰唆,一线的人太难了呢!"白麓说:"这钱我私人先借给你,你回来自己把款申请下来,再报销还我。"

　　隆崎知错了。他认为自己错在太把公司当成自己的,他发现自己在这个公司里做人做事做得那么的慌张、那么的急迫、那么急功近利,把自己整被动了,整滑稽了。他并没有认识到自己真正错在没有按照企业管理的程序办事,没有规矩意识,而是一种随心所欲,一种莽撞行事。由于这样,在随后,董事长处理这事对他的批评里,提到这些,他仍没听太明白。至于董事长说的"真正的自由是符合规律的自由""企业的快速发展,不是忽视规矩的莽撞,而是要掌握规律运用规律的快速发展"。他更是觉得饶舌,是文字游戏。脑袋里嗡嗡响,有一千群蜂在闹。人跟一千群蜂说得清楚吗?显然说不清楚。他就缄口不言了。他说:"我还是买蜂去吧,蜂子数量还没买齐呢。"弘文莫名地心里有愿意他走的意思。买蜂的工作非他莫属啊,而其他工作,他少插一杠子,或许更好。

　　隆崎就又出发了。这些年,他们隆氏兄弟在养蜂界的徒子徒孙众多,可谓桃李遍天下,他们手把手教出了一大批靠养蜂发家致富、最坏也能养家糊口的人。而隆崎心里,一直有个缺憾,觉得没遇见个让他怦然动心的人,一个真正愿意与蜂共舞的人。这次,他在四川买蜂子时,遇见了。这是个哑巴,30多岁,见人就笑。隆崎看上的,就是那弯弯的始终在笑的眼睛,他用这样的眼神望着他的蜂子。他拿蜂脾给他看的时候,就像一个妇女托着她的孩儿给人看,眼睛始终在他的蜜蜂上,满目的欣赏和骄傲,满脸爱的光辉。他提起放下的动作,是真正地在安放生命。在他如此的抚养下,他的蜂子,每脾都饱满,每箱都是强群。

　　他试了他一试,说要糖多的,他在他的蜂箱里穿梭,像穿梭在自己带的士兵队列里,不用开第二箱,一准打开的那箱就是糖不可再多的;要子多的,不可能有比那更丰满的子脾了。

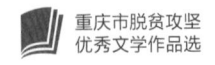

隆崎打听清楚了,哑巴学养蜂,是跟着他的一个徒弟叫李世义学的,也就是说,是他的徒孙。他让他的徒弟李世义来一趟,到哑巴的蜂场来。师徒相见,分外亲热。隆崎的规矩是走哪都不惊动徒弟,李世义心里纳闷,以为哑巴冲撞了师父,那还了得?非好好"管教"一番。哑巴人品脾气都好,但都晓得,你要对他的蜂"失礼",他会"一言不合要骂人"的。李世义也是个残疾人,小儿麻痹症,左手落了残疾,在四川彭州这带养蜂界,被称"一把手"。他确能起到一把手的作用,有号召力,有公信力,他带领不少人养蜂卖蜜找饭吃。凡残疾人要学技术,他一概收,在彭州被评为"身残志坚"的楷模。

他到的时候,正是晚饭时分,当然首先要请师父喝一杯。隆崎说喊上哑巴。哑巴喜笑颜开地去了,不是因为吃饭,而是因为见到了师爷。隆崎的名头是很响的,师父讲过他的神话,让他膜拜。

李世义知道隆崎是为蜂子来的,端杯就说:"师父,你打过电话,我跑了很多地方,任务没完成好,害您老亲自跑一趟。这个季花开得盛,指着蜂酿蜜,育蜂的少,卖蜂的更少,要卖的我都看不中,别说您了。所以,我也找了一大圈,没收拢,您那数量真太大了,这些都是小门小户,您得给我点时间,秋繁后,我一准给您收齐。"隆崎眉开眼笑说:"眼下就有。"李世义说:"师父,只要你看得起,我怎么也去拾掇来。"隆崎:"看得起,太看得起了。"李世义真奇了怪了:"您说哪户?"隆崎下巴一指哑巴:"他。""他?您说笑呢吧,他才学一年多,他蜂子的数量质量我都把着关呢,不足不足。来来来,哑巴哑巴,敬酒,给师爷敬酒,师爷鼓励你呢!"哑巴敬酒,隆崎一口干掉,说:"连蜂带人,都要了。"

这时已几杯酒下去了,李世义权当他说酒话,热情应和着。隆崎也不再搭理他了,两只眼睛都在哑巴脸上,直着舌头对哑巴说:"哑巴,你技术还不过关。我看到着急,振兴中蜂,可不能断到你们这些人手里。"这帽子扣得,当即把哑巴的脑袋压了下去,连那自带笑都压榨到脸皮里面去了。哑巴望着他,一脸惶恐,嘴一张一张,急切地表达什么。

李世义赶紧给师父倒酒,说:"师父,是徒弟没教好,没教好。我这半罐子还带徒弟,我自罚,自罚。"说完就干了一杯,隆崎摆摆手,目光仍然在哑巴脸上:"不怪你。俗话说,师父领进门,修行靠个人。哑巴,你没别的问题,你是看得太重。凡事看重了,离吃亏的日子就不远了。你师爷我,就是恁个遭的。我要振兴中蜂产业,我要让中华蜜蜂飞满中国大地,让中国人吃中国蜜。结果好了,一跟头栽那儿了,5年啊,爬不起来了。我天天儿地躺在草棚子里想,想的结果就是看重了,看重了哇,承受不住。人有多大力,扛多大事,我力小,一心做大事,就塌毯了。中蜂产业指望你们……指望你们,所以,你们要搞懂才行……那外国蜂子跟外国人一样,没中国蜂进化得好,你看酿蜜就晓得,活路没做完呢,营养价值就不够呢!万事万物一个理,差一口气,差十万八千里……喝喝,喝——"

喝了,把杯子一放,这边李世义满酒,那边他继续教育哑巴:"嗯嗯,我说哪了?"李世义说:"人活一口气。"隆崎就说:"对,对,人活一口气。人一口气不来,还能活吗?你说说看,人没了一口气,可活不成!"喝高兴了,隆崎可喝高兴了。怎么回到住处的,不晓得,第二天一早,头不疼眼不花地起来,到蜂场去转悠,主要为找哑巴。远远地看到哑巴猫在蜂场里,看到他过去,直起腰来,一脸自带笑。隆崎说:"你忙你忙。"隆崎就在这个蜂场泡了整半天。

临近中午,李世义来了,带着他老婆,他老婆长着张娃娃脸,很讨喜。就是右脚走路不利索,小时被车轧骨折,家里穷,没送大医院,赤脚医生治的,效果不好,走慢些还好,稍一走快,右脚是她身上的"短板"就显出来了。所以,她走得很慢,李世义都走到跟前问候半天了她才到,喊声"师父",寒暄几句,就又慢慢地走远去订餐去了。

趁这时,隆崎告诉了李世义他要带走哑巴,要李世义帮他做工

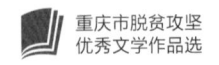

作,要让哑巴跟他走。李世义吃了一惊:"师父是想带他去哪?"他说:"带在身边,我走哪他走哪。"李世义吃惊更大:"那是为啥?他咋啦?""不咋。我帮徒弟带徒弟,不行啦?带出来还是你徒弟。哈哈——"隆崎一巴掌拍在李世义左膀子上,李世义左臂不受力,没有支撑点,整个身子一歪。隆崎已走远。李世义紧追慢赶上去,隆崎边走边给他讲了自己现在正做的事业,和对哑巴的看法及想法。

李世义嫉妒哑巴了。哑巴身上的优点他也是看到的,但绝对没有师父看得这么深想得这么好,只是一点,关于哑巴爱蜂子这点,他跟师父的看法高度一致。都是养蜂子的人,靠蜂子吃饭,谁不爱蜂子呢?但都不是哑巴那种爱法,哑巴仿佛就是蜂王,所有的蜂子都是他的孩子。

这个没心没肺的哑巴,竟然是个会看事的人,一说就同意了。嘴不会说,眼会发光。他的眼,那一刻,流光溢彩。李世义确信自己没看错。他反正没结婚没对象,只要跟他的蜂子在一起,走哪都是家。

那次隆崎回去,陆续到的是一千多群蜂。随他本人到的是一百多群和一个不会说话的人。

隆崎直接把哑巴带到董事长办公室,兴致勃勃地提出要给哑巴办入职。哑巴安静地站一旁,殷切地望着他笑。那一瞬间,隆崎觉得,他成了哑巴,完全无语了。他让人先带哑巴去休息。弘文通知白麓过来。他准备认真理理隆崎的神经。

隆崎先振振有词地叫嚣一番:"按规定,一个人正常来讲负责几十上百群蜂,负责两百群,基本已到极限。所以,我们增加蜂群就要增加产前工人,不然,就转不过来了。会上,我是提出过的,你们也没反对。"弘文明白,之前的故事再重演,而他的耐心,已丧失殆尽,他一言不发。分管人事的白麓说:"隆总,我们一再强调,用人用钱要提前报方案,提请研究,同意后实施。你不知会一声,把人直接带来,怎么处?"隆崎说:"人才难得。没得时间了。照你们这样,一切把程序整完再做事,那我给你们说,这些蜂子飞跑了,或者死了,莫怪我。"

白麓说:"提申请报方案,工作你要提前做啊?"隆崎说:"养蜂人才,是靠灵性的,是要天分的。你们以为是面试得来的,以为考试得来的,以为交谈得来的?"这样的人才居然不要,简直匪夷所思。隆崎气得浑身颤抖了,他把桌子一拍,弹了起来,说:"这会,你们慢慢开,我懒得跟你们扯淡,你们想怎么处理就怎么处理,反正他留我留他走我走!随你们的便!"两步跨到门边,又回过头,指着白麓说:"别人没养过蜂就不说了,你养了几年蜂了,还狗屁不通,奴颜媚骨,什么玩意儿!"

白麓气得花枝乱颤,说:"你,你,你疯子!"隆崎一声冷笑:"蜂子采蜜去了。"摔门而去。

弘文脸色煞白,他坚决要斗硬,这样下去,公司将无法管理。他冷然说出一句话:"按制度执行。"就起身出去。

白麓一人茫然,她得费点脑细胞来解这道方程式。"按制度执行",听上去很可怕的,有点人头落地的意思。她早看不惯隆崎那草莽了,这简直就是公司发展中的一只拦路虎,不是看重他的技术和经验,她相信董事长不可能容他乱搞了。但万一执行错了,错杀了忠良,实在也是可惜,最可怕的是,到时董事长后悔了,说他不是这意思,那就惨了。而且,这句话好玄,"按制度",说实话,公司的制度正在建设中,像隆崎这种层出不穷随机爆发的问题,制度建设,还远远没跟上。

5

　　弘文一肚子气,虎着脸到花粉谷看园区建设推进。他并不常在阿蓬县,他只是定期来检查工作推进,解决问题。他的集团公司属于高科技范畴,涉足硬件集成、软件开发多种业务,公司发展平稳,前景乐观。而这时,他竟一步跨进农产业,而且是如此神秘的蜜蜂产业,这种跨界,让董事会的人集体失语。而他在精力分配上,向阿蓬县侧重倾斜,受到董事会诟病。他是带着压力来参与投入的,他在主城那30层高的办公楼里,看着璀璨的灯海,可以在他的领域里驰骋,运筹帷幄决胜千里。而眼下,走在农村的土地上,只是曾自驾进过农家乐的他,实在有些不辨东西南北,双目不明,两耳失聪,一头雾水。很多朋友好奇,问他为什么投资这么一笔如此跨界的行业,他无法回答,但他睡着了都清楚,他为了什么,有些事,不用给每个人说,没有人会理解他的这次探寻。

　　园区打造最后是他们自己设计的方案,具体亭伟带着史科一干人在实施。建设推进顺利。与亭伟他们见面前,他先去了蜂场。他看到了哑巴。

　　哑巴在他的蜂箱间穿行,他听不到外界的声音,他与世界的交流,只有两只眼睛,而他的眼睛里只有蜂。他看到他眼里有光,光里飞舞着蜂。哑巴知道他是谁,但并不留意他,他的心在蜂上。哑巴望他的时候,弯弯的眉眼自带笑,已是很和善的招呼了。弘文也回应了笑容,而且,那是一种特别柔软善意的笑容。喊他走的话,没有说出口。

　　他很苦闷。隆崎痼疾沉疴,冥顽不化,让他深感其扰、深为其忧,他心里长叹一声:"他有今天,也是自找。所有胜负得失,哪有偶然,都是必然。"而现在,可不能让他将他的悲剧因子带进这个公司啊,但也实在难处。他一而再再而三地违背管理制度,若由得他,这个公司就别管了。特别严重的是,隆崎总显得那么正确,严肃处理,仿佛伤害了貌似的正确,会寒人心。不严肃处理,是放任无序,隆崎对公司健康发展的伤害,不可小觑。这个公司的独特性,是一帮高学历的年轻人,他们到底对于这李云龙似的人物是什么态度,他们又有着怎么样的企业发展的认知,他需要弄清楚,这决定着他对隆崎的处理。今天他将球踢给白麓,他也是想看看白麓的态度,以及对这事的认知。

但自己的态度呢?就像方才对于哑巴的情绪一样,他内心也是云雾蒸腾,变幻万千。他得好好理理,他一屁股坐在蜂棚里的木栏上,看这边的哑巴,看远处的秀妮、小雨和三月,再远些的春晓和慢慢三人。这是一道风景线,尤其那些年轻而美好的含苞待放的花骨朵般的生命。多么美好,他突然欢喜起来。无论如何,就算是花钱搭建一个平台,仅仅让这样一些生命绽放,也是有意义的啊。他一直坚持,企业以谋利为目的,企业家逐利而生,他从不认为这应该受到质疑。君子盈利,取之有道。他觉得他要"一日三省吾身"扪心自问一下,偏离了道是否是错,还是"企业家不能盈利,便于社会失去了存在的意义"才是错。这十余年来,他的财务数字有规律地呈上涨趋势,团队队伍在健康扩大,他是骄傲的,他至少完成了一个企业家的社会责任。

但乐忧说,这是一个企业家的初步责任,而他的错,是太久地停留在初步上面,并自满于此。乐忧是他认识的人里,最高的高人,她总是对,他又总不知自己如何才能对。而刚才的感觉,他似乎抓到了正确的边沿。如雾里看花,虽那雾转瞬即逝,但那花是肯定在的。他赶紧掏出手机,想发条微信给乐忧,刚写了个"乐",就看到隆崎过来了。

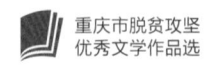

隆崎开始没看到弘文,走到哑巴跟前,哑巴看着他,咧着嘴笑,然后把目光投向他这边,隆崎循着目光看过来,看到他,想假装没看到,想想又不能,就踟蹰着走了过来,梗着脖子僵着脸。到面前站定,两两相对。弘文望着哑巴说:"这么远,把人带来,要负责。尤其对残疾人。"隆崎脖子一下顺溜了,不梗了,脸也不僵了。

弘文心里好笑,真是一脉不合周身不遂啊。隆崎说:"董事长,哑巴虽不说话,活路可好呢。关键他对蜂子上心。上心啦,这是很不容易的。"弘文再不接话,他也无趣,又说:"董事长,公司现有2000多群蜂,我们这儿山花开完,五倍子未开,约有20多天空当档期,蜂子吃不饱,若不赶花,倒要喂蜜。秦岭枣花正开,我琢磨着,去赶趟花,打一季枣花蜜。"

弘文完全不懂这方面的工作,讨论起来,养蜂他是百分之百听隆崎的,隆崎说什么都对,他说要千里远徙,那就远徙千里;他说要按兵不动,那就不动一兵。只要不是事后才说,事前商议,弘文总是奉若神明,从没不答应的理。他甚至为了让隆崎能事前动议没心理压力,有时想问明白的逻辑关系,都不问,以鼓励和支持他的信心和习惯,但隆崎仿佛并没接收到这个信息,或者说没消化吸收这个道理,想起一出是一出的事仍层出不穷。弘文在心里说,要给彼此时间。或许,他做科技技术行业久了,投身到农村广大天地里,是需要很多改变的,他时时提醒自己,农民的思维方式,及其语言体系,跟他之前成长生活的环境大相径庭,多少需要重新领会重新学习的地方。尽管围绕隆崎在产前发生的一系列事件,让弘文多少有些烦恼,由于对行业的无知,多少有些英雄气短,但他并不后悔贸然进入了一个全新领域。他甚至认为,这对他已成定势的思维模式和对世界的认知模式,是一个很好的开启和改变。那么,有些矛盾怕什么呢,有些混乱怕什么呢,踏上这条路,他有接受一切的心理准备。"必须让一切发生,结果才会呈现。"那天,他给乐忧发了这条短信。乐忧回了个笑脸。

弘文当即批准了隆崎的想法,去秦岭赶蜂。之前有关规矩有关秩序,因大部队开拔,就没工夫再提。当然,他不提,还有谁偏要哪壶不开提哪壶呢?一切在发展中解决,也只能在发展中解决,坐而论道,辩是非对错都是没有意义的。

6

　　隆崎挑选了橡子、哑巴和小山夫妻,将带2000群蜂出发,进军秦岭。出发前,时小雨主动请缨。隆崎原本考虑了她,队伍里有个"师爷"是好的,中蜂千里赶花,毕竟是一场壮举。但是,出去毕竟是件艰苦的事,小雨纤细柔弱,有理论无实践,也是没用的,倒会增加负担。

　　所以,小雨主动申请,他还是没答应。小雨没法,找白麓,白麓去了主城。她鼓起勇气,直接敲了董事长的门。弘文问她为什么想去,他认为是她觉得好玩。她低着头,小声说:"我想,一路上做记录。"弘文便想起她是学蜜蜂专业的,对她的这种自觉意识很高兴,当即同意。那一刻时小雨的小脸上,表情分外丰富,几分庄严,几分亢奋,几分憧憬,还有几分看不懂……

　　隆崎走后,弘文觉得公司清净很多,他方明白,当时听说他要出门赶花,内心一阵轻松的来由。而弘文想,磨合期,彼此需要了解和改变、这产业,自己一点不懂,应该有其特殊性,尊重为上吧,无论如何,一遭走完,一切皆明了,路是走出来的。

　　这时,在主城参加全市蜂产业会议的白麓回来了,兴高采烈。原来,沐风姑娘公司被评为"十大好蜜",阿蓬县成为蜂蜜标准化生产和品牌宣传示范基地,而她本人成为了重庆养蜂产业创新团队成员。

　　这很值得庆贺。正在高兴,听说隆崎去秦岭赶花去了,突然变了脸色。弘文问怎么了,她表情很严峻地说:"董事长,中蜂只能小转地,不能远距离迁徙。"弘文问:"什么小转地?"她说:"100公里范围内。中蜂的习性,不适应超过这个范围的生存。"弘文严肃起来:"会怎样?"白麓说:"不知道,没人做过。理论上,这是不能实现的。"弘文问:"隆崎,他以前尝试过吗?"白麓:"没有。迄今为止,中蜂饲养史上,还没有中蜂远徙的先例。"

　　弘文凝重了。他坐进椅子里,紧闭双眼,双眉紧蹙。白麓说:"董事长,您也别急。应该不会有事。隆总没有把握,是不敢这么做的。他一直认定中蜂可以大转地,多次说过有条件了一定要实现这个梦想,让中蜂像西蜂一样,可以千里赶花万里逐蜜。"弘文问:"他为什么这么做,是赌气吗?"白麓说:"不是,我了解隆总,他会跟人赌气,不会跟蜂赌气。我认为他是想证明自己,实现中蜂大转地的设想,完成多年的夙愿。嗯,还有呢,他一直说公司憋闷得慌,所以——"弘文问:"他以前为什么没做?"白麓说:"一是没需要吧。以前养蜂数量不多,小转地可以解决蜜源问题。二呢,我觉得是没条件,远距离迁徙,是需要一笔不小的费用的。"弘文想起他当时提请出去时的表情,那么真诚那么熟稔,计划那么周全,话说得那么溜,一点没流露出他是第一次,是他的实践,是他的创新,如果他如实地说出来商讨,他一定会支持他,支持这种精神支持这种闯劲,会跟他一起冒险的,为他的实验交学费。而不是现在这样!胜了则好,输了他该怎么来买这个单?弘文愤然地说:"他欺我不懂。"

　　弘文再次沉默,抬腕看看表:"已经出发16个小时了,也没个消息。"白麓赶紧说:"我马上打电话问问。"弘文说:"打给时小雨。"他想起小雨那变幻丰富的表情,他读懂了当时没看懂的几分,那是冒险前的壮烈。小丫头只是去参加一项公司的任务,并不知这任务的实质老板不知道,所以,她一时百感交集。

　　白麓就拨通时小雨的电话。时小雨说:"刚到呢,分了6个点。正在卸载,摆放蜂箱。情况稳定。我正在做记录,小麓总。"

　　两人的心好歹落了地。一会儿,隆崎电话就来了,豪迈地大声喊:"董事长,向您报告,我们顺利抵达秦岭。现已卸载完毕,明天蜂子就开始采蜜了呢!"弘文平静地说:"祝贺你!祝贺你完成了一件史无前例的壮举!你——"电话那头"嘿嘿"地笑,他想象得出隆崎一只

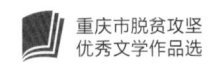

手在头发里抓来抓去、脸上几分骄傲几分歉意的样子。这时候,提之前的信息隐瞒、让他在信息不对称的情况下做出这个决定,是不合时宜的。他就不多说了。

白麓看他不知怎么说了,就在旁边伸出手,说:"董事长,让我说一句!"弘文把电话递给她,她接过去,不无高兴地说:"祝贺你隆总!你终于实现了你的梦想,了不起!"

对于白麓和隆崎来说,这是一个魂牵千里的不眠之夜。有句话,他俩都没说出来,其实,真实情况,要在第二天乃至第三四天后,才能确认。弘文没有这个常识,他是真的安心。但他有更大的隐忧,针对隆崎这次行动,必得功过分清,奖罚分明,否则,今后终将后患无穷。

第二天白麓提心吊胆一上午,一直告诉自己,没有消息就是最好的消息。上午她不敢打电话,这种转场一般是一通宵的活,上午要补个觉。下午晚些时,她实在忍不住给小山去了电话,小山没接,许是在忙。再拨春晓,春晓接了匆匆忙忙地说:"大家一直在检查蜂箱,一天没吃饭。我正做呢,待会儿回你啊小麓总。"

不会出什么事儿的,春晓不是在做饭吗?真出了大事儿,她哪会做饭啦?但她总觉得春晓的语气有些不对,与平常有些两样。她也不想再打给别的人,显得大惊小怪的。将在外,军令有所不受,何必干扰?要相信隆崎。

这天,董事长的精力都在园区建设上。他把园区的工作理清楚后,要急着回主城。她听到他接了很多电话,他来了好多天了,他的工作在催他。他仿佛已把秦岭的事完全搁下了,也是好的,何必都挂心。

晚饭后,春晓回电来了。春晓有些为难地说:"小麓总,我是偷偷打给你的。隆总不让给家里打电话。"白麓心被一只手抓紧了。春晓吞吞吐吐地说:"蜂子乱场,才制住,跑了些,地势不熟,工具又少,追不回来了。再有,搬的途中,也死了些……他,他很难过。他不想让你们知道。他说,他要边打蜜边繁蜂,把损失补回来。"白麓听这一说,知道事态不至于太严重,问:"损失多少?"春晓说:"每个点都有。总数我不知道。我只知道小山那个点就30多群。"白麓说:"情况现在稳定了吗?"春晓说:"隆总很有手段,他6个点地跑,急救,现在,应该稳定了。小山那边没有再……"白麓平静地说:"好了,有任何情况立即给我打电话。"又嘱咐道:"别说给我打过电话。"

挂断电话,刚在办公桌前坐下来。香雪送了个文件夹进来,搁在她面前,说:"今天的收文,其他不急,只有一份县畜牧中心的文件,时间很紧。"然后,打开咖啡机煮咖啡。一夜没睡好,白麓需要一杯咖啡。

她边喝着咖啡,边处理文件。畜牧中心的文件,放在最上面,香雪在收文签上盖了一个"急"。后面都是些普发性文件和简报什么的。

正在这时,香雪没敲门就闯了进来。这于香雪来说,是第一次。白麓十分诧异地看着她,她知道发生了紧急情况。内心闪过一丝紧张、恐慌,和疲惫。

果然,园区出事了。她站起来。香雪说:"车已备好。"

7

园区一片混乱。

一个大货车横在门口。一排材料车被堵在门外,司机们扒在车门上,挥着手臂喊着听不清的话。此处公路本窄,仅容两车会车。现已造成交通堵塞,她们被迫在几百米外的地方停车。她和香雪下车徒步往里走,里面更是人声嘈杂、骡鸣嘶嘶,战争大片的感觉。

香雪紧紧抓着她的手,两人的手都汗津津的,都没经历过这种场面。白麓不敢往里走,她想要逃跑。但脚不自觉地越走越进去,进去了也由不得她了。她们被人群裹挟着、推动着。

门口站着一排人,都六七十岁的爷爷奶奶,抽着烟,喊着话。"不说清楚就不得行呢。""砍了的树,必须赔,我要1000块一棵,他不敢给999,不信看。""断他们的电,断他们的水。看他们怎么做,不得了,看有好不得了!"

再往里是一群大婶,有见过有没见过的。三月几个小女生跟她们在一起。三月在大声吼:"伯娘,你莫跟到起哄,事情都没搞清楚,就先闹起来,这样有什么好处。"便有人回怼:"你得了好处,自然要帮到说。"三月说:"我得了什么好处?暑期搞个社会实践,有什么好处。"有人说:"你们只管各人家,跟别个处好,好处大呢。我们的事儿,你妈是来都不来的。"三月说:"我妈为什么要来,一定要闹才好?啥事儿都先闹一场,有什么意思。"

再进去些,七八头骡子围着一堆砖头和钢筋,转来转去。骡们显然对这些东西不感兴趣,它们的眼里是远处的青草。但绳子在主人手中攥着,任它们"嘚嘚"急躁地走动也没有改变命运的权利,它们就打着响鼻,发泄着不满。这帮主人四五十岁上下,脖子上搭条毛巾,都已暗沉辨不清颜色,他们嘴里叼着烟杆,吐着浓烟,眼睛盯着不远处一团人。仿佛这里有人会指令他们的下一步行动。那一团人,是一群黑灰的集结,就像蜂王出行,集结的那个看似无序实则紧密的蜂团。

白麓判定,那里是飓风中心,而董事长肯定在里面。她和香雪进入那个人团,一层一层地进到里面去。

能看到里面的人了,能听到里面的争吵了。董事长一直在试图解释什么,但他一句话出来,被十张嘴里喷出的话堵回去,里面还有亭伟、齐迹和秀妮,他们在分别对身边的人说着什么,但声音完全被淹没,失去了使用功能,不是有没有道理可讲,而是连讲道理的机会都没有,个个面红耳赤,额头冒汗,都在喊,都变成了结巴。他们的导师要看到这一幕,该怀疑他们的博士答辩、硕士答辩何以过关的了。

终于有一个声音吼出来了:"你们这么胡闹,有什么好处!"白麓踮起脚尖,看到是该队的魏队长。他的声音可以和他们匹敌,他吼了一嗓子后,看大家安静了些,长了威风,再接着吼:"老子就知道,总有人要闹,没人来,你们说我们没得用,人都找不来一个;来了人,就闹,不把人闹跑不得松手。我准备好了,这事儿到头不是庆功会就是追悼会,我都认,但事情总得往前做嘛,啊!"人群又骚动起来:"不说清楚,就不准做。别人把钱挣走了,我们还是一世的穷。""你想得美,还开庆功会。你捞了多少好处,你把大伙儿当傻子呢。""开追悼会,都没得人来。"还有喊道:"魏队长,我喊你伪队长差不多。""伪队长滚下去,喊甄队长来,甄队长。""对,喊甄队长来。他是扶贫队长,是管我们穷人的。"突然一个人大声说:"少扯这些没用的,一句话,啷个搞?"安静了几十秒,便又一叠声应和:"对,到底啷个搞?""签协议,糊弄是不得行的。以前就是没说好,隆崎那龟孙摆一烂摊子,大伙儿都遭笼起。这回一起算清白。""对头,算清白,莫说隆崎不是你们一起的,他躲也躲不脱,群众眼睛雪亮的。"白麓认出带头的人就是王全,黑了壮

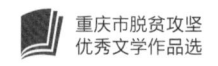

了,一顶军帽压在黑发上,帽檐拉到后脑勺,戳着后颈,活像个兵痞。上次是骡子咬了不依,这次他又带头闹的哪出?

这时,侧面又闹将起来。只见莫争挺着胸膛,大声说:"为什么要拔花苗?啊?这种行为不好吧。"莫争手里拿着一根苗子指着一群人,像拿着一把剑。那些人说:"你们拔得我们的树苗,我们拔不得你们的!"莫争说:"那是自然长的,也是大家同意的,你们多少人参与拔了不是。这个,这个是我们栽的花苗啊。"有人说:"小伙子,你开个啥腔?你打你的游戏。"莫争说:"我……我打游戏,跟你们扯花苗有关系吗?"那些人说:"怎么没关系了,正经公司允许上班打游戏吗?看你那样儿,你们就不是正经公司,在我们这儿来搞个热乎,骗政府钱,拿钱拍屁股走人。""糊弄我们农民呢,在城里混不下去的,跑这儿来混日子来了。我们娃儿都遭你们带坏了。成天拿个手机通他妈个什么关,通鬼门关哦。我们娃儿跟你们玩不起,你们会投胎,投到城里,不愁吃穿。我们娃儿投了农民家庭,今后要靠自己找饭吃的。"

莫争只觉身中连环迫击炮,打击非同小可,五内俱焚,只差喷出一口鲜血来。白麓看他连退两步,浑身哆嗦,知道他是招架不住这些人的,赶紧一捏香雪的手,两人奔扑过去。她刚好听到最后几句话,直觉一记棒喝,迎面劈来,体内真气直落下去,一口志气再提不起来。刹那间,她脸白如纸,手脚冰凉。

"姑娘,姑娘,姑娘啊!"这时,她突然感到自己的手,仿佛伸进了一盆温水里,热热的,暖流荡漾。她看到王婆婆,王婆婆双手把她的手捧在手心里搓揉,低低地温和地唤她。她喊声"婆婆",泪水就下来了,直滴到王婆婆手背上。

"这个背时东西,他来气你!我一听到消息,紧赶慢赶地来了,我个不争气的脚,走得慢,来晚了。姑娘,让你受委屈了,莫哭,姑娘,莫哭,看我收拾他。他在哪?啊,他在哪?看我收拾这个不成器的东西!"王婆婆瘪着嘴,一双浑浊的眼睛到处张望,嘴里直喊:"全娃,全娃子！你个不要脸的东西！再混闹,先把你奶奶闹去——"

那团人就有了松动,从中间窜出王全来,嘴里喊着"奶奶",直奔过来,还没走拢,腿上已挨了一拐棍,再接着手臂上一拐棍,老太太这气可不小,第三拐棍直照脸上抽去。王全任她打,这才抬手荡开,顺手把她的拐棍握住。"放开,我打死你个得福不消的、不晓得好歹的东西！"

王全说:"奶奶,您为啥打我?"王老太说:"我就打你！你歪戴帽子斜穿衣,一看不是好东西。"然后,一手拽着他,一手拉着白麓的手,说:"你给我道歉,道歉！看把人气成什么样子,你个狗东西！你知道她是谁吗？啊你知道她是谁吗——""婆婆！"白麓忙打断了她。王全冷冷地瞥她一眼,说:"我自然知道她是谁。奶奶,您先家去吧,我一会儿就回来。"王老太把王全的手往胳膊下一夹,说:"我就是来喊你家去的,走,跟我走,少在这儿丢人现眼。"王全把手从王老太胳膊下抽出来,埋怨地喊着:"奶奶,您不要瞎掺和。"王老太转身一把揪过他的衣襟:"我瞎掺和？你才是瞎起哄！有本事自己挣去,别人搞点事,就来起哄。一辈子穷相,你怎么一点不像你爸!"

王全眼珠子红起来,一声吼出来:"不要提我爸！提起我爸,我更不得松手。这伙骗子,穿个马甲以为就认不出来。我非要扒了他们的皮。奶奶,你莫阻拦我,他们欠大伙儿的多了！我要替大伙儿把钱要回来。实话说,我回来,就是为老汉儿讨还公道的,不给我老汉儿个说法,不还我老汉儿的钱,我跟他们死磕。要想在这儿挣大钱,从我身上踩过去,来！"王全把胸膛拍得"咚咚"响。

"王全,你好英雄哦！"人群外,一个声音传来,王全回头看见甄目标、王中良同弘文他们一行人已走到跟前。他叫了声:"甄队长。"甄目标说:"认我是队长,那就听我的。你怎么跟这些老百姓说的,自己去先解散了,选出代表,大家到村委会去谈。车子交警队拖走了,也让人去做笔录,事情解释清楚,才能把车领出来。无法无天了,还！"

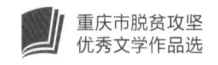

王全倔着头,栽了根似的不动。甄队长过去,一拍他脑袋:"怎么? 不听。不是说我是真队长嘛,伪队长不听真队长不听,你要听谁的?"周围一阵窃笑。

王全却是梗上了,说:"大伙儿都来了,有什么听不得的? 这儿敞亮,大家一起说清白更好。"王老太使劲拽搡,王全岿然不动。王老太又要伸手去打他,被白麓拉住。甄目标说:"好,你要喜欢站这儿,你就站。你想通了来找我,我现在没功夫理你了。"正要转身,王老太喊:"甄队长!"甄目标温和地说:"婆婆,您有什么话要讲?"王老太未语泪先流,她抓起衣角,擦了擦眼角,说:"我想,我想——"哽咽着,说不下去。甄目标说:"婆婆,不急,不急,您慢慢说。"她镇定了一下,说:"我想借下车子。"大家奇怪了,问:"您要车子做什么?"王老太说:"我要带这个糊涂东西去一个地方。"甄目标望了弘文一眼,弘文微微点头。他就说:"没问题,婆婆,您要去哪里? 我们送您。"王老太说:"不远,就在山上。"

王老太回头对王全说:"孙孙啊,你一直问我们老家在哪里,我今天带你去,啊! 回来随便你怎么做,我不再开腔。"

王全再无推辞之理,说:"奶奶,我跟人打声招呼。"就走到一群人中,大家商议一会儿,他又过来,身后跟着两个年轻人,走到甄目标面前,说:"甄队长,我们选了5个代表,好久到村委会?"甄目标说:"现在就去。有问题及时解决,不拖。"王全就对身旁两年轻人说:"你们先去,我随后来。这里先散了,叫大伙儿等结果。"

王全垂着头,佝着腰,跟随奶奶走到车边。甄目标走上去,给他把帽子拉正,衣领理抻,然后拍拍他的背,推他进车里。而老百姓没看懂了,以为他要被带走,喊着跑过来:"不准乱抓人呢,不准乱抓人呢。"又要围拢上来。甄队长吼道:"谁抓人了,没做坏事,怕抓哪样人。"王全也冲大伙儿笑说:"没抓人,是去谈判。大家回去做事,等好消息。"

弘文引导祖孙俩上他那辆七人座奔驰，众人又笑："也，全娃还坐回好车呢。""莫一趟好车坐了，又不带头了哦。""这个不得，他不给他老汉儿洗清白，不得松手的。"

王中良问了村社名，开着摩托在前面引路。甄目标跨上摩托，弘文去拉他，说："甄队长上车，坐得下。"甄目标拍着摩托说："我的坐骑不能放这儿，不然我就没得脚了。"然后，又神色凝重地低声说："那地方，我听说过，没去过。你把你那帮猴儿都带上，看看有好处。"

弘文就让白麓安排员工都去。

8

　　这是阿蓬县境内最高最偏僻的一座山,在摩围山景区外,公路环绕着大山,螺旋上升,车子在绿树丛中穿梭。走了一个多小时,王老太喊停。一行人下来,王老太转来转去寻路,一脸纳闷,嘴里嘀咕"咋不见了呢",终于站定,指着一蓬荆棘,说:"就是这里呢。就从这里进。你们去不了,我和孙儿两个去就是。"说完一拉王全,往荆棘里钻,吓坏众人。王中良一把拉住她,喊道:"老人家这可不行呢,刺扎了不是玩的。这路好久没走人,都废了呢。您没记错撒?"王老太肯定地说:"我一辈子不得忘。"甄目标说:"不急,您等着。"走到摩托旁,取下后座上的帐篷,下面还绑着一个包裹,取下摊在地上,打开来,里面竟是镰刀、铁锹、锄头、木棒,甄目标说:"都网上买的小玩意儿,出门可管用。来,小伙子们,操家伙。"大家上去一人操一个,三下五除二清除障碍。甄目标对弘文叹道:"这帮猴儿有变化。"弘文笑说:"每个人都在改变。"

　　疏通的路可容一人通过,穿过荆棘丛,又钻了一截藤蔓横牵的小树林儿,再走一条乱草覆盖的羊肠道,再爬一段一走一溜的石子坡,还没到。大家忍不住嘀咕了:"老太太是不是记错了,这前不着村后不着店,哪有屋啊? 有屋也早垮了吧。"她孙子一路问,老太太也不回答。大家也不好再问,只得跟着走。

　　上了一道梁。站在山梁上,王老太双手按着腿歇下了,只顾喘气。大家也站住喘气,放眼望去,没一间屋,倒塌的都没有,这还得走多远? 王全说:"奶奶,你在搞什么,带我们到哪去呢?"王老太气喘匀了,慢慢抬起手,直直地指向左边一凹槽,颤着嗓音对他说:"孙儿啊,你的老家到啦!"

大家惊住了。一步一步挪过去，像怕惊吓了什么，又像怕有什么突然冒出来。一群人在一个洞穴前站住了。

一块褐色的大石头从干裂的荒坡里拱出来，伸出一截，离地面一米多高，与地面形成一个天然屋盖，左右两边一些大小不一的石块自地面垒起来，撑住悬空的石头，七歪八扭地留出一个洞门，洞内黑乎乎的，什么也看不见。洞上方岩壁上，东倒西歪刻着一行字："王福高出生在6村5社"。

"孙儿啊，你一直问老家在哪，今天我就带你回老家了。你爷爷的名字刻上面呢，那是你爷爷一錾子一錾子亲手錾上去的。"她慢慢抓住王全的手，像那洞里有什么东西要冲出来，要伤了她的孙子，她得攥紧他。然后，缓缓地说："当年，王家祖上为躲避战乱，从湖北逃难到这山高皇帝远的地方，住在这洞里，开荒为生。你爷是抱起来的，你爷几岁上，还读了3年书，每天来回走50里去学堂。你爷爷十多岁，父母相继得病，因没钱治过世。他就一个人住在洞里，天晴还好，下雨水往洞里灌，有年下雪，大雪封了门，扒开雪才出来，他怕自己死在里面，别人不知是谁，他就在这石头上用錾子錾了名字。给自己刻的墓碑呢。"说到这儿，说不下去了，王全搂住她的肩，说："好了，不说了，不说了。"王老太说："我要说，我今儿都告诉你。你爷爷说，他去阴间报到了，得让政府从户口簿上销号，不给政府添麻烦。"

洞口一片肃穆。人人眼里都噙着泪。

"你爷爷20岁的时候，政府把他接下山，住进安置房，他才住上了人住的房子，政府教他种地，教他喂猪放羊，给他找媳妇成家，才有了你们。政府哪一次扶贫没有我们家啊，云曦村还是贫困村，王家早不是贫困户了啊！王全啦，你不记恩啦！"王老太颤抖的手指着王全，接着说，"你爷爷走的时候，特别给你说过他给你取这名啥意思，你是忘完了啊。"王全说："没忘。"王老太说："没忘，那你在老家门口，当大伙面，把那话说一遍。"

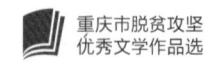

王全的泪水始终在眼里包着,他噙着一股劲儿,不让流出来。洞口在泪光中浮动,像水底的石头,不断地变着形状。奶奶在讲着,一个很久很久以前的故事,"很久很久以前,屋后有座山,山上有个洞……"奶奶的故事全是这样的套路,奶奶这次仍然是这样的套路,她在讲别人家的故事呢。他小时候听到悲伤的流泪,听到高兴的笑,然后,枕着奶奶的腿朦朦胧胧地睡去。而现在,奶奶的故事怎么会让他如此心疼,疼得他要靠着她,世界才安全。奶奶的白发飘在他的胸前。他感觉到自己一直梗着的后颈在松下来,一节一节地顺着脊柱松开,到他一直十指抓地的双脚,全部都松软了。他感觉到山风吹了进去,从小吹着风长大,他第一次,听到了自己身体内的风声。

现在,奶奶要他说什么,他一时反应不过来。他低下头,不吭声,泪水落在手上,一滴又一滴,汇聚着滚进土里。

王老太以为他不说,再厉声喝道:"说,说!你今天不说,我们就不回去了,我们就只配住洞里。因为你忘了,忘了本了!"王全颤抖着声音说:"我没忘,我没忘。爷爷拉着我的手,在我手掌上画,说:'全,我给你取这个名字,是要你记住,王家头上有"人"。这个人,就是政府。没有政府,就没有我们这个家。'"

山谷寂静,天地寂静。

突然,一声号啕,从地心深处传出似的,冲破压抑,痛彻心扉,大家看见,王全蹲在地上,抱着头,痛哭失声,直哭得山崩地裂,像一只受伤的小狼,蜷缩着哀鸣。

大家围住他,甄目标拍着他的背,他的背颤抖不止,弘文将手放上去,白麓跟着也轻柔地将手放上去,亭伟、齐迹、香雪、史科、莫争、秀妮……无数只手放上去,王全的背上,满是手掌。弘文从他后背的颤抖抽缩,感觉到他的哀号在胸腔的回音。他觉得自己的心都在跟着痛了。他抬眼看着洞穴上的那几个字,简洁明了,不多一字,也不能再少一字,这是怎样的生命?他突然有种感觉,他觉得他听到了山的声音,隐隐从地心传来,悠远、空灵、浑厚,不绝如缕——

弘文走过去,在洞口伫立良久,后来,他掏出手机,发了条消息:乐忧,我终于听到了山的声音。

王全已经站起来,一只手臂环着王老太的肩,王老太在他的胸前仰起脸来,看着他的眼睛,说:"孙孙啊,如果,你爷爷到死都住在这里,哪里有你爸爸和大伯啊,哪里有你啊,哪里有我们现在的家啊,你再不能跟政府捣蛋了,不能添麻烦啦,知道吗,孙孙?你再这样浑,你爷爷他不安啦,你要晓得你爷爷的心呢!"王全使劲点头,低头看着奶奶的脸,沙哑着喉咙说:"放心吧,奶奶,您放心吧。"他把王老太交到站在旁边的林秀妮手里,对秀妮说:"你,帮忙扶着点,她腿不好,别踩滑了。"然后兀自走到甄目标跟前去,说:"甄队长,对不起您了!实在说,我不是跟政府捣蛋,我绝没想要跟政府捣蛋。您听我说……"甄目标拍拍他的肩说:"我们不站这儿讲,好吧?我们回村委会,到会议室去讲,好吧?我们今天开个联席会,一揽子解决问题。"

村委会会议室,甄目标主持,介绍了企业负责人给村民,也介绍了村民代表给企业。

村委会前阔大的操场上人很多。大多是来跳坝坝舞的。听说要解决篮子问题。大家就稀奇地上来围观,这些年脱贫攻坚,村里解决了很多问题,住宿、交通、饮水、灌溉、产业等等,但篮子问题,是个什么问题?那是定要知道的。若是要搞什么篮子项目,可不能搞脱了。你进得,我自然也进得,一会儿,坝子里没人了,会议室人坐满了。

做完直播的学生打会议室门口过,问杨依依:"杨书记,晚上还开大会啊?"杨依依苦笑着:"开会的就几个人,看热闹的一屋子。"同学们乐了,说:"要不要给他们切盆西瓜来?"杨依依开始没理解,冲他们眼一瞪:"去!别添事儿。"他们嘻嘻哈哈离开,看他们乐呵的背影,杨依依才反应过来他们是指"吃瓜群众",也笑了,手放在嘴上做成喇叭,低声喊道:"等着,明天收拾你们!"

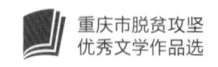

甄目标见人多，便朗声说："来这么多乡亲啦，欢迎欢迎！说明大家很关心村社发展嘛！那今天，我们就开个社企共建会，村社和企业共建，带动发展。"大家就鼓掌，也有人说："只要赚钱，管他篮子背篓，咱们都支持。"一片笑声。

"篮子背篓"是啥东西，甄目标没搞明白，但老百姓的意思不用搞明白他也懂，就正式将公司一行人做了介绍，介绍到的人都起身致意，介绍到白麓、齐迹和香雪，下面一片低声嚷："舞蹈老师呢！舞蹈老师呢！"也有人低声喊："老师，老师！"三个人笑着暗暗招一招手。

接下来就请王全介绍村民代表。村民代表有的欠欠身，有的点点头，有的脸上摆明了成见。

甄目标讲："大家都认识了哈，其实，早认识了。一个村子里的人。"大家哄笑。他接着说："好！我先说一句，我们都是在这块土地求生存谋发展的人，我们有必要坐到一起来，相互认识，知道对方在做什么，也让对方知道自己想要什么，以达到相互理解、相互促进、共同发展的目的，也让云曦村顺利摘掉特困村帽子，达到两不愁三保障，共同富裕。今天，我们把问题都摆桌面上，要求都摆桌面上，困难也摆桌面上，只要摆到桌面上，只要不在下面东说西说，不打肚皮官司，就没有解决不了的问题，今天让大家坐到一起来，就是要一揽子解决问题。村民代表先说，提问题，提要求，企业给予回答。来，谁先说？"村民代表的眼睛齐刷刷投向王全。

王全头部端直，不看大家，呆坐不动。

王老太也头部端直，不看大家，只桌下把王全的手拽得死死的。王全挣了两下没挣脱。

"我来说吧。"简短冷场之后，先前走在王全身边的、与他年纪差不多大的人开口。他手肘支在桌上，十指交握，两个大拇指使劲互掐，其余八个指头，一边四个不停张合，像只蝴蝶扇动着翅膀。他说："我叫程向东。这家企业来了几个月了，是要干什么，也没给老百姓知会一声,老百姓有知情权吧,现在大多老百姓点都不知情。农民都是老实人,就怕再遇到隆崎上次的事。结果,发展没带动,反遭笼起了。这是一。二呢,企业要流转老百姓的林地,村里乡里也给我们打了招呼,要支持配合。我们也欢迎企业到我们旮旯来发展,没有不支持的道理。现在问题是,公司流转土地只几年,那几年后,给我们整得乱七八糟,到期就走了,我们啷个办?我们的意见是,要流转就永久流转,不能永久流转,我们就不转。第三,我们林地,原是老百姓放牛羊放蜂子的地方,不是荒地。所以流转价格就比别的地方的林地要高些,他们现在的出价,老百姓不答应。"程向东说到这儿,和王全对了下目光,然后说:"就这三个问题。"

弘文看了眼甄目标,笑着说:"甄队长,我就直接回答向东兄弟的问题好吧?我叫弘文,沐风姑娘公司董事长。感谢向东兄弟的发言,说得非常好。仔细听了,其实问题很清楚,搞成今天的局面,责任在我。首先,我来到这块土地上求发展,我应该第一时间求得当地百姓的理解、信任和支持。密切联系群众是我党的三大作风之一,做了几十年科技企业,我承认这一点上意识淡薄了。现在到农村大地与广大农民一起谋事业,我必须改变,重拾党的优良传统。前两天,一个养蜂师傅对我说,你要想真正做好蜂产业,就一定要听蜂农的声音。这话还在耳边,今天大家又给我上了更深刻的一课。感谢向东兄弟也感谢所有代表,让我及时警醒,我们一定会做好这点,企业才有根基和希望。请大家相信,我们既然来,就是来真诚创业的,而要求得创业成功,必须与老百姓共生共荣共同富裕。"甄队长带头鼓起掌来,大家报以掌声。弘文站起来,对大家弯腰致意表示感谢,然后继续讲:"那么刚才向东兄弟谈到的第二点、第三点,那是一些具体工作。我的意思是,在规律原则之内,尽量满足大家要求。但也请大家理解一个刚落地的企业的难处。就拿我来说,我首先不熟悉农村政策、不熟悉当地规矩,更不熟悉这个业态,所以,一时之间,我不能准确到数

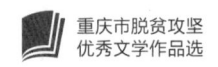

字上去,我希望给我们几天时间,我深入系统研究国家政策、当地政策和大家的诉求,请教甄队长以及本县相关部门领导,找到一个科学的平衡点,给出一个结果,好不好?到时,你们能接受才接受,千万不勉强。不能接受又谈,我认为没有谈不拢的生意。实在谈不拢,我们不做都可以,不能让老百姓觉得我们是来搞糊哄搞欺诈的。大家看我们这些年轻人,也不像搞糊哄欺诈的人哈。"大家都笑起来。但村民代表无人表态。他们在斟酌弘文的话。弘文又笑着补充一句:"谈好之前,我们不会在别人土地上动工,只在我们之前的地盘上养蜂。"似乎无懈可击。代表们这次的沉默仿佛表示同意。甄目标露出赞赏的微笑。

就在这时,王全站了起来,他说:"我想请问一下这位董事长,别人土地是指的哪块土地?你们之前的地盘又是哪个地盘?"弘文正要回答,白麓抢先答道:"董事长的意思,别人的土地,是我们还没流转,准备流转扩大规模的土地。我们的地盘是之前流转到公司的土地,我们现在养蜂所用的地方。"王全说:"据我所知,你们来后就没流转土地。"白麓说:"是的,这是隆崎以前流转的,而公司是从隆崎手上买过来的。"王全说:"你这意思,是承认隆崎是公司的人?还是撇清和隆崎的关系呢?如果贵公司和隆崎没关系,那余下的话我就不说了。如果贵公司与隆崎有关系,那问题就非解决不可。"

弘文接话道:"隆崎是我们的公司的人啊,我们为什么要撇清呢?"王全质问道:"那,他过去摆下的一摊烂账,管还是不管?现在,国家要求领导干部新官要理旧账,你们在这说不清道不明的园子里,藏起隆崎,就以为可以藏起历史?这样一改头换面,就可以大张旗鼓挣钱,把账欠到老百姓头上,这行得通吗?"

弘文有些吃惊,隆崎欠账的事,第一次白麓与他交谈,就告诉过他,但她说,他们俩合作的时候,过去的债务都各归各,互不牵涉,他就没过问。现在看来,事情没这么简单。他来以后,花粉谷公司已从隆崎手上买断。所以，并不欠老百姓，这是他最大的底气，但隆崎到底在花粉谷建设中，欠了老百姓多少钱、这次收了钱为何又不还，把新公司置于尴尬境地，这让他多少升起些烦恼和怒气。但无论如何得面对，他说："新官必须理旧账。新官理旧账，不仅是国家对领导干部的要求，也是社会对企业的要求，我们既然敢来，就敢于面对和承担这些责任，你放心！只是目前，我刚来不久，也请给我时间，如果是欠了百姓公道，公司会敦促隆崎尽快还清，也会和他一起来处理这件事情。王全，也请你把情况介绍清楚，只有事实清楚，才能正确解决问题。俗话说，冤有头债有主，主体责任人总是能找到的。"王全说："好虚伪！旧账就是这么理的？明摆着推卸责任撂挑子嘛。"白麓说："隆崎以前的债务纠纷，与新公司是斩断的，各归一码，从法律上，我们不对他的债务负有责任，公司没有义务替他还账。"王全说："他是公司的人不是？是，公司就有责任。你们蹚了这趟浑水，除了把水澄清，没有别的选择！说来说去就是想甩锅，那走着瞧！"白麓说："你何必说硬话。"王全说："啥叫硬话？外面水泥坝子才是硬化。"

　　一直没说话的甄目标说："王全，你们刚才提的问题，公司都做了诚恳回答，不能马上回答的问题，也提出了我认为很正确的方案，你的态度，却不是解决问题的态度啊，你到底还有什么解不开的疙瘩，一并说出来才好。相信这些代表们包括那些信任你的村民，都是希望事情尽快得到好的解决，而不是抱着一个挖不出长不活的老树疙瘩摇，摇得出啥子名堂嘛。如果是对政府有意见，也可以如实讲。这样拧着，就不好办呢。"

　　王全一声吼出来，两眼喷火地盯着弘文和白麓他们，说："我对政府没意见，我是要解决和他们的问题！我要他们还我家的钱，我要他们还我爸的公道。我爸打了一辈子工，早想回家。现在50多岁还在漂泊……"

　　这时，王老太突然站了起来，哆哆嗦嗦绕过会议桌，朝白麓走去。

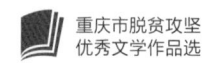

白麓看她过去,早站起来。会议室安静下来。王老太过去抓住白麓的手,望着她的眼睛。说:"姑娘,你不要见责他,啊?他不懂事。你不让我说,我今天还非说不可了。不说这小子以为得了理了,他得理不饶人啦。"

然后回头对着王全,嘴唇颤抖得厉害,每个字都带着颤音:"王全,你从小听奶奶讲故事,今天给你讲了一个,结果竟还不明白,你心里就你那点子事。那我再给你讲一个了。"她挽住白麓的胳膊,说:"我给你讲,就是她。那天,打柴坡上,救你奶奶命的人!我去那栋楼找隆崎,遇见她,认出她来。我给她讲你爸的事,她说她每月拿出些工资钱还我们,我以为是公司该还的,今天才晓得隆崎欠账,跟她没关系,她还不让说,说欠的人多,还不过来……"

王全呆了。

白麓惊慌失措地连连摇手,说:"不是,婆婆,您弄错了。既然这样,我就索性说清楚吧。"白麓就讲了那天的故事,讲了她差点害死婆婆和自己,是隆崎救了她们的命。讲完,她握住王老太的手说:"婆婆,我差点害了您,是隆崎救的您。我还这笔钱,就是心里歉疚,也不想您恁大年纪还上山打柴。您答应了我的。另外,我也想报答隆崎。我不让您说,是不想隆崎知道。他没钱,但凡有点钱,他都不会欠着大家的……"

王老太拍着白麓的手,说:"我儿孙孝顺,并不让我打柴,我是不想当老废物。"然后,指点着王全和程向东们说:"你们年轻,跟得上潮流。我活长了,看得懂好歹。"然后对甄队长和弘文弯弯腰,说:"领导,多担待,娃娃还年轻。"就颤巍巍地朝会场门走去。

甄目标赶紧总结说:"今天这个会,该解决的问题,我相信已经一揽子解决了,连根儿拔了。让我们感谢这位深明大义的老人家,我们把最后的掌声送给王婆婆!"掌声响了很久。最后甄目标说:"你们双方的具体问题,下来解决,解决不了,我协调,都不准闹了。一句话,大家支持帮扶企业发展,企业发展好了,当地百姓绝对受益。公司创出了品牌,打开了市场,你们尽管甩开膀子养蜂子,不愁销路。"

那天,大家在笑声中道别。弘文带着公司的人,过去和村民代表一一握手,告诉大家明天上午办公室等他们,"共商大计"。而那些打了几个盹忽然听说篮子问题解决了,散会了,又懵懂地望着大家,觉得"错过了什么",揉着眼睛打听,惹得笑成一片。

9

　　这天回到花粉谷的年轻人们,都经历了一个不眠之夜。"生活中的故事太丰富了,小说都编不到这么好。和导如果还在,可兴奋了。""坐过山车啊,这情绪,哪遭得住哦。""这每天发生的事,都刻进成长的年轮。"几个寝室像几笼鸽子,半夜还在"叽叽咕咕"。

　　晚上睡不着,第二天起不来。秀妮早餐也不吃了,拿起饼干酸奶就往外跑,三月她们喊:"妮妮姐,要不要我们给你带鸡蛋馒头?""不要。"她头也不回地朝蜂棚跑去。

　　大部队被带到秦岭,花粉谷里还有三四百群,交给她和史科负责。史科还兼着园区建设的材料管理,所以,每天蜂场早上必由她先到,史科处理完早上的材料进场才会来。还好,蜂场秩序井然,她看到蜂们进出量大,而且往返频繁,知道今天天气不错,花儿流蜜丰盛。她双手合十摇晃着,嘀嘀咕咕地说:"对不起,对不起,蜂儿,我来迟到了,你们辛苦了。"整个看了一遍,才坐下来享用她的早餐。

　　这时,走进一个年轻人来,白T恤、天灰色长裤、黑色镶银条阿迪运动鞋,眉目分明,黑发葱茏,清爽利落,阳光帅气。直到她面前,她才认出来,居然是王全。

　　"哟嚯,穿成这样,今天准备演哪出呢？要骡子误工费呢,还是砸场子呢？"秀妮嘲讽地说。王全手揉头发不好意思地:"老乡,不怼个损人嘛,我们是一起的,都本村人。"秀妮说:"跟你一起的？我是你那素质吗？我去!"王全说:"大姐,哦不,小姐姐,妮妮姐,我是真认识到错了,昨天回去罚了半夜跪,我给奶奶保证了,再不犯浑。我今天是真来找你帮忙的。"秀妮看他不像乱扯,便道:"说,啥事。"王全说:"我想学养蜂。"秀妮呆愣地看他半晌,"噗嗤"笑了:"你今天穿得周吴郑王的,是来拜师的?那,先磕头,行拜师礼。"王全弹弹裤子说:"穿成这样,是见你们董事长解决问题的,可不能输了气质!"秀妮说:"见董事长到厂区办公楼去,学养蜂才到这儿来。"王全诚恳地说:"我真想学养蜂。我不出去打工了,我怕走了我奶奶又偷跑出去背柴,吓死人。我大伯经常不在家,伯娘不得管恁个多。"秀妮老实地说:"我可没本事教你,我都才学的。"王全说:"我也不是要跟你学,我是想打听下有机会进公司没得,有我今天就跟董事长提,没有就不提。"这时史科到了,嚷道:"想进公司?想打入内部嗦,没门儿!你一天喊起人来闹,我们两天没开工了,工人闲起,做不到事,拿不到钱,你看看你做的好事。还想进公司,公司不遭你整垮就不错了。"王全看看时间,说:"话不投机半句多。弘文董事长约见我的时间到了,我先走了,回聊,妮妮!"

10

发生这一切的时候,"罪魁祸首"隆崎远在秦岭。深夜,不远处的帐篷里传出鼾声。

隆崎全无睡意。是的,他完成了他多年的梦想,中蜂千里追花逐蜜。而黑夜漫漫,何时天亮?

前夜天黑装车,为节约成本,少找几个搬运工人,他亲自背蜂箱,双手一反,搁在腰际,让人放3个,没力气了不下两个。蜂箱重量与里面的蜂子数量有关,但最轻不下几十斤。凌晨3点出发,他率领三四个人、两千群蜂,跨越一千公里,耗时16小时,抵达西安市蓝田县新庄顶,完成了他到秦岭赶花的夙愿。每到服务区,他都会下去,把耳朵贴在车厢上,听里面嗡嗡的声音,车厢里面是几千万个生命,他心里是十五只水桶,七上八下。

让他窝心的是,时小雨坐他车上,车子一启动,那女娃便开始哭,也不知什么毛病,一直抹眼淌泪的。隆崎忍不住了,很不高兴地说:"我说你这女娃,谁让你去的?你自己要求去,出门就哭哭啼啼。投个吉利好吧。你都大人了!"小雨抽抽搭搭地说:"对不起,对不起。我是想到那些晚回家的蜂子,再也无家可归了。"他没好气地说:"你早通知它们啊。"时小雨说:"我通知了,一早就对每个蜂箱说你们今天一定要早点回来哦,晚上要出门旅游哦。但还是有些回来晚了,车都装好了,我还看到好多蜂回来,它们找不到家了,到处飞,腿上还提着粉……太可怜了……我知道,它们最后……只有死了……"隆崎不好说,没有转场不损失些蜂子的。他突然想到,自己对于掉队的蜂子,只是想到蜂子数量的损失,而从没替那些失去家园的小蜜蜂惊慌失措和孤独无依。他看着时小雨,看到那个扎着马尾辫的小脑袋,好像他的女儿,他真想摸摸她的头,像摸女儿的头一样。她这番话让他内心升起无限欣慰。他知道自己没有看错,这是一个真正爱蜂的人。一瞬间,他内心好像有了依靠,有了交代,不再孤独不再自我怀疑。

小雨把头扭向窗外,偷偷流泪,玻璃窗上映照出的她的脸,一直晶晶莹莹的。

卸车分了6个点,间隔都不远,先过去的橡子选定的地方。蜂箱摆放好,不再动,让蜂子们安静。

大家才坐下来,给身体补充供给,吃饼干,喝水,橡子早在6个点搭好了帐篷。隆崎说:"大家现在先抓紧休息几个小时,我3点钟喊你们起床开蜂门。之后大家再睡一会儿,天蒙蒙亮开始检查蜂箱。今天都很累了,一定要补足体力。明天没事儿就好,有事儿就麻烦了。呸呸,绝对不会有事的。好了,赶紧休息!"

很快就只有树林子里叶儿撞叶儿的声音。隆崎却一点睡意都没有。他听着有隐约的鼾声被风送过来又送过去,他淡淡一笑,一个个累成狗睡成猪了。他睡不着,各个蜂场走了一圈,夜色下检查了一遍摆放的位置。就看到一个帐篷还有一点光亮。他走过去,看到时小雨坐在帐篷门口,笔记本电脑放在腿上,在专心打字。他怕吓着她,故意把脚步声放大,看到时小雨电脑映衬下雪白的面孔和惊恐的眼神,他赶紧问:"还不睡在干什么?"时小雨说:"哦,我把今天的日志记了就睡。隆总,您正好来了,我想问您一个问题。"隆崎说:"说。"时小雨眼里再次蒙上了泪水,哽咽地说:"那些,那些找不到家的蜂,它们一点办法都没有了吗?我们园子里还有几百群蜂,有没有一群可以接纳它们?可不可以人为干涉,想个办法,让掉队的蜂,找到归宿。"时小雨的脸上,泪水在静静流淌。隆崎听得见那流淌的声音,他却不能骗她,他知道她也完全知道,只是想在他这儿寻找意外,寻找安慰。他说:"这个,超出了我的技术范畴。比如说,我们走出了我们的家庭,别人的家是我们的家吗?我们走出了我们的国,别人的国是我们

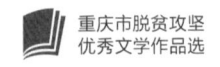

的国吗？别胡思乱想了，赶紧睡吧。"时小雨鼻音浓重地应着，隆崎走回自己的帐篷。

他回去，也不进帐篷，而是在一排蜂箱前仰面躺下，他把双手枕在头下，闭上眼睛，却发现睡眠比天亮还要远，他再无法入睡了。之前睡不着是因为担心明天将看到的蜂子的情况。现在，是因为时小雨的话。他眼前飞舞着那些找不到家的蜂子，提着两腿花粉，带着满腔蜜，却再找不到家，无处安身，也再不被需要，就像他。

他隆家，五代人养蜂，终于一个穷酸，他认为是因为市场上没有叫得响的中蜂蜜品牌，如果有了品牌，中华蜂就有救了，而这非他隆崎莫属。既生他在隆家，他就是来做这事的。在中蜂界，他们五兄弟响当当，关上门他不对四个哥哥抱希望，他们吃着祖宗传下来的老本，走着祖宗走过的老路，捧着个蜂蜜罐子，生怕打洒了。他要改变，他要振兴，他的这些言辞，让哥哥们大惊失色，他们说他不靠谱。他偏要争气，他要让世界看到真正的好蜂蜜，他要将蜂儿们辛劳酿成的蜜不打一点折扣、没有一点添加地呈现给世界。那是人间绝色，是集世间精华的宝物。

他从临县跑到阿蓬县来，是追五倍子花来的。血气方刚，激情澎湃，他找到老县长，说他带着传家技术，追花逐蜜来了。他像一只蜂，全国各地地飞，他要找到最好的蜜源，才歇下来，最后，他歇在了阿蓬县，因为这里满坡的五倍子花。五倍子花，可以做世上最好的蜜。老县长问："你真可以产世上最好的蜜？"他说："不能。"老县长说："那你吹牛。"他说："但我养的蜂能。"老县长笑了。他又说："人不能产蜜，人只能取蜜。取蜜有讲究，蜂做了最好的蜜，若取不好，也是残次品。"

瘦削矍铄的老县长得到的答案，正是他想要找的答案，满心欢喜，满怀信任。他说："阿蓬县森林覆盖率60%以上，做什么啊？树不能吃，叶不能吃。阿蓬县百姓太苦了，他们要吃点甜的。天女撒花在阿蓬县撒得格外多,满山的花,挨月开,不断季。八九月,百花谢了,五倍子开了。"隆崎说:"百花蜜后,五倍子蜜。我大哥说,隆家养了五代蜂子,没想到最后养出我这么个疯子。"老县长说:"不疯不成魔。阿蓬县有花,只差技术,你不要再飞走了。"他说:"赶都赶不走我。"

老县长相信他,亲自召开各部门联席会,给他协调蜂场的土地流转。那么多人相信他,因为他的技术和信念。他缺资金,银行贷款给他。贷款需要抵押,七八个亲朋好友拿出了自家的房产证。建蜂场、建生产车间,农民务工记账,材料商供应记账,他享受的是人间VIP!

可是,命运,如天边的云海,翻手为云覆手为雨;如海里的潮水啊,跌宕起伏礁石林立。古话说的,天有不测风云,人有旦夕祸福。他是切切实实体会到了,不久,他船破又遇顶头风,"哐啷"一下就给甩干坡上了,散一地破铜烂铁。

首先是老县长走了。他的蜂场和厂房大门落成,老县长来给他剪彩,给他写对联。"蜂行天下""蜂光无限",讲话讲得山川动容!可转眼,老县长就要走了,癌症检查出来就是晚期,医生说只有半年的活头。

士为知己者死!他发誓,要用这半年,让老县长看到"世界上最好的蜜"。他拼尽所有付之一役,停止了建厂房、停止了建蜂场,把财力、物力、人力都用在了买蜂、养蜂、繁蜂、取蜜上。8月,五倍子蜜打蜜时节,老县长头脑清醒,只是已不能走路。他去接他,背他上车,背他下车,背他在他的蜂场里一群蜂一群蜂挨个儿看。老县长像个纸人搭在他身上,一点重量没有了。他怕自己的背硌痛他胸前历历可见的肋骨,都不敢拱背,尽量平些。

他的蜂争气着呢,蜂群都是强群,每只蜂都是20岁的年轻人,身强力壮精力充沛;每张脾都饱满,封盖漂亮,白花花一片。他扭着头,对肩头上的老县长讲:"您看啊,这脾呢,封盖封了80%,是挺好的了。我们先要摇一次,把没封盖的蜜先摇出来,这是水蜜,咱不卖,咱越冬

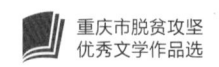

喂蜂子。"取蜜师傅很利索地合着他讲的节奏,一步一步完成工序。"取了第一道蜜,我们才割开盖子,这蜜才是成熟蜜,是经过成熟发酵有着丰富维生素活性酶的蜜。蜜蜂已把所有工作做完了,不需任何加工浓缩。取出来后,只是过滤、灌装,就直接销售,这是高档蜜,最上等的蜜。"金黄的蜜流淌出来,他分明听到了老县长的笑声。"您尝尝,尝尝。"打蜜的人削了一块脾,送到老县长嘴里,老县长咂吧下嘴,直说:"甜,甜啊。"

那天把老县长送回去后,他戳在沙发里一动不动,他满心地恨,他恨花开得太迟、恨蜜蜂不够勤劳、恨自己动作太慢,在老县长的生命流逝面前,一切都那么晚。老县长瘦骨嶙峋的手抓着他的手,说:"你,做得好。带农民,做好蜜,坚持——"他热泪长流地说:"您验收合格了,我就这么做,我不会变,您只管放心!"

回到蜂场,他就虚脱了。好像什么都交代完了,整个人处于虚空之中。一周后,老县长与世长辞,他唯一的安心,是在老人走前,交了答卷。老县长人生最后一次考察,是牧蜂垭的花粉谷——他的蜂场。

接下来,他遭受了岩崩,狂风怒号,飞沙走石,他无法招架,无力回天。最大的一件事,是产了10万斤蜜,却无人问津。阿蓬县一直都是蜂农自产自销,市场稳定而饱和,面对突如其来的产量暴增,市场根本无法接纳。他又没有销售团队,向外拓展。临时组建的几个跑市场的,带着他的最后一点资金,跑了几个大城市,没销出一滴蜜。市场被西蜂蜜充斥,西蜂蜜比中蜂蜜价格低,而消费者并不知蜜蜂界有二者的存在,以及它们之间的区别,只要能吃到真蜜,而不是白糖蜜、添加剂蜜甚至加水的蜜,就阿弥陀佛了,哪管是"西蜂压倒中蜂,还是中蜂压倒西蜂"。一些堂皇漂亮的门店,他们鼓起勇气才敢进去的地方,摆着各种蜜,一坡的价,很多在他们的生产成本之下。

销售团队徒劳而归,意味着他的资金没有回血。而偿还银行利息和私人借款刻不容缓,来结劳务费、材料费的农民,站满园子,最让他无地自容的是,当年全身心支持他信任他的王明贵队长被牵连,受到组织审查和批评,最后,背起铺盖卷,50多岁年纪又出去打工。

资金链断了,建设无以为继,连蜜蜂和蜜,都被见势不对的、有先见之明的债主,抱着"掉一个不如捡一个"的心理抬走了。

一时间,蜂去园空。山还是那座山,梁还是那道梁,可他人生被命运的翻云覆雨手,掀了个底朝天,他被结结实实地压住,无法动弹。他觉得命运的手就是如来佛的手,他就是那只可笑的石头猴子,无论他怎么蹦跶,都在如来佛的五指山下。

直到白麓找来。他感觉自己这捧死灰在慢慢复燃,冰冷的火星子在余烬中微弱地闪烁,但那火星子经不得风,经不得雨,一股风就熄了,一股风就冷了。尤其来了这群年轻人,他看到他的清净的园子一时群魔乱舞。自己一生心血,徒留了这么个园子,供这么群王八犊子倒腾。他的鸿鹄之志,如今只剩一个戏台子,供人耻笑够了,现在供这么一群麻雀筑窝。他的窝,就这样被占了。

一群麻雀也就算了,一个白麓也就算了,而又来了这么个董事长,在他的园子里操方步,做的那些事,多么的不可理喻。惹不起,躲得起。躲得远远的,躲个干净。

在这秦巴山的夜风中,他的心回到了他的家里。他的妻儿呢,女儿上了大学,儿子马上进初中,妻子带着住在一间小房子里,原来的大房卖了还债,这些年学杂费、住宿费和家里日常开支,他养蜂卖蜜,全凭一双手,他扛得住。直不起腰抬不起头的是那沉重的债务,他在银行的贷款当初用的七八张房产证,他自己只占一张,其余关系着7个亲朋好友居所,这些年,他育蜂王卖蜂种,养蜂子卖蜂蜜,卖房卖车,还了些贷款,已保住了4家房子,还有两张房产证,如果到期不还款,就将被挂出拍卖。他拼了命也得护住啊!可是,他招数用尽,已没什么力气了。他的希望,遥远得像天边一颗寒星,忽闪忽闪。日子是每天必然升起的太阳,从不迟到地来到眼前,掰他的眼睛,让他认

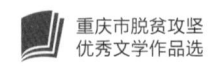

清现实数清日子。眼看要到期了,到期就将被拍卖。而到期的日子,一天天临近。他躲得过家里那四尊神一样的哥哥,他躲得过奇葩弘文和奇葩白麓,他躲得过一窝扑腾的麻雀,他唯一躲不过的,是日子。银行还款截止日,已经临近了。

他想起了妻子泪湿的脸庞,想起她哀怨的眼神,他摸出手机来想打个电话,一看竟有十多个未接来电,才想起,下货的时候,电话老唱"你是风儿我是沙",没空接,权当歌曲听了,当时心情不错,还开句玩笑:"嘻,怪得很呢,你是蜂儿我是啥,你说你是啥嘛,你是蜂王撒。"大家都笑,催他接他也不接。现在2点多了,怕是睡了哦,就发了条微信:"老婆,我带着2000群蜂,到达秦岭了。我一直想做的中蜂大转地,做成了呢。你相信我,我就要站起来了,就要拉抻账了。我一定会让家庭好起来,我一定会让你和孩子过好日子的。"

发完把手机一丢。却听到了微信提示音。他拿起一看,妻子的,居然还没睡。打开,屏幕上就一句话:"我上辈子欠你的,该还完了。"

他弹坐起来,连读几遍,实不放心,打电话过去。结果,听到一屋嘈杂的声音,鼾声、说话声、电视声和妻子的抽泣声……他"喂"了几声,妻子只哭不说话,他吓一大跳。关了电话,拨微信视频,妻子接通后,他看到了那间小屋里,横七竖八满屋人,床上躺着两小孩。他儿子被挤到角落里,3个孩子已睡着。沙发上两女的,脚抵脚玩手机。两男的,吃着花生米喝着啤酒看电视,这是他两哥们儿,抵押在银行的最后两张房产证业主。"你们怎么可以如此落井下石、墙倒众人推?"他大吼着,但这话,只有戴着耳机的妻子听得到。他问:"这是怎么回事?"妻子抽泣着说:"你问我?他们找不到你,只有到家来。"他说:"最后期限不是还有半个月吗?"妻子说:"他们说,等房子挂出去了,找你就没屁用了。我想好了,明天,我就带儿子回我妈家去……"他说:"你告诉他们,明天,明天我就站起来了。你把电话给他们。"妻子说:"算了,别丢人现眼了。"就挂了。

蜜源

  这些狗东西王八蛋,他们这么不相信他。他们不相信他明天就能站起来。明天,箱盖一揭开,他就将向全世界宣告他的胜利——他这么想的时候,好像全世界唯一一件事情,就是养蜜蜂,就是吃蜂蜜。好像人人都关注蜜蜂,粮食蔬菜都是不关注的。

  这样想着,他仿佛看到刚才他屋里的那些人,立即就转换了立场,就相信他了,相信他会站起来,会把蜂产业做起来,会取出他们的房产证。他笑了,笑着笑着,就哭了,在草地上翻滚着哭,哭声震天……

  哭声惊醒了旁边帐篷的小山夫妻,他们跑过来,呼喊着:"隆总,隆总,你怎么了,你醒醒——"他们用手拍他的脸,摇晃他的身子。他们以为他被梦魇了。

  他是被梦魇了。他搞不清楚梦魇和清醒的界限是什么,但他强撑着坐起来,抹一把脸,一手泪,自嘲地笑,说做了个噩梦,就催他们去睡。他们叫他进帐篷,说荒山野岭的,在外面容易梦魇。

  他看看时间,说:"你们正好起来了,开蜂门吧。其他人就不喊了。"三个人兵分三路,一个蜂箱一个蜂箱地打开蜂门。这时,他们看到夜色朦胧中有人影晃动,细看那是橡子和哑巴。

  隆崎平静了下来。真好,有这样的夫妻跟着他远行千里来放蜂,那哑巴,生命里就只有蜂,橡子,也是无家可归,还有小雨那个看到蜜蜂找不到家就哭的女大学生,这不很好吗?这不就是希望吗?蜂在,蜜就在,希望就在啊。这是他祖宗给他定的福禄。他认了命了。他掏出手机,给他家那两哥们儿发了同一条微信:"兄弟对不起啊,屋舍不好,招待不周。银行那边,我有安排。你们放心。"

  认命天地就静了下来。四周虫鸣如潮。

  明天是个好天气。他闭上眼嗅着,空气甜丝丝的。他唤拢三人,让他们也闭上眼睛,讲怎么品空气里的甜,怎么断定明天的花,流蜜密度肯定高。

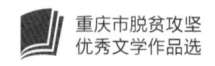

天微明，有蜂箱里出来了蜜蜂，从蜂门爬出来，起飞。越来越多的蜂箱里有蜜蜂出来，起飞，飞向它的花。它们飞得那么自然，那么自信。换个天地又如何。它们的眼里，只有花，和家。隆崎走遍6个点，所有蜂箱状况良好。他站在蜂箱中，挥舞着手臂，大声说："我们成功了！我们成功了！从此，我们的中蜂，可以飞遍全中国，哪有花，我们就到哪。"

天亮了，有蜂归巢。

11

两天后,园区恢复正常建设。土地流转达成协议,顺利进行。隆崎原来建厂区和花粉谷欠账的事,王全没再提,其余人更不提。

在此之前,亭伟找到董事长,从养蜂人而非园林建筑博士的立场,结合自己的专业和养蜂感受,提出了他的设计意见。弘文眼睛一亮,就叫他出方案,他觉得他心里有一幅河山,只等画出来,就当场取了纸笔,勾画出来。弘文觉得十分走心,当即拍板用他的方案,立即细化,牵头落实,任命亭伟为牧场建设总指挥。之前设计师的设计,在原200亩花粉谷基础上新增300亩土地,打造牧场。亭伟的设计,统筹利用了这500亩山林,依山就势,自然成景。扩大的花粉谷,原来的山谷,变成了一个垭口,这个垭口涵盖广、辐射宽,未来扩大两倍五倍十倍均可,大家商议,取名牧蜂垭。

弘文处理完一系列工作后,赶回主城。牧蜂垭的事情,就全权交给了白麓。

白麓这天早上醒来,感觉有重物压在胸口,喘不过气来。这是沉重么？她不知道。她一直以为,她的生命是不能承受之轻,沉重找不上她。她踩着轻飘飘的洒脱和理性两个轮儿,走过了千山万水,还有两个月,就走到30岁。

三十而立。

三十而已。

立不起来,自然就已啰。

热播的《三十而已》她看片名就看到了三十的沉重,不然,干吗故作潇洒。她不追剧,她打"王者"。游戏可以让人忘我,戏里戏外,谁是更真实更快乐的自己？她不分辨,分辨不清,分清了也没意义。又

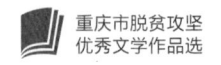

不是读书时代,需要交论文。

这几天,她感觉自己被快速扩容,心撑大了,撑破了,满心杂乱无章,需要腾空,需要忘却,她到处摸手机,以前一直放在床头的手机居然没摸到。多长时间了?晚上睡前居然没通关,在忙什么?她今天倔了,不通一关不起床。

把椅子上的衣服撩开,手机被压在最下层。她拿起来,忽略,点开"王者",刚进入。顶端弹出一行字:小麓总,有份急件在您办公桌上等你到哭。

这个香雪,前世的催命鬼。追到阿蓬县来催她。再看时间,难怪要等哭了,都8:50了。一套运动服往身上一套,拧开水龙头冲洗了一把,抹了层润肤霜,拉开门蹿出去。她得在员工进入办公室之前,端坐办公室。

办公桌上昨天的文件夹没看,今天的又来了。一个企业,哪来那么多文件?以前,她开咨询公司,像被世界遗忘的角落,除了收到广告,可没收到文件。现在,在这地方,硬是把他们当成一房人,好多政府部门文件发到他们这一层来,让她愿意不愿意都了解了很多东西。"政府真多事儿啊,不,事儿真多啊。"有一次,她对祁主任叨叨,突然意识到不对,赶紧改口。

香雪说等哭了的那份文件,被她调到了最上面,并加盖了"加急"两个红字儿。

这是一份阿蓬县畜牧发展中心、农业农村委员会、扶贫开发办公室和财政局的联合发文——《关于申报2020年畜牧产业项目的通知》。通知说根据县上统筹部署,结合了一些文件精神,"现将申报指南和有关事项印发给你们",申报是本着"自愿发展"的原则,要求完善利益联结机制,构建紧密带动关系。

她看一眼手机,离项目申报截止时间只有不到两周时间了,而她对这个项目一片茫然。若是以前那些咨询项目,她可不在话下,而这项目,她一时竟看不出是什么名堂。她不能这么汇报,而且她确信董事长更是一无所知。作为分管行政的副总,她不能不知道个一二三,这是基本工作素质。

她打电话,通知香雪过来。香雪在她对面坐定,安静地望着她。香雪的功夫就在这儿,无论多忙,她只要一出现,躁动的空气里飞舞的一切,都齐齐尘埃落定。

白麓问:"这事儿很急,你有什么准备?"香雪看一眼她摊在桌上的文件夹打开的那一页,说:"我昨天晚上搜了一下,从2016年脱贫攻坚启动以来,从市里到县里都有一系列扶贫项目。之后,每年有继续也有翻新。这些项目主要针对特困村和贫困户,一般的做法是政府扶持、企业助力、贫困户自己努力。我们公司现处的云曦村就是特困村,有贫困户上百人,我建议企业要参与扶贫,而我们的做法,是在中蜂产业上与贫困户联结,达到贫困户脱贫的目的。"

白麓说:"立即通知……呃,在家的全部人员开会,留两个照看蜂场和建设场地。"

一会儿,除了3个实习生,就都来了。白麓说:"喊三月也参会。"会上,白麓首先宣读文件。然后说:"每人发言,谈看法,能谈做法更好。从这儿开始,齐迹。"

齐迹说:"呃,这个,这个,小麓总,我觉得有点没听明白,能不能再学习一遍文件啊。"

白麓看大家都睁着茫然的眼睛,茫然地点头,表示支持齐迹的意见。就把文件给香雪,说:"香雪给大家解读一下。"香雪把文件择要跟大家一起学习了一遍,

白麓说:"明白了吧,就是这么个意思。大家发表看法吧。齐迹,开始。"齐迹说:"我算是听明白了,我觉得吧,既然是自愿,我们现在有什么能力去做这事儿啊,对吧?说实话,我还东南西北没摸清呢,去扶贫?这个听上去太高大上了。"白麓说:"这就是你的看法?你的

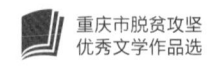

意思是这个项目我们就不参与了?"齐迹扶扶眼镜,说:"嗯,是吧,不然呢,我就不知道怎么办了?"

他下面是莫争,莫争说:"我觉得我都需要扶贫。"

挨着他的是史科,史科说:"能帮扶贫困户是有意义的,问题是,要企业掏钱吗?老板同意掏吗?我觉得这事我们说了不算。"

接下来的发言靠谱的不多。白麓借脑意图要落空了,她突然发现三月没发言,被跳过去了。她就说:"三月,专门喊你来,是想听听你的意见呢,怎么不发言?"三月说:"我也可以发言吗?我以为实习生没发言权呢。"大家笑。三月说:"我觉得吧,用蜜蜂帮扶贫困户最好了。一群蜂几百块钱,也不太贵,政府不用掏很多钱,贫困户也掏得起一点点,容易成。阿蓬县花多,从我记事起,各家各户都有些养蜂经验,好发展。我觉得关键是企业很好参与。"白麓觉得有点门道,问:"怎么参与,详细说说。"三月害羞了,倒不畅快了,说:"这个,这个,我也说不好。我只是小时候,见他们这么做过。畜牧中心请技术员教技术,取了蜜以后,又联系收购的人来收购。我们家就是那次,我爸妈学了技术,养蜂脱贫,后来一直养蜂,不说致富嘛,至少两不愁了。"大家笑起来。

白麓终于听到点有用的,一方水土养一方人,这是颠扑不破的真理啊。三月说完,她给予了高度肯定和表扬,说给全部在座的听。后面的人,白麓主要想听秀妮的发言,希望有点真知灼见。但秀妮的话让她失望了。

秀妮说:"这么多年,县里年年有扶贫项目,我二伯当过村长,想了很多办法带动贫困户,也是按县里文件来的,也是县里很支持,但最后偏不落好。所以,我觉得吧,事儿肯定是好事儿,但做起来难。"白麓问:"难在哪里呢?"秀妮说:"我也说不清,每次的扶贫计划按说都很好啊,但农民就是不相信,他们能够鸡蛋里挑出骨头来,卡他们自己。"

于是,又讨论开了,各种议论。"政府补助,企业教技术、找销路,恁好的事儿都不做?成为贫困户也是不容易。""那不然怎么说,扶贫先扶志呢。""我都想当贫困户了。有人罩着,什么事儿不成。绿水青山就是金山银山,那不是梦。""你这么有梦想,当不了贫困户呢。哎,也不知道我这种,在不在范围内。"

秀妮说:"你们不要天真地以为有技术有销路,贫困户就接受。农民很现实、很胆小的,他们要看到实实在在的结果,才会信你。"亭伟说:"我认为,也不是你说的那么难,也不是走去人家就夹道欢迎的那么容易。主要看工作怎么做。"

白麓听大家闹了一阵,说:"好了,我大概明白了些。做不做、怎么做,我向董事长汇报后再定,今天就到这儿,大家各就各位吧,后天验收这周工作进度啊,要赶紧了,别到时扣了业绩又犯嘀咕。散会。"

这天,白麓几乎没出办公室。她在网上全面浏览扶贫有关的文件、解读、新闻报道,从国家到市里。然后在阿蓬县政府官网上认真查阅了这些年的扶贫政策、扶贫项目和推进落地情况。看到太阳落山,一看时间,发现自己一口气坐了六七个小时。

她走到窗前去,窗外群山绵延,山坳里嵌着一个小镇,白日只看到些银灰的轮廓,晚上灯火亮起来,分外璀璨,像黛色的群山的眼,晶莹闪烁,特别好看。她常站在这里喝咖啡,她经常数那些高低错落的房子,没有数出过一个同样的数字,她不知哪个数字是正确的。

她兑了一杯速溶咖啡,站到窗前去。

以前宁肯不喝,也不喝速溶,不知从何时起开始喝了,开始是告慰对咖啡的念想,后来就习惯了,人的口味是会变的,习惯也会变的,就像不知从何时起,她要知道时间,是先抬头看看窗外的日头和天色,再看手机——手腕上的表、脖子上的项链、耳朵上的坠子,都已缴械入库,检查蜂箱和取蜜不方便——没有重要的事她已经连手机时间都不看了,她现在估计时间总差不离。差不离就好,曾几何时,她

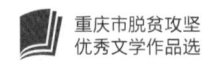

刻度般丈量着的精致生活,已被这山气日月氤氲开了,混沌一片,早不需那么精确紧迫。

敲门声,香雪进来。香雪了解她,白麓这是一场大战前的样子。

白麓背着身子说:"香雪,你怎么说来着?那里有多少楼房不重要,里面的故事才重要,是那些故事让一座城市生动起来的。对吗?"香雪走到她身边,诧异地:"我说过吗?"白麓说:"你就说,这样不行吗?"香雪说:"我是说,每次我们站这儿,你数的是数字,我数的是故事。"白麓说:"对啊,所以,你拥有故事,我拥有数字。我交过几个男朋友,却没留下一个爱情故事。你谈一次恋爱,却收获一段爱情。"

香雪说:"统计完,云曦村一共有106个贫困户,这是具体分布表。"白麓过去把杯子搁下,说:"今天不看了。我们出去走走。"香雪叫道:"时间很紧,还是先向董事长汇报,把工作安排了,我再陪你出去走吧?"白麓回头盯她一眼问:"思达今晚要回来?"香雪脸一红:"想什么呢!这种工作没做过,完全不懂的,怕手足无措。"白麓笑:"真不回来?不回来我们晚上做。回来了呢,我一个人做。今天必须把这个精神吃透,把方案拿出来,现在不出去放放风,晚上扛不下来的。"两人出了办公室。白麓说:"回寝室换双鞋。我们今天走远一点。"

两人一起走出大门的时候,已都是运动鞋了。也不说话,一口气爬上了一个山岗,坐地上喝水。

白麓擦着汗水说:"不知道我是不是心理作用,总觉得,有了蜂群,花就有了灵性,山也格外宁静。"香雪说:"可能是你心静了。"白麓说:"你觉得我心静了吗?"香雪说:"心静与不静,只有你自己知道。我倒是觉得,你心大了。"白麓说:"错!我仍然胸无大志,仍然没有野心。你是不是觉得现在搞得蛮热闹的,我也觉得蛮热闹的,但又仿佛这热闹是他们的,与我无关。"

香雪喝一口水,望着天际,说:"我说的心大,是指心量。你心里装的东西多了。"白麓苦笑一下:"那是你的错觉。我仍然那点小心眼儿,装不下任何东西。唯一跟过去不一样的,是我觉得我现在掉一坑里了,爬不出去了还。"香雪笑:"我在深圳的时候,心里一直觉得蛮对不起你的。如果我不走,或许,公司也不会散。你也不会到这山里来。"白麓说:"你想多了。你不走,公司也要撤的。我正不知道怎么开销你呢,你就提出辞职了。我真心感谢你,帮我拿下了阿蓬县这单。不做那单,哪知道什么真蜂蜜好蜂蜜啊,我当时太需要蜂蜜,用到假的了,是要命的。所以,就没考虑你。这几年,想到你就捏把汗,觉得太轻易放你走了。你这么老实个小女生,转角遇见爱情,就随人跑深圳。有多少眼泪要你流呢,但又想,我遇的奇葩还少吗?我遇得你遇不得?随缘吧,都是命。没想到你还真命好。梁思达真心不错的。"

香雪说:"当我和思达干得都不开心的时候,我提出回来。思达笑我,不回去一趟,你心里也搁不下。回去要不好了,再出来。人不能困于一城一事。不要有围城心理,想进不进,想出不出。其实他这心理,我挺忧虑的。"白麓说:"你忧虑他对于婚姻的态度也是这样?我至今没想明白,为什么那么多人有那么大勇气走进婚姻。"香雪点头:"他看我没有安全感,就声明,他不是不婚主义,一旦进入婚姻,还会成为守城主义。这不是自相矛盾吗?我呢,本来就不喜欢想太多,他现在挺喜欢这里,先过着吧。"

白麓说:"董事长现在也挺信任他,在主城创建销售中心,这是董事长蛮看重的。人要安定,不是他想安定,而是有事有人让他安定。"香雪说:"是的啊,所以我从不勉强。勉强也没用。都是心上的事儿。"白麓说:"我最喜欢的就是你的心态。老老实实做事,不强求。我呢,东飘西荡,还要求多,好人好运气都被我要求跑了。"

香雪笑起来:"你的真命天子还没出现呢。这事讲缘分的。"白麓说:"我吧,满世界跑来跑去,以为见世面了,结果越来越空洞,越来越无所归依。现在累了,不想飘了,才发现真正的人就在身边。"香雪

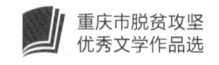

说:"你以前日子太好,天不焦地不愁,所以,什么都不在乎。你跟叔叔的关系,还那样吗?"白麓说:"还能怎样?以前是一个不结婚的神经病,现在干脆成了养蜂的疯子。他最大的骄傲,是培养了个北大生;他最大的失意,是我这个北大生从无业游民变成了农民。他自己没实现的仕途梦外企梦,指望我没指望上,恼羞成怒。"

香雪埋怨道:"你不该这么说你爸。"白麓说:"不是不该这么说他,是根本就不该说他。走,下山了。晚餐时间也过了。晚上断食第八天成功。"

到了办公室,两人消化基础资料,思考方案。

香雪说:"这个项目总体来说,一工作量不小,二时间很紧,三企业无利润。你真打算不汇报董事长,确定申报?"白麓说:"香雪,你的思维,还在我以前思维的模子里。这没错。可是,从那个洞穴回来,我就再没平静过。我以前,真的不知道,在同一片天空下,有那么不同的生活。没有政府的扶持,王爷爷一辈子就住里面了。我就在想,这个世界,各个地方各种努力,改变了多少人生?那,我们既然闯进了这片土地,又撞上了脱贫攻坚收官之年,作为一个企业,说是自愿,可自愿和责任之间,有选吗?"

香雪突然觉得她的闺密、她跟了多年的老板是真的变化太大,她如果不迅速跟上,便不能适应思维模式和节奏了。那一瞬间,她有了紧迫感。

香雪和白麓是高中同学,白麓是漂亮富裕的班花,高冷自由;香雪是出身寒微的学霸,聪明伶俐,两人一度同桌,彼此吸引,取长补短,成为闺密。白麓大学毕业从北京回来,在一赫赫有名的上市公司,成为总经理助理,引进了也是一重点大学毕业的香雪进入公司行政部。两人表现优秀,成长顺利,不想一年多后,白麓说腻了,转身考取留学生,去了西班牙。两年后回来,创立咨询公司,需要帮手,香雪毫不犹豫地从上市公司辞职。而香雪于她的作用,则是整个行政部,乃至大半个公司。香雪说:"公司眼下不用招人了。今后做大了再说吧。"正在往大里做,香雪遇见了她的爱情。对方在深圳有稳定的事业。香雪辞别白麓的时候,白麓说:"你总会为你觉得重要的东西奉献的。友情也必定会为爱情让路。"之后,她在深圳工作不稳定,梁思达又因高层人事变动的因素,发展受阻,两人就商量着再飞一飞,决定飞来看看,没想到,来了两人都不再提走。梁思达说"你闺密跟你描述的有些不一样",她还没太在意,而此时此刻,她感到一震。这还是那个对世界信步闲庭、袖手旁观的白麓吗?

正恍惚,香雪听到白麓在问她:"我们公司有贫困户吗?"香雪答不上来。这是第一次,她的准备工作捉襟见肘。她说:"我马上核实。"立即起身出去。很快进来说:"有一个。向承富。"见白麓脸上有点茫然,补充道:"就是橡子。"

白麓思忖了一下,笑着说:"好,今年贫困户都要摘帽。我们企业这顶帽子至少要我们自己摘吧。明天一上班我就去县畜牧中心请示。"

第二天,白麓正要出门,祁主任来了。

白麓说:"主任,您这么早,是不是我昨晚打扰您了。我是怕您一早下村去了。"祁主任笑着说:"那么晚发信息,我猜是有急事。就赶过来了,现场办公。省得你一去一来半天,耽误事儿。"白麓感激地说:"谢谢您了。是有一件不懂的事儿,不知怎么办。"祁主任说:"是不是刚收到的那份文件,扶贫项目申报?""对的,一说您就知道。"白麓笑说,"我们基础建设都还没完成。这项目真不知怎么做,所以,找您请教。"祁主任问:"愿意做吗?"白麓笑起来:"我们要在这儿生存和发展,有些责任,不是愿不愿意,是必须的!"祁主任一声长笑:"呀,成熟了。想起你冲进我们办公室去找我们要技术人才的时候,变化太大啦。"白麓不好意思地说:"祁主任,我哪是冲?那时再年少不更事,也是不敢冲的。"

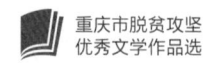

祁主任又一声喟叹:"不是冲不是冲。只是这才多久,真是经历得多,成长得快啊。弘文董事长什么意见?"白麓说:"嗯,还没汇报呢。董事长现在在主城建蜂蜜营销中心,他那边公司事儿多,不想大事小事都去打搅。就算给他说了,他也不了解情况,时间又太紧,我想,先做起来,边做边汇报。"祁主任把桌子一按,站起身来说:"小女子要独立自主了呢。那好,我们就先干起来。我先给主任汇报请示。你组织人员,成立项目组,半小时后开会,我把任务讲解一下,我们就出发。"

半小时后,人到齐,正要开会,进来3个人,领头的是县畜牧中心游主任,身后两人白麓认识其中的张老师。

祁红站起身来,说:"主任,您亲自来了!"主任边环视一圈边说:"这么大件事,必须有仪式感。"大家笑。祁红说:"您看……"主任说:"照常进行。"祁主任说:"好。今天,此时,沐风姑娘扶贫项目组成立。游主任亲自到场,足见此事的重要。我原计划讲三点,第一,意义;第二,做法;第三,要求。意义和要求,主任最后做指示都会讲到,我就不啰唆了,我着重就做法谈点意见,给大家引个路,边做边完善,力求取得最佳效果。"

祁红讲话的时候,主任向香雪要来小组人员履历和简介,微微一笑,白麓是用了心的,本县的秀妮和三月都在里面。

祁红讲得很简要,生动讲解农村工作老三篇:走村串户、宣传发动和具体落实。最后说:"欢迎主任做重要指示。"

主任讲:"好,我着重讲讲扶贫工作的重大意义。我先问一下,脱贫攻坚大家了解吗?"大家看着他,他笑着继续说:"大概都知道,但又不完全知道。城里来的年轻人,你们之前的学习里没这一课,人生规划里也没这规划,但我要说的是,我祝贺你们,你们竟然在这脱贫攻坚收官之年来到了农村,参与了这场伟大的战役。你们是多么的幸运,这将对你们的人生产生重大影响,我敢说,你们在将自己的能力和情感,倾注于解决农民两不愁三保障的过程中,你们会体会到过去的'少年不识愁滋味,为赋新词强说愁',会得到真正的成长。"

听众们神情专注,气氛肃穆。游主任继续讲道:"近半个世纪以来,中国持续向贫困宣战,走出了一条有中国特色的扶贫开发道路,成为了世界上减贫人口最多的国家。我们有7亿多农村贫困人口成功脱贫。习近平总书记在十九大报告中指出,坚决打赢脱贫攻坚战。要动员全党全国全社会力量,坚持精准扶贫,精准脱贫。今天,沐风姑娘扶贫项目组成立,特别有意义。首先,企业与贫苦户利益机制联结,企业将作为重要力量加入到脱贫攻坚里来,对贫困户起到切实帮扶。其次,沐风姑娘是刚成立的年轻企业,参与到脱贫攻坚伟大战役里,这将是企业发展中的一次巨大成长,是企业落地生根的最强途径。第三,刚才说沐风姑娘年轻,一是成立时间短,一是人员年轻。我刚才看了一下,项目组成员全是90后,还有95后,这实在是阿蓬县扶贫战线上的一道亮丽风景,而对于大家来说,能深度参与脱贫攻坚工作,将是你们人生最宝贵的经历,你们无论是情感还是能力,必将得到丰富和成熟!这些,就是我要讲的意义,在你们用心去做的过程中,一定会体会到。

"至于要求,很简单,把好事做好!中蜂产业对环保有很高要求,稍有污染蜜蜂就无法生存,蜂蜜质量就大打折扣,蜜蜂追花逐蜜,养蜂人是鲜花绿茵的使者,蜂产业是'绿水青山就是金山银山'最生动最深刻的践行者。"

之后,一行人就出发了。看着三辆车远去,一群年轻人奔赴村落农户,刚才讲得神采飞扬的游主任神色严肃起来,一看不到车,立即掏出手机给随行的祁红和小程分别发了条同样的消息:"安全第一!"祁红会心一笑,回了个"保证完成任务!"他心里也没底,他是要完成什么任务,又能完成什么任务。

12

几天下来,白麓觉得她要散架了。她记不得开了多少会,乡政府、村委会、院坝会,走到哪开到哪,大会小会无数,他们开始只是围观,看祁主任他们以及乡干部、村社干部与贫困户交流,也跟着笑,不时插个嘴,竟也学会了一种交流模式。隔天便可以分头下去,入户调研、宣传发动了。回来,大家碰头,或笑或恼,却慢慢都有了自己的看法和思考,说起来头头是道、有理有据的。祁红看着他们说:"毕竟有文化,毕竟年轻,学起快、适应性强着呢。"

关于中蜂产业与农民利益联结机制,白麓的思路已逐渐清晰起来。一路上,有空她就与祁主任讨论,他们要做什么,该怎么做,已有些明白。

她说该给董事长汇报了,祁红问:"你之前都没汇报,是怕董事长不同意?"她笑着摇头,不好意思地说:"祁主任,实话说,我前几天是不知道汇报什么,脑子里一片空白。现在,我至少知道介绍些什么情况,让董事长判断吧。"

她在电话中说:"第一时间没向董事长请示,是因为没有具体的方案和思路,把球囫囵踢给董事长,董事长无法做决定。"

弘文说:"正确地做正确的事。这件事是正确的。挺好!一定要竭尽全力打赢这场攻坚战,争取带动贫困户,发挥企业作用,体现我们这群人的价值。"

她笑了,说:"董事长,我们也是这么认识这件事的意义的,大家都做得很有兴致,对中蜂产业的熟知程度飞速提升。"弘文说:"我们的帮扶方案,只能是在扎实调研和普查基础上才能拟定,争取创一个我们和农民之间的长效利益联结机制,而不是为了完成眼下一单任务。我们经常说寻找蜜源,这就是我们最稳定的蜜源!你们努力去做,我正在搭建销售团队,打通销售渠道,无论是对于公司,还是对于蜂农,这个出口刻不容缓。"

当天晚上开会,白麓传达了董事长的指示,大家讨论到深夜,每个人都谈了自己对于贫困户需求的理解以及如何带动贫困户、如何激发积极性的意见,最后形成了三个初步方案。一是中蜂供种。是根据公司的蜂群配置情况,为贫困户供种。公司负责技术培训,保底收购蜂蜜。二是企业托管。对于确实没有劳动力和学习力的贫困户,供种后,企业托管蜂群。三是成立合作社,合作社联动贫困户。

第二天,白麓将方案呈董事长。弘文说:"想法不错,是否正确和是否具有可操作性,还得征求畜牧中心的意见,我今晚到,我们须求得畜牧中心的认同和支持。"

此后,牧蜂姑娘和本地农民利益联结机制方案快速敲定。牧场建设此刻已进入最后阶段,只留了史科与工人们收尾。剩余人员全部参与农民利益联结工作。两人一组,包片负责。

那天亭伟和白麓两个去单身汉张福安家。大门虚掩,两只鸡飞到一个土垛子上蹲着。亭伟大声喊:"张福安,张福安,鸡遭偷了哦。"白麓便蹬到鸡面前,一跺脚,两只鸡扑腾着翅膀"咯咯"叫着飞起来,耸着落到地坝里。一会儿"啪嗒啪嗒"拖着鞋的声音到了门边,门吱吱呀呀开了,探出一颗花白又凌乱的脑袋来,眼睛眯缝着,眼屎挂在眼角,也不看人,望了眼地上的鸡,又要缩回去。亭伟说:"张福安吗?我们是来普查的。"张福安揉着眼睛说:"不是才普……查了的嘛,又来普……查啥。"白麓说:"讨口水喝,可以吗?渴死了。你住好高哦,走半天才到。"张福安嘴一努墙角,那里有个水泥台子,一个明晃晃的水龙头伸在上面。他说:"喝,喝,随便喝,不要钱。"亭伟说:"你还洋派呢。"张福安傲然一笑:"村里才安的。那是方便呢。"白麓说:"张福安,你一个人吗?""是嘛。"亭伟问:"你好大年纪哦?""56了呢。"亭伟

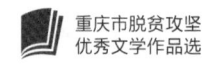

又问:"你平常做啥子嘛?""不做啥子,做不起啥子呢。"白麓说:"蜂子,养不养?打蜜卖,100多块钱一斤哦。"张福安咧嘴一笑,说:"养不起。那个贵。"亭伟说:"那,不要你出钱,你养不养嘛?"他望他们半晌,摇摇头:"养不起,没得技术。"白麓热切地说:"我们教你技术。你只管照看就好。开始少养点,有技术了多养点,一年的收入不少呢。"亭伟说:"你那身板儿,不摆了,穿件好衣服,帅得很,走出去就牵个媳妇回来。"张福安笑得嘴角到了后颈窝,搓着后脑勺说:"媳妇儿我就不想呢,只想有个娃儿,有个后。"亭伟说:"没得媳妇儿哪来娃儿呢,所以,再不想咱也得娶一个,对吧?"张福安勉强同意娶个媳妇了,那腼腆的样子,好像就要去相亲呢。

白麓捂着嘴笑,怕笑出声来惹他不好意思。亭伟说:"所以,咱得挣钱。跟我们公司一起养蜂,一群蜂子政府还补贴一半本钱,实在没钱,另一半公司给你借,这样的好事哪去找?你只管把蜂子照看到,打了蜜公司直接收了,你只管在家数钱。不愁技术不愁销路,这事做得。"张福安突然笑呵呵接一句:"两不愁。"

白麓和亭伟愣了一下,然后对视一眼,爆笑起来。

张福安不知他们笑什么,看他们笑得痛快,也跟着笑起来,一笑开,看上去还真挺年轻的,白麓当时心下想,是该找个媳妇儿呢,这家就撑起了。她就温和地说:"张大哥,你知道两不愁就好,我们就奔两不愁去,好吗?你好好干,兴旺起来,媳妇儿不是事儿,我们都留心帮你找。"

张福安拿着公司的"中蜂养殖供种及产品回收协议",目光在上面乱跑,不聚焦。白麓问:"你不认得字?"张福安憨厚地笑着说:"我认得它,它认不得我。不打招呼。"白麓笑了,说:"那,我让它招呼你。连张大哥都不认识,真是有眼不识泰山呢。"说着凑过去,用手指指着,读给他听:"……为进一步发展中蜂产业,带动农户特别是贫困户增收,助推脱贫攻坚,甲乙双方——"白麓指指他指指自己,说:"就是指你和我们双方。甲乙双方达成如下协议:甲方向乙方提供合格中蜂种蜂,每群含蜂箱一个、产卵蜂王一个、足蜂四脾……"

张福安打断她,说:"我听起脑壳昏,你不念了,我信你。你说我该怎么办我就怎么办呢。"

一种全身心的信任猝然降临在她身上,白麓突然鼻子发酸,眼眶发热,说不出话来,指着空格点点,张福安就笑嘻嘻地握着笔在那里一笔一画将他的名字戳上去,然后,竖着大拇指,蘸了印泥,盖上去,望着自己盖的鲜艳的红印笑得满意。大拇指红红地举着,像举着一个小火把。白麓突然觉得她的人生,有着这个小火把是不是有了更多的意义。

那天,他们拿着与张福安签的寄养30群蜂的协议,回到公司。白麓问着各组的情况,都要加一句:"你们这组遇到有单身妇女贫困户吗?"大家都说没遇见,突然发现一个规律:"也怪哈,怎么单身贫困户都是男的呢?"然后大家一番热烈争论。女孩说:"因为女的勤劳坚强,不甘心当贫困户。"男孩说:"因为女的被男的娶了。"

齐迹莫争灰白着脸回来。他们去的一对夫妻家,都有小残疾,日子过得紧巴。开始见到他们,谈得蛮热闹,谈到养蜜蜂,教他们技术,他们就沉了脸说什么"现在骗子流行,信不得。扶贫,莫越扶越贫哦。三穷三富不到老,我们一辈子不想那些好事,也莫想骗我们。"

秀妮说:"这算好的,我昨天去那家,还是我一个远房亲戚,猜怎么着?竟幸灾乐祸地说:'我偏不做。我不做,他们就做不成。多少开公司的,拿我们贫困户名头搞名堂,我们偏让他们搞不成。'还告诫我要小心,在公司打工,可别把自己打进去了。"

"我们谈情怀,人家对我们的情怀不感兴趣。我们就算账,账算得过来,签的人就多。看他们高兴,我们就跟着高兴。这高兴,就是情怀吧。"

公司这帮年轻人每天早出晚归,翻山越岭,走村串户,一周下来,

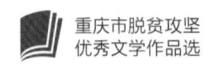

战绩不菲。白麓分析了成败原因,鼓励大家调整思路,以心换心,最后讲:"离申报还有最后几天,大家再发起猛攻,能多拉一家是一家。人无恒产,则无恒心。有产才有业,有业才有家,产业是农民脱贫的桥梁;而养蜂农户增多,则是企业发展的基础。贫苦户帮扶和企业发展,都在这一举里面,这是一场十分有价值的拼搏,我们加油!"

散会后,白麓留下了秀妮,说:"秀妮,在会上我没说,几个组你们这组数量最少。原想你是本地人,应该比其他人占优势,所以,把莫争配给你。现在看来你的困难比别人大,不是组员不得力吧?""不是不是,莫争很努力。他从上次农民蜂场闹事后,上班时间再不打游戏,跟农民打交道也顺畅得多。实在说,他还想了很多办法,我都觉得他成熟了。"秀妮苦笑着说:"是我的原因,可能恰恰因为我是本地人,很多老辈子到现在都觉得我没长大,不信我,连带不信公司。外来和尚好念经,同样的话,你们说,或许他们更能产生想象力,更愿意相信。"白麓沉吟着说:"明白了。这是我安排的失误,不该把你安排在你家所在的那几个组。以为人熟好做事。现在换也来不及了。"秀妮说:"其他组刚好取得信任,不能换。我自己想办法。"白麓说:"我加入你们组,我们来仔细分析一下人员结构,或许会找到突破口。"

那天分析人员,普查关系,白麓发现,农村很难说哪个家庭是孤立的,扯起来都是三亲六戚,日常都有联动,发动工作做得好,便势如破竹;发动得不好,便铁板一块。这时,她看到有几户王姓人家挨着不远,便问:"这跟王全他们是不是一个王家的?"秀妮说:"王全他们是外来户,相隔又这么远,不应该是一个王家。"白麓说:"问。"秀妮茫然地望着她。白麓说:"问王全啊,他不是经常有事找你吗?"秀妮说:"他说想找我学养蜂。"白麓忍着笑说:"嗯嗯,找对人了。"话音刚落,秀妮的电话里传出王全大声大气的喊叫:"嗯,找对人了。"白麓和秀妮对视一眼,"哈哈"笑出声来,王全继续在里面喊:"笑什么?真找对人了,那一带,我就是活地图。"白麓说:"从上次闹事看,王全有影响力,应该是可以依靠的力量。"

王全很乐意帮助他们:"这么好的事,我能出分力很荣幸。"之后,他们就成了四人小组。王全嘴甜,叔叔婶婶喊得热乎,老辈子少辈子打得火热,事情讲得圆,道理说得透,工作大有进展。有天收工,天已黑尽,经过王全家,他提出去他家随便吃点,白麓本不同意,他望着她说:"我回来后,奶奶一直住这边。天天念叨你。"白麓就同意了,王老太见了白麓,亲热得像见了亲孙女,捉住手就不放。王全赶紧做饭,挤着眼示意秀妮过去,央求帮忙。秀妮一看,香肠腊肉鸡蛋青菜摆了一案板,她说:"弄这些干啥呢?她晚上本来不怎么吃。"王全耸耸鼻子,轻声地:"谁说弄给她吃的。"秀妮说:"你奶奶也不能这么吃。"王全说:"你吃!你瘦,晚上不必忌食,我要让你吃得不想放碗。"秀妮笑:"要我帮忙,这么灌迷魂汤。"王全笑:"也不晓得谁给谁灌迷魂汤。"秀妮欢快地说:"哦,对对,这一天都是你帮我的忙。我得好好回报。"便卷起衣袖洗菜。一会儿,厨房里"吱吱啦啦",香气直钻进来。

这天晚上,大家很开心,王全还拿了两瓶啤酒出来,很有气氛。白麓举杯说:"我开车,你们喝。我用白水敬下王全,感谢你帮了我们大忙。"王全有点沉重地说:"农民要的很现实,他们想要看得见摸得着的东西。农民很老实,他们怕被骗了,才这么警惕。说白了,穷怕了,输不起。"白麓说:"王全,我突然觉得,我们和农民之间,就缺一个你。"王全不好意思地喝了一杯酒,说:"我本来就是农民嘛,又在城里混了几年,两边的话都懂点。"白麓说:"你比我行,我在农村也是几年了,却不敢说这话。"王全说:"那是你没用心。你用心就懂了,不然你怎么懂我奶奶呢?"王老太坐在白麓身旁,耳朵背,听不清他们一言一语在说什么,只一直笑眯眯地看着他们,拿双筷子,给这碗里夹块肉那碗里夹点蛋,听到王全说奶奶,赶紧说:"我吃好了,莫管我。"大家笑起来,白麓才看到自己碗里一堆菜,赶紧握住婆婆的手,不让她继续添菜。并若有所思地看着婆婆说:"不是懂,是不需要懂。有些感

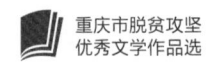

情,不需要懂,好像就在那儿。"

王全已把杯子举向秀妮,说:"敬你!"秀妮爽快地干了,又回敬,两人又相对干了。两张年轻的脸,都已浅浅红晕。秀妮说:"王全,你还走吗?"王全说:"你教我养蜂我就不走了。"酒壮英雄胆,那秀妮居然敢接招,扬起下巴说:"那要给师父敬酒!"王全赶紧将酒杯满上,直呼:"师父在上,受弟子一拜。"秀妮笑得花红柳绿。莫争说:"这儿,这儿,还要敬师叔一杯。"三人笑闹一阵。

白麓歪着头看他们,等安静些,说:"王全,你真心别走,就留在家乡养蜂。我们都从城里来这里养蜂了,你们还往外跑,好没意思。"王全说:"小麓总,我是真有这想法呢,只是不知道怎么起步。"白麓说:"你呀,有组织能力有号召能力,你把你哥们儿程向东他们邀约一起,带动一些贫困户,成立合作社,我给你技术保障和收购保障。你甩开膀子干!"王全酒意消了,神色郑重,最后看着秀妮一笑,说:"师父做证,王全一定不辱使命。"

13

　　这天,白麓他们正走到一户人家屋前,手机响了,史科急切的声音冲出来:"小麓总,蜂子死了。死了很多——"她头上响起一记焦雷,说:"说清楚,不急,慢慢说。"史科讲:"刚才,发现,死了很多蜂子,赵师傅跑过来喊我,说蜂子糟了,我跑去,挨着检查了七八箱,都大片死亡,没死的也奄奄一息……我不敢再检查了,赶紧……"白麓说:"你继续检查,我马上回来。"然后对秀妮说:"蜂子出事了,我马上回去,你把这户走访了,也赶紧回来。车我开走了,你喊摩托。"

　　下山路上,白麓便边跑边给隆崎打电话求救。隆崎一听,便问:"今天园区在做什么?"白麓说:"不知道,都是收尾的事。"电话断了,又给董事长汇报。董事长吩咐:"别急,赶紧找有经验的人施救。同时找到原因。"再打给史科,史科占线。又打给隆崎,也占线。便明白,隆崎在遥控指挥处理,稍微心安一些。

　　跑到公路边,上了车,才发现,鞋子底破了,在后备箱翻出一双解放鞋穿上。这是有一次几个人一起到镇上买东西,香雪说梁思达也穿上了解放鞋,才发觉男的都穿上解放鞋了,她说"我们也买两双,赶个时髦",没想,竟用上了。

　　风驰电掣地赶到园区,一进去就闻到一股味道,但说不出是什么味道。接着看到一幕画风诡异的场面,只见史科和王全抄着水管子对着天空扫射,像空中有强敌入侵。她抬头,看到水幕中,出现两道绚丽的彩虹。几乎是跑到蜂箱面前,看到蜂箱前一片蜂子尸体,还有些在微弱地爬行。

　　再看王全和史科,他们只对着天空扫射,水落下来,他们就站在水里,浑身湿透,脸上水珠滚落。

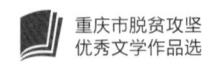

另一边,田甜背对着蜂箱,一手一把水枪,对着天空狂射,像一个母亲保护孩子一样,保护着身后的蜂箱。她嘴里吼着"啊——"声音已经嘶哑,含着绝望,含着奋争,这是平日那个沉默寡言满腹心事的田甜吗?淋湿的头发贴在她的脸上,满脸的水,分不清是汗还是泪……

白麓大声问:"这是干吗?"史科眼睛死盯空中的水柱,一刻不停地左右摆动,让水形成环形水雾,边对她说:"洗空气!园区装修用了木油,隆总说,用这种办法把空气中的污染分子用水凝结,让它们落到地上……再就是,不准蜂子回来……回来的差不多都遭了,只有用水枪阻止它们,不准它们回来……"

这时工地那边,有两股水射出来。白麓回头,看到工地上,两名装修工人,在向天空喷水。

她冲进屋,抱出所有水枪,那是上次她们为打马蜂买的。她蹲在地上,帮田甜往水枪里灌水,灌满两把递给她,再灌……而田甜哭泣着喊:"不要回来,不要回来,乖,不要回来——"她对着那些提着花粉、肚腹里蓄满花蜜的要回家的蜂祈求着哭喊着……有蜂栽倒在她的脚下,更多的被她的水枪打跑了,在空中迷茫地飞舞着。

14

　　隆崎日夜奔袭,只带了时小雨。两人换着开车,除了加油站和服务区,足足14小时,没有停过。

　　回到园区,已是次日凌晨零点时分。

　　此刻蜂群已在他的遥控指挥下,大部分安定下来。他看了一眼弘文和白麓,就要检查蜂箱。弘文让他歇口气,他没理会,走到蜂场,弯腰把耳朵贴上去。一个挨着一个贴过去。对时小雨说一句,小雨记一句。小雨手上拿一支记号笔,他拍拍哪箱,小雨就在哪箱画一个记号,或打钩或画圈。他挨个把300多群蜂听完,然后,坐下来伸手要水。一瓶矿泉水没离嘴地一口气喝完,抹把嘴,才喘着气对始终跟在他身边的弘文说:"董事长,抢救及时,损失比我想的小。"

　　白麓指指史科、王全和田甜,说:"是他们,拼命救护的。"隆崎点着头,将目光扫过几个人,最后落在田甜脸上,深深地望了一眼。弘文把手搭上他的肩头说:"你先休息两个小时,天亮了再来弄。人,比蜂重要。"隆崎好像对他这话生了气,没好气地说:"怕是来不及呢。"就站起身来,对时小雨一挥手,说:"干活。"

　　开始开箱,首先开的小雨画圆圈的蜂箱。打开一个,里面少量蜂子,在微弱地爬行。隆崎先一脾一脾看过,仔细寻找,有时长出一口气,再小心翼翼地处理;有时神色暗淡,面容颓丧……

　　看过几箱,弘文轻声问身边的时小雨:"他是在找蜂王吗?"小雨细声答道:"是的。只要蜂王还活着,即使蜂群遭受再大的灾难,哪怕接二连三遭受破坏,工蜂们都不会绝望,不会逃离。如果蜂巢遭受毁灭性破坏,死伤过半,剩下的也会拼命保护蜂王,衰弱到极点,也会将最后一滴蜜献给妈妈后,才会死亡。就是死了,它们也要用它们的身

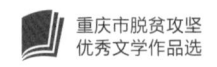

体保护蜂王。"

白麓一直站在旁边,打湿的衣服早被风吹干,头发也干了,一缕一缕挂在头上,她表情木讷,思绪回到了去年冬天的小木屋,想到那没有越过冬天的蜂们的"尸横遍野",也这时才明白,为什么后来,陆续的,有些蜂箱里有微弱的蜂子出来,那是它们的母亲——蜂王还在。这一刻,她真正感到了自己的罪过。她看着隆崎轻柔和缓地引导着蜂们走向安全、干净、通风的地方,她想到他曾吼她的一句话:"要养它们,就要爱它们。"她深为这些蜂感到幸运。

这时她听到隆崎叹了口气。看见他正俯身在一个蜂箱上,仔细听了里面的动静后,慢慢直立起来。他将双手放在箱盖上,深呼吸一口,才慢慢揭开盖子,层层打开里面的副盖、覆布,取出一脾,没有一个活着的蜂子,再取一脾,仍然没有……最后,在一张脾的角落处,几十只蜂子簇拥在一起,慌乱、迷茫,却不离去。隆崎轻轻盖上盖子。时小雨噙着泪对弘文说:"蜂王死了,剩下的工蜂守在那儿,不再工作,什么也不管了,哪怕鲜花开在它们面前,它们也不采,最后忧愁而绝望地死去,没人可以救它们……"

泪水,从小雨脸上淌下来。白麓热泪长流。

这次的损失,因为抢救及时有效,蜂群保住大半,损失不过百群,剩余的蜂群被转场到蜜源丰富,空气清幽,人迹稀少的僻静地方,将养元气,这季花期,不再取它们的蜜。由此,蜂蜜减产已成定局。这次事故,保守估计损失七八万。

抢救过程中,隆崎话很少。抢救结束,他蒙头大睡了一天。没人喊他,他是饿醒的,醒了直奔厨房去。厨房陈姐一见他,就放了一只大碗进微波炉,同时添饭端菜,微波炉停了,打开香气扑鼻,她端出一碗红烧肉来。那是他最爱吃的。他咂吧着嘴说:"嗯,香,好久没吃到陈姐的手艺了。"陈姐说:"董事长特意让做的,吩咐吃饭不喊你,你好久起来好久吃呢。"

  他有些感动。实在饿了,吃得专心致志。吃饱了才回想起园区发生的死蜂子的事,不免黯然神伤。陈姐见他吃完,说:"董事长让你吃完去他办公室,他一直等你呢。""哦。"他答应着看时间,竟是下午4点过了,赶紧用双手抓了两把头发,就蓬着头去了弘文办公室。

  弘文按着太阳穴,说:"这次真要感谢你。不然损失会更大。我们不可再粗枝大叶,让上万的小生命为我们的行为买单。这是一个严重的教训。这是公司的管理问题,我首先做检讨。"隆崎脸色黑沉着说:"蜜蜂这么幼小娇弱的生命,对生存环境要求那么高,不然,跑山上来做什么?蜜蜂在,怎么能用木油,刷还好点,居然是用喷枪喷,啷个遭得住!白麓她做事,就是急功近利,压根儿就不是一个养蜂人。养蜂要有爱心。"弘文说:"做中蜂产业,不懂蜜蜂,肯定不行,要出大事。我在反思这个问题。这次我负主要责任,是我上马上快了,精力不够,管理不到位。"

  香雪把一杯热茶送进来,恭敬地端放在隆崎面前。这是以前没有的事。隆崎看着她消失在门外,心想,她是白麓的人,可是故意来听的?何曾这么好服务态度对我!哼,听见老子也不怕。他就干脆说白:"董事长,你自然是为她说的,她能说会写,哪用懂蜜蜂啊?但不懂没关系,不能瞎指挥啊,那是生命呢!不是我们人才是命。董事长,你才搞几天,她今年是搞第4年了呢。这些蜂,也真是可怜,最终硬是死在她白麓手上了。"

  恰好白麓进来。听到了这句话。她嘴唇哆嗦地看着隆崎,声音颤抖地问:"隆总,怎么这些蜂是死在我手里的?"隆崎冷笑道:"对的,派人来听,不如亲自来听。我不妨亲口告诉你,你怎个做人做事不得行呢!这些蜂,怎么是死在你手头,你不明白吗?你还要我说穿吗?我只心疼蜂子!"

  白麓小心虚弱地问:"你是说……你是说……死的蜂子都是……"隆崎冷然地说:"个人看去。不是你脑壳上的云,雨点子撒不

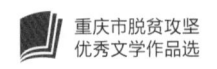

到你身上来。"

白麓走出董事长办公室,笔直地到自己办公室,拿了车钥匙,下楼开车到牧蜂垭。

进了牧场,径直走到头天清理的废蜂箱前,仔细扒拉,一个个看,是的,都是她拉过来的。70多个废箱,至少有60个是她拉过来的。原来小木屋的蜂箱,她认识。

她颓然坐在地上,把下巴支在膝盖上,一动不动。心里有声音响起,"对不起""对不起",虚弱胆怯,好像从遥远的地方传来,慢慢地大起来,尖利地在心里叫嚣着。忽而又远了,远到天边,细若游丝;忽而又近了,狂风骤雨,惊涛拍岸……

15

秦岭的蜂回来了,带着它们产的几吨蜜。

公司原有蜂群2000余群,除了遭受"木油事件"受创的蜂群以外,到秦岭大转场,来去也损失过百。回来后环布在摩围山山顶一周,共设9个场点,等待五倍子花开。

不到一个月,牧蜂姑娘与农民利益联结超过预期。将各小组发动情况汇总统计,竟有符合政策的贫困户100余户,5000群蜂。

弘文高兴地说:"你们的能力超过你们自己的想象吧。我们都是有能耐的人!从政治意义上讲,这是牧蜂姑娘参与脱贫攻坚的实实在在的行为,我们给政府交了一份满意的答卷,我们也拥有了公司第一批蜂农——这次签约的贫困户们!"大家鼓起掌来,等掌声停下来,弘文说:"签约就是牵手,此后经年,我们要负担起对他们的培训、管理和蜂蜜销售责任了,同时,我们要把他们当做我们的最稳定的蜜源。有他们做保障,我们要加大力度塑造品牌,拓展销路,打开市场,完全不担心蜂蜜供不应求。"

豪迈!大家欢呼了一会儿,突然慢慢停止下来。

都发现了一个问题。公司只有1000多群蜂群,而与贫困户的签约是5000群,这里有一个明显缺口。弘文立即召集白隆二人商议:"联动这么多贫困户,是我们在这片土地上的初战告捷,我们不能失信于蜂农,也不能让员工们失去信念和热情。怎么应对这个缺口?我的意见是,我们买蜂。"隆崎说:"这季节,没人卖蜂呢,董事长。眼下,养蜂的人都带着蜂子出门赶花,等今年最后一次打蜜。这时是卖蜜不是卖蜂呢,这生意没人做。"弘文说:"那等打了蜜以后呢?"隆崎说:"那季节,又没人买蜂了呢,董事长。蜜打了,要等到明年春天开

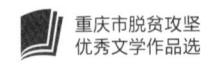

花了才有蜜打,买去都是空养。所以一般这时没人买蜂。"弘文说:"我们买。"

隆崎晃晃头,有点讥诮地说:"公司钱多,可以买,但是贫困户拿到手上就要越冬。越冬不但要给蜂子喂蜜还要保暖,需要费用需要技术,这到底是扶贫,还是增加贫困户负担哦。"弘文说:"任何季节,接手都要做事。如果等到我们把一切做好,贫困户啥都不学不做,这个贫是扶不起来的。当然,最好是现在能买到蜂,让我们的蜂农们拿到手,就有蜜出来,蜜立即变现,他们就会生起信心。扶贫先扶志!这将实现这件事的最大意义。"隆崎说:"现在要买,也不是完全买不到,只要出得起价。现在的价格贵得咬人。"隆崎说:"据我所知,公司现在资金也很紧张……"

一直没说话的白麓,突然抬头说:"我同意现在买蜂。"隆崎直瞪着她:"白北大,这笔收购费可不是小数目。跟你合作到今天,何曾见到你一分钱!抱膀子倒不怕场合大呢。董事长,你晓得我一身债,有些人呢,尽管无债,也是一身清。我只提醒您,要追加投资呢,我们恐怕是担不起一肩的,您已经投资这么多,只有进的,没有出的,我觉得您还是要慎重。"白麓鼻孔里冷哼两声:"你恐怕不是担心董事长的钱,是担心公司投入增大吧。你就想快点产出,你就想分钱。""开公司不看产出,除非有病。有钱可以搞,现在明明没钱,还去搞那些没用的。"白麓说:"这是没用的吗?你要看到贫困户的情况,你就不得恁个说了。"隆崎说:"再恼火都比我好吧?我欠一屁股债,我去扶别人的贫。我钱不还别人,去搞扶贫,这这这……这听起,是不是很搞笑?"白麓不再理会他,郑重地对弘文说:"董事长,这事不能半途而废。钱,不能让您一人出,我,也去找。"弘文点点头,说:"隆崎,你立即寻找资源,畜牧中心审核一下来,我们就购蜂。""是呢,董事长。"隆崎没跟白麓打招呼,出去了。

五倍子花与其他花卉不一样,是从高海拔到低海拔次第开放。

一周后,高山五倍子开始打蜜。

这天,白麓对弘文说:"董事长,我想买点五倍子蜜。价格按公司统一售价。然后,我明天回主城筹款,需要几天时间。"弘文问:"蜂蜜是为公司筹款用吗?如果是,公司应该负担。"白麓低着头说:"不是,我私人要的。"

当晚,白麓提了几个陶罐交给小山,说:"老规矩。今晚高山取蜜,帮我装满,我明天要走。"这是她每年的规矩,同样的数量。小山与往年同样,接了就走。第二天一早,白麓就开车去取。小山打蜜到天亮,刚睡下。春晓不忍心叫他,自己把蜜装上车。白麓说:"晓姐姐,喊两个小伙子搬呗。"春晓说:"您私人的事,小山不让喊人。"白麓笑笑,没出声。站在后备箱,认真数了数,才拉下门开走。小山醒后,春晓不高兴地嘟囔:"仔细点数呢,生怕我们少装了似的。少装了也是留在公司的,我们也不敢私藏啊,真是的。"小山拍拍她的头说:"哪年不数,今年数了就看不惯了。你是跟那些小姐们学习了,我看。"

开了3个多小时车,白麓到了主城。之前与妈妈联系过,他们与过去一样,周末住在别墅里。安全闸门自动打开,白麓的车牌号是录入登记的。进门一条宽阔的林荫道,两旁是高大笔直的法国梧桐,绕过一个喷泉池,左拐进又一条林荫道,比之前的窄些,两个车道,中间有细巧精致的繁花点点的隔离带,右拐,同样调性的车道,开至一个大水池旁,水面清澈,水莲散开;池鱼悠游,涟漪微漾;水池上有一座朴素的石拱桥,桥体苔痕斑斑,天然岁月感,这是重庆最老的别墅区。

白麓把车停进车库。车位是现代都市的大问题,尤其老建筑,她家独栋别墅竟只有一个车位,后来她爸舍了他心爱的花园面积,修了个车位出来。她还没有考取驾照之前,那两个并行的车位,一个是爸爸的一个是妈妈的,自她有了自己的车,那个花园里的车位就是她的了,哪怕她一年半载不来一次,但只要来,车位都空着,干干净净,好像她刚出去一样。另一个车位上停着妈妈的车。她从没问过,爸爸

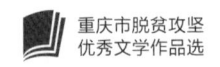

的车停哪去了。开着车周围兜过,也没看到那辆老凌志。老头子很拉风,路子野,自是找到更好的停车位了。她也懒得问。

把车泊进车位,喝了口水,靠椅子上休息了一下。阿蓬县真的很远,每次开得实在累。喘了口气,取出化妆包,拿出小镜子,前后左右照照,水啊粉啊地补了补妆,最后涂了口红,人一下就精神了。才下了车,到后备箱取蜂蜜。打开后备箱,顿时傻眼了。七八个陶罐,在路上互相碰撞,破了两三个。她心疼得捂住了眼睛,靠着车厢蹲了下去。难怪在车上就嗅到浓烈的蜜香,一路还想今年的蜜真好。

就这么蹲了一会儿,白麓站起来,收拾车厢。早上她只是看了看有没有那么多,一罐都不能少的,必须足量。她没想到不是小山装车,也没怀疑春晓的防护措施会不会一样好。不怪春晓,只怪自己。以前都是提前准备好的,这次蜜打得晚些,她算到家里的蜜快告罄,才这么匆忙的。真是匆忙无好事。她一边收拾一边心痛得摇头,把好罐子一个个拿出来,抹干净,也来不及管那个破了的罐子,一手一个地抱到栅门里,然后把指纹放在反应区,锁没反应,许是沾了蜜糖,把大拇指放进嘴里吮,很甜很甜,竟笑了,像小时候偷了糖吃。吮干净了,在衣服上擦擦,再开门,门就开了。又一罐一罐转运进去,放在进门的红木玄关上。

放好后,正要推门进去,就听到她爸在声嘶力竭地吼:"不可能,我不会给她的。一分钱没有,房产证也不会给她。她做些什么好事,还有功劳了她!找上家门来了!"妈妈在劝说什么。爸爸又在吼:"你少说这些,都是你惯的。我这辈子也没想培养个农民出来!要培养个农民,犯得着从小唱歌跳舞画画游泳,学那么多吗?乐器都学了好几种呢,结果又怎样,公务员不当,上市公司高管不做,要自己创办公司,这点我就不服了,最后竟越发不像话,当农民养蜂子,我看她就是个疯子。"妈妈的声音很低,几乎听不见,但白麓熟悉她的声波和节奏,完全听得清:"好了好了,越说越来劲,医生说你的病情绪特别重要。不说这些了,不说了,只当我没提。"那个粗狂的声音又吼道:"现在,竟把手伸到家里来了,她不把我气死不算数。"妈妈又说:"女儿算好的了,从没找家里要过一分钱,这回也是说借。比起那些啃老族,你知足吧。再说,每年五倍子蜜出来,新新鲜鲜送来。你也该记她点好。快别说了,应该要到家了。"

爸爸声音还那么大,但劲儿没那么足了:"她的蜜再甜,我吃起,也是苦的。哼,不打蜜,还不来了呢,我看。"妈妈说:"你见面横竖不对,孩子自然不愿到跟前来。我看你这态度也该改改。"爸爸说:"我黄土都埋到胸口了,改不了了。"妈妈声音提高了在喊:"唉唉唉,刚穿的,又脱了干啥?"爸爸说:"那件是不是看起精神点,啊?"妈妈说:"我说你啊,衣服都换几身儿了。"

两人还在说着什么,白麓已悄悄带上门出去。这些话她这些年没少听,她很平静。但是今晚不是说话的时候,还是不去招惹老头儿好。出去一刻不停留,开了车就走。

她回到自己的住处,拿一盆,把车子后备箱干净的蜜收纳起来,端进屋。然后下去把车送到旁边的洗车店,自己再走回去。把自己扔沙发上,陷在里面,一动不动。

白麓审视了一圈自己住的房子,这房也是父母买的,没房产证别想拿它去贷款。她一辈子没找人借过钱,在手机通讯录里翻了几圈,也不知道该找哪个冤大头。干脆待会开车出去兜兜风,去解放碑打打望,或许会来点灵感,找谁借钱。

车一出车库,久违的如星海灿烂的灯火扑面而来。她看看自己的衣服,嗯,还好,想到要见老头,刻意修饰一番的。至少在解放碑转不违和。先到解放碑,停了车,买了杯奶茶,加入了人流。

好久不见,万般新鲜。夜色阑珊,一切正好。

突然,她看到解放碑的碑下坐着的一圈人里,有个熟悉的身影。定睛一看,果然没错,竟是亭伟。她抿嘴笑着,绕碑一圈,悄悄走到他

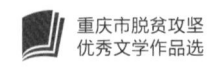

身后,"啪"地拍他肩头一记,亭伟吓一跳,回头见是她,不好意思地说:"小麓总,你怎么在这儿?"白麓眨眨眼说:"你还没交代你怎么在这儿呢,乡里娃进城,打望来了?"亭伟苦笑一笑,说:"凭吊。"她笑了,说:"挪开一点,我们一起凭吊。"亭伟往旁边挪挪,笑:"您也在这江湖行走过?那一定是独孤求败。我可是不当大哥好多年。"两人大笑,很放肆的那种。但在这个世界,这个时光,没有放肆这个词,也没有收敛这个词,只有自然。自然把一切兼收并蓄了。

亭伟说:"小麓总,你怎么进城来了?"白麓望着灯光,眼里晶亮,说:"把总去掉。这里没有什么总。这里曾经有只小鹿,今天又回来蹦跶一下。我说过我会回来的。"亭伟说:"那是灰太狼,不是小鹿。哈哈——"白麓说:"我回来找钱。你进城做什么?"亭伟说:"园区进入最后装修阶段了,我今天进城看看材料。我们是打造的国家级牧蜂场,可不能搞成县级水平。""但要搞成解放碑啊?""那自然不会。我白天跑市场看材料,晚上来解放碑看美女,张弛有度才能保证工作质量。""结果遇到个阿蓬县美女,真是冤啦。"

两人笑一阵。亭伟说:"我在想,人好奇怪,我们拼命想当个总,当了总,年轻的放肆就离我们远去了,戴上那顶老总帽,就背上了一层壳。"白麓说:"你去的时候,那一身的名牌,你说要抛弃过去什么的,我就知道你曾经有过创业,有过辉煌和失败。你不是单纯为了卸掉那层壳到山间田野的?"亭伟说:"我没有那么浪漫。不像你,为了诗和远方,离开这座碑,到那座山。"白麓用奶茶杯压住左眼,留一只眼睛看灯,说:"我也不是一个浪漫的人。人啊,都活在别人自以为是的解读里,同时用自己解读着别人。"突然搁下杯子,双目慎重地注视着亭伟,说:"亭伟,帮我个忙。"亭伟说:"说,只要不是借钱。"白麓说:"就是钱,多少不嫌。"

亭伟一下软了一头下去。双手抱着头搓了一把,说:"走,我带你去看几个地方。"

两人走进一个小巷,过一道门,上到二楼。一件西服定制店,老板正在给一个人丈量,不放过一寸地儿的精细,抬头看他一眼:"哟,亭伟,好久不见哈。正来了好料子,外面坐着喝杯水,我等会儿给你介绍。"亭伟说:"那等会儿来,你先忙着。"

出来又进了一个手机卖场,到了一个柜位前,他指着一款嵌有绿宝石的手机,说:"看看这款手机。"售货小妹说:"对不起,那是顾客定制的,非本人不能看。您看别的款吧。"亭伟掏出手机,到一旁打一电话,一会儿回来把手机递给小妹。小妹接了电话,把电话还给他,说:"对不起啊,我刚来的,不认识您。"然后打开货柜,把手机取了出来,庄重地递给亭伟。亭伟接过来,插上小妹送来的充电宝,对着自己的脸一扫开机。然后按一下绿宝石,出现所有服务平台,交通、食宿、购物,都写着:亭伟,等着您吩咐。

亭伟关了机,递给小妹。小妹说:"先生,您这手机快一年了,您什么时候取货啊?"亭伟礼貌亲切地问:"我没钱,能取吗?"笑着扬长而去。

并肩站在手机店门口,他指对面灯火辉煌的大楼的顶层,说:"那个酒庄你知道哈,解放碑最顶级的,我在那还存有十万一瓶的酒,可我现在没钱进去。你要饿了,我只能请你吃牛肉面,还不能多加牛肉的那种。我每个月的工资除糊口,就是还账。呵呵,我本也是有很多人生选择的,我的博导一直在等我呢。我搞成这样子,叫不作不死。但牧蜂姑娘于我,该是置之死地而后生吧。我们边吃面边给你讲我的糗事。"

解放碑的地盘寸土寸金,一家面馆,镶嵌在一排商场边上,像贴着一张创可贴。现在人不多,才可以让他俩在里面坐了半小时。

一碗牛肉面的工夫,顾亭伟讲完了他的人生故事。"这人生真不值当啊,要死要活的,刻骨铭心的,其实,就那么点没嚼头的事儿。不是为了证明我口袋里每个钢镚都是别人的,我不会给你讲这故事。

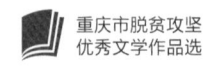

不是为了博得同情，只想请你相信，我但凡有点钱，都会掏出来，给牧蜂姑娘去完成这个扶贫项目，可以失信于任何人，不可以失信于贫困户。小麓总，钱的事儿你还得多想办法，我只有出力，竭尽全力！"

白麓听着他的故事，吃着自己的小面。她是吃重庆小面长大的，但少有吃得这般酣畅淋漓，意犹未尽。真如她妈说的"吃不得，是没饿"。

这天，两人吃饱喝足，在夜色阑珊中分手。约定两天后的周日下午，亭伟搭白麓的车一起返回阿蓬县。结果，中午时候，亭伟接到白麓电话，说："不好意思啊，亭伟，你不能坐我车了。"亭伟以为她有事不走，就说："没关系，我自己去坐大巴。"白麓说："大巴在哪坐呢？"亭伟想，莫非这么好，还要送我去大巴车站。便说："长途汽车站。您就别管了。"白麓说："不是，可以捎上我么？"亭伟说："什么意思？你也坐大巴。"

亭伟满怀狐疑地发了地址，在车站等着碰面。见了白麓问："车坏了？"白麓淡淡地："车卖了。"亭伟看她一眼，把地上一袋东西往肩上一搭，豪横地说："好。坐专职司机开的车，自己开车累得很。走起！"在前面大步流星带路，白麓在后面追着，问："背袋什么呀？"亭伟头也不回："材料样品，看着商量订货。"白麓停下来，看着那背上一大坨的向前弯曲的背影心想，说这是个博士，谁信呢？不禁泪目。

这两个曾经开豪车的青年，此刻，坐在大巴里，看着城市在车窗里迅速向后闪退、闪退，一摇一晃，睡着了。

16

白麓包一放,就奔董事长办公室去了。

董事长站在窗前,正在发语音微信,见她进去,低声说了句"相信我,放心。我这儿来人了"就挂了电话,走过来。

白麓看他神色有些阴沉,觉得自己打扰了什么,有些局促,听见问:"钱找到了?"她垂头丧气地说:"找到了点,不多。可能只够买一千群。"弘文深沉地说:"够了。不在多少,在你的添砖加瓦很重要,一匹砖一片瓦都很重要。"这时,他的手机提示音响了,她下意识地瞄一眼,屏幕上显示一条微信:放手吧!

弘文拿起看了一眼,表情很复杂。她赶紧站起身来,说:"没事我先出去了。"弘文手向下按按,正准备说话,亭伟敲门进来,说材料已在会议室摆好,请董事长过去定夺。一行人就到了会议室定材料,定完董事长让他们拿到现场再比对比对,没问题就敲定。他说他就不去了,满脸疲惫。

比对完,亭伟与材料商电话订购的时候,白麓信步出来。几天不见,牧蜂垭的建设突飞猛进,所谓建设,其实不多。功夫恰恰在不建设上面。尽量表现自然运用,或者说是运用自然,尽量消隐刻意,消隐精心,呈现出的样子好像原本就是如此的,是时光留下的。茅草屋、竹屋、泥墙瓦房、木长廊、石子路,峰回路转,曲径通幽,柳暗花明,移步换景。一切都是该是的样子。

格桑花开了,星星点点,像在回忆,像在唤醒,安静地热闹着。奶白色五倍子花,挂在枝头,像一串串风铃,在风中摇曳。牧蜂垭,在等待一场花事。

闲庭信步,不觉心旷神怡。正惬意,突然听见一座石山后面,传

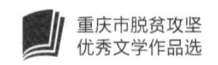

来一阵低吼。"你到第一天,我就撵你走。我到秦岭之前,就给你下了死命令,回来你竟然还在。我说话硬是不管用了?都踢我,连你也踢起来了!现在,我要走了,你还留这儿有什么意思?"分明是隆崎的声音。伴有女声的抽泣。什么情况?白麓大吃一惊,一时不知怎么办,站不是,走不是。

又听隆崎说:"这不是些搞事的人,瞎胡闹。修恁大个园林,是诚心养蜂子吗?是显摆!做给别人看。有那些钱,多少蜂子养不起?现在又去借钱买蜂子。借钱买蜂子也就算了,还是拿去扶贫。那个白麓简直是墙头上的草,风朝哪边吹,就朝哪边倒。我跟他们玩不起,玩不起!还说我不懂规矩坏了制度,要处罚我,爬哟!老子不干了,我已经交了辞职信了,你必须跟我走。他们迟早晓得这层关系,你不走也没你好果子吃!"

白麓觉得不能再听下去,但也不能就这么走了,她得搞清什么状况。正要预备现身出去,却听到女声说话了:"你走你的,我不得走。你确实该离开了,你真心不适合现代企业管理。你只能去做老本行。你瞧不起老把式,其实你就是老把式。你老老实实按你的方法去做,才是你该做的,不要东搞西搞了,搞得一地鸡毛,搞得大家混乱。你欠账,没人瞧不起你,但是,你这样落后的套路,不肯改,我都看不入眼,莫说别人。我终于搞懂了,你为什么失败。我不会跟你走,跟你走没出息。我要在这种现代管理理念的正规公司,才是出路。"好犀利!简直说出了所有她想说却不好说的话。白麓心里一声喝彩。声音有点耳熟,却听不出到底是谁。

突然,她的手机响了,她条件反射赶紧掐掉,石山后面的声音戛然而止。突然跑出一个女孩,掩面而去。她认出是田甜,她盯着跑远的背影,喊着:"哎——"身后传来隆崎一声吼:"你躲这儿偷听什么墙根,无耻!"她臊得满面通红,支支吾吾:"我……什么偷听……我……"隆崎说:"我个屁!你没偷听,你啷个不敢接电话,把它掐断了。"是啊,为什么要掐掉电话?白麓望着他,无话可说。

"我给你说,白北大,你不要猫哭耗子假慈悲。我铁了心要走,哪个也留不住!"隆崎对她指指点点道。白麓无助地望着他,不知他说些什么。想起刚才说交了辞职信什么的,想必是说这个,但也不知具体情况,终究无言以对隆崎的发飙。"我跟你合作到头了呢,你现在傍了高枝,也不需要我了!想当初,你来找我,请我出山,专家啊权威啊吹上天呢。来了大老板,你就变脸了,我就啥都不是了哈,铆起劲儿把我撵走。你没来之前,我还有个藏身之处,现在我只有到处流浪了。你们,都不是什么好人!我只祝福你,不要搞到我这一天。你走你的阳关道,我走我的独木桥,井水不犯河水,互不相干!"

这时,田甜又跑了回来,还没跑拢,隆崎就吼道:"你又回来干什么!去收拾东西,马上走人!"田甜不理他,一径跑到他跟前,说:"还有一句话,我刚才说掉了。欠人的,必须还人家。父债子还!你欠的债,我都记下了。"说完转身就走,隆崎喊道:"隆田甜,你不听我的可以,你妈喊你回去——"

田甜身子一颤站住了,背着身子,双肩抖动,哭泣着说:"爸,我妈不是喊我回去,是喊你回去!妈妈很苦,你也很苦。你漂流这么多年,该回家了!还有,'你妈喊你回去'这句话,你对你自己说吧。我只告诉你,奶奶头发白完了——"说完跑远。隆崎追去。

白麓紧赶到董事长办公室,敲门进去,没站稳就问:"隆总辞职?"弘文说:"是的,他告诉你的?"白麓没回答,只问:"您同意了?"

弘文让她坐下,说:"说说你的意见。"白麓说:"董事长,公司不能没有隆总,是离不得他的。"弘文平静地问:"为什么?"白麓说:"我以前就是不懂技术,把蜂子养死完了。""死完了?"白麓说:"是的,本来还剩几十群,结果,上次木油事件,全死了。我认识我的蜂箱,死的基本都是我转场来的。说明,我养的蜂子素质差。隆总养的扛过了那场灾难,也说明他的技术真的过硬。董事长,没有技术肯定不行。隆

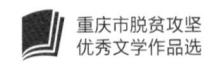

总,他是不按常理出牌,不重视规则,但是,他确实有技术。公司才起步,离不得他的。我建议,不要同意他辞职。"

弘文审视她片刻,说:"小麓总啊,你经历一系列的事,你的结论是,公司必须要有懂技术的人。这没毛病。但如果只得出这一个结论,我可以断定,你将永远受制于人。到今年,你做了4年了。我来前,到山上调研时,了解到不少蜂农一人养上百群。我问他们养了多久了,很多只学了两三年。包括橡子,他说他正经只学了两年多。"白麓明白他的意思,有些羞惭,低头无语。

"'工欲善其事,必先利其器。'从公司角度来讲,我理解的利其器,一是要有自己的核心技术。二是管理者要懂该核心技术,即形成所谓核心竞争力。三是要有高精尖人才及技术团队。对吧?"白麓说对。弘文说:"那眼下我们的公司,你觉得,只是差隆崎吗?我们差的很多!首先,从管理者角度来说,我们都差。我们既来做这事,要恶补才行。你比我,赢在起跑线上,我向你学习,你要努力!我们不能把未来寄托在某一人身上。"

白麓点头,说:"明白,董事长。但是,这跟留住隆崎没矛盾啊!"弘文说:"没矛盾。而且,他留下来在技术上会有巨大帮助。但要在管理和技术之间做选择,我肯定选管理。管理比技术重要。管理好了,技术会来。没有管理,技术包括技术人才会流失。公司没有技术,发展缓慢些罢了。如果抱着技术,恃才自傲,有恃无恐,不服从管理,那就不是发展快慢的问题,而是生死存亡的问题。你知道隆崎为什么突然辞职吗?"白麓摇头,一脸茫然。她说:"董事长,我纳闷的正是这个,隆总千里赶花秦岭、星夜奔回救场,是员工心目中的英雄呢,怎么突然辞职呢?"

"正如独木难支,一个企业绝不是靠个人英雄主义发展的。"弘文说,"隆崎有个人英雄主义思想,想怎么做就怎么做,还不承担后果,只领奖,不受罚,甚至连危害都不承认。对他不经规划随便买的堆积的水泥和蜂箱设备,以及不经系统策划和全面准备的千里追花,导致死亡上百群蜂,这些经济损失他认。对于造成的负面影响不认,包括买竹蜂箱和哑巴事件,都不承认有负面影响,认为做得没错。这就很危险了,公司将一直和他掰下去,浪费沟通成本。还说什么功过相抵,都不提了。简直滑稽。如果这样处理,埋下的隐患必将伏线千里,必须功过评说、是非分明。正如你说的,他是大家心目中的英雄,但同时,他的胡乱作为,也是大家心目中的问号。员工们带着无数小问号看着公司。一个新建公司的企业精神和企业文化,都在里面了。"

弘文沉默了一下,说:"我也纠结两三天了,今天还在跟我爱人交流这事儿,她开始认为应该再给次机会,千军易得一将难求,但他交了辞职信,也不管批不批,就再不来,再不管事,导致他分管的事一地鸡毛。这叫什么?撂挑子。从行政管理上,叫旷工。彻头彻尾不讲规矩。"

白麓想起之前看到他手机屏幕上的"放手吧",便明白是怎么回事了。两人相对默然。过了一会儿,弘文说:"抓紧完成眼下几项具体工作,打蜜、购买蜂群、牧场建设收尾,其中,打蜜和蜂群,都是隆崎分管现在扔下的,已出现不少问题,该爆发的就让它爆发,爆发了我们就去揩屁股,谁让我们不懂呢?做好今年亏损的心理准备,但要采取一切行动,最大可能止损。"

白麓出去后,弘文再拿起手机,看先前没看完的那条乐忧的信息:放手吧!他是被他擅长的技术弄掉队的,而不是你挽留或者放弃的态度决定的。《淮南子》说,人莫不贵其所有,而贱其所短。当一个人沉溺于自己所长而不知收敛时,就会助长他自以为是的骄横。很多时候,颠覆一个人的,正是他的擅长。人若一味沉溺自己的擅长,只用所长应对世事,势必忽略其他,以及擅长本身的缺陷,那么自己的擅长,很有可能成为颠覆自己的根本。后羿善射死于棒,子路忠直

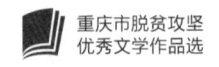

死于谤,苏秦雄辩死于嘴,民间俗语"淹死会水的",都是这道理。你别想太多,很多事都是事情本身决定的。

　　弘文看完,用手支住下颌,眯缝着眼睛,沉思了半晌。然后回了条:有道理。一个人有特长是好的,但也可能因此自以为是,成为祸患根源。所以缺陷也有它的益处,至少让人谨慎。这就是《道德经》的"有之以为利,无之以为用"吧。我们都要警惕。

17

  1500米高山的五倍子花要谢了,中海拔花事已盛。花朵流蜜期时间很短,晚一天,意味花蜜流逝浪费,而高山上的蜜蜂采不到蜜,反食巢脾里的蜜。须迅速将放置在高山的蜂箱转场到中海拔地区,刻不容缓。

  大家都在等隆崎一声令下,就转场。包括弘文在内,都在等他的安排。但他一封辞职信后,没一句交代,就再不见人影。慌忙之中,大家只有一起上阵。放置点是之前寻找蜜源后就定好的,这个道理小山和橡子也是知道的,但这么大规模、短平快作战,他们并未经历过。没有总指挥,人员混乱,蜜蜂乱场。

  隆崎辞职,所有人都已知道,大家最初多少有些黯然神伤,毕竟,一脚踏进这样一方以前想都没想过的天地,一点一滴的知识和技能,一天一天的开启和吸收,隆崎算是启蒙老师。他之前随时"李云龙式"的亮剑,大家也是各执看法的,关于这个问题,这些受过高等教育的现代青年,心里都有个走向,都知道也都希望,一切不符合规律的,都将在公司成长过程中得到整合消化。但隆崎会这么快提出辞职,是他们没想到的。公司是忍痛割爱、挥泪斩马谡同意辞呈,还是容你天宽地阔、许你刀枪放下不予批复,是他们非常好奇的。有人说,公司初创,需要技术人才,自然会特别包容。海纳百川有容乃大。有人说,正因为是初创阶段,必须严明纪律,树立正气,要有壮士断腕的气魄,才能成大气象。

  但立即出现的有些残酷的局面,让这些观望和议论瞬间被雨打风吹去。隆崎辞呈一递,转身远去。这到底是不懂规矩,还是不负责任?未收到批复,就弃责任如弃敝屣,造成的局面,不能不说是一场

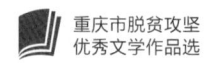

教育。

这是一场艰苦的战斗,两天两夜,公司所有人员参与转场,通宵达旦,上车下车,力气大的自己搬,力气小的两人抬,被蜂蜇了不吭一声。思达一连开了25小时的车,来去十五六公里,跑了六七趟,到点还下车搬蜂箱,累极了,才趴在方向盘上打个盹。有一次,他一到,就有个姑娘上来,递他一杯蜂蜜水,他仔细看才认出是香雪,香雪的脸已肿成发面馒头,她捂着脸说:"被蜂蜇了,莫看,丑死了。"然后说:"小麓总叫你到点就睡会儿,不准再搬蜂箱。你要听话,安全第一。"

弘文开着车,几个点地跑,被这些年轻人深深感动。他想,如果这是缴学费,这学费也交得值了。人群中,弘文留意到,一个瘦小的身影,白天黑夜,都看她在冲锋陷阵,完全不知疲惫的样子。他过去看到是田甜,就说:"小丫头,一直没看到你休息呢,这不行哦。"田甜抬起黑一道白一道的脸,说:"谢谢董事长!"弘文突然又想起什么,说:"你们要开学了,那两个同学都走了,你怎么还不走啊?"田甜说:"因为我是第六代养蜂传人。"说完又跟秀妮抬一桶蜂箱走了。弘文有些纳闷,白麓过来说:"她是隆崎的女儿,叫隆田甜。我也是才知道的。"弘文叹道:"虎父无犬子啊!"

那边两个小女子抬着蜂箱走到一半,一个小伙子冲过去接走蜂箱。她们又返回搬一箱,小伙子又半路接走。小伙子跑得很快,生怕她们多走路似的。每次,都冲秀妮笑笑,脸被污染成一张黑脸,牙齿便显得特别白。白麓问弘文:"您没认出他?"弘文摇头。她说:"王全啊!"弘文十分惊异:"这哪像?完全一个蜂农啊。"白麓笑:"他想进公司,如果进来了,我们可能又多一对小山和春晓了。"弘文点着头,笑说:"这是好事,好事!"

公司所有年轻人都在深夜里与时间赛跑。这些扛着蜂箱奔跑的青春,让弘文热泪盈眶。一群青年,在丛林里穿越,在泥泞里挣扎,在大雨滂沱中奔跑,在阳光烈焰下蜕皮。

弘文拍了很多照,择好一点的发了几张,发了条信息:"夜太黑,看不清,场面你就脑补吧。我想对你说的是,对于这些年轻人,一时就像要过一生,而对于我来说,仿佛一生就是这一时。"

18

橡子累趴下了,连睡了十多个小时。睡醒后,看到白麓的信息:"橡子,睡醒来电。"走出帐篷,电话打过去,白麓说她正在他的蜂场。他过去,就看见了她在一个个查看蜂箱。

"睡醒了?"白麓看到他笑说,"橡子,给你说件事。"他过去站在她面前,等她发话。她先递过去一袋面包,然后说:"你还是贫困户吧?"橡子说:"是的。"白麓:"以前没听你说。"橡子说:"怎么说嘛,你又没亏待我。是我负担重,两个娃儿读书,老婆又不做事,一点收入没得。"白麓说:"你老婆为啥不做事呢?"橡子说:"懒嘛,是我们农村人说的懒婆娘那种。没得法,遇到这样的了,做死了都脱不到贫,把两个娃儿读书拖走我就满足了。"白麓看着他,说不出话来,过了半晌才说句:"对不起!"橡子吃了一惊:"说啥哦,小麓总,快别恁个说。我犯了错,你还收容我,我感激都来不及。不做活路拿工资,我都不晓得啷个办呢。"

白麓看着他,说:"但是,现在,我们想让你离开公司。"橡子一下呆了,嘴张着,脸上肌肉一抽一抽的,他一急,就口吃起来:"那……那……那是为啥呢,我犯……犯……犯了哪……哪样事呢,可……可以批评我……我撒,做……做得不……不……不好的,我……我晓……晓得改……"白麓看他急的样子,打断他,笑着说:"因为你是贫困户。"橡子更急了:"贫……贫困户,就嫌弃……弃吗? 嫌拖……拖公司后腿吗? 我……我……我走——"

白麓说:"你走吧,带100群蜂走,打完蜜就拉走。"橡子瞪大眼睛:"什……什么——意思?"白麓说:"公司扶持你,但你也要给公司交些蜜。我们算了下,100群蜂,你每箱可以得到政府一半的补助,该你自己付的一半,我们先不收钱,今后交等价的蜜。多的蜜,公司保底收购,我们算了账,只要你好好养,你年收入可以达到20万。你不仅脱了贫,还成了养蜂大户。"橡子望着她,好像听不明白,但渐渐地眼里蒙上水雾,他低下头,一滴泪落在手背上。

白麓拍拍他的手臂,说:"公司也不是白给,还有层意思,就是要你去做带动效应。还有些贫困户不愿意参加这个扶贫项目,有些是不相信我们,不信我们的,你做好了,会信你;有些是实在没钱,对于这些人,公司可以借给他们钱,连借都不愿意的,我们可以采取你这种方式。总之,希望你能多带动一部分,多扶持一部分。"

橡子红着眼睛说:"小麓总,你放心,也请董事长放心,我保证完成好任务。"

第三天,橡子交了工作,离开了花粉谷。

一周后的一天,香雪接到乡政府电话,说他们公司的向承富在乡服务大厅闹事,堵了门,不让人出入。白麓急忙赶去,看到橡子一个大字形状嵌在大厅门框里,朝着屋内号叫,门内门外都站满了人,里面的人要出来,外面的人要进去,他自岿然不动。白麓走到门边,喊声"橡子",他转过头来,看了白麓一眼,瞬间眼眶发红。他又别过脸去,像一个赌气的孩子,谁也不理了。白麓说:"橡子,有话好好说,你这样像什么样子?"橡子说:"他们欺负人。"白麓说:"怎么欺负你了?你过来,好好告诉我。"里面就有人喊:"你是他的领导吗?怎么管教的?我们要出去开会开不了,老百姓要进来办事办不了。你们公司负得起责吗?"橡子大吼一声:"少扯淡!老子不是公司的人了,跟她无关,找她来没用!今天不解决好,休想出去。"白麓说:"这位领导,向承富是我们公司的员工,他的行为我先道个歉,他造成的影响我负责任。只是请给我两分钟,容我把情况问清楚,让他撤开好吧?"橡子说:"小麓总,我不是公司的人了,不关你的事。老子跟他们扯清白。"白麓厉声说:"向承富,不管发生了什么事,没有你这种处理方法。你

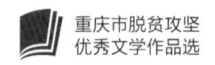

跟了我这么多年,你这样让我感到很羞耻!走,进去,我们坐下来说清楚,没有说不清的事,没有解决不了的问题。"橡子还犹豫着,但明显软下来,白麓走过去,掰开他一只手臂,他顺势就放下来了,再推他,他就进到了屋里。门洞开,便立即进出流动起来,一派"外面的人要闯进来,里面的人想冲出去"的架势。

橡子吵吵嚷嚷把事情讲了个大概,工作人员边做解释。白麓终于弄明白,原来,橡子发动了19户贫困户,找人做了每个人的资料,附上在公司复印的畜牧中心的文件,去村里审批。畜牧中心的扶持文件只发至乡里,村经办人员对这次扶贫补助政策不了解,在向承富执着请求下,签了字盖了章。橡子喜滋滋抱着厚厚一叠资料到乡里,乡里不给办,原因是村里没通过。橡子就急了,拍着资料,手指指着鲜红印章,说:"村村里明明通……通……通过的,你们存心刁……刁……刁难我。今……今……今天不批就……就不得行,哪个都……都……都莫想走。"就堵了门。白麓一看材料,哭笑不得。村里的签字是,文件来源不正,请乡政府审核。她问向承富:"你认识这行字吗?"向承富梗着脖子说:"同……同意报乡里审……审核,都盖……盖章的嘛。"她一字一字读给他听,向承富吼道:"就……就说乡里审……审核嘛。"白麓说:"文件来源不正呢?你就没听见?"向承富叫:"怎……怎么不正,文件还能……能歪吗?"白麓责怪道:"村里没接到文件,是你拿的文件,他们这样说没毛病。乡里需要核实也是正常工作程序,你怎么就闹上了呢?"然后,她对工作人员说:"我叫白麓,是沐风姑娘负责人,向承富是我多年的员工,他做的这件事是公司授意,文件也是公司复印给他的,事情本身和他的不当言行,我都负全责,我愿意做出解释,但这件事不能拖延,我想见领导。"

这时一个人走进来,爽朗地说:"你要见哪个领导?"白麓回头看到甄目标,笑了:"你就是领导?"甄目标说:"我是云曦村驻村第一书记,听说云曦村的人在乡里闹事,赶过来的。没想到你比我动作还快,乡政府在开会,一会儿就到。"说话间来了个大主任,主任"呵呵"笑着说:"什么大不了的事,甄书记亲自来。我都听说了,也通知村里的人来了。向承富,今天我们三人对六面,现场办公。"向承富早不好意思了,挠着头说:"都……都是不识字惹……惹的。"白麓笑:"好了,不急了,说话还这么快!以前喊读书,还说我搞怪,看到底哪个搞怪。"

这天,几方当场现场办公解决了向承富的贫困户联结机制工作。他联结的19个贫困户,大多接受县里的扶贫政策,但有6家人,确实拿不出钱来,也不借公司钱,怕还不起。白麓当场表态,给予橡子同等对待,公司一共扶持贫困户700群蜂,最后只说:"但必须交蜜,不然就追究赔偿。扶贫先扶志,必须有压力。不学会技术,踏踏实实养蜂。蜂跑了死了,又会返贫。所以橡子,你既然发动起来了,你就要负责到底啊!你现在应该团结19户贫困户,成立合作社,希望你的合作社成为沐风姑娘公司未来的中蜂养殖基地。"

橡子脸上呈现出前所未有的光辉。很快,合作社成立起来,沐风姑娘公司中蜂养殖基地随之挂牌。橡子带着几个贫困户兄弟,起早贪黑,辛苦劳作。莫争现在迷上了小视频,守着他们拍,有句话说:"橡子社长,和他的团队,与他家小蜜蜂比勤劳。"画面是一个傍晚,橡子提着一张脾给几个人讲解,黄灿灿的巢孔,蓄满他们晶晶亮的希望。

畜牧中心举办全县养蜂技术培训,请市中蜂养殖技术站专家讲了两堂课。最后一天下午,请沐风姑娘公司总裁白麓——因在脱贫攻坚中立下战功,又在产前及销售工作中有卓越表现,白麓受董事长委任,就任公司总裁——交流养蜂感悟。

白麓一身白色西服套裙,长发垂肩,端庄典雅,落落大方。会场蜂农济济一堂,她仿佛觉得他们都长着橡子和小山的脸,突然感到亲切,一扫开始的紧张,真诚而坦率地讲:"我知道,很多人好奇为什么

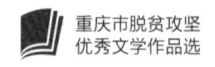

我北大毕业、留学归来要到深山里来养蜂。我很少正经回答。今天，我愿意跟大家说说，因为我们是同行。选择养蜂产业，其实是缘分。我回国后，不适应环境，不适应城里空气。我得了肺炎，久治不好，我爸爸得了更严重的病——肺癌。我选择了原生态环境，选择了中蜂产业，选择了蜂蜜。这是个人生活的需要，是为了健康、自在和逍遥。到这里来后，我再没犯过肺炎。如果说，曾经这是我选择的原因，那么现在，这便是我坚持的理由。中蜂产业是'绿水青山就是金山银山'的最好体现，养蜂不仅在于创造物质财富，更在于中蜂产业所要求的环境，就是人与自然和平共处的环境。所以，朋友们，我们选择了世上最好的行业。"

有人带头鼓掌，全场掌声雷动。她微笑着等掌声停下后，继续讲道："我再谈谈几年养蜂的感悟，有三点：第一点，要了解蜜蜂，掌握技术核心。别的行业技术差，只是挣不到钱，养蜂技术差，还对不起蜜蜂，会危害它们的生命。这个我有惨痛教训。第二点，养蜂，实则是修身养性。蜜蜂是灵性生物，养蜂人和蜜蜂是一个彼此体会感通的过程。这几年，我从浮躁到平和，到顺应自然，顺势而为，都是养蜂给我带来的。第三，是感恩和爱。蜜蜂酿蜜，不是给人吃的，是满足它们自己国度的生命繁衍，人类其实是在掠夺它们的劳动产物。我们对蜜蜂该深怀感恩。蜜蜂生命短暂，一生辛苦，我们不要只当它们是酿蜜的生物，而要对这些为我们造福的生命倾注关爱，用人类的科学手段帮助它们，让它们活得更好。中蜂已濒临绝迹，既然选择了养中蜂，那么，我们还要将保护中蜂物种作为我们神圣的使命，并通过蜜蜂，放眼世界，回馈自然。"

白麓眼里晶晶亮亮，泪光闪闪。会场一片肃穆，最后爆发掌声，经久不息。

19

"蜜打完了,牧场竣工了。

五倍子花谢了,格桑花开了。

牧蜂垭三个字刻在石山上了。

是的,是到了庆祝的季节了。"

弘文平移着手机,嘴里念念有词。突然他的镜头里出现一朵紫色格桑花。他放下手机,白麓举着花看着他,好奇地问:"董事长,你来的时候,大家都把你当间谍。你要不是董事长,我今儿也把你当间谍拿下了呢。你也喜欢搞短视频,像莫争那样?哦,对了,莫争说他的家人们要买蜂蜜。他问怎么处理,他急得很。"弘文说:"他家人买,跟你一样啊。"白麓愣了一下,笑起来,说:"不是他家人。一看你就没玩过抖音。莫争成天捣鼓蜜蜂养殖短视频嘛,他的抖音号有上百万粉丝了。他的'家人们'就是他的粉丝们。"弘文惊异地问:"直播带货?"白麓说:"可以这么说,靠的粉丝流量。"弘文说:"快,打开我看看。"白麓边打开边说:"他现在没在直播间,只有看视频。"弘文一条一条看过去,竟爱不释手。然后问:"人呢,他人呢,怎么不在直播间呢?"白麓笑着指着远处:"他在那儿呢,在上班呢。"弘文一拍脑门,不好意思地笑。还回手机,思索着说:"这现实世界和虚拟世界还有界限吗?我是在现实世界里,还是在莫争的虚拟世界里呢?"

沉思了一阵,叹一声:"齐迹、思达他们打造的销售网格里,就有抖音短视频宣传和直播带货。我们搭建来搭建去的销售渠道,这小子已经走到前面去了啊。这些小孩!"白麓说:"我正有事情要向您请示呢。第一,就是齐迹提出,想要莫争进销售部。第二,和导走的时候说了,牧场建成要通知他。您看?"弘文说:"第一,莫争不能进销售

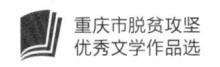

部,以销售为目的宣传,将破坏他。保护他的创作力,就是要把他放在牧场里,放在蜜蜂和蜂农中间。第二,邀请和导团队。你说,我们在牧蜂垭等他。他们一个不能少。"

白麓坐在大巴车上,给爸爸和妈妈分别发了同样的短信:"老板,上次货没送够,我今天下午来补齐。"她爸看到短信的时候,她妈也看到了,但她看到丈夫脸上喜气洋洋的样子,就装作不知道。下午,老白午睡起来就摩拳擦掌坐立不安的,老到大门去,来来去去很没意思的样子。她就说:"有几天没打球了,今天天气好,走,杀一把。"乒乓球台在庭院里,院门旁,正中老白下怀。

两人打了几盘,满脸潮红,白麓进门了。她把两罐蜂蜜放在进门花坛上,抱着手靠在门边看,爸爸招式还在,力度已明显不够,一扣杀,球就飞,球越飞他越扣。为了不让球被他扣出去,他站在背对院门的位置。爸爸打得气呼呼的,妈妈打得乐呵呵的。他没看见白麓进门,她给妈妈做了个手势,就站在后面看。有一个球落到她身边,她捡起来,投到爸爸面前的桌上,她爸就顺手扣了过去,这一次,扣得非常成功。后来,她就跑来跑去给爸爸捡球,"咯咯"地笑,老白眼里,她越来越小,越来越小,扎着马尾辫,穿着小学生白衬衣蓝裙子的校服,那么乖,那么听话,还没长大到考上北大,还没力气跑山里去养蜂子当农民。父女俩还没吵架,他更没得癌症,有无限的精力,可以帮助她,管她嫁人不嫁人,他也不担心……只要他在,没人敢欺负她。但是,残酷的现实就是,他是癌症晚期,他时日无多。医生在5年前就宣布了他的死刑,他活到现在,已经是奇迹,但他知道,他此生的奇迹创造完了。

打完这局,他把球拍一扔,说:"不打了,看你那个乱,心早就跑了。"白麓微笑着看着他俩,妈妈不反驳,笑着给爸爸擦背。爸爸像个孩子一样,屁股上拖着垫背毛巾,威严地说:"不是拿了蜂蜜来的吗?怎么又拿。"她说:"这个,卖不完的,尾货。扔也是扔了。"说完,一只手赶紧捂着嘴,一路上告诫自己,再不说这种话。怎么张口就来?赶紧低头去提蜜。但话已出口,覆水难收。好话听不见,坏话偏走心。果然,爸爸嘴撇到耳后根去了,说:"你快点扔,扔远些。省得我动手。我吃你那个,无名无牌的,我吃的都是北京同仁堂的。"

见面就是电光火闪,妈妈怕父女俩再起争执,赶紧推着老头儿往屋里走说:"吃饭了,吃饭了,蓣蓣,就等你呢。有你最爱的土鸡汤,炖了3个小时了。赶紧洗澡吃饭。"

但白蓣竟"哧哧"笑着,少有的上去扶住她爸一只胳膊。这个动作是如此的立竿见影。白蓣瞬间感到爸爸手臂僵硬了,一动不动地坚挺在她的手里,生怕滑落出来。她突然觉出这段入户路太短,若再长些、再长些……好久没这么和爸爸走过路了,这只她从小吊到大的臂膀啊,先是那么松垮无力,又是那么坚硬执拗。这一刻,终于安静了,温暖了。

进屋,她去将蜂蜜放进冰箱里,那个冰箱是专放爸爸的药和补品什么的,她看到两格满满的同仁堂的瓶子,大大小小林林总总,而里面装的却都是她带回的蜜,透过瓶体闪着金黄的柔和的光。她想象着爸爸做这一系列动作的样子,想象着他每每站在这里欣赏着他的杰作,脸上都会被这光布满吧。她的眼泪下来了……

然后,她去洗漱间荡涤尘埃,容光焕发出来,胃口好极,一双筷子四面出击横行霸道,这个菜好吃那个菜也好吃,尤其是土鸡汤,怎么这么好喝?那香气,直让人灵魂出窍。

这是爸爸吃得最舒心的一顿饭吧,满嘴油光。收拾碗筷的时候,妈妈低低地说了句:"姑娘,你长大了。"

吃完饭,她过去坐在爸爸旁边,说:"爸,您是老商人,请教个事儿。"爸爸眼睛一横,说:"我老?哪点老了!"她说:"不是年龄老,您多年轻啊,是老奸巨猾的老。"爸爸终于忍俊不禁,同意她请教:"说。"她说:"北京同仁堂要和我们合作,兼并也可,控股也可,共同开发蜂蜜

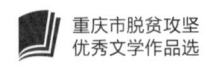

产品也可。您觉得什么方法好？"爸爸这下真吃了一惊，望着她，有点不敢相信。她拿出手机，调出与同仁堂的交往文函。爸爸看了，竟一时无语。

她拍拍爸爸的手背，说："无论走哪条路，您都该放心了吧。别老喊我农民农民的，我还不配当农民呢。充其量，我走的是一条农村包围城市的道路。"

一家人"哈哈"笑起来。好多年，这屋里没有这样的笑声了。

她走的时候，爸爸拍拍茶几上一包东西，说："拿去吧。莫搞丢了。"她打开一看是房产证，家里几套房子的都在。爸爸说："要抵押贷款，需要多少拿多少呗。你这农民也是当定了。哪天要迁户口，都可以。"

白麓重新慎重地包好，放在茶几上，然后，到楼上书房提着一包东西下来，把那包房产证一推，说："不要那包。我要这包。"她手上的包里传出"叮叮"的声音，他一下明白过来，那是他的几百个烟斗啊，他急得一口烟呛了，咳嗽着，她说："哦，你不咳嗽我还忘了手上还有一个呢。哪个允许你抽烟的，硬是没人管了。我看。"说着，从他手上把烟斗取走，在烟缸上磕磕，丢进手中的口袋里，走了。

妈妈送到门口，看到车子启动。回头看到老头站在身边，笑笑说："姑娘长大了。"老头说："我倒希望她长不大。"妈妈说："小区去转转吧，我看你今晚胃口好，可没少吃。"

两人转了出去。小区人少，月明风清。

20

和苦团队一到,就投入到紧锣密鼓马不停蹄的拍摄中。牧蜂垭让他们震撼,橡子的合作社让他们震撼,沐风姑娘中蜂养殖基地让他们震撼,尤其让他们震撼的,是每个人的变化。

和苦爬到一棵树上,手指蓝天,对着青山吼:梵天净土,桃源深处。天地玄黄,宇宙洪荒。层峦叠嶂,山歌流淌……

想一下,吼一下。好像都不对,好像都不尽然。摄制组树下围一圈,伸着手。心里都发着虚,那大个儿,掉下来,还不被压成肉饼啊,还是手伸长点是正经。和乐那手就免了,纯属虚张声势,伸出去让人笑话。她就跳到圈子外,喊道:"和导,你这是诗吗?听上去不连贯呢,是个人版权,还是公司产权?"和苦说:"哈哈——"和乐又说:"我在考虑,要不要记场记呢。"

和苦就溜下树,尽管不能跟猴子比,也算利索,他拍着衣服说:"咱侦察兵出身。你们弄一圈子,给我丢人现眼。"然后对张井说:"井盖儿,你经常唱的'时间都去哪儿了',现在知道去哪儿了吧?敢情都到这儿来了。这才多久啊,这么大变化!"张井说:"小伙伴们都惊呆了。"和苦说:"别呆啊,赶紧拍啊。这不得花好些天功夫呢。"

人散后,他摩拳擦掌兀自嘀咕:"我说这帮人不可小觑吧,怎么样?不信我。哼哼,怀疑我的眼光,你们就是怀疑自己的人生。"

"和导,你可不能怀疑人生,我们的人生都交你阅读了,你可要拿捏得死死的。"和苦回头,见是白麓,正和陆虎走到身后。和苦笑:"小麓总,幽默起我来,比过去豁达了哈。"白麓苦笑:"豁达?火大哦。"和苦说:"怎么火大了?""那个史科,状态很不好,我去跟他谈心。谈心嘛自然要谈人生啰,他怼我,说他的人生错别字连篇,通顺不了啦!"

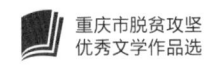

"受什么刺激了？有点像失恋。"白麓说："算不上失恋，最多是单恋未果而已。"和苦笑："陆虎，平常我怎么教育你们的，去跟他讲讲男人三恋曲。不暗恋一次、不单恋一次、不失恋一次，就长不成男人，永远是男孩。"白麓歪着头打量他："和导很有心得嘛，三曲都操练完了？"和苦说："呵呵，我嘛，18岁入伍，一曲都没来得及。"白麓抿嘴一笑："难怪。"和苦说："难怪什么？"反应过来，"哈哈"笑起来，说："说我没长大？特殊禀赋，另当别论。天资好的同学，跳级也是有的。"白麓说："哦，史科跟那死磕，原来是天资浅。"和苦说："他到底跟谁死磕？"白麓："猜猜，料你们猜不着。总之是一位牧蜂姑娘。"陆虎说："哪用猜？一说就知道。"和苦问："谁？"陆虎说："秀妮呗。"

白麓笑笑，说："人家心里可不是秀妮。现在就算有，也没戏了。秀妮名花有主了。"和苦问："花落谁家了？"白麓说："王全。"陆虎的小眼睛瞪到极致。问："王全？那个被骡子咬的？怎么可能？"和苦瞪他一眼："一切皆有可能。你凭什么说不可能，扯淡。"白麓说："王全可是蛮不错的。返乡创业，养蜂大户，现在是公司最大的养殖户。"

听着别人的爱情，和苦满脸生辉："这情节反转得好。陆虎啊，我们到底错过了。那，史科是搁哪道上了？"白麓说："时小雨。"陆虎叫道："时小雨，这太不搭调了吧？成了才怪呢。"和苦说："哈哈，每个人心里都'有位佳人，在水一方'啊。时小雨，算小子有眼光，不过，他难度系数确实给自己整大了点。"白麓说："这小雨吧，眼里也不是没他，是压根儿就没人。果真是没他，他倒死心了。这没人，他总觉自己还是有希望的，所以死磕。那个莫争，可是两肋插刀，毫不含糊。书袋子都掉底了也没成，让他想个广告词，至今没想出来，就写情诗去了，我看都可以集结出版了，两人还为版权问题争执不休。他们的书没出来，时小雨的书出来了，她讲对蜜蜂的观察感悟写的博客，出了本书《蜂言蜂语》，在业内很受欢迎。史科看了，幡然醒悟，莫争跑题了，说的尽是些没用的，小雨不走心，导致他失败，结果，爱情没成，兄弟反目。从此开始怀疑人生。"

"哈哈哈——"和苦大笑不止。陆虎惊叹:"我去。什么剧情?要不要这么复杂。哎,史科分明是被莫争害了。"白麓问:"为什么?"陆虎说:"他不琢磨情诗,而去琢磨蜜蜂,或许成了。蜜蜂不就是媒人吗?现成的媒人不请,去听那乳臭未干的小子胡诌。我去。"白麓说:"有道理。"和苦说:"故事多啊,看来我还要来拍一部言情剧才抖搂得清。第二季就拍:牧蜂垭的爱情。"陆虎说:"爱情戏,那我可不可以申请不当摄影,当个角儿,让我感受下青春的回光返照。"和苦回头笑:"看得出来,想脱单了。"陆虎掉头而去:"我拍摄去了,你们慢慢聊爱情。"

白麓说:"对了,我是来告诉你,这次公司安排好食宿了。我们董事长走的时候,吩咐了的,一定要招待好和导和摄制组。你们现在可以安心拍摄了。"和苦开玩笑说:"小麓总,我正在想,你比过去会聊天了,长进了。结果说到吃,又觉着你是嫌我们蹭饭呢。你的意思是我们以前自带口粮,拍得不安心?"白麓说:"安心的话,干吗走呢?"和苦笑了一下,问:"你们董事长好久回来?我们大概三天拍完,拍完就走了。别见不着面了。"白麓说:"他说了一定赶回来,就这两天了。走了两个省,今天到湖北。"和苦说:"贵州、湖北、湖南,行啊,这一打通,武陵山五倍子经济走廊就真建立起来了。"白麓说:"是啊,阿蓬县已争取到全国五倍子蜂蜜之乡,授牌都下来了。"和苦竖起大拇指说:"牛!佩服!让我片子增色不少,再次雄辩地证明了我和苦的眼光啊!"

聊了会儿,白麓正要走开,和苦突然问:"问一下,隆崎为什么走?"白麓想了想,不知该怎么回答,故作深沉地说:"该走走,该留留吧。"和苦张圆嘴:"哦,有哲理!天下大势,分久必合合久必分。是吧?我干活儿去了。"大步朝摄像走去。白麓在后面喊:"你这次不见见隆崎吗?"和苦头也不回地说:"要见。"

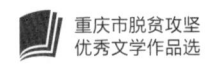

隆崎是肯定要见的。当晚,就给隆崎去电话,隆崎接到他的电话很高兴:"哎呀,和导,你到阿蓬县了?我请你吃火锅,喝酒。你定时间。"和苦说:"吃饭实在不行,时间太紧,我们见个面吧。你在哪啊?"隆崎爽朗地说:"白北大知道,她常来。你来得正好,我有奇迹给你看。"

次日清晨,薄雾未散,和苦与白麓就到了隆崎帐篷外。帐篷帘子尚未掀开,料定隆崎还没起床。这是几个小山头之间的一块椭圆形平地,青草茵茵,起伏如缎。绿树滴翠,溪流婉转。蜂箱摆在绿地与灌木接界的地方,环形一周,共计百余。青草地上躺着一个人,双手枕在脑后,仰面朝天,听到脚步声,鱼跃而起,正是隆崎。一身蓝布衣裳,沾满青草和露珠。

隆崎朗声笑着迎来:"和导,欢迎你啊!"和苦奔过去,两双手握在一起:"还以为你没起来呢。"隆崎说:"你要来,睡不着嘛!"白麓说:"就只欢迎和导啊?"隆崎说:"你常来常往的,还要举行个仪式?"白麓鼻孔朝天,"哼"出一声。一阵寒暄后,和苦问:"你说给我看奇迹。"隆崎含笑不语,直带他们走到蜂箱边。揭开一箱,取出一张脾来,白麓先惊呼起来:"哇,满盖脾啊,太神奇了!隆总,你实验成功了,祝贺你啊!"

但见隆崎手中的蜂脾,整脾白色封盖,几无剩余巢孔。这是和苦从未见过的巢脾,以前他拍的蜜脾都是部分封盖,其余都是黄亮亮地裸露。"全封盖,怎么做到?"他问,"这马上要取蜜了?"隆崎笑:"全封盖已10天了,今天必须取,不然蜜蜂只有放假了。所以说你来得是时候呢。"和苦问:"产量是不是增加了?"隆崎说:"增加一倍多吧。主要不是产量,而是质量。这就是真正高档次的蜜了。蜜蜂分工很细,采蜜的蜂回来,把蜜吐在巢孔里;扇风的蜂就去把水分风干;最后,负责封盖的蜂吐蜡封盖注入转化酶。蜜蜂的工作才算做完。而蜜在封盖后还需要一周到半月发酵,充分发生化学反应,产生有机物、活性酶,

蜜　源

这才是最高品质的蜜。我们以前打蜜,封盖没封盖的一起打,降低了蜜的品质。后来,又发明二次打蜜,就是把没封盖的先摇出来,再割脾打蜜。尽管先摇出的蜜喂了蜂子,但仍造成大量浪费。我一直在想,怎么帮助蜜蜂满脾封盖,终于成功了。"和苦和白麓都好奇地说:"怎么做到的?别保密嘛。"隆崎笑着把蜂箱整理好,说:"走,喝茶,我一早烧好茶,生怕人走茶凉。"

隆崎在帐篷门口拦住他们,不让他们进,帘掀一道缝,躬身进去搬了小桌小椅出来,茶壶杯子利索摆了一桌。和苦在空隙瞥见里面一张单人床,杂物占了大半,仅一线容身。一个案几,堆满瓶瓶罐罐电饭煲方便面。心头一酸,收回目光。

隆崎最后拿了一罐蜂蜜三把勺子出来。和苦笑:"这就是满脾蜜?"他说:"蜜和茶不分家。你俩是第一个尝到这蜜的人。"两人就舀一勺蜜,细细咂摸。其实和苦尝不出门道,以前在他嘴里,蜜不外乎都是甜的;拍摄后,能闻其香观其色辨其细腻黏稠,但蜜的品质,他还只得依赖数据。倒是尝过蜜后,再喝茶,大增茶的品味感,一道神仙级的享受。不过摆出架势、认真品尝、一叠声"好"是必须的。白麓却歪着头,认真地问:"好在哪?"他瞪她一眼,满脸讪笑着继续品蜜,没工夫搭理她的样子,心说:"这六识残次品还没点长进啊。"白麓不问他了,又问隆崎:"我很惭愧啊,我吃不出好坏。"隆崎说:"主要是有机物、活性酶增多,这是尝不出的。但质地细腻紧实,是可以体会的。"白麓若有所悟地点着头。和苦再也不敢说什么,赶紧转移话题:"蜜蜂这么听你话啊,你喊它满脾封盖它就满脾封盖?"隆崎说:"其实不难。就是看到蜜要满脾的时候,把先封的盖揭了,让它们再一起封一次。这技术含量并不高,主要是掌握火候。"白麓说:"凡事就难在火候二字。多少人做一件事做一辈子也掌握不到火候,我发觉我就是这样的人。隆总,你这技术应该好好推广,让更多蜂农受益。这样的蜜,我们收购价都会高些。董事长也说了,你发挥你的特长,钻研你

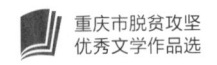

的技术,同时指导全县蜂农技术,我们可以探索一个稳定科学的利益分配机制,签战略协议。"隆崎说:"或许,我与公司这样体外合作,才是一条正经路,不然互相硌得慌。"和苦说:"这倒真是个好的出路。天生我材必有用,董事长是不拘一格降人才啊。"白麓环顾四周说:"隆总,我对不起你。本来你在花粉谷好好的,现在真四海为家了。"隆崎说:"天地之大,哪不能藏身。我选择养蜂,就选择了奔波的命。你没什么对不起我的,我知道你帮我向王老太还账的事,我会还你的。至于花粉谷,在我手里,就是个废园子。你们建起那么好的牧场,也圆了我的梦。我是有梦的人,哈哈——白北大,你想要的花园有了,若能认真学点技术,就齐全了。"白麓笑:"放心。你们俩给我搞脱的专家、站长,我非要用真本事夺回来不可。"都笑起来。

完了白麓眼望着远山,喃喃地说:"隆总,面对你,我自愧不如。我没有你对蜂的感情,也没有你对中蜂产业的理想。我的选择,直接而简单。我爸得了肺癌,被宣布只能活半年,他拒绝手术化疗,只接受中药。中药需要蜂蜜做药引,面对这微弱的生命,我唯有自己养的蜂取的蜜才敢给他吃。我发誓为这半年生命拼一回。现在,4年过去,他安然无恙。隆总,你经常说命,我倒愿意我是这命,只要我爸活着,我宁愿养一辈子蜂。"泪水,顺着白麓的脸庞默默流淌,她不好意思地擦去,笑笑说:"如果要说自己在这里面有点理想的话,那就是自在、逍遥和诗意。我坚持修牧场,美其名曰蜜蜂的家,其实是追求自己诗意的生活,追求所谓诗和远方。现在牧场建好了,诗意是有了,但我怎么觉得,远方,却越来越远呢?"和苦说:"相信你正在实现你的梦想。我这次看到的白麓已大大地进了一步。"白麓说:"但这进步让我自己看到的是,'路漫漫其修远兮,吾将上下而求索'——"

突然,白麓戛然而止,浑身僵直,一动不动。原来,一只蜜蜂,歇上她的鬓发。有风拂过,发丝飞扬,蜜蜂有点烦躁,震动了一会儿翅膀,"嗡嗡"地埋怨着,目标明确地爬到脸上,朝她的唇边爬去。

蜜　源

　　两个大男人盯着那只蜜蜂,一时手足无措。出手自是"投鼠忌器",那白皙粉嫩的脸,哪经得一巴掌扇去?这一蜇,不但将几天"毁容",那个位置的苦痛非同小可。和苦跃跃欲试,隆崎按住他,然后双目紧盯蜜蜂,凝神屏息,手慢慢上提。

　　白麓双目圆睁,拼命示意,他们却看不懂她的意思。隆崎提腕上移,已至耳际,五指并拢,微微弯曲,眼看一掌就要呼啸而至。就在这时,只见白麓头部猛烈一摆,蜜蜂失去重心,跌落在桌面上。隆崎手势跟着顺势下去,笼住蜜蜂。白麓尖叫一声:"不要!"然后双手去掰隆崎的手。隆崎放开,蜜蜂仿佛被这一震一笼弄晕乎了,在桌上转圈。白麓迅速地舀了勺蜜,送到蜜蜂面前。蜜蜂嗅到味道,不再转圈,径直爬到勺子上,安宁下来。白麓小心翼翼地端起勺子,平平稳稳走到草地上,将勺子放在草丛中,然后蹲在那里,安静地看着它,一会儿又飞来一只,再来一只,她脸上露出笑容,眼里淌着柔情。和苦有点呆住,这是他不曾见过的白麓。他分明看到,她那一刻,眼底有条河。

　　那天,告辞隆崎,白麓又带和苦去了橡子的蜂场。橡子的蜂场竟比隆崎的大得多,这是出乎和苦意料的。连帐篷都大一倍,里面陈设一新。橡子说:"和导,您见笑了。三四个人轮流睡,也不宽敞。等挣了钱,再置它两个就体面了。我还想买个皮卡车。"白麓说:"现在不赶花,急到买车做什么?把蜂养强壮,多分群是正经。要用车到公司借。"橡子说:"小麓总,这个你放心,隆总经常指导着的。"橡子突然对和苦说:"和导,正好你来了,你给我拍一下。我要给全村父老乡亲送蜜,150多户全送,还要给我们合作社19户贫困户分红。我准备在村委会的广场上,明鼓响堂地发。做一牌子,每家好多蜜好多钱,一本明确的账,写在牌子上。做好事就要留名。"白麓惊讶地张大了嘴,望着他说不出话来。和苦也肃正了表情,说:"橡子,你想好了吗?你也是贫困户啊。"橡子低下头说:"正因为我是贫困户,我才知道贫困户

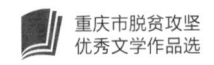

生活的苦,和想做事的难,没勇气没见识没基础,政府和企业都这么帮我们,我们各人也要使力才是。小麓总,我记着你的话,给我蜂,就是要我出来带动更多人。有些贫困户,不见兔子不撒鹰,没见到实惠和成效不敢动。我就是要用我挣的第一笔钱去发动贫困户,带动更多人养蜂。"和苦问:"橡子,你能做这事儿,了不起!我拍。"白麓十分柔和地说:"橡子,上台别着急别紧张,慢慢说,不结巴,啊?"橡子连连点头。和苦站在这里,一直觉得跟以往不同,现在才明白是什么,橡子说话慢了,完全没有结巴。

3天后,橡子在村委会广场送蜜。广场前面搭一台子,台子上摆满了蜜罐,还有19扎5000元的人民币。挤满了人。橡子平常说话大声粗气的,这天,喉咙遭什么堵住一样,低沉而缓慢,没结巴。橡子说:"我,向承富,深度贫困县阿蓬县的、深度贫困乡云曦乡的、深度贫困村云曦村的贫困户。我今天,在这里,给父老乡亲送蜜,一家3斤,家家有,请大家分享,我的甜蜜。我,向承富,今天,在这里给我们合作社的19户贫困户分红,每家5000元,这,是你们的劳动成果。今年,才开始;明年,更多。我,向承富,今天,在这里,当着全村老辈子少辈子的面,甩掉我脑壳上,贫困户的帽子。"掌声雷动,直冲云霄。橡子说:"以前,云曦村无人不晓,我向承富,是个横人,是个穷人。我今天,当着老辈子少辈子面,做个保证,向承富,今后要当富人、文明人。我们,脱了贫,要致富。"

掌声中,橡子首先把两罐蜜送到甄目标、杨依依面前,两人措手不及,连连摆手推辞。橡子说:"全村人,按人头,都有。你们不收,就是没把自己当,村里人。"大家都吼着要他们收,他们望着橡子及周围一张张热切的脸,缓缓地伸出双手,捧住这突然扑面而来的巨大感动,一时哽住,不知说什么好。橡子向他们说:"你们,为全村人,操碎了心。你们值得,分享我们的甜蜜。"

这是橡子这一辈子,第一次上台第一次在这么多人面前讲话。

橡子扬眉吐气了。村委会的广场上,热闹经久不息。

两天后,白麓通知董事长回来了。时逢下雨,和苦一进牧场,亭伟、齐迹、时小雨就热情奔来,彼此握手相见。众说:"可把您盼来了。"和苦说:"可把你们等回来了。这趟收获大吧。""大呢!跨越三省,上百个养殖基地意向性框架协议。"又是祝贺又是欢喜。和苦说:"小雨,《蜂言蜂语》送我一本,签名版哦。"小雨含羞笑答"好"。齐迹说:"哦,董事长说了,你们一到就给他打电话。"和苦说:"他在厂区吗?我先去报到。"亭伟说:"不是,他去牧蜂垭山里了。"和苦不明白:"一回来就去山里干什么?"这些人说:"不知道呢。他常常一个人去里面,恐怕有什么玄机。"

这时,和苦身边的和乐说:"听山去了。"和苦问:"听山?"和乐微笑笑:"长途跋涉后养养。"和苦莫名地看她一眼,默默想道,听山?好耳熟,一种遥远的熟悉。

这时,白麓过来说:"和导,董事长请你们先到茶室坐坐,他从山顶下来,一会儿就到。"

一行人就进了茶室,这是一栋由新型材料做的圆形房子,好像随便散放在青山绿水间的一个巨大的白帐篷,是员工们休憩的地方,有些简单陈设,多是原木平台,各种形状,可独立成区,可组合使用,功夫茶具、咖啡机一应俱全,清新雅致。

他们进去。和乐说:"下雨天,喝茶日。我今天给你们泡杯好茶喝。"然后,张罗着在屋中间组合成椭圆桌,对黄庭说:"帮我到车上把旅行箱拿来一下。"白麓说:"你是要拿茶叶吗?我有些,可以先喝着,若不好,再去拿。"转身出去抱进一大包来。"哇,这么多!又不是干吃茶叶。"白麓笑:"各种茶,我不知道哪个好,就都拿来了。平常我也不会泡,我只是搞事儿。对了,还有茶点,网上买的,不过些佐茶的小点心。"

一些装帧精美的茶叶和茶点花花绿绿摆一桌。和乐拿起这个放

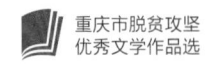

下那个,看看闻闻,笑说:"不错的,你说你不懂茶,你的钱懂。没少花钱吧? 红茶绿茶白茶,品种齐全,没见这么喝茶的。"白麓不好意思地说:"正因为不懂嘛,才胡搞。我说在搞事儿呢,我想把茶和蜂蜜进行调制,做一款很独特的蜂蜜茶。"和乐笑开来:"哎呀,正好,我也一直琢磨这事儿呢。这种融合,绝不是简单的融合,是茶的魂和蜂蜜的精神的融合。"和苦笑说:"你们哪是喝茶? 你们喝的是哲学,喝的是灵魂呢。我们要不要不在这儿凑热闹?"和乐笑:"和导,你觉得我们片子是在喝蜂蜜茶中结束更有意境,还是在补对联中结束更有意境呢?"和苦说:"不矛盾啊,都是好结局。"大家笑。

和苦说:"那这样,今天,我们好好品一次茶。把兄弟们都喊进来喝茶,反正这天气也拍不了。"白麓对香雪说:"把姑娘小子也喊来,下雨,正好喝茶。"

"急什么,老是打,夺命连环 call 啊。"史科急急地提着手机蹿进来,目光捉住莫争喊,莫争一撇嘴:"没品。"兀自剥着花生。史科说:"吃吃吃,看你吃得出感情吃得出未来。"莫争冷然道:"注意,你的说话方式和内容,正在暴露你的欲望。"

大家哄笑着,一会儿,济济一堂。

窗外雨斜,案前茶香。

和乐边备水弄器,边说:"茶树是大自然的精粹,既能登文人雅室,也能居市井茶盅。茶的绝妙之处在于千变万化,就像人随时流变的思绪,微妙难测。"众人说:"我们也知道功夫茶好啊,只没工夫泡啊。""是没工夫泡啊? 还是没功夫泡啊?"和乐笑:"喝茶而已,既不需要工夫,也不需要功夫。所谓功夫茶,并不需用功夫冲泡,身心需要即工夫,平心静气是功夫。心不静,不能品其变化,绿茶的清雅,白茶的清凉,铁观音的花香,岩茶的浓郁,红茶的香甜,普洱的浑厚,千万种茶千万人喝,便是千万个时空千万种觉受。"

一众静寂。和乐已将茶汤倒入公杯,公杯红波荡漾,从一只手传给一只手,都轻了慢了,只有和乐的声音在缓缓流淌:"备器、煮水、冲泡、分茶、品茗,不过几个步骤,人人都会的,难的是把心置于其中。没有一份洁净、敬爱、沉静的心,便是与茶无缘。"

这时,一个声音说:"这有缘人,讨杯茶喝。"大家回头,见到弘文。弘文与和苦一番握手言欢,彼此久仰久仰,致谢致歉。弘文说:"和导久等了。出去几天,回来看你们不在,又到山上去了趟。"和苦问:"董事长舟车劳顿,回来也不歇息,还亲自上山辛苦操劳,钦佩钦佩!"弘文说:"哪里哪里,我这是山上去养养。"

这话又是好生耳熟。不单耳熟,弘文其人,还很面善。和苦眉头蹙起来,他觉得自己有种穿越感。这时,陆续又有几个人进来,橡子、王全和几个和苦不认识的人,大家相互招呼致意,又添杯盏。

弘文欢喜地说:"下雨,是养蜂人的闲暇时刻。打蜜结束、牧场落成、农民利益联结完成和中蜂养殖基地开始培育,武陵山五倍子经济走廊已在打通,是该坐下来,喝喝茶了。刚才我进来,听到乐忧讲茶……"大家疑惑,屋里哪有个乐忧?弘文才反应过来,爽朗地笑着说:"乐忧,就是这个泡茶人。"和乐站起来,向大家弯腰致意。弘文继续说:"忘了给大家介绍,乐忧,我爱人。"

一片哗然。难怪!和苦眉头舒展开来,说:"难怪,难怪我感觉穿越呢!弘文董事长,你,就是听山屋那个听山的人!"弘文微笑颔首。和苦又叫道:"和乐,你骗得我们好苦。"和乐说:"我哪里骗你们了?不是摄制组撤场他才来吗?大家不是今天才见面吗?我哪隐藏一分钟啊。"和苦说:"你怎么没主动讲?我聘一个董事长夫人当场记?"和乐说:"你不是让我荣升编剧吗?还是场记,我可不依。再有,他当他的董事长,我写我的文字。这有什么关系?"弘文抢道:"怎么没关系?和导,你不单雇她还雇我呢,我可是影片编剧校对!"大家笑成一片。

"我跟大家第一次见面会上,我就讲了,我是看了和导的拍摄来的,一点没瞒大家,只没说,我是开了后门,从编剧那里看的。"弘文说

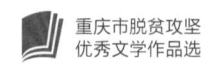

着,非常正色起来,"说实话,我确实被镜头里的大家打动、被蜜蜂打动、被这方土地打动而来的。我不懂农业产业,不懂蜂蜜业态,不懂这方土地,不能不说是一次冲动投资。但乐忧,也就是你们摄制组的和乐给我讲了很多你们这帮年轻人和蜂农的故事,以及对蜜蜂精神的感悟,尤其讲到大家因为资金短缺的举步维艰,她从不管我的投资,这次确实有游说之嫌。我想,农民都能养蜂卖蜜,卖点蜂蜜总不至于亏吧。她的意思是,就算投资不利,就算买了蜂送给农民,也是值的。"大家鼓起掌来。乐忧笑着说:"我也是有心理底线的,我暗中算了的,我游说他投的资,万一亏了,这辈子要写多少书才赔得起。"

大家哄笑。白麓说:"难怪!我就奇怪怎么突然冒出个人来投资哦。开始我还以为是骗局是套路呢。"大家七嘴八舌:"对啊,董事长微服私访,我们还准备抓商业间谍的。""还要保护技术,保护知识产权呢。""还以为是打望美女的呢。"张井说:"惋惜啊,我们错过了精彩剧情。"姚望老宋说:"你傻呀,没有错过,也没有后面的剧情啊。"张井连连说:"对对对,我们不走,董事长哪敢来打望美女?""哈哈哈——"

和苦笑完说:"不过我给你说和乐,我还喊你和乐哈。靠我们这文化苦旅,你怕是赔不起呢。但我不得不说,我佩服你的眼光,你就等着好收成吧。你荣升编剧后,我准备给你加工资的,看来是不需要了。"和乐叫道:"各归一码。劳动成果,颗粒归仓。"

弘文正色说:"说实话,我真得感谢乐忧,感谢和导你们。这次对我的意义,绝对不是一次投资成败,我经受的洗礼,只有我自己才知道。以前我忙,乐忧就指责我,说我在高速路上跑出惯性了,麻木了,要我减速。我说减不了,商人逐利,天经地义。她说关键看'利'字何解,如果再不减速,她要踩刹车。她踩刹车是要翻车的,这吓死人了。我儿子冲我唱什么'在红尘里厮杀,无非是名利放不下。封刀东篱下,闲云野鹤古刹'。这启发了我,我就在山上修房子,日日静坐听山,但求凝心静气物我两宁。我听到很多声音,松涛鸟叫虫鸣。但我却不知道到底哪种声音是山的声音。我来到这里,我真正听到了山的声音。这声音,大家很多都听到了。"

大家肃穆。他端起杯子,说:"喝茶,喝茶。"没人喝茶,都等着他。他喝干杯中的茶,说:"那天,站在王全爷爷的洞穴前,我第一次,听见了山的声音。我分明听见了洞穴里发出的喘息,那是生命的喘息,饱含着不屈不挠的抗争和绵绵不绝的希望,带着寒意,带着热切。下山的车上,我给乐忧发了条信息说,山的声音是从地心深处发出来的,山的声音是从农民心里发出来的。不了解中国农民就不了解中国,就不了解脚下的土地。商人追本逐利没错,只在追逐过程中,常常会忘掉真正的本、真正的利。'不忘初心,牢记使命'这不是一句简单的话,这是我们做人做事的根本。对于牧蜂姑娘来说,根本就是永远做到保护自然、联结农民、做良心蜜。"

静谧。继而是掌声。煮茶器上,水烧开了,换了一泡茶,室内弥漫着岩茶的浓郁。白麓说:"董事长,我们当时都在,但今天您讲了,才真正领略到什么是山的声音。我理解,山的声音,是与人与世间万物的生命相关的声音。刚才,我们在讨论,蜜和茶融合调制的事儿,公司提的打造蜂文化传播蜂文化,我觉得这是很好的途径。"和苦说:"蜜和茶都是集天地之精华,蜂蜜茶一直有,但作为文化开发,据我所知,还没有,这是个好想法。"大家说:"不但茶,还有咖啡、酒等等,蜂蜜跟什么都不违和。路子宽着呢。"

弘文说:"这些都可以。但我们首先要了解蜜蜂,要吃透蜜蜂精神。勤劳、奉献、秩序、团结、智慧,我们要将蜜蜂精神作为我们的企业文化。我来调研的时候,在山上遇到一个蜂农,我问他,为什么到这儿来养蜂,又远又穷。农民说,养蜂子不在这儿养在城里养?人和蜂都饿死了。我后来果真搬了两箱在我家院子里,比这大山里的蜂,生命力大不如呢。我得赶紧放蜂归山。这是什么原因?两个字:蜜源。这段时间,我对蜜源思考得很多,其实,不仅仅是蜂靠蜜源生存,

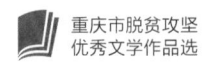

我们人何尝不是？我们每个人都有自己的蜜源，我们也是在追逐我们自己的蜜源生存下去，蜜源，是生命的源泉、幸福的解码。"

和苦突然鼓起掌来，说："说得太好了，每个人无时无刻不在寻找自己的蜜源。我觉得，我的蜜源就是别人的人生，我阅读着社会、阅读着众多人生，为完成我的作品，为生存而快乐！我觉得我就是一只蜜蜂，在人生百态里采蜜。"

一直没说话的白麓，突然说："我的蜜源，是我的私心。"她笑笑，但笑容像荷叶上的水滴，一滚就滑落了，倒是嘴角抽动，要哭出来的样子。大家不作声了，望着她，她哽咽着说："我是一只迷失的蜜蜂，我的私心是我的蜜源。我所有的追求都是自己的需求，高等学历、体面的事业、精致的生活，我为着这些到处飞。我甚至认为，我父母以前也是这么飞的，拼命工作、挣钱，满足他们高档生活的需求，不遗余力培育我成才，也是满足他们的体面。我这么认为我就变成了一只孤独的蜜蜂，到处采我自己需要的蜜。直到我爸得了癌症，我看到这老蜜蜂飞不动了，歇菜了，才慌了。我才发现，我还不能没有这只老蜂子。我为我爸养蜂，我只是为了我的生活不能没有他，而并非在乎他的感受，甚至没想过他本身。只是想，我的生活怎么能没有这只老蜂子呢？我们尽管各飞各，都孤独地飞翔，但这天空下，只要他在飞就好。我养了3年蜂，仅仅为取蜜拿蜜，我并不爱蜜蜂，我觉得这家伙怪惨了。蜂王生而不养，工蜂从生到死只晓得工作。直到那次，看到分群，知道老蜂王飞走，是为了后代。而工蜂，死，也不离开蜂王。我才慢慢觉得很多事，不是我看的那个样子。这些事，都是我的蜜源。很多人说我变了，我想说，那是蜜源变了。比如说这次扶贫，董事长说他听到了山的声音，那么我则找到了我最珍贵的蜜源，贫困户发自内心的笑容是我最大的蜜源。我采的百花蜜，让我变成了现在的自己。"

掌声四起，经久不息。

弘文觉得,这是一次很好的教育机会,说:"小麓总刚才谈得很好,我们大家都谈谈我们自己的蜜源好吧?"

于是,这天,大家说了很多心里话。

亭伟说:"我眼下的蜜源是钱,我要把账还完,顶天立地!"时小雨说:"我心向往的就是我的蜜源。"齐迹说:"参禅嗦。我的蜜源是,待我一袭袈裟,许你相思放下。"众笑:"哈哈,前女友坎。"他说:"俗了不是?我这次回去,就把DI独家代理权让渡给他们。没坎了。"史科说:"我的蜜源是爱情。我跟齐迹相反,什么袈裟放下的,爬哟。我死磕到底。"寂静。他手指大家,喊道:"尖叫声在哪里?"尖叫四起。莫争说:"我的蜜源是王者。"大家一片"嘘",他说:"没说完,嘘什么,是王者归去,与我无干。"掌声。轮到小山和春晓了,两人笑着不说话,大家看着他们等待。突然,小山将手放在春晓肚子上,幸福地说:"我们的蜜源,春晓揣着。"春晓打他手一下,羞怯而甜蜜地将头抵在他的肩头笑。大家尖叫祝福。隆田甜等大家笑完,小声而明白晓畅地说:"我的蜜源,是家。我要替我家扛这九九八十一难。"

王全站起来,这是第一个站起来发言的人。一字一顿地说:"我的蜜源,是国家。没有国家,没有我家。"身旁的秀妮也跟着站起来,眼里含着泪说:"我的蜜源,是农村的老人,不再被唤作留守老人;农村的儿童,不再被唤作留守儿童。"

这时,王全拿起座位上的背包,掏出一瓶蜜和一束花来。他双手捧着,正要开口,突然害了羞,通红着脸,说:"我请大家做个证。今天,我来牧蜂垭,是来向秀妮求婚的。五倍子花要谢了,我不能再等了,就来了。我也没想到,人这么齐。这是老天爷在成全我,要大家为我们做个证!"王全说完,单腿跪在秀妮面前,一手举花一手举蜜,说:"今天,我王全向颜秀妮求婚。秀妮,这五倍子花,是我今天清晨采的;这蜜,是我们合作社打出的第一瓶五倍子蜜;我用五倍子求婚,代表我的承诺:秀妮,我爱你五辈子。五倍子蜜,五辈子甜,五辈子的

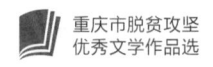

承诺。"

幸福来得太突然。面对这突如其来的求婚,秀妮开始很慌乱,脸烧得像红霞,慢慢镇定下来,低头望着面前仰脸深情看着她的人,笑容羞怯,泪光晶莹。

大家齐声喊:"同意,五辈子!同意,五辈子!"

秀妮泪水奔流而下,深深点头,泪水洒在王全脸上。王全泪眼模糊。秀妮一手接过花,一手拉王全。王全站起来,顺势将秀妮揽入怀抱。两人默然站立。

大家齐声喊:"爱你,五辈子。抱你,五辈子。"

弘文清清嗓子,站起来,说:"祝福!祝福王全秀妮,祝福这对年轻人!"

掌声,笑声,欢呼声,各种祝福,各种笑语。

"谢谢王全谢谢秀妮,感谢你们为我们带来了这样甜蜜的场景,为我们生动演绎了五倍子蜜、五辈子爱。这是自然的承诺,这是生命的承诺,这是爱的承诺,我祝福我们所有人情根深植,爱心永驻。刚才大家都谈了自己的蜜源,我也说说我的蜜源,我的蜜源,就是爱!"掌声中,弘文说,"刚才,大家说了那么多的蜜源,我就听到一个字,爱。无论是国家、家庭、父母、儿女、责任、义务,都是源于爱。爱,是我们生生不息的希望,和幸福快乐的源泉。"

正说着,白麓过去,低声说:"隆总到大门口了。"弘文说:"请他进来喝茶。"白麓说:"他说他不进来了,在门口等我们。"弘文说:"好,走,我们都去,看隆总给我们揭谜底。那副对联,每个人都有自己的解读,那掉的两个字,都有自己的填法。今天,填对的,有奖。"和苦说:"这样,摄制组当裁判,每个人把答案发给张井,公布之前,都有效。"

天晴了。绿的草,蓝的天,白的花,流云悠悠,溪水淙淙。

硕大的石门门框里,一群雀跃的年轻人围绕着,隆崎将手中红布包着的一个盒子,庄重地递给弘文,说:"花粉谷,公司买了。这两个字也是公司的资产,我不能带走。至于补不补上去,董事长你做决定。"弘文接过,说:"隆总当初既然取下,定是觉得承担不起。那我们是否补上去,也要看我们担不担得起。"

人群围拢,缓缓打开,两个字赫然呈现:成家!

> 拈花惹草志在千里占鳌头
> 吞云吐雾遨游四方自成家

足有半分钟,没有声音。最后,弘文环望大家,问:"大家说,补不补?"有人说可以补,有人说没到时候。弘文说:"补,肯定补!但不是现在补,也不由我们补。应该是沐风姑娘在全国中蜂界自成一家顶天立地时补。既然是老县长的期望,那到时候,我们请现任县长为我们补上。"

皆欢呼好!

弘文说:"谢谢隆总将老县长的期许和嘱托送回来。我们定不辱使命,不负老县长英灵,不负阿蓬县广大农民。"

隆崎向大家拱手告辞。这时,从蜂棚里跑出一个人来,跌跌撞撞,两只手拼命挥舞,嘴激烈地张合,却发不出一点声响。那是哑巴。

哑巴跑到跟前,望望大家,然后直直地立在隆崎面前,突然一个腰弯下去,90度弯在那里便不起来。隆崎双手扶住他,把他扳起来。他满眼泪水,本生生忍着,噙着一股劲儿,这下夺眶而出,泪水直落到胸前。他胸膛一起一伏,嘴一张一合。隆崎看他半晌,突然一声吼出来:"胡扯!我把隆田甜都留在这儿了,我带你走,那是对你不负责呢!"说完,转身就走。哑巴撵上去,抓住他的后衣襟,他站住,不回头。哑巴拉着不松手。他回过头,说:"哑巴,我带你来,是要你好好养蜂的,这里有蜂给你养,就行呢!"说完,一甩衣襟,甩脱哑巴的手,

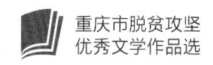

大步走远。风鼓荡着他的衣裳，如一张饱满的帆。一派"风萧萧兮易水寒，壮士一去兮不复还"。

白麓看着隆崎的背影渐行渐远，直到看不见。当年，也正值五倍子花开，她在这儿，遇见隆崎；去年，她进花粉谷，三顾茅庐，请他出山；而今，五倍子同样挂在枝头，她却站在秋风里目送他……

白麓突然感觉身边有人，回头看到弘文也在目送隆崎。弘文望着隆崎的背影说："你找个时间告诉他，请他做技术总顾问愿不愿意？对合作社、养殖基地作技术指导和质量把关，收入与效益挂钩。"白麓笑了，说："这个主意好，很适合他！明白了董事长，您是用其所长，避其所短。"弘文仍望着前面，说："何为长？何为短？明白了，短即是长；不明白，长即是短。"白麓说："我明白了。"弘文回头望她，她恬静地笑笑。弘文不知她明白什么了，是他刚才这句话，还是关于生命中的长和短，当然，无论如何，明白了总是好的。

前面，年轻人们已围上张井，那份热闹是自己没中奖，特别关心别人中奖没，各种词被读出来，其实都不错，都很合。骄傲，欢喜，翱翔，逍遥，传扬，一个词，一声笑，不绝于耳。

光阴里，岁月沏茶，出入聚散喝罢；天地间，蜂儿歇花，漫山遍野是家。

前面，那群年轻人演绎着活色生香，仿佛一出秋天的童话。五倍子花在枝头宁静，格桑花已吐蕾喧哗。今天雨过，明日天晴，必将遍地繁花。

代后记

千万和春住

这是一个关于人生选择的故事。

这是一个关于生命敬重的故事。

一个美丽的北大女生,西班牙留学归来,回到家乡重庆,放弃优厚待遇的工作,来到林木森森、花草丰茂的深度贫困县养起了蜜蜂,当起了"蜂农"。她在现代装外面,罩白衣面纱防护衣,以为她是来游戏玩耍的,被戏称武陵山"小龙女"。但一去四五年,她的高跟鞋在这泥泞崎岖的土地上被折断,跌倒爬起,跌倒爬起,只不曾离去,终被正名武陵山"小农女",成为武陵山区一名真正的牧蜂姑娘。

做这件事,女孩内心有创业激情和理想,还有她浪漫的"诗和远方",而更多的,是一份不为人知的内心伤痛和单纯执着的信念——为了她重病缠身的父亲!

心诚求之,则近道亦。

道不远人。渐渐,女孩身边汇聚了一帮年轻人,都来自大都市,都受过高等教育,都带着一双在人生起飞中折伤的翅膀,开始或为疗伤或为充电,最后误打误撞地汇入脱贫攻坚和乡村振兴建设的伟大时代洪流。他们卷起名

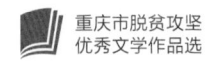

牌裤腿,穿着解放鞋,一身泥泞的行进,是一种生命的尊严。一群现代年轻人的生活、爱情和理想追求,饱受挫折打磨,从清高浪漫到充满情怀,从云中漫步到葡萄大地,与这片土壤与这方大自然,相互砥砺激荡,相互雕刻塑造,完成自我成长。一群生动活泼的生命,一时"我是天空的一片云,偶尔投影在你的波心",在波光荡漾中,折射出闪闪烁烁的光芒,人生轨迹肯定是被改变了,生命航线必定是被延续了。

还有,随之而来的艺术家、企业家、农民工匠……以及,被搅动起来的贫困户们,通过投身养蜂事业,甩脱贫苦户帽子,走上逐步致富之路。并不是惊天动地的事迹才打动人,这些贴近生活、贴近人心的感动,带着泥土的芳香,在这片土地上流动。

还有,我,一个受这群有趣的活色生香的灵魂感召的笔者,与他们共处,讲述他们的故事。我与他们离得很近,取之不尽用之不竭的素材日日在产生,日日有新酿的蜜,勿需塑造,勿需创作,一切皆自本然。故事在继续。蜂儿在花丛中采蜜,蜂儿在生活。蜜蜂寻找着蜜源,人又何尝不是?每个人的生命,无不是在天地之间寻觅采撷喂养自己生命的蜜源而做有价值的延续。

我感动着自己,也正试图感动更多的人。我启迪着自己对人生、对社会、对大自然的思考,也试图传达给更多人以启迪。无论如何,因持续40年的农民工进城而渐渐空虚和沉寂的乡村大地上,来了一群逆行的年轻人,俨然一代"新型农民",活泼泼地闹腾起来。

一本书到了尾声,说什么都理屈词穷,借用一首词结束吧:

水是眼波横,山是眉峰聚。欲问行人去哪边?眉眼盈盈处。才始送春归,又送君归去,若到江南赶上春,千万和春住。

2020年12月